Iris Sayram

Für euch

IRIS SAYRAM

Für euch

Claassen

Besuchen Sie uns im Internet:
www.ullstein.de

Wir verpflichten uns zu Nachhaltigkeit
- Klimaneutrales Produkt
- Papiere aus nachhaltiger Waldwirtschaft und anderen kontrollierten Quellen
- ullstein.de/nachhaltigkeit

MIX
Papier
FSC FSC® C014496

claassen ist ein Verlag der Ullstein Buchverlage GmbH

ISBN: 978-3-546-10057-1

2. Auflage 2022

Gesetzt aus der Albertina powered by *pepyrus*
Druck und Bindearbeiten: GGP Media GmbH, Pößneck

Für Mimi

Mama

Ich habe einen Flug um die Mittagszeit genommen, um zu Dir zu kommen. Es regnet. Du willst Clementinen haben und Wäsche aus Deiner Wohnung, Hausschuhe, ein frisches Handtuch. Ich bin noch zu unserer Lieblingsbäckerei Zimmermann und habe Dir zwei Reihenweckchen und Bärentatzen gekauft. In den letzten Jahren hast Du mir sicher eine ganze Tonne davon nach Berlin geschickt. Voll die Umsatzeinbußen, wenn Du nicht da bist. Dann bin ich endlich im Krankenhaus St. Antonius, 4. Etage, Station Cecilia. Seit gestern bist Du runter von der Intensiv. Mal wieder eine Lungenentzündung, die Dich vor vier Tagen hergezerrt hat. Du liegst in einem Zweibettzimmer. Die ältere Dame neben Dir schaut kaum auf, als ich reinkomme. Im Bett am Fenster liegst Du, ganz schwach. Als Du mich siehst, reißt Du Dir trotzdem gleich den Sauerstoff aus der Nase, versuchst Dich aufzustützen. Wir halten uns lange in den Armen, länger als sonst. Du hast einen kräftigen Oberkörper, den Du nicht mehr ganz gehalten bekommst. Deine Arme liegen schwer auf meinen Schultern. Du bist ganz warm. Ich stelle Dir die Hausschuhe hin. Deine Füße riechen. Du hast immer lecker gerochen, ich kenne Deinen Schweißgeruch gar nicht. Wenn ich Dich früher im Knast besucht habe, hast Du irgendwie so nach feucht gewordenem Gummi gerochen, aber nie nach Schweiß. Ein seltsamer Geruch, den ich nie wieder bemerkt habe.

Ich ziehe Dir Deine Socken aus. Von Deinen Beinen rieseln abgestorbene Hautschüppchen. So trocken Deine Haut. So lange die Socken nicht gewechselt. Seitdem Du im Krankenhaus bist? Du hast natürlich eine offene Dose *Bebe*-Creme an Deinem Bett stehen. Ohne die bist Du, seitdem ich denken kann, selten aus dem Haus. Ich nehme reichlich und creme Deine Beine und Füße ein. Ich massiere Deine Zehen, Deine Waden, Deine Fußballen. Ob Du das magst, weiß ich nicht. Das habe ich vorher noch nicht gemacht. Wir waren nie so die touchy Typen, die sich ständig »hab Dich lieb« gesagt haben.

Ganz leise und verschämt fragst Du nach einem frischen Schlüpfer. Deine Bettunterlage ist etwas nass. Du wolltest keine fremde Hilfe, hast auf mich gewartet. An meinem Arm helfe ich Dir ins Bad, ganz langsam. Du bist echt schwer, wankst. Ich habe Angst, dass Du hinfällst. Im Bad ziehe ich Deinen alten Schlüppi aus. Mit letzter Kraft beugst Du Dich über das Waschbecken. Mit einem grünen Waschlappen wasche ich Deine Beine, Deinen Unterleib. Ich knie hinter Dir. Als ich so zwischen Deine Beine gucke, sehe ich zum ersten Mal, wo ich vor über vierzig Jahren rausgeschlüpft bin. »Du sahst aus wie ein Affe«, hast Du immer zu mir gesagt, weil ich bei der Geburt wohl überall dunkle Haare am Körper hatte. Ich bin neugierig, wie Du nackt aussiehst, so ein achtzigjähriger Körper. Du hast überall blaue Flecken. Es tut mir weh, sie anzusehen. Dich kümmern sie gar nicht, Du jammerst nicht. Das hast Du nie. Ich hätte mir nie vorstellen können, dass ich das mal mache. Dich so waschen. Es fühlt sich okay an. Kein Ekel, keine Scham. Früher war das anders. Ich habe mich vor Dir geekelt, hatte übertriebene Angst, mit Deinem Blut oder auch nur Speichel in Berührung zu kommen. Bescheuert. Du hast mir aber auch das nicht übel genommen.

Du gibst Dich mir heute völlig preis. Und ich kann es endlich annehmen! »Du kennst dat von dinge Kinderchen, ne?! Jut machste dat!«, sagst Du. »Ja«, antworte ich. »Morjen wäschst Du mir die Haare.« Als wir fertig sind, kommt das Abendessen. Wenig hast Du auf dem Teller. Eine Scheibe Graubrot und Salami. Ich schmiere sie Dir und schneide das Brot in kleine Vierecke. »Schäfchen« hast Du das früher genannt und immer für mich gemacht. Heute schneide ich Dir die »Schäfchen«. Mich kneift es im Herzen, weil es so viel sagt. Du isst nur ein paar. Ich habe noch Erdbeeren gekauft, die ich wasche, schneide und Dir reiche. Du reichst mir jede zweite wieder zurück. Du würdest mich am liebsten füttern. Ich muss schmunzeln. Du strahlst mich an. Einmal Kind, immer Kind. Die Erdbeeren schmecken erstaunlich gut für Dezember. Danach helfe ich Dir wieder zu Deinem Bett. Du sitzt an der Kante, machst plötzlich große Augen und sagst: »Ich habe Angst zu sterben!« – »Du stirbst nicht! Ich verspreche Dir, dass Du hier nicht stirbst. Du stirbst irgendwann, aber nicht hier!« Ich habe meine Stimme gehoben, weil ich das mit Nachdruck sage. Du schaust mich nur an, sagst nichts. Das Fieber ist weg. Der Blutdruck gut, die Sauerstoffsättigung auch. »Dein Herz ist aus Titan«, sage ich. Es wird nie aufhören zu schlagen, hoffe ich. Ich bin mir völlig sicher. Du legst Dich hin. Ich habe Dich etwas angestrengt. Du fragst nach Weihnachten. Du willst wissen, ob ich nicht doch noch heiraten werde, fragst nach den Kindern. Du arbeitest innerlich eine Liste ab, ich checke es überhaupt nicht.

Du wirkst müde. Sagst mir noch, was Du alles brauchst: neue Einlagen, Deinen Rollator, mehr Schlüppis. Du fragst nicht, wie sonst, nach Zeitschriften. *7 Tage, Das Neue Blatt, Freizeit Revue* – wie sehr Du die Geschichten darin magst, mir den neuesten Tratsch immer gleich erzählen wolltest. Jetzt interessiert Dich nicht mehr, was drinsteht.

Ich bin in Deiner Wohnung. Der Geruch ist so vertraut. Vom Regen bin ich total nass. Bei Dir ist es wie immer schön warm. Manche würden sagen übertrieben warm. Nie musste ich bei Dir frieren. Das liebe ich. Ich wasche die schmutzige Wäsche. Als ich Dir frische zurechtlege, stöbere ich in Deinem Schrank. Krass, wie ordentlich alles ist. Die Duftsäckchen, Seifenstücke. Ich finde zwischen Deinen sorgfältig gefalteten Handtüchern einen alten Babyschuh, seit Jahren wie ein kostbarer Schatz hier aufbewahrt. Früher hast Du immer auch Geld zwischen den Sachen versteckt. Ich habe damals ständig alles abgesucht in der Hoffnung, noch 'nen Zehner zum Feiern zu finden.

Gefunden habe ich dabei meistens Kondome. Der Job halt, für den Du Dir nicht zu schade warst, um uns all das zu geben, was auch immer wir haben wollten. Und wir hatten wirklich alles! Am Ende bist Du doch noch krank geworden. Das Virus hat Deinen Körper zerfressen: Teile Deines Gehirns und Deiner Lunge. Immer wieder ist es dieses scheiß Organ, das Dich lähmt, Dich nicht mehr richtig atmen lässt, jeden Schritt beschwerlich macht, Dich ins Krankenhaus zwingt. Immer wieder hast Du es gepackt. Immer wieder bist Du aufgestanden.

Eine Ewigkeit habe ich nicht ferngesehen. Ich besitze nicht mal einen Fernseher. Deiner ist so groß wie eine Kinoleinwand! Wie ein Gemälde hängt er an der Wand und ist Mittelpunkt Deiner kleinen Wohnung. Wie es sich hier gehört, gucke ich VOX und RTL. Ob es an meiner Stimmung liegt? Die Mario-Barth-Witze sind wirklich nicht zu ertragen. Mein Blick schweift ab zu Deinem Sideboard, über Deine Regale. Überall stehen kleine Figürchen, Engel, Karten, die ich Dir mal geschrieben habe. Fast verblasst und etwas verstaubt. Seit sechzehn oder siebzehn Jahren lebst Du hier schon.

Als mein Mantel wieder trocken ist, fahre ich doch noch mal los zu meinem alten Kumpel Florian, raus nach Lindenthal. In seiner neuen Wohnung ist der gesamte Boden aus echtem Marmor. Wir belächeln das als völlig übertrieben, aber es ist halt da. Sein Balkon ist riesig. Wir trinken unser Kölsch, rauchen unser Zigarettchen und gucken auf den dunklen Stadtwald. Im Licht einer Laterne sind

Tennisplätze zu erkennen. Es ist einer der schönsten Stadtteile Kölns. All das ist für uns inzwischen nix Besonderes mehr. So lebt man halt, hat man halt. Ich ja auch. In meine über hundert Quadratmeter große Dachgeschosswohnung im Berliner Prenzlauer Berg führt direkt der Fahrstuhl! Ich habe zwei Terrassen. Noch nie musste ich mich sorgen, dass mein Strom abgestellt wird, die Wohnung zwangsgeräumt wird. Anders als Du. Du hast nie einen Hehl daraus gemacht, wie krass das alles für Dich ist, dieser Luxus. Sagst immer, wie stolz Du auf mich bist. Aber Mimi! Nichts davon hätte ich ohne Dich!

Später schlafe ich hier auf der Couch ein. In Deine Wohnung gehe ich nicht zurück. Ich hasse es, alleine zu schlafen. Als Kind habe ich es geliebt, wenn Du bei mir im Bett geschlafen hast. Es stand in unserer Küche, damals am Friesenwall 53. Ich habe Dich im Arm gehabt, mein Bein über Deinen dicken Körper gelegt und Deinen Daumen gehalten. »Mimi, Däumchen geben«, habe ich immer gesagt. Später, als Du für ein paar Jahre in den Knast musstest, habe ich auf einer Matratze auf dem Boden neben Papa geschlafen. Tagsüber haben wir die übereinandergelegt. Mit einer Wolldecke drauf sah es dann aus wie ein richtiges Sofa in seinem winzigen Apartment mit Pantry-Küche an der Aachener Straße 13. Komisch, mir hat es damals völlig gereicht. Ich brauchte keinen Garten, kein eigenes Zimmer, nicht mal ein eigenes Bett. Papa war so abhängig von seinem Codein, dass ich bei seinem kalten Entzug nur Angst hatte, dass er morgens nicht mehr aufwacht, aber es ging gut. Das Geld war immer knapp.

Manchmal hatten wir wochenlang keinen Strom. Seine Glückssträhne beim Zocken war doch meist eher eine Pechsträhne. Als Du wieder aus dem Knast raus warst, hast Du versucht, Dein eigenes, neues Glück zu finden und Dich getrennt. Als Papa ein paar Jahre später im Sterben lag, hast Du Dich trotzdem rührend um ihn gekümmert, obwohl Ihr Euch früher so oft verletzt hattet, auch körperlich.

Morgens bekomme ich frisches Rührei. No offense, Flo, aber es ist das schlimmste Rührei, das ich in meinem Leben je gegessen habe. Zum Glück ist ein Markt direkt vor der Haustür. Es ist noch früh am Morgen. Vielleicht schläfst Du noch. Wir waren immer alle Langschläfer. Vor zehn ging nix. Ich lasse mir also Zeit und gehe, zurück in der Stadt, noch eine Runde über den Friesenwall, unsere alte Gegend. Ein paar Puffs gibt es noch: das *Moulin Rouge*, der *Blaue Engel*. Wie ein nostalgisches Denkmal, ein bisschen Schmuddel-Deko in der inzwischen sehr feinen Gegend. Ob da heute noch angeschafft wird? Früher saßen die Damen in dieser Gegend sogar in den Schaufenstern. »Fotomodelle« hast Du die immer genannt, noch bevor Du auch eines wurdest. Eigentlich ganz nette Frauen. Wir sind mit ihren Hunden Gassi gegangen, und Du hast ihnen das Treppenhaus geputzt. Manchmal haben wir uns danach, wenn gerade kein Freier da war, noch einen Moment zu ihnen gesetzt und ich habe mit den Hunden gespielt. Bei Sabine zum Beispiel. Als einer ihrer kleinen Yorkshires mal läufig war, packte die resolute blonde Sabine ein Kosmetiktuch und griff beherzt in den Hunde-Unterleib. War mit ihrem dicken Zeigefinger und Daumen nicht ganz einfach, dieses kleine Ding zu fassen. Sie hat es geschafft und mit schnellen, gleichmäßigen Bewegungen das Tier wieder »beruhigt«. »Die müssen auch Druck ablassen«, sagte sie, als sie das Ergebnis mit Küchenkrepp abwischte. Den Job durch und durch gelebt. Danach setzte sie sich wieder ins Fenster. Ihr habt Euch weiterunterhalten, als wäre nichts gewesen. Gut oder schlecht, richtig oder falsch – das gab es hier nicht. Es fehlte auch keinem.

Ich räume Deine Wohnung noch etwas auf. Mache die Wäsche fertig, bringe den Müll runter. Im Kühlschrank schimmelt ein offenes Wurstpaket, alte Nudeln. Du hast mir um neun schon aufs Band gesprochen: »Mädchen, bringst Du mir den Spiejel mit, der kleine, und eine Schere, eine dünne Schere im Schrank.« Deine Stimme klingt fast normal, kaum angestrengt. Du verlierst kein Wort darüber, dass Du nachts gestürzt bist. Kein Wort, dass Du sofort geröntgt und durch den CT gejagt wurdest. Ich besorge alles, was Du mir aufgetragen hast. Dein Rollator ist vollgepackt bis oben hin. Wie eine homeless person, die ihren gesamten Hausrat durch die Gegend schiebt, fühle ich mich. Ständig fällt mir ein Bindenpaket von *Tena Lady* runter. Funktionieren die Fahrstühle an den U-Bahnen? Die Frage ist entscheidend! Krass, wie anstrengend das ist. Ich brauche eine gefühlte Ewigkeit zu Dir! Du isst gerade zu Mittag. Suppe. Du strahlst mich an! Dein Lächeln geht über beide Bäckchen! Dein Gesicht? Ach Du Scheiße!!! Dein linkes Auge ist total blau, geschwollen. Auch auf Deiner Stirn ist ein riesiges Hämatom. Du siehst aus wie nach einer Kneipenschlägerei! Aber es kratzt Dich gar nicht. Ohne Wut oder irgendeine Aufregung erzählst Du von der Nacht. Im Kopf sei zum Glück nix passiert. Keine inneren Blutungen. Du bist aus Titan, Mimi! Sage ich doch! Unkaputtbar! Nur heute bist Du etwas schwach. »Komm, lass Dich noch mal fest drücken.«

Du zeigst mir Deine Pillenration. Bist unsicher, ob es wirklich die für Dich richtige Kombination ist, die Du seit Jahren nimmst. Es ist lebenswichtig, dass diese scheiß Pillen richtig kombiniert eingenommen werden. Seit über zwanzig Jahren stehen sie auf Deinem Speiseplan. Anfangs hast Du von dieser Therapie starke Nebenwirkungen gehabt. Schlimme Albträume. In einem, den Du mir erzählt hast, stehst Du am Fenster unserer alten Wohnung, reißt handtellergroße Fleischstücke aus Deinem Körper und wirfst sie auf die vorbeigehenden Passanten. Panisch versuchen die Leute, sich vor den ätzenden Fetzen zu verstecken. Was für ein grausamer Traum. Viele andere haben die Therapie damals abgebrochen. Du nicht! Du hast sie durchgezogen, ohne zu jammern. Inzwischen verträgst Du sie sehr gut. Ich kläre im Schwesternzimmer, ob Du alles bekommst. Tivicay? »Die kosten ja vier- bis fünftausend Euro! So was halten wir hier nicht vor«, sagt eine der Schwestern. Panik! »Sind Sie sicher? Können Sie bitte noch einmal nachschauen? Meine Mutter hat sie eigentlich immer bei sich!« Etwas widerwillig schlappt die Pflegerin in ihren vergilbten Clogs zu einem großen Regal und zieht einen dicken Metall-Ordner hervor. Laut blättert sie, bis sie zu Deiner Akte kommt. »Ach doch, da ist es! Die hatte Ihre Mutter tatsächlich bei der Einlieferung dabei.« Sie tippt auf die sehr lange Tablettenliste. Beruhigt laufe ich zu Dir ins Zimmer zurück. »Ja, Mimi, ist drin!« – »Und die hier, wat is dat? Blutdruck?« Du hältst mir eine kleine hellblaue Pille entgegen. Ich laufe wieder zu den Schwestern. Meine *Apple*-Watch piept. »Du scheinst zu trainieren«, steht auf dem Display. In der Tat: Die Rennerei bringt mich ins Schwitzen. Der Pflegerin schenke ich ein breites Lächeln, als ich wieder in ihrer Tür stehe. Sie lächelt gequält zurück. Zeile für Zeile gehen wir die Liste gemeinsam durch. »Alles stimmt, Mimi. Das muss Deine Blutdrucktablette sein.« – »Bist Du sicher? Ich hab sonst immer so weiße!« Du guckst mich mit Deinen großen blauen Augen fragend an. »Also gut.« Ich gehe noch mal ins Schwesternzimmer. Geduld ist von Vorteil in diesem Beruf.

Das mit dem Haarewaschen wird heute nix, aber wenigstens die Füße kommen dran. Deine Glieder sind krass steif, ich bekomme Deine Füße kaum in die Waschschüssel gestellt. Vorsichtig bugsiere ich erst den einen Fuß, dann den anderen in das warme Wasser. Früher hast Du die Hornhaut immer mit einem Bimsstein abgeschrubbt. Das hast Du lange nicht gemacht. Mit der kleinen Schere, die ich auf Deine Anweisung mitgebracht habe, versuche ich, Deine Nägel zu schneiden. Mann, sind diese Nägel hart! Die kleine Schere streikt. Ich freue mir einen richtigen Keks, als ich in meiner vermüllten Handtasche ausnahmsweise mal etwas Brauchbares finde: »Tada, eine richtige Nagelschere!« Ich halte sie mit beiden Händen wie einen

Pokal in die Luft, um kurz danach doch wieder an Deinen Krallen zu scheitern. Es hilft nix, ich muss noch mal zu den Schwestern. Dein lautes Lachen begleitet mich, als ich schwitzend das Zimmer verlasse. Die *Apple*-Watch meldet sich wieder: »Bravo, Du hast Deinen Trainingsring geschlossen. Weiter so!« Bewaffnet mit einer kleinen Zange komme ich zurück. Deine Wade klemme ich mir unter meinen Arm und drücke mit aller Kraft zu. Ich stöhne laut, ächze. Winzig kleine Nagelstückchen fliegen mir ins Gesicht. Ich kann nicht anders: Ich muss losprusten. Dir stehen ohnehin schon längst die Tränen in den Augen. Humor hast Du schon immer gehabt. Egal, in welcher scheiß Situation wir gesteckt haben: Wir haben gelacht. Als ich Dir vor drei Jahren vor Deiner Augen-OP geholfen habe, den Patientenbogen auszufüllen, habe ich Dich abgefragt: »Hast Du Blutdruck?« – »Ja«, »Durchblutungsstörungen?« – »Öhö«, »Schlaganfall?« – »Öh, jo!«, »Herz-Kreislauf-Erkrankungen?« – »Jo«, »Atemwegserkrankung?« – »Jo, COPD«, »Krämpfe?« – »Öhe, unruhige Beine«, »HIV?« – »Auch, ja.« Kurze Pause: »Ach, kreuz doch direkt dat janze scheiß Dinge mit ›Ja‹ an.« Wir konnten nicht mehr. Ich hab geheult.

Nach dieser unbeholfenen Pediküre setzt Du Dich an die Bettkante. Ich schaue mir Deine Haare an. Diese Frisur! Ich glaube, Du bist der letzte Mensch, der immer noch eine Dauerwelle trägt (bei Deinen feinen Haaren eher eine mini Minipli). Eine Witzvorlage für RTL-Komiker. Das hat Dich nie gestört. Konsequent hast Du alle Vorschläge, Deine Haare so zu tragen, wie sie die meisten Mütter meiner

Gymnasium-Freunde getragen haben, abgelehnt: »Näää, dat is doch nix für mich.« Damals war ich oft genervt. Heute liebe ich Deine Konsequenz. Ich selbst war oft zu feige, zu mir zu stehen. Und was viel schlimmer war: Häufig war ich auch noch zu feige, zu Dir zu stehen. Ich habe mich für Dich geschämt. Geschämt, dass Du anders ausgesehen hast; Angst davor gehabt, dass man Dir ansehen könnte, was Du beruflich machst. Dabei hast Du viel Geld damit verdient und es uns im Überfluss gegeben. Dafür habe ich mich nicht geschämt. Dafür schäme ich mich heute. Ich bin stolz, wie Du uns durchgebracht hast! Ich liebe die Geschichten von früher, aus den Diskotheken, in denen Du abends als Klofrau gearbeitet und tagsüber geputzt hast. Woher hattest Du bloß diese Kraft? »Für euch«, hast Du immer gesagt.

Ich schaue mir Deine Haare jetzt genauer an. Du hast kaum noch welche. Und die, die noch da sind, sind am Hinterkopf völlig verfilzt. Seit Tagen hast Du Dich nicht gekämmt. Ich versuche, ganz vorsichtig zu sein, weiß ich doch, wie sehr Du um jedes einzelne Haar besorgt bist. Es dauert ganz schön lange, bis ich sie einigermaßen durchgekämmt habe. Aber das ist nicht schlimm, wir haben Zeit. Es ist irgendwie auch schön, so hinter Dir auf dem Bett zu sitzen. Du lässt mich völlig gewähren. Als ich sie entwirrt habe, frage ich, ob ich Dir zwei Zöpfchen machen soll, damit sie beim Liegen nicht so zerknuddeln. Du bist einverstanden, und ich freue mich ein bisschen, dass ich Dich noch mal umstylen darf. Ich fange an zu flechten.

»Hasse überhaupt Haarjummis dabei?« – »Na klar!« Bei Deinen dünnen Haaren ist es eine ganz schöne Fingerübung. Hauchzart sind die Zöpfe. Die Gummis sind viel zu groß und halten nur ganz schwach. Aber egal. Als ich fertig bin, helfe ich Dir beim Aufstehen. Sobald Du die Hände an Deinem goldenen (!) Rollator hast, flitzt Du auch schon wieder los, als wäre nix gewesen. »Huch, bist Du schon im Bad?« Ich habe ein gutes Gefühl, dass Du wieder auf die Beine kommst: »Du packst das Mimi! Echt!«

Im Badezimmer bittest Du mich, Dich noch mal zu waschen. Wieder lehnst Du Dich mit Deinen Ellbogen über das Waschbecken, die Beine etwas gespreizt. Wie bei einer Razzia. Das kennst Du ja gut. Ich ziehe Dich aus und wasche Dich, ziehe Dir Dein Nachthemdchen über. Es hat dunkelrote Pünktchen und eine dezente Spitzenbordüre. Es sieht sehr hübsch aus. Aus Deiner Wohnung habe ich noch Doktor Drandells Collagenbooster mitgebracht. Du gehörst wegen Deiner teuren Medikamente zu den VIP-Kunden Deiner Apotheke und bekommst immer den besten Pflege-Shizzle geschenkt. »Komm, Mimi! Wir gönnen uns noch ein bisschen Wellness!«, schlage ich vor. »Ja, jut! Mach Mädchen!«, stimmst Du zu. Ich breche die kleine Glasampulle auf. Die leicht ölige Flüssigkeit reicht locker für uns beide. Wie in den Profi-Kosmetikstudios versuche ich, das Zeug auf unsere Gesichter aufzutragen. Ein leichtes Zupfen hier, ein wenig Klopfen dort. So! Fertig!

»Du bist echt eine schöne Frau«, sage ich. Du ziehst die dünn gezupften Augenbrauen hoch, zuckst mit dem Kopf, so wie Du das immer machst, wenn man etwas besonders

Dämliches gesagt hat: »Ach!«, und schnalzt noch mit der Zunge hinterher. Dann gehen wir zurück ins Zimmer.

Jetzt nimmt auch Deine Zimmernachbarin plötzlich Notiz von uns. Sie reißt die Augen auf: »Oh, wer kommt denn da? Das ist ja eine ganz neue Person! Waren Sie schon die ganze Zeit hier mit mir auf dem Zimmer?«, scherzt sie. »So eine schöne Frau!« Du lächelst ein wenig verlegen. »Ja, jaaa!«, sagst Du so nach dem Motto: Verarschen kann ich mich selber. Aber ein bisschen geschmeichelt bist Du schon. Du guckst mich mit einem schiefen Lächeln an und musterst meine Frisur: »Jib mir noch dinge Haarreifen.« – »Wat, echt?« Meinen nigelnagelneuen Haarreifen aus petrolfarbenem Samt. Ich versuche noch kurz, es Dir auszureden: »Guck mal, ich hab den auch in Schwarz. Willste den nicht lieber?« Du musst schmunzeln, weil Dir klar ist, was ich da gerade versuche. »Ne, ne – komm! Rück den blauen raus!« Ich gebe nach. Auch ohne Spiegel hast Du offenbar geahnt, wie toll er zu Deinen hellblauen Augen passt. Selbst das Veilchen fügt sich farblich perfekt ein. Du sitzt auf der Bettkante wie eine kleine Königin mit ihrem Krönchen.

Ich mache ein letztes Foto. Es ist Samstag 14:44 Uhr.

Du legst Dich wieder ins Bett. Ganz vorsichtig, damit die Zöpfchen halten. Für mich ist es leider Zeit zu gehen. Du fragst: »Musst Du wirklich schon los?« »Ja, Mimi«, sage ich, »aber ich komme spätestens Weihnachten wieder.« Du lächelst noch einmal dieses große, liebevolle, reine Lächeln.

Ich umarme Dich. Nicht besonders fest, nicht intensiv. Ist schließlich nicht das letzte Mal.

Der Anfang

Irmtraud

Meine Mutter wurde 1939 als Irmtraud geboren. Mimis Vater war Maschinenschlosser, ihre Mutter kümmerte sich zu Hause um die vier Kinder. Als der Vater schwer verletzt aus dem Krieg zurückkam, konnte er nicht mehr so viel arbeiten. Die Familie war in den Nachkriegsjahren ziemlich arm. Bildung spielte für die Kinder, also auch meine Mutter, keine große Rolle, mit der Schule war nach der 7. Klasse Schluss.

Eigentlich wollte sie Schneiderin werden, aber ihr Vater war der Meinung, dass sie keine Ausbildung brauche, ohnehin bald heiraten, Kinder kriegen und zu Hause bleiben würde. Bis dahin sollte sie irgendwas »Richtiges« arbeiten, um schnell Geld zu verdienen und damit die Familie zu unterstützen. Ihr Vater war eine wichtige Bezugsperson für sie. Sie liebte ihn sehr und wollte seinen Willen nicht infrage stellen.

Und so kam es: mit achtzehn der erste Mann, Heirat, Kind. Dann der zweite, Heirat, Kinder. Aber glücklich wurdest Du nicht. Du wolltest nicht nur zu Hause sein, nicht nur Windeln wechseln. Du wolltest auch tanzen. Dabei hast Du dann ziemlich oft Deinen Kopf und Dein Herz verloren.

Im Stadtzentrum von Köln ist es auch 1967 noch nicht besonders schön. Es gibt zwar das alte Stadttor aus der Römerzeit, aber drumherum stehen kastenförmige Häuser und eine riesige Kaufhalle, bevor direkt um die Ecke die lange Flaniermeile mit etlichen Cafés, Bars und Kneipen beginnt – der Kölner Ring. Neben dem Stadttor ist ein Kino. Die berühmte Er-trinkt-Kölsch-, Sie-trinkt-Kölsch-Reklame auf einem der Häuser leuchtet zuverlässig abends bis hierhin. An den Feierspuren, die die Nacht vor die Klubs und Bars gespült hat – Glasscherben und Zigarettenstummel – sieht man, dass diverse »Ers« und »Sies« einige Kölsch intus gehabt haben müssen. Köln ist die Hauptstadt der strenggläubigen Katholiken – und der Nachtschwärmer. »Chicago vom Rhein« heißt es, weil Köln auch als Hauptstadt der Bandenkriminalität gilt. Besonders krass ist die Zuhälterei. Männer, die Frauen auf den Strich schicken, gehören ebenso zu den wilden Sechzigern. Die entsprechenden Bars breiten sich schneller aus als Fußpilz, wobei eben Liebe und Sex in einem Abwasch mit kommerzialisiert werden.

Was zu dieser jetzt gelebten neuen Freiheit aber nach wie vor kaum ins Bild passt, sind Ehefrauen, die raus wollen aus alten Rollen, mittanzen, mitfeiern wollen. (Eine davon warst Du, Mimi.)

An einem Samstagmorgen 1967 sitzt meine Mutter in einem Café am Rudolfplatz. Es liegt etwas ungewöhnlich; nicht auf Straßenebene, sondern in der ersten Etage, in die eine Rolltreppe führt. Entsprechend heißt auch der Laden: *Rolltreppe*. Sie ist schon früh in diesem Café, um die Wohnungsanzeigen im *Kölner Stadtanzeiger* zu studieren. Die krausen, dünnen Haare sind etwas verwuschelt. Die Kleidung knitterig. Sie hat am großen Versicherungsgebäude der Provinzial, nur ein paar Meter von der *Rolltreppe* entfernt, auf der Parkbank geschlafen. Das Gebäude selbst ist ein auffälliger, vielgeschossiger Bau mit viel Glas in der Art der schnörkellosen Architektur der Sechzigerjahre. Es bringt ein bisschen Manhattan-Feeling in die Gegend. Vor der Tür gibt es eine sehr hübsche Rasenanlage. In der Mitte ist ein Springbrunnen, eingekreist von einigen Parkbänken. Wenn man da so liegt und nur dem rauschenden Wasserspiel zusieht, könnte man das Gefühl haben, an einem ganz beschaulichen Ort zu sein mit meditativem Plätschern – man darf nur nicht seinen Blick an der Fassade des Hochhauses entlanggleiten lassen, dann ist es vorbei mit dem Idyll. Es gibt schönere Orte zum Schlafen als diesen, aber ohne Dach über dem Kopf ist das eine der nicht ganz so schlimmen Möglichkeiten – jedenfalls wenn es nicht regnet oder schneit. Zwei Nächte hat meine Mutter hier schon verbracht. Sie ist quasi, nein, eigentlich ist sie wirklich obdachlos, nachdem ihr aktueller Ehemann sie mit einem Waschmaschinenschlauch aus der Wohnung geprügelt hat. Sie war ausgegangen und kam viel zu spät nach Hause – vielleicht war es nicht das erste Mal, aber das letzte Mal in dieser Ehe, der zweiten, die gescheitert ist. Das

Schlimmste daran ist: Den Kontakt zu den Kindern verliert sie. Nicht sofort, aber schleichend und endgültig. (Auch Jahre später fällt es Dir schwer, darüber zu reden. Ich weiß fast nichts über sie. Du wirst nie richtig darüber hinwegkommen.)

Ein paar Wochen hat sich meine Mutter in Hotels und Pensionen über Wasser gehalten. Sie jobbt in der Kaufhalle auf der Schildergasse in der Lebensmittelabteilung im Untergeschoss. Das ist nicht sehr weit vom Rudolfplatz entfernt. Aber jetzt reicht das Geld selbst für eine Pension nicht mehr. Samstag ist Wohnungs-Such-Tag in Köln! Heute erscheinen in den meisten Lokalblättern die neuesten Anzeigen. Man muss schon früh aufstehen und sich ans Telefon klemmen. Manche kommen sogar morgens um vier direkt zur Druckerei, um als Erste die Zeitungsannoncen in die Hände zu bekommen. Sorgfältig geht meine Mutter jedes einzelne Inserat durch. Sie ist dabei nicht emotional, sie weint nicht, sie funktioniert einfach. Sie hat schlicht keine Zeit, über das »Warum musste es so kommen?« und »Lässt sich das Ganze wieder kitten?« nachzudenken. Es ist, wie es ist, und so arbeitet sie Zeile um Zeile der Annoncen ab. Allerdings ist sie völlig übernächtigt. Trotzdem ist meine Mutter attraktiv. Sie hat hell leuchtend blaue Augen, die Haut ist ganz zart. Das Gesicht ist schmal und fein. Die Haare sind da schon etwas dünner, sie schimmern rötlich braun. Meine Mutter wirkt fast wie Schneewittchen, nur viel frecher. Sie hat einen gewissen Ausdruck im Gesicht, wenn sie so übertrieben genervt, mit leicht zuckenden Augenbrauen, zur Seite guckt (und dieser Ausdruck ist viele Jahre später noch da, wenn ich oder irgendwer anderes etwas besonders Doofes macht oder sagt). Mit tief gesenktem Kopf merkt sie noch gar nicht, dass sie ein paar Tische weiter ein Mann beobachtet. Er ist Ausländer, Gastarbeiter bei Ford. Mustafa.

Auch das ist neu in den Sechzigerjahren: Goldene Zeiten in sämtlichen Branchen. Die Stadt braucht Leute, die mit anpacken. Es kommen sehr viele Menschen voller Hoffnung auf eine bessere Zukunft nach Deutschland. Sie stammen aus der Türkei, Italien, Griechenland und Spanien. In Köln stellen vor allem die Ford-Werke mehr als zehntausend Türken an ihre Fließbänder. Ihre Integration ist kein Teil des Abkommens, besonders viel Wert wird auf »Gast« in »Gastarbeiter« gelegt. Viele von ihnen bekommen außerhalb des Wohnheims kaum Kontakt, geschweige denn dass sie Bekanntschaft mit den Ur-Kölnern machen. Kaum einer spricht Deutsch, und das verbessert sich auch nur schwer. Doch trotz dieser Trennung beider Welten sickert in die gutbürgerliche Parallelwelt eine gewisse Angst vor den Fremden ein. Man nennt sie »Kameltreiber«, »Paselacken« oder schlicht »Kanacken«, die doch nur »ihre« deutschen Frauen »vernaschen« wollen (das Wort passt, glaube ich, ganz gut in die Zeit). Die meisten Gastarbeiter sind ohne ihre Familien gekommen und der ein oder andere riskiert, da wo er eben kann, durchaus auch mal einen Blick auf die andere Welt und ihre Frauen.

Mustafa ist 1962, vor fünf Jahren, aus Istanbul gekommen. Er war einer der Ersten, die sich auf dieses Anwerbeabkommen gemeldet haben. Ursprünglich stammt er aus Kayseri, einer Stadt in Zentralanatolien mit einem fast viertausend Meter hohen Vulkan. Es gilt als das Schwabenländle der Türken, weil Menschen von dort ein guter Umgang mit Geld nachgesagt wird. Das gilt allerdings nicht für Mustafa, obwohl er aus einer sehr soliden und auch wohlhabenden Familie stammt. Er hat eine gute Schulbildung samt Abitur und Deutschkenntnissen. Eigentlich wollte er Jura studieren. Doch es ist anders gekommen. Auch in den türkischen Großstädten gab es Ende der Fünfziger- und Anfang der Sechzigerjahre heftige Studentenproteste gegen die damalige Regierung. Mustafa selbst ist sozialdemokratisch geprägt aufgewachsen. Sein Vater, Hussein, war sogar Vorsitzender der CHP in Kayseri, der Partei von Staatsgründer Mustafa Kemal Atatürk. Seine Familie war von seiner modernen Politik durch und durch begeistert. Die Namensgleichheit ist daher kein Zufall.

Auch Mustafa ist politisch, nur lauter und radikaler. Er grölt auf einer Demo Parolen gegen den Präsidenten. Das kam schon damals nicht gut an bei den Polizisten, die ihn gleich einkassierten und wegen Präsidentenbeleidigung für vier Wochen ins Gefängnis steckten. Eine traumatische, schlimme Erfahrung für ihn. Sein Jura-Studium war damit gelaufen, bevor es begonnen hatte. Sein Plan B, Pilot zu werden, scheitert an seiner Kurzsichtigkeit. Deutschland wirkte da wie eine Verheißung; ein Land der tausend Möglichkeiten, in dem jeder vom Tellerwäscher zum Millionär werden kann. Mustafas Traum ging so: Er wollte in Deutschland politischer Karikaturist werden. In der Türkei schien das, vor allem nach seiner Erfahrung im Gefängnis, viel zu gefährlich. Nachdem er auch noch mit einer verheirateten Frau angebandelt hatte, war Anfang der Sechzigerjahre alles in allem ein guter Zeitpunkt, das Land zu verlassen. Und jetzt eben Köln. Mustafa hat hier immerhin das Glück, nicht in einem Wohnheim, sondern in einer wirklich schönen Wohnung zu wohnen. Er ist Anfang dreißig, 172 Zentimeter groß und sehr schlank. Seine tiefdunklen Augen schimmern in der Sommersonne grünlich. Die dichten Haare sind ein wenig lockig und pechschwarz. (»Ne wirklich schöne Mann!«, sagst Du später immer über ihn, Mimi.)

»Sie sehen sehr traurig aus. Sie sehen so aus, als könnten Sie Hilfe gebrauchen!« Als Mustafa meine Mutter in dem Café aus ihren Gedanken holt, ist sie im ersten Moment völlig genervt. Von Männern und ihren ungeschickten Anmachen ganz besonders. Aber auch mit Ausländern hatte sie bis dahin keinen Kontakt und war dem Fremden gegenüber eher abgeneigt, so kennt sie es aus ihrer Welt, aus der sie stammt. Ihre sehr dünn gezupfte Augenbraue zuckt, der Blick geht zur Seite. Mit der Zunge schnalzt sie verächtlich: »Ach, verpiss Dich!« Aber Mustafa tut genau das nicht, bleibt vor ihr stehen und schmunzelt. »Ich habe Sie schon eine ganze Weile beobachtet. Erzählen Sie! Was ist los? Vielleicht kann ich Ihnen ja helfen«. Meine Mutter ist überrascht, wie gut der Fremde deutsch spricht. Sie guckt ihn sich genau an, wie er da vor ihr steht: schicker dunkelgrauer Anzug, eine Zigarette lässig im Mundwinkel. Er zieht, und der Qualm dampft aus sämtlichen Gesichtsöffnungen. »Hm«, sagt meine Mutter. Mustafa versteht das als Einladung, sich hinzusetzen. Sie lässt es geschehen und beginnt, ihre Geschichte zu erzählen. Bis dahin ist es nicht oft vorgekommen, dass ihr jemand wirklich einfach nur zugehört hat. Es dauert einige Zigarettenlängen und mehrere Tassen Kaffee, bis sie sich ausgesprochen hat. »Tja, jetzt sitze ich hier und brauche dringend eine neue Bleibe«, sie atmet tief aus. »Wenn es nur das ist, Sie also nur eine Wohnung suchen, kann ich meine Vermieterin fragen. In meiner WG ist gerade ein Zimmer frei.« Er lächelt. Sie guckt ihm jetzt direkt in die Augen. Jetzt erst bemerkt sie, wie schön die tiefgrünen Flecken in seinen Augen glitzern. Und erst diese Zähne! Ganz gerade und schon fast leuchtend weiß. Ihr Lächeln wird sehr, sehr breit. Sie bestellen eine weitere Tasse Kaffee. Es wird nicht ihr letzter sein.

Mustafa

Die WG ist gar nicht weit weg vom Café *Rolltreppe*. Sie liegt in der Händelstraße, auf der Rückseite des großen Versicherungsgebäudes am Rudolfplatz. Die Wohnung gehört einer älteren Dame und hat insgesamt sechs Zimmer. »Sagen Sie, haben Sie denn überhaupt eine Arbeit«, die Vermieterin hat die Arme vor ihrer Brust gekreuzt, das Kinn leicht vorgeschoben. Ihr Blick wandert von den Füßen meiner Mutter bis rauf zu den Haarspitzen. »Ja, in der Kaufhalle«, meine Mutter antwortet nur das Nötigste. Ihr

Herz klopft. »Jetzt bloß nichts Falsches sagen«, denkt sie sich. Sie will unbedingt wieder ein vernünftiges Dach über dem Kopf haben. »Na, denn ist das ja kein Problem. Dann können Sie das Zimmer haben.« Die Vermieterin löst ihre Arme und streckt meiner Mutter jetzt die Hand aus, doch sie zieht sie noch einmal kurz zurück: »Aber, dat eines klar is: Herrenbesuch ist nit erlaubt! Dat is ein anständiges Haus hier!« – »Nä, von Männern hab ich die Schnauze voll«, lacht Mama. Erleichtert greift sie zu und schüttelt die Hand ihrer neuen Vermieterin etwas doller als nötig. »Danke, vielen, vielen Dank!« Irmtraud hat ihre erste eigene Bleibe für 320 Mark Miete im Monat. »Das müssen wir feiern. Im Friesenviertel kenne ich ganz gute Kneipen. Hätten Sie was dagegen, wenn ich Ihnen die zeige?«, fragt Mustafa unsicher. »Nö, nix habe ich dagegen!« Mamas Gesicht hört gar nicht auf zu strahlen. Es ist der Fremde, der meine Mutter in die Ecken der Stadt führt, die fern der eher braven Tanzcafés liegen, die sie bislang kannte. Heute Abend geht es los – das richtige, raue und wilde Kölner Nachtleben. Fast selbstverständlich, ohne großes Aufheben greift Mustafa nach ihrer Hand, als sie die erste volle Bar betreten. Er lässt sie nicht mehr los. Meine Mutter hat Schmetterlinge im Bauch.

Noch teilt sich Mustafa sein WG-Zimmer mit einem Freund. Doch es bleibt nicht lange bei getrennten Zimmern. Mustafas unmittelbarer Mitbewohner bekommt eine eigene Wohnung und zieht aus. Am Anfang schleicht sich meine Mutter noch heimlich ins Nachbarzimmer, die

Vermieterin darf ja nichts mitbekommen. »Kein Herrenbesuch!« Die strenge Warnung der Vermieterin klingt beiden noch nach. So was macht man ja schließlich nicht und dann auch noch mit einem Ausländer! Aber irgendwann ist das beiden ziemlich schnuppe. Schon nach wenigen Wochen hat meine Mutter es wieder getan – sich verliebt.

Der Kontakt zu den Eltern und auch zu den Geschwistern meiner Mutter bricht jetzt völlig ab. Ihr »Lebenswandel« und die »wilde Ehe« mit einem Türken sind einfach zu viel für das zarte konservative deutsche Gemüt. »Du brauchst Dich hier nicht mehr blicken zu lassen, wenn Du Dich mit dem Ausländer-Pack abgibst«, schreit man ihr bei einem ihrer letzten Besuche »zu Hause« hinterher. Die Worte ihrer Eltern nimmt meine Mutter wörtlich, auch wenn es schwer für sie ist. Vor allen Dingen fehlt ihr der Vater sehr. Aber sie sieht sich nicht in der Lage, die Wogen zu glätten. Die ganze Angelegenheit wird vertagt, und im Rausch der Gefühle klappt es ganz gut, den Gedanken an ihre Familie für einige Zeit zu verdrängen. Doch aus dieser einigen Zeit wird eine ziemlich große.

Mustafa oder »Musta«, wie meine Mutter ihn nennt, hat in seiner Verliebtheit nur eine Kleinigkeit auszusetzen. »Dein altdeutscher Vorname Irmtraud, das klingt nicht modern, viel zu spießig, nazi-deutsch!«, sagt er. »Komm, wir nennen Dich ab jetzt einfach – hm ...? – »Sonja!«, meine Mutter zuckt nur leicht mit den Schultern. »Warum nicht?« Dann eben Sonja. In Musta hat meine Mutter das perfekte Gegenstück gefunden, mit dem sie durch die

Nächte tanzen, trinken, lachen und stolpern kann. Der Tanzstil von Mustafa ist noch schlechter als Bobby Farrells Gesang bei Boney M. (genau der, der gar nicht gesungen hat). Mustafa hat viele Freunde, die bald auch Sonjas Freunde werden. Mit Mustas hellblauem Käfer tingeln sie von Bar zu Bar. (Das macht man wohl auch nur im Köln der Sechzigerjahre: jeden Schritt mit dem Auto zurückzulegen.) Der Rudolfplatz liegt nicht mal einen Kilometer vom Party-Epizentrum, dem Friesenviertel, entfernt. Immer fährt Musta. Meine Mutter hatte nicht mal einen Führerschein. Brauchte »frau« zu dieser Zeit nicht, ähnlich wie einen ordentlichen Schulabschluss oder eine Berufsausbildung. Sonja hat nicht nur noch nie am Steuer eines Autos gesessen, sie ist bis dahin sogar kaum in einem Auto gefahren. Mit fast dreißig Jahren hat sie noch nie ein Taxi genommen. Das ändert sich nun in dieser Nacht. Die beiden sind auf Tour. An ihrer letzten Station zieht es sie in die Kneipe von Toni und seiner Frau. Der Laden heißt *Zum Zirkusviandel* (was auch immer dieser Name zu bedeuten hat). Sie sind mal wieder die letzten Gäste. Das Wirtspaar hält sich zu so später Stunde nicht mehr zurück, seine privaten Streitereien vor den Gästen auszutragen. »Du Dreckschwein! Pass auf, dat Dir nit die Augen rausfallen. So hässe de der Tussi da eben up den Arsch jeglotzt! Wolltest Du ihren Arsch fragen, ob er noch'n Kölsch trinken will, oder wat? Hat er zu Dir gesprochen? Ja? Hat er? Bestell doch noch schöne Grüße, Du altes Aas!«, kommt aus der einen Ecke. »Wenn ich ein Dreckschwein bin. Wat bis Du dann? Du bist 'ne Drecksau!«, hallt es aus der anderen. Hier kommt nun als Antwort von der Wirtin ein altes Schnitzel aus der Küche Richtung Theke geflogen. Toni zögert nicht lange und wirft alles, was er an Essensresten hinter der Theke noch finden und greifen kann, in Richtung Küche. »Dat Fleisch war für den Hund! Du dummes Schwein!«, ruft sie. »Ja, dat passt doch zu Dir, Du dreckiges Tier, Du!« Musta und Sonja müssen vor der Theke in Deckung gehen, um nicht auch noch was abzubekommen. Als der Wirt aber mit der Faust auf seine Frau zustürmt, geht Mustafa dazwischen. »Komm, beruhig Dich, Mann!« Doch es ist zu spät. Tonis Faust ist schon in der Luft und landet unsanft mitten in Mustafas Gesicht. »Hä? Was, wieso?« Musta ist so perplex, dass er überhaupt keinen Schmerz spürt. »Ich hab doch gar nichts gemacht!« Er hält seinen Kiefer umklammert und bewegt ihn ein-, zweimal hin und her, um zu testen, ob wirklich alles o.k. ist. »Sicher hast Du wat jemacht! Du Tünnes! Dat biste selber schuld!«, schimpft die Wirtsfrau. »Wat mischst Du Dich auch ein, Du Idiot!«, stimmt ihr Mann in seltener Einigkeit zu. »Komm, lass abhauen«, lacht Mustafa kopfschüttelnd, packt Sonja am Oberarm und zieht sie aus dem Laden, in dem sich die Wirtsleute nun ungestört weiter beschimpfen. Ihr Geschrei ist bis vor die Tür zu hören. »Komm, wir gehen noch ins *Lovestory*«, schlägt Musta vor. Die Tanzbar liegt ebenfalls direkt am Friesenplatz. »Wollten wir nicht nach Hause?« – »Ach, ein paar Whiskey-Cola gehen noch.« Mustafa kann danach nur noch schwer geradeaus laufen. Die Sonne über dem Friesenwall macht sich schon bemerkbar, es dämmert. »Du musst das Auto fahren, ich bin viel zu besoffen«, Mustas Zunge müht sich mit den Worten. Die Augenlider sind auch schon halb im Feierabend. »Nä, ich kann dat nit – ehrlich!« Mama schüttelt vehement den Kopf. »Ach, klar! Das kann jeder. Komm, ich zeig's Dir.« Etwas mühsam robbt sich meine Mutter auf den Fahrersitz rüber, Musta zwängt sich gleichzeitig unter ihr hindurch auf die Beifahrerseite. Man könnte natürlich auch einfach aussteigen und um das Auto herumgehen – aber das ist um diese Uhrzeit und bei dem Alkoholpegel wohl zu kompliziert gedacht. »Na, siehste! Geht doch!«, lobt Musta sie dafür, dass sie richtig Platz genommen hat und die Hände vorbildlich viertel nach und viertel vor auf dem Lenkrad liegen – womöglich aber kommt das Lob ein bisschen zu früh, denn noch hat Sonja den Weg vom Bürgersteig, auf dem das Auto geparkt ist, zur Fahrbahn nicht geschafft. Sonja startet den Wagen. »Tritt mal die Kupplung«, sagt Musta. »Wat? Wo is dat dann?« – »Da, das Pedal ganz links.« Musta legt den ersten Gang ein. »Ich schalte für Dich. Pass auf, jetzt fahr erst mal los. Du musst ganz langsam mit Gefühl Deinen Fuß von der Kupplung nehmen und mit dem anderen das Gas treten. Das ist da rechts.« In Zeitlupe setzt meine Mutter den Wagen in Bewegung. Musta legt den zweiten Gang ein und kramt in der Zwischenzeit eine Kassette mit der Aufschrift »GLK« aus dem Handschuhfach. »Wat is denn GLK?«, fragt meine Mutter. »Na, die Gute-Laune-Kassette.« Mit überschaubarer Tonqualität dröhnt so eine Art Beat-Musik auf Türkisch aus den Boxen. Quasi Beatles turkish style. Die Bandmitglieder von Mavi Isiklar sehen wirklich wie eine anatolische Version der Pilzköpfe aus. »Helvaci, helva! Seker lokumlu helva.« Musta singt laut mit. »Wat is dat?«, fragt meine Mutter noch einmal ungläubig und muss sich dabei fast in die Hose machen vor Lachen. Dabei verliert sie leider die Kontrolle über das Zusammenspiel von rechtem und linkem Bein. Musta guckt zu ihr rüber, sein Mund steht offen. Der Wagen ruckelt wie bei einem schweren Schluckauf. Er kann seinen Unglauben nur noch stottern: »Da-has gi-hibst do-hoch ga-har nicht. Du-hu ka-hannst ja wi-hirklich kei-hein Au-hauto fa-haren!« Die Oberkörper schaukeln dabei vor und zurück. »Ach, komm! Lass die Karre einfach stehen. Wir laufen nach Hause.« Mustafa macht nicht lange rum. »Dann können wir im *La Strada* noch einen trinken. Wilfried und Mirna sind bestimmt auch da.« Meine Mutter lässt den Wagen auf den nächsten Bürgersteig zuhoppeln und »parkt«. Das Auto läuft ja schließlich nicht weg, ebenso wenig wie der nächste Tag.

Es soll ja in jeder Partnerschaft einen Ernie und einen Bert geben, also einen Partner, der immer lustig ist und viel Quatsch macht, und einen, der – eben wie Bert – für das Ernste zuständig ist. Bei meiner Mutter und Mustafa gibt es allerdings nur zwei Ernies, keinen Bert.

Die frühen 80er

Iris

Die beiden Ernies verbringen Jahre auf diese Weise, und mitten in den Siebzigern kommt noch einer dazu: ich!

Sonjas und Mustas (oder eher nur Mustas) hartnäckige Versuche, kein Kind zu zeugen, habe ich erfolgreich vereiteln können. Angeblich hat Mama sogar Duogynon bekommen. Ein Präparat, das einige Ärzte Frauen in den Sechziger- und Siebzigerjahren zur schnellen Abhilfe bei einer ungewollten Schwangerschaft verschrieben. Papa dachte jedenfalls, erzählt er später, sie hätte sie genommen. Mama selbst stellt klar, sie habe die Pillen im Klo runtergespült. Sie dachte nicht im Traum an Abtreibung: »Ich habe mir immer ein Kind mit dunklen Augen gewünscht.« Das mit den dunklen Augen erzählt sie mir ständig. Auch heute. Es ist ein lauer Sommerabend 1983. Ich bin fast acht Jahre alt und gehe in die zweite Klasse. Eigentlich sollte ich längst schlafen, aber mir fällt immer irgendwas ein, um das so lange es geht hinauszuzögern. Mama und Papa lassen sich auch meist darauf ein. »Und wieso dachtest Du, ich sehe aus wie ein Affe?«, will ich noch mal wissen. Mama hat schon ihr Nachthemd an, im Gesicht so viel

Bebe-Creme, dass es ganz weiß ist (gegen die Falten, falls wer Mama fragt). Sie sitzt an der Kante von meinem Bett, das in unserer Küche steht. Papa schläft auf der Couch im Wohnzimmer, Mama bei mir im Bett. Warum unser Bett in der Küche steht? Keine Ahnung. Es war schon immer so, und ich mag es gern, da zu sein, wo ein bisschen Gewusel ist. Sie kitzelt mich an den Ohren und kneift dabei ihre Augen fest zusammen: »Mädchen, Du hattest überall schwarze Haare!« – »Echt? Überall?« – »Ja, am ganzen Körper. Du sahst eben aus wie ein Äpchen.« Mamas ganze Körpermasse wackelt, weil es sie selbst nach Jahren meiner Geburt immer noch so amüsiert. Sie zieht mir die Decke bis zur Brust, obwohl es eigentlich viel zu warm dafür ist. Also werfe ich die Decke gleich wieder zurück. Mama atmet fest aus. Ihre Augen drehen sich nach oben. »Erzähl bitte nur noch einmal, wie ihr euch kennengelernt habt, ja? Bitte!« Meine Hände halte ich gefaltet ganz nah an ihrem Gesicht, sie berühren fast ihre Nasenspitze. »Na jut, aber dann ist Ruhe, es ist schon spät, Mädchen. Du kannst morgen sonst nit aufstehen.« Die Geschichte meiner Eltern kann ich schon im Schlaf singen, trotzdem höre ich sie mir immer wieder gern an – vor allem, wenn ich damit das Einschlafen noch ein bisschen mehr hinauszögern kann. »Dinge Vater wollte eigentlich wieder zurück in die Türkei«, sagt Mama. »Ja, das stimmt«, bestätigt Papa. Er steht mit dem Rücken zu uns, weil er sich am Herd einen Tee kocht. Das Teeglas ist ganz dünn, es klirrt total laut, wenn er den Zucker darin verrührt. Klingelingeling-elingeling. Wie eine kleine Melodie. Er rührt immer in dem gleichen

Rhythmus um. Der Sound hat sich völlig in mein Gedächtnis gebrannt. Er läutet für mich den Abend und den Morgen ein. Kommt davon, wenn man in der Küche schläft. Es ist fast dunkel im Raum. Nur eine schwache Lampe leuchtet über dem Herd, und durch die Fenster blinzelt noch ein wenig Licht von draußen rein, wenn der dunkelblaue Vorhang vom leichten Wind etwas hin und her getragen wird. Es ist auf dieser Seite, der Hofseite, ganz ruhig. »Aber als ich Dich gesehen habe, Mädchen, konnte ich Dich nicht alleine lassen, ming Kizim!«, er lächelt milde. Ich zweifele keinen Moment daran, dass Papa ganz froh ist, dass Mama die Pille nicht genommen hat. Kizim bedeutet »mein Mädchen«. Gut türkisch spreche ich nicht. Papa hat es mir nie beigebracht. »Warum nicht, Papa?« Er schnalzt mit der Zunge und schüttelt den Kopf. Seine Locken wackeln ein wenig: »Du musst hier richtig Deutsch können. Mit Türkisch kannst Du nichts anfangen. Ich will nicht, dass Dich zwei Sprachen verwirren, verstehst Du?« So richtig verstehe ich es nicht. Aber ich merke schon, dass beide, aber vor allem Papa, das Türkischsein von mir weghalten wollen. Papa hat für mich extra einen Vornamen ausgesucht, den man in Deutschland kennt, aber auch in England, Frankreich oder Amerika: Iris. Damit kommt man überall gut durch und hat draußen in der Welt keine Probleme, glaubt er. »Wenn die Leute wissen, dass Du türkisch bist, hast Du nur Nachteile, weil die denken, dass Du nicht so schlau bist und Deine Eltern als knoblauchstinkende Analphabeten aus einem Bergdorf in Ostanatolien gekrochen sind.« Ich gucke Mama erschrocken an: »Ist das so?« Mama nickt. »Warum wolltest Du überhaupt zurück in die Türkei?«, will ich wissen. »Ich habe keine Lust, für immer bei Ford zu arbeiten, weißt Du. Ich wollte zeichnen, politische Karikaturen, aber das hat alles nicht geklappt.« Er zuckt mit den Schultern.

»Hast Du noch Hunger?« Papa stellt seinen Tee zur Seite und schnappt sich einen Kochlöffel. »Ich kann uns noch was Helva machen.« Mamas Augen werden kleine dünne Schlitze, mit denen sie zu Papa rüber guckt. Zu spät. »Jaaaaa«, schreie ich und springe in meinem Frottee-Schlafanzug wieder aus dem Bett. »Du hässe nie mi all«, schimpft Mama. Ein ganz leichtes Lächeln kann ich aber trotzdem in ihrem Gesicht erkennen. Papa holt eine Pfanne raus und Butter. Der Zucker steht ohnehin schon am Herd. »Helvaci, Helva …«, singt Papa, während er alle Zutaten mit dem Löffel verrührt. Die Küche füllt sich mit einem Duft aus Karamell und geschmolzener Butter – es ist herrlich.

Aus dem Wohnzimmer höre ich den Fernseher laufen. Mit einer kleinen Schüssel Helva trete ich zur Couch. Was auf dem Bildschirm läuft, ist mir völlig egal. Ich freue mich mehr darüber, noch wach bleiben zu dürfen. Das Fenster steht offen. Hier und da dringt ein lautes Lachen von der Straße zu uns rein. Der Friesenwall schläft auch noch nicht.

Die Majowskis

Unsere Wohnung ist nur einen kurzen Frisbeewurf vom belebten Ring entfernt und liegt quasi am Hinterausgang des Rex-Kinos und einem großen Supermarkt, dem »Beamteneinkauf«. Unsere Häuserzeile ist unauffällig, ein schnöder Nachkriegsbau ohne Geschnörkel. Direkt gegenüber unserer Wohnung gibt es aber auch noch prachtvolle Altbauten mit schönen Verzierungen, gewölbten Bögen über den Fenstern und von Säulen eingerahmten Türen, die man fast schon Eingangsportale nennen kann. Jedes einzelne Fenster sieht anders aus, besonders. Ein Haus hat sogar einen kleinen Turm mit einem Wetterhahn aus Kupfer obendrauf. Es ist nur völlig runtergerockt – wie fast alle Häuser hier. Am meisten fallen die vielen Puffs auf: das *Wallstreet* an der Ecke zur Palmstraße, das *Lorien* direkt gegenüber, links daneben der *Blaue Engel* und die *Bar Minouche*. Und das sind nur die Lokale auf diesem kleinen Abschnitt zwischen Palmstraße und Friesenplatz, der nicht einmal fünfzig Meter lang ist. Im Viertel selbst gibt es noch sehr viel mehr davon. Keiner scheint sich großartig an den Puffs zu stören, sie gehören hier wie selbstverständlich dazu. Für mich sind sie dennoch etwas Besonderes. Sie wirken so geheimnisvoll mit dem, was sie hinter den schweren, gepolsterten Türen verbergen. Nur die Fotos hinter den Fensterauslagen aus dünnem Glas neben den Eingängen geben etwas preis: viel nackte Haut, eindeutige Posen und Federboas, die sind offenbar gerade so ein Ding. Selbst wenn die Türen mal offen stehen, sieht man nichts, denn dichte dunkelrote Filzvorhänge am Eingang versperren die Sicht. Ich lungere manchmal trotzdem vor den Türen rum, um einen kleinen Blick zu erspähen, falls sich doch ein Vorhang kurz zur Seite schiebt. Aber drinnen ist es ziemlich finster. Ich sehe nur Männerbeine samt Hosenbunde. Das ist bei meiner Körpergröße eben meine Sichthöhe. Hochgucken ist mir zu peinlich, obwohl die Männer ohnehin eher beschämt den Blick senken, wenn sie durch unsere Straße gehen. Die, die meinen Blick suchen, sind einfach nur perverse Schweine.

Ein absoluter Kontrast dazu ist der Rest der Nachbarschaft, allein in unserem Haus: Auf der ersten Etage wohnt eine Hausfrau, die meist einen geblümten Kittel und feste weiße Stützstrumpfhosen trägt (wegen der Krampfadern, sagt sie). Sie sieht aus wie Clementine aus der Waschmittelwerbung. Neben ihr wohnt ein älteres Ehepaar, das mehrmals am Tag seinen Pudel ausführt. Nur im Vorbeigehen kann ich manchmal in ihre Wohnung reingucken: Ich sehe nur einen ganz sauberen, hellen Teppich und eine hochpolierte Kommode aus dunklem Holz – kein Kratzer oder Fettfleck. Auf der zweiten Etage wohnen zwei Gastarbeiterfamilien. Wir teilen uns die dritte Etage mit einem Ehepaar samt Schäferhund. Die Buschmanns. Herr Buschmann trägt selbst in seiner Freizeit am liebsten dunkelgrüne Jägerklamotten. »Das ist hundertpro ein Nazi«, sagt Papa. Ob er recht hat? Ich kann mit dem Wort noch nicht viel anfangen und verbinde damit die etwas vage Vorstellung von Menschen, die Ausländer hassen, Bier trinken, Schlagermusik hören und eben waldgrüne Klamotten tragen. Menschen, für die ich offenbar besser einen deutschen Namen tragen sollte, wenn man Papa fragt.

In dem wunderschönen Altbau mit der Wetterfahne auf dem Dach bei uns direkt gegenüber wohnt eine Familie mit sehr vielen Kindern. Eigentlich sehe ich immer nur ihre Mutter am Fenster hocken. Sie hat ziemlich schlechte Zähne, ungepflegte Haare und die Klamotten sehen ganz schön abgeranzt aus – auch die der Kinder. Sie riechen immer ein bisschen nach Feuchtigkeit (also nach Pisse): die Familie Majowski. »Lissssbätttt, Helgaaaa, Elkeeee!!! Kütt erupp, et Esse is fädddisch!« Die Rufe hört man bis zum Rudolfplatz. Auch das ist für mich schon ein vertrauter Laut. Alles in allem lebt man aber einigermaßen friedlich nebeneinander (nur eben vor den Buschmanns, oder besser Herrn Buschmann, gruselt es mich etwas).

Mama, Papa und ich haben keine feste Zeit, zu der Mittag gegessen wird, ein gemeinsames Am-Tisch-Sitzen gibt es bei uns nicht. Ich kann gar nicht sagen, ob wir überhaupt mal gemeinsam gegessen haben. Mama kocht zwar, aber das mag keiner von uns essen. Sie liebt sehr lange gekochten Kohl. Die ganze Wohnung riecht dann nach Pups. Wenn sie nichts mit Kohl kocht, hat sie noch verschiedene Suppen im Angebot: Gerstensüppchen oder Erbsensüppchen. Ihre Lieblingszutat ist Butter, sodass auf der Oberfläche immer ganz viele Fettaugen schwimmen. »Dat is jesund, Kind!«, höre ich ähnlich oft wie: »Mädchen! Du siehst aus wie ein Knochengerüst. Du brauchst Fett. Un Butter is jut!«, findet sie. Da ich das, was sie kocht, nicht esse, bekomme ich immer etwas Besonderes zubereitet. Mama kocht mir extra gezuckerte Milch-Nudeln, gesalzene rote Paprika, Gurken – oder sie macht Nutella-Brote. Die schneidet sie für mich in viele kleine Vierecke, damit ich mich beim Essen, was ich meist vor dem Fernseher machen darf, bloß nicht anstrengen muss. »Hier ming Liebchen, ich hab Dir Schäfchen jeschnitten. Wenn Du noch mehr haben willst, dann mach ich Dir noch eins, jut, Kückelchen?« »Jetzt reicht es aber« oder »Das enthält zu viel Zucker«, Sätze, die bei uns nicht fallen. 18:30 Uhr. Gleich fängt meine geliebte Sesamstraße an. Durch das offene Fenster werde ich von den anderen spielenden Kindern abgelenkt. Ich laufe hin und beuge mich weit raus. In der Menge erkenne ich meinen besten Kumpel Tommi beim Seilspringen: Er wohnt seit einiger Zeit bei der Hausfrau in dem Blümchenkittel auf der ersten Etage und ist ihr Pflegekind. »Tommi! Die Sesamstraße fängt an, willst Du mitgucken?«, brülle ich so laut ich kann. Aber er hört mich nicht. »TOMMMIIIII!« Dann schaue ich halt allein – wie so oft.

Tommi

Mit den anderen Kindern in der Straße bin ich nicht besonders gut befreundet. Wir spielen auch kaum miteinander, die meisten von ihnen sind älter als ich. Nur mit Tommi ist das anders. Er ist schon ziemlich lange zur Pflege bei unserer Nachbarin »Clementine« – ich glaube sogar, seitdem ich denken kann. Ein hellblond gelockter Junge mit auffällig großen blauen Augen. Und seitdem ich denken kann, spielen wir auch immer zusammen. Von meinen Eltern weiß ich, dass seine Mama »anschaffen« geht und zurzeit wegen irgendwas im Knast sitzt. Über seine leiblichen Eltern redet Tommi nicht besonders viel. Schon allein, wenn ich nur die Wortkombination »Deine Mutter« sage, sehe ich, wie er zuckt und meinem Blick ausweicht. Über Tommis Vater sagen meine Eltern, dass er ein Zuhälter sei, der die Mutter sitzen gelassen habe. Tommi hingegen sagt, dass er ein amerikanischer Soldat sei und zurück in die USA gemusst hätte. Ob das stimmt? Keiner weiß es, keiner fragt, keiner will ihm diese eine Gewissheit nehmen – ich auch nicht. Es geht ihm hier schon scheiße genug. Oft ärgern ihn die anderen Kinder. Sie machen sich im besten Fall nur über ihn lustig, im schlimmsten Fall bekommt er was auf die Nase. Ihn mitspielen zu lassen bedeutet meist, dass er den Ball holen soll, wenn er in eine entlegene Ecke im Gebüsch fliegt. Aber Tommi macht alles mit – kein Klagen, kein Weinen.

Mitten in meiner Sesamstraße klingelt es an unserer Tür. »Kann Iris noch mit runterkommen?« Da ist er doch! Tommi! Er hat mich offenbar brüllen gehört. »Ne, ich mag nicht runter. Willst Du nicht mit mir Fernsehen gucken? Mama hat ›Schäfchen‹ gemacht«, ich stehe gar nicht auf von meinem Sessel, sondern drehe nur mit einem »Schäfchen« in der Hand meinen Kopf in Richtung Flur, wo Tommi steht und mich hoffnungsvoll anguckt. »Immerhin isst Du mal keine rohen Nudeln, aber trotzdem: nein, danke!« Er kennt mich ziemlich gut, ich esse wirklich unglaublich gern ungekochte Nudeln. Sie sind so was wie

Chips für mich. Wenn man ein bisschen länger drauf rumlutscht, sind sie auch nicht mehr so hart. »Ach, komm doch mit, bitte! Es ist noch total schön draußen. Alle sind da.« Ich schüttele den Kopf und drehe ihn wortlos wieder Richtung Fernseher. Tommi hüpft auf mich zu, schnappt sich ein Stück Brot und rennt kauend zur Tür raus. »Dann eben nicht!«, höre ich ihn noch murmeln. Von der Straße kann ich immer noch deutlich das harte Springseil hören, wie es in regelmäßigen Abständen den Asphalt streift. Es ist noch ordentlicher Alarm da unten. Außergewöhnlich heiß ist es aber auch, dabei geht kaum ein Lüftchen. Doch plötzlich verstummt das Seil und auch die lauten Kinderschreie. »Hm, was ist da los?« Ich bin neugierig. Mit meinem Butterbrot-Brettchen setze ich mich auf unsere Fensterbank und versuche, die Lage zu überblicken. Alle Kinder haben ihre Köpfe zusammengesteckt. Sie hecken offenbar etwas aus. Sogar Tommi darf dabei sein. Er zeigt auf die Eingangstür der *Bar Minouche,* die nur einige Meter weit entfernt ist. Die Tür steht offen. Plötzlich rennt eines der Majowski-Kinder los und wirft mit einem festen Schwung die schwere Bar-Tür zu. Der Knall durchbricht die Ruhe und dringt sogar bis zu mir hoch in die dritte Etage. Alle Kinder laufen in verschiedene Richtungen auseinander, um sich hinter den geparkten Autos am Straßenrand zu verstecken. »Wer war das?«, ruft Anita, die Puffmutter, wütend, als sie aus der Bar gestürmt kommt. Sie trägt nur ein kurzes schwarzes Spitzennachthemdchen, das unten etwas weiter wird und nur bis knapp über den Po reicht. Ihr Körper ist drall, ihre Haare sind hellblond, kurz und zu einer turmartigen Frisur auftoupiert. Sie hat die Faust in die Luft gestreckt: »Macht das nicht noch mal, sonst ist hier aber der Teufel los!« Ein paar Minuten nach diesem Auftritt kommen die Nachbarskinder wieder aus ihren Verstecken geschlichen. Es wird kurz geflüstert. Dann läuft Tommi los in Richtung Bar. Doch kurz vorher bleibt er stehen und schüttelt den Kopf. Er will es nicht machen, da läuft schon wer anders los und wirft wieder mit einem festen Schwung die Türe zu. Es geht so schnell, dass Tommi völlig verdattert stehen bleibt. Da kommt auch schon Anita wieder nach draußen gestürmt, das Hemdchen flattert, obwohl immer noch kein Wind geht. Sie hat einen großen Eimer Wasser in der Hand, den sie mit Schwung über Tommi gießt. Er ist triefend nass, das T-Shirt klebt an seinem Oberkörper. Was ich jetzt auch bis oben hin höre, das ist das laute Heulen von Tommi. Der arme Kerl – wieder hat er alles abbekommen. Ich bin ganz froh, dass ich nicht mit runtergegangen bin. Wie ein begossener Pudel schleicht er sich zu unserer Eingangstür. »Ach Junge, was hast Du gemacht?« Papa holt ein großes Handtuch und wickelt Tommi darin ein. Wortlos setzt er sich neben mich auf die Couch, und gemeinsam starren wir auf den Bildschirm. Mama bringt noch ein Brettchen voll mit »Schäfchen«. Wir haben beide keine besonders guten Freunde da unten auf der Straße. Es ist daher für mich mit vielen Nachbarn im wahrsten Wortsinn ein »Nebeneinander«. Ich bin froh, dass Tommi es für heute eingesehen hat und wir nun beide zusammen sind – wenigstens jetzt und hier (ich weiß genau, dass er sich morgen wieder von den anderen zu irgendeinem Quatsch überreden lässt).

Renate

Das Puff-Geschäft läuft nicht nur in den Etablissements wie der *Bar Minouche*, sondern auch noch auf dem klassischen Straßenstrich. Eine Frau läuft auch tagsüber den Friesenwall rauf und runter und versucht, Männer abzufangen, bevor sie in einem der Puffs verschwinden können. »Karin«, ein »armes Tier«, sagen meine Eltern über sie. »Die ist selbst für den Puff zu kaputt«, fügt Papa wenig schmeichelhaft hinzu. Sie hat immerhin ein kleines Zimmer über dem *Blauen Engel*, in das sie mit den Freiern von der Straße verschwindet. Karin hat kurze rote Haare und trägt Jeansjacke. Im Gesicht hat sie manchmal dicke blaue Hämatome, die man auch durch ihre Schminke sieht. Karin ist immer sehr freundlich zu uns Kindern. Sie tut mir leid, auch wenn ich nicht viel von dem verstehe, was sie zu einem »armen Tier« macht.

Dann gibt es noch die Frauen, die ihre Freier in angemieteten Wohnungen in einem Haus auf der Palmstraße empfangen. Die Fenster sind sehr groß. Man kann die Frauen von der Straße aus gut sehen. Die Zimmer sind sehr funktional eingerichtet. Mehr als ein großes Bett gibt es nicht. In einer Wohnung hängt eine schwarze Lederpeitsche an der Wand. Fotos der Frauen in Badeanzügen stehen auf dem Nachttisch und der sehr breiten Fensterbank. Vielleicht nennt Mama sie deswegen der Einfachheit halber »Fotomodelle«. Ganz bescheuert bin ich aber auch nicht, und ich habe durchaus eine Ahnung, was das bedeutet. Auch sie verurteilt keiner. Alles, um finanziell irgendwie durchzukommen, ist quasi erlaubt. Jeder hat hier irgendwie ein Ding am Laufen. Nur bei Gewalt hört das Verständnis auf. Ich sehe, wie Männer Frauen auf der Straße schlagen, ich höre sie schreien – immer gefolgt von dem leuchtenden Blaulicht der Polizei, das in unserer engen Straße meterweit reflektiert. Und ich sehe die Narben in manchen Gesichtern. Zum Beispiel bei Renate, einer Freundin meiner Eltern. Sie kommt oft zu uns zu Besuch und passt manchmal auf mich auf, wie heute. »Liest Du mir noch was vor?«, frage ich sie. Ich liege im Bett, draußen ist es schon dunkel. »Klar!«, sagt Renate. Sie beugt sich über mich, um mich wie eine Wurst in meine dicke Decke einzurollen. Sie schiebt die Deckenränder dabei unter meinen Körper. »Iris im Schlafrock«, sagt sie lächelnd. Es ist das erste Mal, dass sie mir so nahe kommt, ich so genau in ihr Gesicht gucken kann. Ihre Augen haben zwei unterschiedliche Farben (wie bei David Bowie). Eins ist braun, das andere grün. Und ich entdecke noch etwas an der Schläfe. Dort ist eine lange, feine Narbe, die sonst immer von ihren Haaren verdeckt ist. Doch so über mich gebeugt, wird sie für mich plötzlich deutlich sichtbar. Renate ist unheimlich lieb. Ich kann mir nicht vorstellen, dass sie jemals etwas Böses getan hat. Ob es ein Unfall war? Ich traue mich nicht zu fragen, und ich gebe mir Mühe, nicht so dahin zu starren. »Was wollen wir denn lesen? Eure Auswahl ist ja nicht besonders groß.« Renate sieht sich in der Küche um und tatsächlich, viele Bücher gibt es nicht. »Ach, erzähl einfach eine schöne Geschichte, ich bin eh schon total müde.« Fest schließe ich meine Augen. Wirklich darauf konzentrieren, was Renate sich da gerade ausdenkt, kann ich mich eh nicht. Zum Glück schlafe ich bald ein. Ich merke gar nicht, dass sich Mama in der Nacht zu mir gelegt hat, als sie nach Hause gekommen ist. Ich habe sie im Arm, ein Bein über ihr und ihren Daumen fest in der Hand. »Die Renate hat mir gestern noch eine Geschichte erzählt«, unterbreche ich die morgendliche Ruhe. »Hm«, brummt Mama noch etwas verschlafen. »Weißt Du, dass die eine lange Narbe da an der Seite vom Gesicht hat? Woher ist die?«, will ich wissen. »Ach, Mädchen. Die Renate ist ein richtiges armes Tier.« – »Das sagt ihr immer. Was heißt das?«, ich setze mich trotzig auf. Mama bleibt regungslos liegen, die Augen geschlossen. – »Ach, die hat Pech mit den Männern. Die ist da an einen geraten, für den sie arbeiten sollte«, Mama zieht sich die Decke übers Gesicht, für sie ist das Gespräch beendet. Für mich nicht. »Ja, und was macht der Mann, was hat das mit der Narbe zu tun?« – »Kind, der wird sauer, wenn die nicht genug Geld mit nach Hause bringt«, Mama atmet sehr laut und sehr lange aus. Das Gespräch ist ihr unangenehm, das kann ich sehen. Aber ich habe immer noch nicht verstanden, was das mit Renates Narbe zu tun haben soll. »Jetzt sag doch mal, Mama – was?« – »Kind«, Mama setzt sich jetzt auch im Bett auf. Sie ist endgültig wach. »Die Renate geht doch anschaffen. Als die nicht genug Geld verdient hat, hat der Penner die mit der nackten

Futt auf eine heiße Herdplatte gesetzt.« Dass sie statt Po mundartlich »Futt« sagt, lässt es überhaupt nicht harmloser klingen, was sie gerade schildert. Ich bin erschrocken. »Was? Das kann man doch nicht … Das darf man doch nicht … Was für ein Arschloch! Und woher hat sie die Narbe am Auge?« Als meine Mutter weiterspricht, weicht sie meinem Blick aus. »Der Typ hat ihr das Gesicht dann noch mit einem Messer zerschnitten. Seitdem sieht die so aus.« Das ist wohl die Definition von einem »armen Tier«. Ich verstehe, und ich bin geschockt und bekomme auch Angst. Ich kenne diese Männer in ihren schwarzen, blousonartigen Lederjacken. Sie alle haben einen breitbeinigen Gang, etwas vom Körper abgestreckte Arme. Sie wirken immer so, als würden sie jeden Augenblick einen Colt aus ihrem Gürtelhalfter ziehen. An der Hand darf die Hundeleine nicht fehlen – meist ein Rottweiler oder Schäferhund. Ihre Haut ist übertrieben braun. Diese Art von Mann geht nicht gebückt am Rand. Ne! Die gehen stets in der Mitte des Bürgersteiges, sodass rechts und links kaum Platz bleibt. Die sind eigentlich freundlich zu mir, wenn ich mit ihren Hunden spiele. Meine Mutter erzählt noch heute, dass ich mal auf einem Rottweiler durch das *Wallstreet* »geritten« sei, aber daran kann ich mich nicht erinnern. Ich erinnere mich nur an einen Typen, der tatsächlich eine kleine Baby-Raubkatze auf der Straße rumgereicht hat. Gegen einen Zehner konnte man ein Foto machen. Hat Mama mir natürlich erlaubt und bezahlt. Der kleine Tiger hat mir dabei zwar auf die Hose gepinkelt, aber das war es wert. Na ja, anderes Thema. Mit dieser Geschichte von

Renate kriecht ein richtiger Hass auf die Lederblousontypen in mir hoch. Als würde in meinem Kopf ein kleines Puzzle-Steinchen einrasten, verstehe ich fortan, warum so viele Frauen mit dicker Schminke durch die Straßen laufen und es so viel Blaulicht gibt. Die aufdringlichen Blicke mancher Typen ekeln mich ohnehin schon an. Liebespaare, die manchmal hier an den Ecken stehen und sich küssen, kann ich auch nicht mehr ertragen. Das Geräusch der Zungen löst bei mir Gänsehaut und, ja, regelrecht Kotzgefühle aus.

Mama steht auf, Papa hat sich seinen Tee schon gemacht. Es gibt Rühreier mit Gehacktem zum Frühstück. Ich darf wieder nur das Gelbe vom Ei essen (Eiweiß riecht für mich auch nur nach Furz. Voll fies!). »Ich muss los, zum Putzen.« Mama ist fix und fertig angezogen schon an der Haustür. »Kann ich mitkommen? Bitte!«, sofort lasse ich meine Gabel fallen und werfe mich in Schallgeschwindigkeit in Pulli und Hose. »Ja gut, Mädchen. Wenn Du sonst nix zu tun hast, dann komm halt mit. Vielleicht kannste ja auch die Hunde von der Sabine ausführen.« Mama putzt heute das Haus in der Palmstraße, in dem die »Fotomodelle« arbeiten. Eines davon ist Sabine, eine sehr dralle blonde Frau, die sich nicht besonders aufreizend anzieht – eher so normal: rosafarbenes Achsel-Shirt, eine getigerte Leggings. Darin könnte man auch Aerobic machen. Sabine wohnt auf der ersten Etage und hat mehrere Yorkshireterrier. Für ein oder zwei Mark gehe ich manchmal mit ihnen Gassi. Immer, wenn wir kommen, sitzt Sabine an ihrer Fensterbank – immer! Sie hat ihren halben Hausrat auf dem breiten Vorsprung aufgebaut: eine Thermoskanne mit Kaffee, verschiedene Schminktöpfchen, einen Handspiegel, ihre Fotos und Küchenkrepp. Gerade lackiert sie sich die Fingernägel. »Das ist aber lieb von Dir, Iris. Aber die Hunde waren heute Morgen schon draußen. Du kannst mir später vielleicht einen Capricciosa-Salat beim Italiener holen – aber ohne Ei! Jut? Kommste gleich noch mal, dann gebe ich Dir Geld.« Ihr Blick bleibt konzentriert auf ihre gespreizte Hand gerichtet, mit einem in knallroter Farbe getunkten Pinselchen bestreicht sie sorgfältig Nagel um Nagel. Ich zucke kurz mit der Achsel und laufe zu Mama, die in der obersten Etage zu putzen begonnen hat. Gern beobachte ich sie dabei. Ihre starken Hände wringen den Aufnehmer fast vollständig aus. Es sieht unheimlich kraftvoll aus, wie ihre Hand das Ding umklammert hält. Schwungvoll wirft sie den Lappen auf den Boden und wickelt ihn gekonnt um den Schrubber. Ich mag das Geräusch: »Wisch«, »wisch«, »wisch«. »Du kannst doch unten im Hof spielen, wenn Dir langweilig ist«, ruft sie mir zu. »O.k., bis gleich.« Der Hof ist nicht mehr als eine kleine viereckige Fläche, auf der mehrere Mülltonnen stehen. Aber vielleicht finde ich eine Stelle, um auf die angrenzende Mauer zu klettern? Doch ich schaffe es kaum auf eine der Mülltonnen – zu wackelig, um von hier die Mauerkante zu erreichen. Oder, wenn ich …? Plötzlich bemerke ich, dass ich nicht mehr alleine bin. Ein Mann hat sich in den Eingang gestellt – der einzige Weg, um hier aus diesem kleinen viereckigen Hof rauszukommen. Er sagt nichts, starrt mich nur an, nestelt dann an seiner Hose rum und holt etwas raus. Ein langer, weißer Pimmel. Er erinnert mich an ein *Mini Milk*, mein Lieblingseis für dreißig Pfennig am Büdchen. Der Typ steht immer noch regungslos da, mit dem Ding in der Hand. Etwas leise spricht er mich an: »Leck mal.« Ich bin so perplex, dass ich im ersten Moment gar nicht reagieren kann. Was will der jetzt von mir? Ich gucke auf den Pimmel, dann wieder in das Gesicht des Mannes. Er sieht freundlich aus. Seine Haare sind braun und gehen bis zum Ohr. Er trägt einen Mittelscheitel, der ganz locker zu den Seiten fällt. Wieder fordert er mich schon fast höflich auf: »Komm, leck mal!«, als würde er mir wirklich ein Eis hinhalten. Er macht einen Schritt auf mich zu. Ich kann immer noch nicht reagieren und versuche, die verschiedenen Eindrücke in meinem Gehirn zu verarbeiten: »Freundlich, nicht freundlich, freundlich, nicht freundlich! Was ist das? Was will der?« Mein Hirn entscheidet sich dann doch für eindeutig »ACHTUNG! Nicht freundlich« und signalisiert mir, das zu tun, was ich wirklich, wirklich gut kann: Ich hole so tief Luft, wie es geht, und fange an zu schreien. Ich schreie so laut, dass ich das Gefühl habe, mein Kopf könne platzen. Nicht umsonst ist mein Spitzname (neben Stinki, Füttchen, Schrumpfköpfchen ((ich habe tatsächlich einen ziemlich kleinen Kopf)), Sonnenschein, Kückelchen, Äpchen, Graf Zahn ((eine Anlehnung an Graf Zahl aus der Sesamstraße, weil ich verfaulte Milchzähne habe)), Köttel) eben auch: Schreihals. Der Typ reißt seine Augen auf und guckt mich total verdutzt an. Das hat er offenbar nicht erwartet. Er schafft es nicht mal, seinen scheiß weißen Pimmel wieder in seine verkackte schwarze Hose zu packen, so schnell dreht er sich um und läuft über den langen Treppenhausflur zurück auf die Straße. Kaum ist die Haustür wieder ins Schloss gefallen, hat sich schon die ganze Hausgemeinschaft vor mir versammelt. »Iris, wat is passiert, Mädchen? Wat schreist Du denn so?«, fragt mich eines der Fotomodelle. »Da war ein Mann, der hat mir seinen Pimmel hingehalten!«, kreische ich immer noch etwas zu laut. Ich zeige auf die Haustür. Das Fotomodell reißt den Mund auf, ohne dass ein Laut rauskommt. »Ming armes Kückelchen, dat darf doch nit wahr sinn!« Mama ist jetzt auch da. In einer Hand hält sie noch den Aufnehmer fest. Er tropft und hinterlässt eine kleine schmutzige Wasserpfütze auf dem Boden. Sie hat gehört, was ich gerade gesagt habe und nimmt mich in den Arm. »Häste jut jemacht, so 'ne dreckelige Penner!« Mama beruhigt mich, will aber fertig putzen, das Fotomodell bringt mich nach Hause zum Friesenwall. Doch Papa ist nicht daheim.

Inge

Neben dem alten Gewerbe gibt es noch eine weitere große Szene in der Gegend: die der Zocker. Die Wettbüros und Spielsalons sind für mich auch No-go-Areas. Nur in den *Billardsaal* darf ich rein. Eine Spielhalle mit – Überraschung – vielen Billardtischen in der Mitte. Der Laden direkt am Ring liegt genau über einem großen Kino, dem *Capitol*. Der leuchtende Schriftzug aus den großen Buchstaben ist sehr gut zu sehen von den übergroßen Fenstern der Spielhalle. Davor stehen runde Tische, an denen Rommé gespielt wird. Ob Montag, Dienstag, Mittwoch, Donnerstag oder eben am Sonntag, so wie heute: Papa ist da. Als ich den Laden betrete, begrüßt mich die Bedienung schon an der Theke. Die Inge. Inge trägt ein kurzes schwarzes Kleid mit etwas ausgestelltem Rock, darüber hat sie eine weiße Schürze mit Spitzenkante gebunden. Im blond gelockten Haar steckt ebenfalls ein weißes Spitzenhäubchen. Sie stellt ein Tablett ab und reicht den Männern je eine Tasse. Der Typ direkt neben ihr legt seine Hand auf ihren Po und klopft zweimal drauf. »Danke«, sagt er, ohne zu Inge aufzusehen. Die nickt nur, auch ohne ihr Gesicht dem Mann zuzuwenden. Offenbar eine völlig normale und akzeptierte Geste. Ich finde es trotzdem total eklig. Mit dem nun leeren Tablett dreht sie sich zu mir um und lächelt: »Musta, ding Dochter is da!«, ruft sie durch den ganzen Saal, dass man es tatsächlich bis in die letzte Ecke hört. Und am hintersten Tisch reckt sich Papas Oberkörper auch schon weg von seiner Zockerrunde in unsere Richtung. Er strahlt sofort, als er mich sieht, steht auf und breitet seine Arme aus. Mit Anlauf renne ich auf ihn zu, in seine Arme, und gebe ihm einen dicken Kuss auf den Mund. Er riecht nach Kaffee und Zigaretten. Er fühlt sich außerdem sehr kratzig an, aber das ist mir egal. »Kizim!«, sagt er zu mir. »Komm, setz Dich.« Und das mache ich gerne. Was gerade passiert ist, erzähle ich lieber nicht, um es umso schneller vergessen zu können. Außerdem bin ich total fasziniert, wie schnell die Spieler diese riesigen Kartenstapel mischen und austeilen können. »Riffle Shuffle« mit »Bridge« ist dabei der absolute Standard. Das beherrschen hier am Tisch alle. Dabei werden die Karten in zwei Stapeln an der kurzen Seite ineinander geflippt und dann zwischen beiden Händen zu so einer Art Brücke gebogen, dass sie wieder zu einem einzelnen Stapel ineinander fliegen. Es sieht sehr professionell aus. Die Spieler legen verschiedene Reihen aus. Das Geld häuft sich in der Mitte des Tisches in großen Scheinen. Die Spiele dauern mir, anders als das Misch-Spektakel, viel zu lange, um noch mitzubekommen, wer wie und warum gewinnt. Ich liebe es, einfach auch nur dazusitzen und aus dem Fenster zu starren, wo die Leute über den Ring latschen und die Bahn in monotonen Abständen vorbeifährt. Es beruhigt mich total. Der graue Himmel lässt ein paar blaue Fleckchen zu. »Hier Liebchen, Cola! Magst Du doch, oder?« Inge stellt mir ein großes Glas ans Fenster. »Geht aufs Haus«. Auch sie weiß, dass Papa nicht besonders häufig gewinnt, weder heute noch sonst irgendwann. Es ist ein guter Tag, wenn er nicht allzu viel verzockt und am Ende des Monats noch Geld für die Stromrechnung übrig ist. An diesem Sonntag wird es zum Glück nicht ganz so schlimm werden.

Samson

Innerhalb weniger Monate dehnt Papa seine Besuche in den Billardsaal noch mehr aus. Ich kenne deren Telefonnummer im Schlaf! Wenn ich ihn suche, brauche ich nur dort anzurufen. Zeit für die Arbeit bei Ford hat Papa immer seltener. Es waren vor allem die kalten Wintermonate, die ihm schwerfielen. Die Dunkelheit am Morgen und die kühle Luft in der Wohnung. Zu verlockend, um nicht noch eine Runde auf dem Schlafsofa zu drehen. Doch auch heute, im Frühsommer 1984 an einem recht milden Montagmorgen, schläft Papa sogar bis in den Vormittag rein. Ich habe totale Ohrenschmerzen und bin daher nicht in der Schule. Er liegt auf dem Rücken, ein Arm legt er über seine Augen, um vom Licht in der Wohnung nicht gestört zu werden. Es formt fast ein gleichschenkliges Dreieck über seinem Kopf, das sich rhythmisch zur Atmung langsam auf und ab bewegt. »Du bist häufiger krank als auf der Arbeit«, höre ich Mama schimpfen. Krank?, frage ich mich insgeheim auch, schweige jedoch. Laut möchte ich es nicht aussprechen, um nicht noch mehr Konflikte zwischen den beiden zu provozieren. Dass Papa nämlich wirklich krank ist, sehe ich nicht. Kein Husten, Schnupfen oder andere Anzeichen dafür, dass er zu Hause bleiben müsste. Klar, seine Lunge macht ihm zu schaffen. Nach einem Parasitenbefall ist ihm noch in der Türkei ein großer Teil der Lunge vor Jahren entfernt worden. Eine lange Narbe, vom Schulterblatt bis zur Brustwarze, erinnert daran. Doch solange er weiterhin zwei Schachteln *Camel* täglich in sich hineinsaugen kann, scheint es wohl nicht so schlimm zu sein, denke ich. Jetzt, wo die Tage auch wieder länger sind und die Morgen nicht mehr so frisch und kühl, wird es nicht viel besser. »Papa war gestern wieder viel zu lange im *Hühnerstall*. Vielleicht sollte dinge Vater direkt in diese scheiß Kneipe einziehen«, ruft Mama zu mir in die Küche rüber. Etwas zu laut, um nur an mich adressiert zu sein. Nein, sie will, dass Papa es im Wohnzimmer auch hört, was sie zu sagen hat. Seine dunklen lockigen Haare sind verwuschelt, sein Gesicht unrasiert. Er hat sich jetzt aufgesetzt. Seine Decke, Kissen und eine blau-weiß gestreifte Wolldecke drapieren sich zerknautscht hinter seinem Rücken. Papa reagiert nicht auf Mama. Sein Kopf liegt schwer in seinen beiden Händen, die Daumen kreisen um seine Schläfen. Ganz ruhig steht er auf, schlurft in die Küche und setzt sich Teewasser auf. Während der Kessel auf dem Herd langsam anfängt, größere Dampfwolken zu produzieren, zieht er sich im Bad an. Gestärkt vom Tee schlüpft er wortlos in seine blaue Jeansjacke und unterbricht die merkwürdige Stille, die seit Mamas kurzem Ausbruch herrscht: »So, ich muss dann mal meinen Geschäften nachgehen«, sagt er, ein Mundwinkel zuckt und deutet ein Lächeln an, doch keiner von uns springt auf den Halb-Witz an. Leider ist klar, dass damit nicht die Werkbank gemeint ist, sondern der Zockertisch. »Ich hätte damals auf unsere Vermieterin hören sollen, als ich zu Dir ins Zimmer gezogen bin. Die hat mich noch gewarnt, dat Du 'ne süchtije Zocker bist!« Aber ihr Schimpfen zeigt keine Wirkung. Die Wohnungstür fällt ins Schloss, Papa ist weg. »Das macht Ford nicht mehr lange mit«, sagt Mama. »Der kann sich nicht immer krankschreiben lassen.« Ich gucke Mama an, ohne eine Miene zu verziehen. Mehr fällt mir nicht ein, was ich dazu sagen könnte. Es vergeht kaum ein Abend, an dem Papa sich nicht darüber beklagt, dass er so viele Träume hatte und ihm sein Job an der Werkzeugausgabe bei Ford nicht reicht. Das soll es einfach nicht gewesen sein, das kann es einfach nicht gewesen sein. Nicht bei dem, wozu er sich berufen fühlt. Die Politik und das Zeichnen. Oft sitzen wir beide abends zusammen, und er holt seine *Anatomie für Künstler* hervor. Ein Buch, das die menschliche Form in sämtlichen Ausprägungen beschreibt. Es ist wie seine Bibel. »Du kannst erst karikieren, wenn Du den Körper und seine Bewegungen richtig darstellen kannst«, sagt er immer. Mit einem Kugelschreiber skizziert er dann mit kleinen kurzen Strichen gekonnt verschiedene Formen. Ein Mann, der sich bückt, eine Hand, die nach etwas zu greifen scheint, und Mama, wie sie auf dem Klo sitzt: »Ha, ha, ha, ha – guck mal, gut, ne?!«, er freut sich sehr über sein Werk (Papas Art, mit dem Ärger zu Hause umzugehen). Er macht es wirklich gut. Das weiß er, das sehe ich an seinem zufriedenen Lächeln, wenn ein Bild fertig ist. (Und wenn ich es probiere, mit kleinen Figuren wie *Donald Duck* oder *Micky Maus*, sieht es eher so aus, als hätte Walt Disney einen Satz Buntstifte aufgefressen und dann wieder auf ein Blatt gekotzt.) »Es ist nur noch ein Hobby, damit kann ich bei Ford nichts anfangen«, sagt er, als ob er sich selbst seine einmal gefasste Idee ausreden möchte, er nicht mehr davon träumen möchte, es beruflich zu machen. Es macht mich traurig, ihn so zu sehen.

Zum Glück sind es nur noch ein paar Wochen, bis die Sommerferien beginnen. Mit dem Auto wollen wir in die Türkei, um Papas Familie zu besuchen. Er war so lange nicht dort. Und für Mama und mich ist es der erste Urlaub überhaupt.

Aus dem blauen Käfer ist inzwischen ein grüner Ford Capri geworden, der ein bisschen wie ein Rennwagen aussieht. Die Motorhaube zieht sich tief über die vorderen Doppelscheinwerfer. Hinten hat das Auto sogar noch einen kleinen Spoiler. Megagut, finde ich. Die Fahrt in den Süden ist lang, aber sie macht trotzdem totalen Spaß. Wir fahren an der Er-trinkt-Sie-trinkt-Reklame vorbei Richtung Autobahn. »Achtung! Huggel!«, ruft Papa, wenn er über eine kleine Erhöhung auf der Straße fährt. »Schneller, Papa!«, rufe ich. »Das kitzelt ein bisschen wie auf einer Achterbahn!«

Wir fahren so lange, bis es dunkel wird, und schlafen einfach im Auto am Straßenrand. Morgens fällt mir auf, wie weit wir schon gekommen sind. Um uns herum sind keine Hochhäuser mehr, sondern nur noch flaches, fast steppiges Land mit trockenem braunem Gras. Ich hocke mich neben das Auto, um Pipi zu machen, da höre ich was. »Miau! Miau!« Es ist ganz leise und kommt vom hinteren Autoreifen. »Papa, Mama! Hört ihr das? Da miaut was!« Mama bückt sich umständlich und muss sich dabei mit einer Hand am Kotflügel festhalten. Unter einem angestrengten Stöhnen ruft sie: »Ich werd bekloppt! Da sitzt ein Kätzchen!« – »Zeig! Zeig, Mama! Wo?« – »Hier, guck! Oh, da.« Ganz vorsichtig hebt Papa das kleine Fellknäuel hervor. »Das ist ja noch ein Baby«, rufe auch ich aufgeregt. Es hat am Hals einen großen weißen Fleck, die Pfötchen sind auch weiß. Keine Mama weit und breit. »Somma dat Kätzchen mitnehmen?« – »Ja, klar!«, sagt Papa und legt es mir in die Hände. »Der braucht noch einen Namen!« Unsere Köpfe wandern vom einen zum anderen. Keiner macht einen Vorschlag. »Na, Du kleiner Panther, uns fällt noch ein schöner Name für Dich ein«, sagt Mama, während ich das Tier unter seinem Kinn kraule. Das Schnurren höre und spüre ich durch meine Fingerspitzen. Nach einer weiteren kleinen Ewigkeit kommen wir in Griechenland an. Es ist das erste Mal in meinem Leben, dass ich das Meer sehe. Es glitzert wie ein riesiger Sternenhimmel. Blöderweise kann ich nicht schwimmen, daher traue ich mich nicht direkt ins Wasser. »Da, Du kannst Dich hier reinsetzen«, Papa schiebt mir ein aufgeblasenes Indianer-Schlauchboot zu. »Pass aber auf, dass Du damit nicht zu weit rausfährst!« – »Ja, ja«, antworte ich. Ich lasse mich trotz Warnung ein wenig treiben. Hier und da beuge ich mich ins Wasser und nehme eine Muschel auf, die ich im Boot vom Sand befreie. Ich bemerke nicht, dass mich die leichten Wellen langsam weiter aufs Wasser raustreiben. Erst als das laute Lachen und Plantschen der anderen Badegäste leiser und dumpfer wird, gucke ich erschrocken hoch und bekomme Panik. Aber noch bevor ich losbrüllen kann, kommt ein Mann auf mich zugeschwommen und packt beherzt die Boot-Spitze. Das Plastik knautscht sich unter seiner Hand zusammen. Der Mann ist groß und kräftig. Seine dunklen dichten Haare reichen ihm bis zur Schulter. Er lacht mich an, während er mich zurück ans Ufer zieht: »Du deutsch?« Der Mann zeigt auf den auffällig roten Schriftzug *Indianer-*

Spaß!. Ich nicke. »Brauchst keine Angst haben«, trotz starkem Akzent verstehe ich ihn gut. Mama und Papa kommen uns im Wasser entgegengelaufen. Sie nehmen den Mann in den Arm. »Wie können wir Dir das danken? Komm, trink einen mit uns«, Papa packt den Mann fest am Oberarm. Der lässt sich bereitwillig zu unserem Handtuch zerren. »Boah, hast Du dicke Haare! Da werde ich richtig neidisch«, höre ich Mama nach einem kurzen Moment laut ausrufen. »Ja, lustig, dass Du das bemerkst. Mein Spitzname ist Samson«, antwortet mein Retter. Papa reißt die Augen auf, als sei ihm gerade ein guter Einfall gekommen: »War das nicht ein griechischer Held? Das passt doch wie die Faust aufs Auge. Iri, jetzt haben wir den perfekten Namen für die Katze! Samson!« Die Runde dreht sich von mir weg und stößt mit ihrem Bier laut an. Wir bleiben am Strand, bis die Sonne fast im Glitzerwasser untertaucht. Es ist ein herrlich unbeschwerter Tag.

Nach drei Tagen Fahrt sind wir dann endlich in Istanbul. Mit einer riesigen Fähre setzen wir über den Bosporus. Noch nie habe ich so ein riesiges Schiff gesehen, so mächtig. Ich beobachte, wie der Rumpf die riesigen Wassermassen teilt und zur Seite schiebt. Es rauscht und schäumt. Nur ein paar Stunden später erreichen wir Kayseri. Papas Familie ist irre nett. Mein »Dede«, also mein Opa Hüssein, zeigt mir alles und spielt ganz geduldig mit mir Karten. Mir fällt nicht einmal richtig auf, dass wir uns nur mit Händen und Füßen verständigen können – es fühlt sich nah an, ja – familiär. Mein Onkel ist Architekt, meine Tante und ihr

Mann Zahnärzte. Sie verpassen meiner Mutter direkt eine »kleine« Behandlung. Mama hat leider ständig Probleme mit ihren Zähnen, einige sind sogar schon aus Kunststoff. Nach der Behandlung sind es noch mal mehr Prothesen, die sie braucht. Ein paar Tränen kullern Mama über die Wange, aber ihre Zahnschmerzen sind danach erst mal weg. Das trifft sich vor allem deswegen gut, weil ein großes Fest ansteht. Die Vorbereitungen dafür starten schon am Morgen. Im Hinterhof des Hauses versammeln sich mehrere Männer. Sie halten ein großes Schaf an einer Leine. »Nein, das ist ein Hammel«, klärt Papa mich auf. Er setzt sich neben mich auf einen kleinen Treppenabsatz in der Sonne und zündet sich eine Zigarette an. Mit einer schnellen Bewegung schneiden sie dem Tier die Kehle auf. Ohne einen großen Laut sackt es in sich zusammen. Das Blut zieht eine lange dicke Spur bis hin zu einem Abfluss. Nach einem Moment schneiden die Männer den Bauch auf. Ich glaube, mein Mund steht gerade sehr weit offen. »Das ist Schächten, Kizim. Du wirst sehen, es schmeckt richtig gut«, Papa legt einen Arm um meine Schultern und rüttelt mich ein wenig. Meine Mundwinkel versuchen, ein leichtes Lächeln zu formen, das wieder verschwindet, als ich sehe, wie ein Mann etwas Sackartiges aus dem Tier zieht. »Guck mal, das ist ein Bok-Beutel«, er lacht zu uns rüber. Bok heißt auf Türkisch »Kacke« oder »Scheiße«. Er legt den Sack beiseite und widmet sich wieder dem toten Tier.

Am Abend hat sich die gesamte Familie am Essenstisch versammelt. Es wird viel gelacht und geredet. Große weiße Teller werden rumgereicht. Auch ich bekomme einen vorgesetzt, auf dem ein sehr dunkel gebratenes oder gegrilltes Stück Fleisch liegt. Es ist der Hammel von heute Morgen. Ganz vorsichtig schneide ich ein Stückchen ab, das nicht einmal so groß ist wie mein kleiner Fingernagel. Es schmeckt intensiv unfassbar streng nach …, nach … ich weiß es nicht, noch nie habe ich so etwas geschmeckt. Ich weiß nur: Das bekomme ich nicht runter, mit viel Mühe schlucke ich es einfach, ohne zu kauen. »Ich mag das nicht«, flüstere ich so leise es geht Papa zu. »Willst Du stark wie ein Löwe sein oder doof wie eine Kuh auf der Weide? Denk mal, was die schwachen Tiere fressen. Nur Gras. Die starken, die essen Fleisch«, versucht Papa, mich zu überzeugen. Ich ziehe eine Grimasse. »Dann lass liegen, ich esse das«, sagt er und streichelt mir tröstend über den Kopf. Keiner am Tisch macht irgendwelche Anstalten oder guckt mich böse an. Es ist völlig o.k. – Feiertag hin oder her. Ich muss hier nichts, ich kann einfach nur sein. Das gilt für uns alle – Samson inklusive.

»Ihr müsst heiraten«, sagt mein Dede, als wir die Koffer für die Rückfahrt auf dem Ford Capri festschnallen. »Sonja Sayram! Das ist ein Name!« Mamas Grinsen könnte nicht breiter sein. »Sach dat dingem Sohn! Schade, dass wir wieder fahren müssen.« Wir verstehen beide nicht, wie Papa den Satz übersetzt. Er und Dede lachen jedenfalls sehr laut, und wir lachen einfach mit. Noch einmal drücken wir uns alle fest. Als der Wagen langsam die sandige Straße entlang rollt, winkt Mama so lange, bis keiner mehr von der Familie zu sehen ist. »Musta, dat is echt die schönste Zick in mingem Leben jewesen«, sagt sie, als sie ihren Blick wieder nach vorne richtet. Papa nickt nur knapp. Sein Blick bleibt fixiert auf die Straße vor ihm gerichtet. Er guckt keinmal zurück in den Rückspiegel. Ob er hier seinen Entschluss gefasst hat, nicht mehr zu Ford zurückzukehren? Ich weiß es nicht. Als wir wieder in Köln sind, wirft Papa jedenfalls endgültig hin. Ein Ingenieurstudium in Essen, das er kurz danach beginnt, hält er nicht lange durch. Mama tut, was sie kann, aber: Das Geld wird knapp. Nur soll ich nichts merken. Mir soll es an nichts fehlen.

Al Pacino

Ohne Job und wirklich gute Aussicht auf einen neuen, müssen wir gucken, wo wir sparen können. Der Ford Capri ist das erste Opfer von Papas Arbeitslosigkeit. Mama putzt an immer mehr Stellen, nach wie vor bei den Fotomodellen, jetzt aber auch in Puffs und einigen Diskotheken: Das *Colombo*, *Monopol* und auch das *Moroco*. Meine Mutter schuftet sich wirklich den Arsch ab, damit es irgendwie weitergeht. Das neue *Donkey-Kong*-Spiel? Klar! *Pacman*? O.k.! Die Wildleder-Stiefel, Knickerbocker-Hose, *Hello-Kitty*-Dose, Fahrrad, Rollschuhe, Stofftier? Alles noch mal »Ja«. Anlässe gibt es auch immer genug. Manchmal geht es gar nicht anders, und ich MUSS meinen Wunsch erfüllt bekommen.

Mein linkes Ohr schmerzt. Es fühlt sich an, als hätte ich ein kleines Depot Meerwasser aus der Türkei mitgebracht, das da in meinem Innenohr hin und her schwappt. Ein furchtbares Gefühl. Ich hüpfe so fest es geht in die Luft und schüttele dabei meinen Kopf zur linken Seite, aber ich bekomme es nicht raus. Es schmerzt sogar noch mehr. Ich versuche, mich abzulenken. Der gelbe »Zini« schwirrt über den Bildschirm, aber ich kann mich nicht auf *Dangermouse* und *Telekatz* konzentrieren. Es ist früher Nachmittag, und meine Eltern sind beide nicht da. Hm, vielleicht kann ich mich da mit einem Wattestäbchen kratzen!, denke ich. Ich stelle mich vor den großen Badezimmerspiegel und muss mich ein wenig auf die Zehenspitzen stellen, um mein Gesicht zu sehen. Vor mir steht eine offene Dose *Bebe*-Creme, die für meine Mutter das absolute Wundermittel für alle Fälle ist: bei trockener und juckender Haut, kleinen Schrammen, Pickelchen und sogar Falten! »Ein bisschen Creme auf das Wattestäbchen! Logo!«, schlussfolgere ich. Ich bin nicht geizig. Bis auf den Dosenboden tunke ich die Watte in die Creme, bis sie ganz darin versinkt. Ich setze das großzügig benetzte Stäbchen am Ohr an und schneller, als ich denken kann, macht es »pflutsch!«, und es knallt regelrecht in meiner linken Hirnhälfte. Ein Schmerz, den ich bis dahin noch nie in meinem Leben empfunden habe. Ich kann nicht anders, als mir die Seele aus dem Leib zu schreien. Ich habe, glaube ich, noch nie so laut und anhaltend geschrien – und das will was heißen. Nach einer gefühlten Ewigkeit, in der ich wimmernd auf dem Badezimmerteppich liege, bemerke ich, dass jemand zur Tür reinkommt. »Mama!!!« Ich bin so glücklich, dass ich noch ein bisschen lauter schreie, um keinen Zweifel daran zu lassen, dass es mir wirklich, wirklich schlecht geht. Mama schlägt die Hände über dem Kopf zusammen: »Kind, wat hast Du jemacht?« Ohne meine Antwort abzuwarten, ruft sie vom Telefon im Flur ein Taxi. Mehr als auf mein Ohr zeigen kann ich bei meinem Gejaule ohnehin nicht von mir geben. »Tja, das Trommelfell ist gerissen«, sagt der Arzt und klappt ein kreisförmiges Metallteil mit einem kleinen Loch in der Mitte, das an einer Art Stirnband befestigt ist, von seinem Auge hoch. Er lässt seine Hände auf die Oberschenkel fallen. »Du musst 'ne Weile hierbleiben, o.k.?«, sein Kopf beugt sich auf meine Augenhöhe runter. Mama guckt mich ernst an. Ihre Augen sind ähnlich verheult wie meine. »Muss ja«, sagt Mama. Im Vierbett-Zimmer ist es totenstill. Auf dem Flur auch. Die Schmerzmittel haben meine Ohrenschmerzen etwas abklingen lassen. Ich spaziere ein bisschen umher. Die Tür der Kinderstation ist extra gesichert. Die Klinke ist im oberen Drittel, damit so kleine Futzis wie ich nicht rankommen. Ich fühle mich wie in einem Knast. Es ist alles so fremd. So ruhig. Mir fehlen die Fernsehgeräusche, die bei uns nonstop zu hören sind, vor allem seit im WDR dienstags um einundzwanzig Uhr *Formel Eins* läuft. Wir nehmen die Sendung immer mit unserem Betamax-Videorekorder auf, sodass wir die Billboard-Charts rauf und runter hören und gucken können. Wir lieben Divine – einen recht dicken Mann, der in hautengen Frauenklamotten auftritt, vor allem Mama ist ein großer Fan. Und ich liebe besonders das *Thriller*-Video von Michael Jackson. Ein bisschen kann ich sogar schon mittanzen, so oft habe ich es gesehen. Und natürlich meine Eltern. Sie fehlen mir. Es ist obendrein auch noch total kalt im Zimmer. Ich hasse es, unsere kleine Welt zu verlassen. Unsere kleine Farm in anders, eben mein Zuhause! Es dauert sehr lange, doch irgendwann überwiegt doch die Müdigkeit und ich schlafe endlich ein..

Nach der OP bin ich noch nicht wieder völlig bei Sinnen, als ich die Augen halbwegs wieder aufbekomme. Der Hals tut weh, der Kopf auch. Die Lider sind schwer. Ich sehe die Umrisse meiner Mutter, ihr auftoupiertes braun schimmerndes Haar. Das Gesicht ist dunkel, ich kann es nicht richtig erkennen, die Lampe hinter ihr blendet. Sie trägt eine grasgrüne Schluppenbluse. Behutsam beugt sie sich zu mir runter, in den Händen ein übergroßes *Hello-Kitty*-Stofftier. Genau das habe ich mir schon seit Wochen gewünscht! Vorsichtig legt sie es mir in die Arme. Überwältigt vor Glück erlaube ich mir, die Augen wieder zu schließen – es ist alles gut. Ich weiß, dass eigentlich kein Geld für so ein Stofftier da ist, aber meine Freude ist größer als jede Vernunft. Am nächsten Tage drängele ich so sehr, aus dem Krankenhaus zu dürfen, dass meine Eltern mich auf eigene Verantwortung mit nach Hause nehmen. Als ich mit Papa zur Tür reinkomme, ist der Fernseher an. Es läuft das Musikvideo *Let's dance* von David Bowie. Heimat! Zwei Wochen später merke ich kaum noch etwas von diesem Zwischenfall. Nur höre ich auf der Seite nicht mehr so gut.

Ein Begriff, den meine Eltern inzwischen gern verwenden

und den ich regelmäßig laut und deutlich höre, ist: »jeputzt!«. Das heißt auf Hochdeutsch »geputzt«, also blank, pleite, abgebrannt. Es beschreibt den finanziellen Zustand meiner Eltern ziemlich genau. Seit einiger Zeit reden sie darüber, Dinge im Geschäft zu »arbeiten«.

»Komm, pack ein. Ich passe auf!«, sagt mein Vater in der Lebensmittelabteilung von Karstadt am Neumarkt. Es ist kurz vor Weihnachten, und es ist das erste Mal, dass meine Mutter einen ganzen Braten »arbeitet«. »Arbeiten« ist eine nette Umschreibung von »klauen«. Nur dieses eine Mal, bis wieder mehr Geld da ist, heißt es. Außerdem ist doch auch Weihnachten! Es bleibt nicht bei diesem einen Mal. Mein Vater selbst hält sich immer im Hintergrund, weil er auch nach zwanzig Jahren in Deutschland kein unbefristetes Aufenthaltsrecht hat. Und doch »arbeiten« die beiden alles Mögliche: von Lebensmitteln, Fahrrädern, echten Pelzmänteln (ich bin wohl das einzige Kind, das eine Jacke aus echtem Kaninchenfell trägt) bis zu ganz viel Spielzeug. Ich muss ehrlich sein, es ist viel Quatsch dabei, ganz viel Quatsch. Manchmal spiele ich nur kurz damit. Aber meine Mutter will, dass es mir an nichts fehlt. Als hätte sie dauerhaft ein irre schlechtes Gewissen. Sie redet nicht viel über ihre Vergangenheit, aber Papa sagt manchmal, dass sie versucht wiedergutzumachen, dass sie den Kontakt zu ihren ersten Kindern verloren hat. Ich wehre mich nicht dagegen. Ich stelle es nicht einmal infrage, dass ich so viel bekomme – wenn ich ehrlich bin, ist es für mich schlicht und ergreifend normal, weil ich ja schon immer bekommen habe, was ich wollte.

Wir haben neben der Küche noch einen kleinen überdachten Balkon. Die wenig genutzten Spielsachen schmeiße ich einfach auf einen immer größer werdenden Haufen. »Und tschüss!« Aus diesem Wust fischt Papa eine Lotteriemaschine, die ein fast originalgetreuer Mininachbau der Maschine aus dem Fernsehen ist. Wochenlang zieht Papa aus der Spielzeugkugel sechs Bälle, um eine »Systematik« zu erarbeiten. Aber leider klappt das nicht. Genauso wenig wie Papa seine Karten beim Rommé, Baccara oder Poker »lesen« und damit beeinflussen kann. Glück lässt sich nun mal nicht bescheißen. Ihm ist das klar. Einmal so ein Ding drehen wie Al Pacino in *Hundstage*. Papas Vorbild. Ein bisschen sieht er ihm sogar ähnlich: die großen dunklen Augen, die fast exakt gleiche Frisur, das leicht verlebte Gesicht mit den ausgeprägten Falten, die von der Nase bis zum Mundwinkel runtergehen. Nur einmal richtig absahnen, um wieder auf die Füße zu kommen, keine krummen Dinger mehr machen zu müssen – das ist das Ziel. Wirklich und ganz ehrlich: nur einmal! Und dann macht es plötzlich »Klick« und dieses große »Ding« steht ihm klar vor seinen Augen. Papa wirft die Minilottokugelmaschine zurück auf den Balkonhaufen. Er hat einen neuen Plan.

Gabinski

»Das ist ein todsicheres Ding. Tod-sicher! Wirklich!« Papa reißt seine Augen auf, als er Mama von seinem geplanten

»Coup« erzählt. Ich sehe, wie sie ihre dünnen Brauen verächtlich zucken lässt und ihren Kopf wegdreht (der typische Mimi-Move). »Hörste, wat dä säht.« Meine Mutter schaut zu mir rüber, um sich meine Zustimmung einzuholen. Natürlich höre ich, »wat dä säht«, aber so richtig verstanden habe ich es nicht. Mein Mund steht leicht offen, während ich zwischen beiden hin und her gucke. »Da kann nix schiefgehen! Pass auf. Ich gehe in das Wettbüro am Ring und verstecke mich so lange im Keller, bis der Laden zumacht. Alle Rennen des Tages sind dann gelaufen.« Papa meint die Pferdewettbude »Max Gabinski«, wo er schon eine ganze Menge Geld gelassen hat. Es ist also irgendwie fair, wenn er sich etwas davon, na ja, zurückholt. Papa reißt seine Augen noch weiter auf, obwohl das kaum noch möglich scheint, ohne dass sie rausfallen. »Dann fülle ich nachträglich einen Wettschein aus und setze auf den höchsten Sieg des Tages. Versteht ihr? Nachträglich! Ich setze auf die beste Quote! Dann muss ich mit der Maschine im Keller nur noch das Renndatum nachträglich drauf drucken – und fertig!« Er freut sich riesig über seinen genialen Plan. »Woher weißt Du denn, dat die Maschine da steht?«, fragt Mama kritisch. »Das hat mir ein Vögelchen gezwitschert.« Papa schürzt seine Lippen bei den Worten, als würde er gleich selbst wie ein »Vögelchen« zwitschern. »Un dann?« Meine Mutter kreuzt die Arme über ihrer Brust, als ob sie schon so eine Ahnung hat, dass auch sie ein Teil des Plans werden soll. »Du musst nur den Wettschein einlösen, mehr nicht. Dich kennt in dem Laden keiner. Du fällst nicht auf!« – »Hm«, mehr sagt Mama heute dazu nicht. »Wir können damit Dein goldenes Armband aus dem Pfandhaus holen, und nicht nur das«. – »Das hast Du ja auch da reingebracht. Also musst Du das auch da wieder rausholen, genau wie all die anderen Sachen«, wirft Mama ein. »Ich muss mir überlegen, ob ich das mache. Ich gehe jetzt einkaufen, wir haben kein Brot mehr.« Damit ist die Planerei für heute beendet.

Papa meint es aber wirklich ernst. Nur wenige Tage nach dieser Unterredung bleibt er nachts weg. Mama guckt an diesem Abend häufiger als sonst aus dem Fenster, der Daumen der linken Hand kratzt nervös an ihren Schneidezähnen. Nichts passiert. Keiner kommt, das Telefon bleibt ruhig. »Mädchen, schlaf!« Mamas Stimme klingt tiefer als sonst, angespannter. Ich bin zu müde, um mich gegen meine Neugier weiter zu wehren und lege mich hin. Ich wache erst wieder auf, als die Wohnungstür laut ins Schloss fällt. Draußen ist es wieder hell. Papa ist zurück! Es hat geklappt! Er hält einen DIN-A-6-großen, grauen Zettel in der Hand, den er nur wenige Zentimeter vor Mamas Nase hin und her wedelt. »Siehste!« Mit dem Handrücken haut er überschwänglich auf das Papier. Es ist der nachträglich ausgefüllte Wettschein mit dem bestdotierten Rennen des gestrigen Tages. »Die Maschine war ganz einfach zu bedienen. Genau wie mir mein ›Vögelchen‹ beschrieben hat«, Papas Mundwinkel bleiben auch beim Sprechen nach oben gerichtet. »Jetzt muss den Schein nur noch jemand einlösen«, Papa zeigt mit seinem Kinn ruckartig in Richtung Mama. Ein paar Sekunden blicken sich meine Eltern tief in die Augen. Keiner rührt sich, keiner spricht. Ich kann beide sogar atmen hören. Und dann doch, ein Mundwinkel meiner Mutter wandert nach oben, sie lächelt – wenngleich nur etwas schräg. Es riecht an diesem Morgen nicht nur nach aromatischem schwarzem Tee am Friesenwall 53, es riecht vor allem auch nach Hoffnung.

Es hat wahrscheinlich seinen Grund, warum ich in das weitere Vorgehen nicht eingeweiht werde. Weniger wissen bedeutet auch, sich weniger Sorgen zu machen. Das Genörgele einer inzwischen Neunjährigen braucht man bei solchen Unternehmungen auch nicht unbedingt. Eine gewisse Unruhe habe ich dennoch in mir – ich weiß, dass da was läuft. Nur zwei Tage nach dem großen Coup im Wettbüro beobachte ich, wie sich meine Mutter vor dem Spiegel im Bad die Haare zurechtmacht. Eingekauft ist, arbeiten wird sie in dem Outfit auch nicht – das macht mich stutzig. »Gehst Du weg? Kann ich mit?« – »Ich muss nur kurz was erledigen, o.k.? Du bleibst besser zu Hause.« Ich will jetzt nicht behaupten, dass ich irgendeine bestimmte Fähigkeit besitze, drittes Auge oder so – aber ich hatte schon häufiger so ein Bauchgefühl, wenn irgendwas nicht stimmte. So auch jetzt. Auf gar keinen Fall will ich meine Mutter aus den Augen lassen. (O.k., ich bin ohnehin sehr anhänglich und verfolge meine Mutter manchmal sogar bis aufs Klo!). »Ich will mit – bitteeee!« – »Nein, Mädchen. Dat jeht nicht.« – »Aber Kessi muss doch auch raus, da kann ich doch ein Stückchen neben Dir herlaufen!« (Kessi ist unser Hund. Ein kleiner Yorkshireterrier aus der Abteilung Wadenbeißer, den wir aus einem Wurf von den Fotomodellen von der Palmstraße bekommen haben.) »Na gut, der Hund muss wirklich raus. Aber nur bis zur Ecke am Ring. Dann muss ich alleine weiter.« – »Ich verspreche es« und hebe zwei Finger, die anderen zwei Finger habe ich auf meinem Rücken sicherheitshalber gekreuzt, falls ich es mir doch anders überlege.

Auf den Ringen laufe ich stumm neben Mama her. Sie geht so schnell, dass ich zwischendurch zwei Schritte hoppeln muss, um auf gleicher Höhe zu bleiben. Die Ecke vom Ring haben wir erreicht. Ab hier sollte ich ja eigentlich umkehren. Doch ich laufe einfach weiter. Erst nach wenigen Metern, neben einem Eiscafé, bleibt sie abrupt stehen, sagt mit fester, tiefer Stimme: »So, stopp hier. Geh jetzt zurück, hörst Du, Mädchen!« Sie fuchtelt dabei mit ihrem Finger vor meinem Gesicht rum. So ernst habe ich sie selten erlebt – vielleicht sogar noch nie. Ich weiß es nicht. Mit einem Schwung dreht sie sich um und läuft weiter. Ihr sommerlicher weißer langer Rock wippt mit, als sie über die große Straße geht. Ich bleibe wie angewurzelt stehen. Nur Kessi versucht noch, ihr hinterherzulaufen. Die Leine spannt sich, Kessi gibt nach und setzt sich hin. Mit gespitzten Ohren schaut sie Mama hinterher. Der späte Sommer gewährt uns heute eine Zugabe, bevor er die Bühne für den Herbst freimacht. Die Cafés auf dem Ring sind alle voll. Kleine Gesprächsfetzen dringen zu mir. Ein Metalllöffel klirrt in einem Eisbecher. Auch als ich Mama schon lange nicht mehr sehe, bleibe ich stehen. Ziemlich lange. Mein Bauch zieht sich unwohl zusammen. Ich höre eine Polizeisirene. Scheiße!, denke ich. Mit einem gefühlt zentnerschweren Stein im Magen mache ich kehrt und gehe langsam nach Hause. Ein Stück Rest-Hoffnung ist noch da, dass Mama hinter mir auftaucht und ruft: »Irri, Mädchen! Warte auf mich!« Aber nichts dergleichen passiert, bis ich vor unserer Haustür angekommen bin. Ich lasse Kessi am Eingang los, die blitzschnell die Treppe raufläuft. Als ich zur Tür reinkomme, sehe ich, wie Papa im Wohnzimmer auf und ab tigert. Als er mich sieht, bleibt er sofort stehen und wischt sich mit einer Hand etwas Schweiß von der Oberlippe. »Wo ist Deine Mutter?« – »Die kam nicht zurück, ich weiß nicht, was passiert ist. Vielleicht ist die ja doch noch einkaufen gegangen.« Der letzte Satz galt eher mir selbst – der kleine Versuch, mich zu beruhigen. Papa schüttelt mit dem Kopf und setzt sich aufs Sofa. Mit einem kleinen Sprung hüpfe ich hinter ihn und setze mich auf die Rückenlehne. Hinter mir an der Wand ist der Bravo-Starschnitt von *Kajagoogoo*, den ich nach wochenlangem Sammeln Stück für Stück über die Blümchentapete geklebt habe. Nicht besonders gut, der Rand wellt sich. Vorsichtig knibbele ich ihn ab (was auch nicht besser aussieht, aber mich etwas ablenkt).

Papa hat sich schon wieder eine neue Zigarette angezündet, obwohl die alte noch im übervollen Aschenbecher ausglüht. Er inhaliert tief, der Qualm kommt beim Ausatmen aus beiden Nasenlöchern und aus dem Mund. Es sieht aus, als würde er vor Aufregung innerlich kochen. In der Wohnung ist es still, nur mein Rascheln am Starschnitt ist zu hören. Inzwischen habe ich Limahls kompletten Turnschuh abgeknibbelt. Doch dann: Das Telefon klingelt. Es wirkt lauter als sonst, durchdringender. Papa schreckt hoch und springt zum Hörer. Er spricht nicht viel, er murmelt eher. Die Asche an der Zigarette ist so lang, dass ein kleines weißes Häufchen auf den Teppich fällt, als er sich mit der Hand an der Stirn kratzt. »O.k., ist gut«, sagt er nach einer Weile und legt auf. »Kizim, ich muss zu den Bullen, sonst lassen die Deine Mutter nicht raus.« – »Mama ist verhaftet? Aber Du hast doch gesagt, da kann nix passieren!« Auch wenn ich geahnt habe, dass was faul ist, fühlt sich die Bestätigung doch an wie ein fester Fausthieb in die Magengrube. »Ja … scheiße. Wir sind vom Pech verfolgt …«, er schüttelt den Kopf. »Geh runter zur Nachbarin, Du kannst ja ein bisschen mit Tommi spielen, gut? Es dauert nicht lange, versprochen.« Bevor ich zur Tür raus verschwinde, werfe ich ihm noch einen bösen Blick zu. Ich bin echt angefressen, ja, und auch aufgewühlt.

Zum Glück macht mir Tommi gleich die Türe auf. Das Letzte, was ich jetzt wollte, ist eine Frage nach Mama und Papa von unserer Nachbarin. »Na, Du hier und nicht in Hollywood! Ich wollte gerade raus, kommste mit?«, Tommi steht mit seiner dicken Jacke schon vor mir. Draußen hat das Sommer-Herbstfestspiel ein jähes Ende genommen, es ist regnerisch und kalt. »Wohin denn?« – »Wir können auf den Schulhof. Der Hausmeister hat wieder vergessen, die Baracke abzuschließen. Wir können Tischtennis spielen – schön im Trockenen, wenn Du willst.« – »Ah, o.k.!« Der Schulhof vom Gymnasium um die Ecke ist für uns wie ein großer Spielplatz. In der Baracke sind oft nachmittags noch Schüler, sodass sie häufiger – auch nach Unterrichtsschluss – offen steht. Oder wir klettern durch ein offenes Fenster, wenn wir eines finden. Wir müssen nur auf den Hausmeister aufpassen, der wie wahnsinnig brüllt, wenn er uns sieht. »Du Niete!«, ruft Tommi, als ich seinen Ball nicht annehmen kann. »Was ist denn mit Dir los? Macht keinen Spaß, wenn Du schlimmer spielst als ein Armamputierter.« – »Ach, nix. Ich hab einfach heute keine richtige Lust.« Tommi wirft den Schläger schwungvoll auf die Platte, dass es laut knallt. »O.k., dann eben nicht.« Er nestelt an seiner blauen Jeans und zieht ein kleines Plastik-Feuerzeug hervor. »Meinst Du, die Netze brennen gut?«, Tommis Augen sind jetzt kleine Schlitze. Er grinst. »Man, lass den Scheiß. Das stinkt«, sage ich genervt. Tommi hat aus irgendeinem Grund Freude daran, Dinge kaputt zu machen. Gelangweilt wirft er einen Stuhl fest gegen die Barackenwand, das Holz der Lehne knarzt laut und bekommt einen Riss. »Man, lass das!«, ich habe echt keine Lust auf mehr Ärger. »Ich gehe nach Hause. Kannst ja alleine hier durchdrehen.« – »Olle Zicke«, höre ich Tommi mir hinterherrufen. Ich laufe nach Hause, um nicht ganz durchnässt anzukommen. Durch unsere Wohnungstür höre ich schon im Treppenhaus Mamas Stimme. Tonnenschwere Gewichte fallen von mir. Sie lacht mich an, ich laufe wortlos in ihre Arme. »Boah, da hätt dinge Vater schöne Scheiße jebaut.« Ich gucke zu ihr hoch. »Ja, hat er?« – »Aber sowat von! Der Typ im Wettbüro hat den Zettel nur angeguckt und ist damit im Hinterzimmer verschwunden, um direkt die Bullen zu rufen« – »Wie hat der das denn so schnell gemerkt?«, will ich wissen. »Dat Datum, Kind. Dat Datum auf dem Wettschein war falsch. Die tolle Maschine, von der Dein Vater gesprochen hat, stellt sich nach Geschäftsschluss automatisch auf den nächsten Tag um. Dat hat dat Vögelchen offenbar vergessen zu zwitschern.« – »Scheiße!«, mehr fällt mir gerade nicht ein. »Wo ist denn Papa jetzt? Muss der ins Gefängnis?« Ich lasse Mama aus meinen Armen und setze mich wieder auf die Sofalehne. »Tja, dat weiß ich nit, ma abwarten.« Sie verzieht keine Miene bei dem Satz. Wir hören in den nächsten Stunden nichts von der Bullerei oder von Papa.

Vierundzwanzig Stunden darf die Polizei jemanden festhalten, ohne einen Haftbefehl beim Haftrichter zu beantragen. Wenn man Ärger mit der Justiz hat, ist das die sensibelste Zeit. Sie entscheidet darüber, wie ernst es wirklich ist. Mamas Fingernägel sind inzwischen bis zur Haut runtergenagt, auch ich finde keine Ruhe. Darüber, was passieren könnte, reden wir nicht. Es macht jetzt einfach keinen Sinn. Konsequenzen ausblenden – ein sehr gutes Mittel, um nicht komplett durchzudrehen. Wobei ich sehr gut weiß, dass Papa mit seinem nur befristeten Aufenthaltstitel richtig, richtig Ärger bekommen kann. Aber das wirkt nur gedacht und nicht ausgesprochen, nur als vage Vorstellung in meinem Kopf, eben weniger schlimm. Klar ist nur, dass Papa dem Haftrichter vorgeführt worden sein muss – die vierundzwanzig Stunden sind rum.

In dem Moment, in dem diese Gewissheit bei uns einsickert, hören wir es doch an der Tür rascheln. »Musta, da biste ja!«, Mama sieht aus, als hätte sie ein Gespenst gesehen. Ihr Mund steht für einige Sekunden offen. Papa lächelt nur. Ich springe mit Anlauf auf seine Arme. Er wankt etwas, so leicht bin ich nicht mehr. »Warste nit vorm Haftrichter?«, will Mama wissen. Papa lässt mich langsam wieder auf den Boden gleiten und zieht seine Jacke aus. Er lässt sich dabei übertrieben viel Zeit. »Erzähl, spann uns doch nit so auf die Folter!«, Mama springt jetzt direkt vor ihn. Doch Papa lässt sich nicht hetzen. Ganz in Ruhe zündet er sich eine Zigarette an und setzt sich erst mal hin. Lächelnd guckt er zu uns hoch, die wir wie festgetackert vor ihm stehen und ihn anstarren. »Das war knapp, ganz knapp«, sagt er nur. »Ich hab alles auf mich genommen. Und weil ich noch nie Scheiße gebaut habe, hat der Richter mich nicht verhaften lassen.« Mama schlägt die Hände über den Kopf zusammen: »Boahhh, Musta! Has Du ein Schwein, Mann!«

Das Ermittlungsverfahren wegen Urkundenfälschung stellt die Polizei ebenfalls nach wenigen Wochen ein. Es scheint, dass Papa zumindest in dieser Sache einmal richtiges Glück gehabt hat.

Romy

Nach diesem grandios gescheiterten Coup ist das Bedürfnis nach krummen Dingern erst mal gestillt. Nur ist das Problem leider nicht gelöst: Wie kommen wir an mehr Geld? Mama arbeitet jetzt auch noch nachts in einer der Diskos, die sie tagsüber putzt – als Klo-Frau im Klub *Colombo*. Doch weit gefehlt, dass sie da in einem einfachen Blümchenkittel oder ähnlich hässlicher Kleidung sitzt.

Nein, meine Mutter legt sehr viel Wert auf Stil: Schwarzer Bleistiftrock, pinkfarbene spitze Pumps sind ihre Berufsbekleidung. Und das Haar? Natürlich auftoupiert! Nach kurzer Zeit baut sie sich vor den Klos noch einen richtigen kleinen Süßwarenladen auf, dessen Angebot im Laufe der Zeit immer größer wird. Ich begleite meine Mutter oft, wenn sie tagsüber den Klub putzt. Alles hier ist für mich unglaublich spannend: kalter Rauch, der sich mit dem Geruch von süßem Alkohol und Zitronen mischt. An den Bars liegen sie haufenweise rum, in kleine Dreiecke geschnitten für die bunten Drinks. Gegenüber der großen Theke steht an einer Ecke eine neon-blau beleuchtete Telefonzelle. Ich komme mir darin vor wie in einer Raumkapsel. Mit etwas Glück gibt es auch auf dem Boden viel zu entdecken. Ich habe sogar mal einen Hundertmarkschein an einem Barhocker gefunden! Und Mama hat ein goldenes Dupont-Feuerzeug aufgetan, das sie Papa schenkt.

Wie gern würde ich da auch mal nachts rein, wenn die Musik bis zur Straße raus wummert. Mama ist inzwischen gut mit dem DJ befreundet, der ihr immer mal wieder neue Platten mitgibt. »Für Dich, Kind«, sagt sie. »Hässe och wat Disko hier zu Huss!«, völlig geschminkt und aufgebrezelt steht sie an meinem Bett und zieht eine dieser neuen Platten hervor. »Dat is ein richtig toller Song, janz langsam, kannste schön bei einpennen«, Mama hebt vorsichtig die Plattennadel auf das Vinyl und legt das Cover zur Seite und verlässt die Wohnung. Ein dunkelhaariger Typ in Boxerpose ist auf dem Cover zu sehen. Eine Flüsterstimme singt immer nur eine Zeile: *»Der Räuber und der Prinz. Der Räuber* *und der Prinz. Der Räuber und der Prinz. Dimm, dimm …«*, dazwischen ertönt so eine Art Glockenspiel, das mich eher an die Gruselfilme erinnert, die meine Eltern gerne gucken. Mit aufgerissenen Augen starre ich an die Decke, bis sich die Plattennadel wieder hebt und zurück auf den Halter gleitet. Endlich! Was für eine Horrormusik!, denke ich und schlafe erschöpft ein.

Mama ist da längst auf ihrer Arbeit am Süßwarenstand im *Colombo* angekommen. Kaugummis, Schokoriegel, Weingummis, Kondome – alles, was man so zum Feiern noch brauchen kann, hat sie dekorativ aufgestellt. Das weiß ich, weil sie immer so ordentlich Dinge drapieren und herrichten kann – auch bei uns zu Hause. Bald kommen noch andere Dinge dazu, die eher »unter der Ladentheke« weggehen.

Papa bekommt neuerdings wegen seiner Lunge immer höhere Dosen Codein-Compretten von seinem Arzt verschrieben: ganz normale weiße Tabletten in einem dunkelgrünen Pillenstreifen. Doch dabei bleibt es nicht. Es kommen weitere dazu: Valium, Medinox, Vesparax, Optalidon und ganz besonders viele Captagon oder kurz »Capis«. Eine Apothekerin in unserer Nähe ist die »Connection«, die all diese Rezepte einlöst und keine Fragen stellt. Massenweise Pillenverpackungen lagern jetzt bei uns. Mama vertickt einen Großteil davon an ihrem Süßwarenstand im *Colombo*. Die ganz Ungeduldigen kommen schon tagsüber oder am frühen Abend zu uns nach Hause. Es klingelt permanent an der Wohnungstür. Der Kick scheint es wert zu sein. Ich kenne die Verstecke von meinem Vater, von denen ich nicht wegbleiben kann, wenn ich alleine zu Hause bin. Eine nach der anderen Packung öffne ich vorsichtig und ziehe die dick gefalteten Beilagen raus. Es ist total schwer zu entziffern, was in mini-pini-winzi Schrift darauf steht. Aber einige Wörter kann ich verstehen, obwohl … na gut, halb. Bei den Vesparax steht etwas von »chronischen Psychosen«, aber auch von »Schläfrigkeit«. Es macht also müde. Bei den Medinox steht das Wort »Barbiturat«. Das finde ich lustig, weil es wie »Barbie« klingt! »Barbiiiieeeturat«. Etwas weiter unten steht, dass es die Hirnaktivität verlangsamt und wohl auch schläfrig macht. Komisch, auch die Valiums wirken so. Nur die »Capis« machen wach. In einem Streifen ist in eine aufgerissene Folie noch eine halbe Pille gewickelt. Es reizt mich, eine zu probieren. Ich schaue sie mir genau an. Vorsichtig drehe ich die geteilte Tablette zwischen Zeigefinger und Daumen. Einige weiße Krümel lösen sich ab. Die lecke ich auf. »Ihhh, total bitter!« Dann nehme ich einen angebrochenen Streifen Optalidon in die Hand. Die sind mit einer rosa Schicht bezogen, es könnten auch Bonbons sein. Vorsichtig breche ich eine Pille heraus und lecke auch daran. »Hm, schmeckt künstlich, irgendwie süß.« Vorsichtig lege ich sie mir auf die Zunge und lutsche. Als sich mein Mund vollständig mit dem süßlichen Geschmack füllt, nehme ich sie schnell wieder raus. Mein Bauchgefühl sagt »Nein«. Mein Herz fängt schneller an zu schlagen. Kommt da jemand?, denke ich. Hektisch packe ich alles wieder schnell zusammen und lege es zurück. Die angelutschte Optalidon spüle ich das Klo runter. Ich atme tief aus. »Warum zum Geier nimmt man etwas, was einen müde macht, wenn man auf dem Weg in die Disko ist?«, Hm. Eine Antwort finde ich nicht. Eigentlich ist es mir auch völlig egal. Vielmehr liebe ich es, dass bei uns so viel los ist. Es raucht und qualmt in der Küche, im Wohnzimmer und im Flur. Es wird viel gelacht, die Musik ist laut, manche fangen schon hier an zu tanzen: »*Pass the Dutchie 'pon the left hand side, pass the Dutchie 'pon the left hand side. Give me the music, make me jump and prance. Give me the music, make me rockin' at the* dance …«

Ich mag vor allem, dass die Frauen immer so hübsch angezogen und selbst im Winter so schön braun sind (die Sonnenbank macht's möglich). Eine von ihnen ist sogar ein richtiges Playboy-Model. Sie kommt vor allem wegen der roséfarbenen Optalidon. »Romy Schneider hat die auch immer geschluckt«, sagt meine Mutter. Das hübsche Model betrachtet die Pillen in ihrer Handfläche. »Na dann«, sagt sie und spült gleich alle auf einmal mit einem Glas Wein runter. Sie hält sich nicht lange bei uns auf, schnappt sich ihren weißen Blouson und verlässt unsere Wohnung in Richtung Nacht. Ich kann selbst Minuten später ihr süßliches Parfüm im Flur riechen. Es ist ein schwerer Duft. Wie die Pillen wohl bei ihr wirken? Ich werde es nicht erfahren. Nur der Effekt einer anderen Droge bleibt mir nicht verschlossen: Heroin. Gespritzt wird bei uns nicht. Aber die Leute, die kommen, sind manchmal drauf. Ich muss über die Wirkweise nicht viel wissen, sie ist offensichtlich – selbst für mich. Einer der neuen Klub-Freunde meiner Eltern etwa, der große blonde Ecki, wirkt wie ein böser Zwilling seiner selbst, wenn er drauf ist. Ecki geht bei uns ein und aus. Wenn er nüchtern ist, ist das ein total toller, immer lustiger Typ. Was er beruflich macht, weiß ich nicht. Nichts offenbar, das ihn besonders herausfordert. Er ist auch unter der Woche oft bei uns. Man sieht Ecki schon aus zehn Meter Entfernung an, wenn er sich was gedrückt hat. Man sieht es nicht nur, man hört es auch. Er trampelt die drei Etagen zu uns rauf, dass wirklich kein Nachbar seine Ankunft versäumt. »Macht auf! Hey, ich bin's! Ecki! Los!« Meine Eltern sind nur gerade nicht da, und ich sitze mit Tommi alleine im Wohnzimmer auf dem Boden. Wir spielen Feuer. Meine Handoberfläche ist auch wirklich schon feuerrot, weil ich die ganze Zeit verliere. Tommi schreckt von dem Radau an der Tür sofort hoch und will hinspringen. So schnell ich kann, packe ich ihn an seinem übergroßen T-Shirt und zerre ihn zurück auf den Fußboden. »Psst, nein. Nicht aufmachen!«, schreie ich so leise, dass es mir in der Kehle wehtut. »Der darf uns nicht hören! Ich habe Angst«, sage ich zu Tommi. »Der klingt so völlig zugedröhnt! Hörst Du das nicht? Wie der lallt?« Tommi blickt mich etwas verstört an, ich weiß nicht, ob er weiß, was ich mit »zugedröhnt« meine. Zu meiner Überraschung weiß er es offenbar doch. Er nickt mir zu. »O.k.!«, flüstert er und richtet sein T-Shirt. Wer hier in der Gegend wohnt, braucht keine großen Erklärungen, vor allen Dingen nicht Tommi. Mit meinem Zeigefinger an der Lippe gucke ich zu Tommi und stehe ganz langsam auf. Tommi folgt mir auf Zehenspitzen in den Flur. Ecki hört auf zu klopfen, zu klingeln und zu rufen. Es raschelt nur. Dann hören wir, wie sich die Schritte entfernen, bis ein lautes Poltern zu hören ist. »Oh, der ist – glaube ich – die Treppe runtergeflogen«, Tommi muss sich die Hand vor den Mund halten, um nicht laut zu lachen. Ich bekomme noch mehr Herzklopfen und verstecke mich in unserem kleinen Balkon-Zimmer, wo ich mir beide Hände auf meine Ohren presse (auch wenn ich nur mit einem richtig gut höre). Meine Augen kneife ich fest zu. »Keine Angst, Iris. Dem ist nix passiert. Der ist jetzt raus. Du kannst wieder herkommen«, ruft Tommi. Ich glaube es erst, als ich auf einem Hocker durch den Spion das leere Treppenhaus sehe. Zur Sicherheit öffne ich die Türe ganz vorsichtig. Eine kleine Wasserlache glitzert auf dem Boden vor uns. »Krass, der hat euch vor die Tür gepisst«, jetzt muss Tommi doch laut lachen. Ich finde es nur so halb lustig.

Ein paar Wochen später, es ist Heiligabend, sitzt Ecki dann doch wieder auf unserem Sofa, neben ihm seine Partnerin Conny. Eine Frau Ende zwanzig, braune lockige Haare, sie trägt eine schwarz-weiß gestreifte hautenge Jeans. Sie erinnert mich immer an einen weiblichen Mick Jagger. Anders als die meisten bei uns hat Conny eine richtige, abgeschlossene Ausbildung als Bürokauffrau. Ob sie das etwas schlauer und insgesamt etwas gewiefter wirken lässt? Jedenfalls wenn wir »Stadt, Land, Fluss« spielen, liegt sie immer weit vor uns und den anderen Freunden meiner Eltern. Sie hält damit auch nicht hinterm Berg und kommentiert mit einer sehr derben, lauten Lache (»Hahahahaha – Stadt mit ›I‹, Ingolstadt, ihr Ottos!«). In ihrem Job arbeitet Conny aber nicht mehr. Ich glaube, sie arbeitet im Moment überhaupt nicht, sondern dreht nur hin und wieder ein Ding (das Übliche: etwa Ladendiebstahl und ein bisschen Hehlerei). Ähnlich wie bei Mama hat auch Conny den Kontakt zu den Eltern und zu ihrem Kind verloren. Nicht, dass Conny darüber offen und ständig redet, sie trägt ihr Herz nicht gerade auf der Zunge. Aber manchmal, wenn sie mit mir alleine ist, flutscht ihr ein Satz raus wie »… das macht meine Kleine auch«, oder »meine Tochter hat dieses oder jenes geliebt«. Sie hält sich dann meist schnell eine Hand vor den Mund, als hätte sie etwas Verbotenes gesagt. Das wirkt komisch bei einer Frau, der sonst wenig peinlich zu sein scheint. Ich frage dann meist nicht weiter nach. Wieso auch, wenn es ihr offensichtlich unangenehm ist?! Vielleicht ist es diese Parallele, warum sich Mama und Conny so gut verstehen. Und warum Conny selbst am Heiligabend bei uns ist und nicht bei ihrer Familie. Vom Heroin kann sie leider auch nicht die Finger lassen, heute wirkt sie aber clean. Nervös bewegt sie ihren Oberkörper auffällig schnell vor und zurück, wie auf einem imaginären Schaukelstuhl, nur viel schneller, hastiger. Ganz anders ist Ecki unterwegs. Da bewegt sich nicht mehr viel. Er hat meinen Weihnachtsteller auf seinem Schoß und versucht, einen Schoko-Nikolaus zu essen. »Heee … mhhhh …« Es ist nicht zu verstehen, was er versucht zu sagen. Die Augen sind auch fast zu. Er verfehlt ständig seinen Mund. Dann versucht er es in Zeitlupentempo wieder und trifft mit dem halb angefressenen und vor Speichel triefenden Schoko-Teil nur seine Wange. Der Mund steht offen, der Sabber läuft auf den Teller, MEIN Teller! »Du bist 'ne richtige Sau«, schimpft Conny und wischt hektisch über ihren Oberschenkel, als ihre Hose auch etwas abbekommt. Ich bin froh, als sie ihre Pillen-Streifen bekommen und abhauen. Natürlich ist es gut, dass weder Mama noch Papa für diese kleinen Geschäfte aus dem Haus müssen und am frühen Abend bei uns oft so viel los ist. Aber ich mag nicht, wie es bei einigen weitergeht, den H-Junkies beim Draufkommen zuzugucken und dass vor allem Mama mit ihnen oft in die Nacht verschwindet. Schlimmer noch, wenn Papa unbedingt an solchen Abenden in seine Zockerbude muss und ich alleine bin. Ich hasse es.

Petra

Das Geschäft läuft richtig gut. Ich mag die meisten Leute inzwischen immer mehr, zu einigen ist das Verhältnis fast familiär. Vor allem die Frauen bleiben oft länger und benehmen sich kein bisschen wie Besuch, sondern schon fast so, als würden sie bei uns wohnen. Petra etwa. Eine große schlanke Frau mit hellen nussbraunen Haaren, die ihr ganz glatt über die Schulter fallen. Sie kocht manchmal für uns – meist mit viel Wein, den sie selbstverständlich immer kosten muss, bevor sie etwas davon in den Topf gießt (viel bleibt für das Essen meist nicht übrig). Sie ist vielleicht Ende zwanzig und beherrscht tatsächlich sogar meine Geheimsprache – die Löffelsprache! Es ist lustig, Mama und Papa damit manchmal zu ärgern, auch wenn ich nix Geheimes mit Petra zu bequatschen habe. »Willst Du vielleicht noch eine Geheimschrift lernen?«, hat sie mich vor einigen Tagen gefragt. »Die keiner lesen kann?« – »Ja klar!« Daraufhin hat sie mir so komische Zeichen in meinen Block geschrieben. Ich erkenne nur Striche und Punkte. »Das ist Hebräisch. Ich helfe Dir beim Übersetzen«, hat sie gesagt. Voll nett! Es kommen immer mehr Buchstaben dazu. »Das machst Du richtig gut, Iris!«

Hin und wieder liefern meine Eltern die Pillen auch direkt an die Leute. Ich freue mich immer riesig, wenn ich mitgehen darf. Mama ist zwar nicht begeistert, kann sich aber meist nicht durchsetzen. »Das ist nix für ein neunjähriges Kind«, sagt sie. – »Ach, was soll denn passieren? Das sind doch nur ein paar Pillen gegen Kopfschmerzen, Schlaflosigkeit oder Müdigkeit«, sagt Papa dann. Nichts Krasses und auch nur geringe Mengen. Wir bringen kleine, in unauffälliges Papier gewickelte Pakete zu den »Kunden«, die mir dafür meist noch ein ordentliches Trinkgeld mitgeben. Wir betreten teure Modegeschäfte auf der Einkaufsmeile an der Schildergasse, landen auf den Rücksitzen schöner Autos und manchmal in unfassbar schicken Wohnungen, wie etwa einem schon fast wie ein modernes Museum eingerichteten Bungalow. Das Paket lassen wir am Eingang zum Wohnzimmer liegen. Den Zehnmarkschein mit einem Zettel »das ist für die Kleine« plus Herzchen stecke ich ein, auch der *Bazooka Joe* verschwindet sofort in meinem Mund. Die feste, beigefarbene Masse kauend werfe ich noch einen Blick in den großen hellen Raum. Ein knallgrüner, überdimensionaler Kaktus aus Plastik steht in einer Ecke. Der Boden ist aus schwarz-weiß kariertem Stein. Auf einer Bar steht ein durchsichtiges Telefon mit pinkfarbener Neonröhre. Es erinnert mich an Restaurants in amerikanischen Fünfzigerjahre-Filmen. Irre cool! Aber jetzt schnell raus.

Bei uns zu Hause lassen nicht nur Eckis verwirrte Besuche die Nachbarn hellhöriger werden. Aber an einem Tag im Jahr ist uns das egal. Wir feiern groß Silvester. 1985 klopft schon laut an. Tommi und ich schmücken die ganze Wohnung mit Luftschlangen und Papiergirlanden, die wir quer im Zimmer von einer Wand zur nächsten hängen. »Komm, lass uns die Luftschlangen über die Girlanden legen«, ruft er mir zu, während er auf einem Stuhl das rote Ende von einer Girlande mit Tesa an die Wand klebt. »Das klappt super!«, rufe ich begeistert. »Kinder, übertreibt es nicht, man kann ja hier gar nix mehr sehen«, Mama muss tatsächlich die Luftschlangen wie einen Vorhang wegschieben, um noch durch den Raum zu kommen. Es klingelt an der Tür. »Nä, Häns und Betti. Kütt erinn!«, höre ich Mama sagen. Die beiden gehören seit Neuestem auch zum engeren Freundeskreis meiner Eltern. Meine Mutter hat sie im *Colombo* kennengelernt. Häns ist so braun, dass sie ihn manchmal auch einfach nur »Indianer« nennen. Seine Zähne hingegen sind so weiß, dass es einen fast schon blendet, wie er jetzt in diesem Moment strahlt. Im Nu ist die Küche voller Leute. Es ist laut. Ein paar Luftschlangen überleben das Gewusel nicht. Trotzdem ist noch immer kaum etwas zu sehen, und es wird so viel gequarzt, dass der Raum irgendwann richtig vernebelt ist. Ich sehe nur noch Umrisse. Eine groß gerollte Zigarette macht die Runde. »Ein Joint am Abend, ein Joint am Morgen und fort sind all unsere Sorgen!« Häns atmet tief aus, während er sein Sprüchlein laut singt. Seine dunkelbraune Haut ist an den Backen knallrot, die auffällig blauen Augen glasig. Mein Vater zieht als Nächster – und dampft wieder aus sämtlichen Öffnungen.

Tommi und ich checken in der Zwischenzeit das kleine Böller-Arsenal, das Mama für heute besorgt hat: Raketen, China-Böller und Ladykracher. »Huch, was sind das denn hier für Mini-Teile?«, frage ich Tommi und halte ihm eine kleine Schachtel, in der sich kleine braune Dreiecke verbergen, unter die Nase. »Guck mal, die kann man in die Zigaretten stecken und die explodieren dann, wenn man sie anzündet«, erklärt Tommi. Wir müssen schon lachen, bevor wir die überhaupt erfolgreich in irgendeine Zigarette schmuggeln können. Mein Blick fällt auf Petra, die offenbar wieder ordentlich mit Wein »gekocht« hat. Ihre Augen sind halb geschlossen, der Kopf droht wegzuknicken. Sie bemerkt nicht, als wir ihre Packung *Marlboro* vom Tisch klauen. »Woher wissen wir denn, welche Fluppe sie gleich nimmt?«, frage ich Tommi so leise es geht. – »Ach, wir machen in jede so 'n Knall-Ding rein.« Es dauert nicht lange, bis Petra wieder zur Schachtel greift. Sie hat schon etwas Mühe, sich eine der präparierten Zigaretten in den Mund zu stecken. »Ich hab Angst, Tommi!«, trotz meines Gekichers presse ich beide Hände fest auf meine Augen. Tommi boxt mir in die Seite. »Guck doch! Jetzt!« Erst kommen nur kleine Funken. Doch dann: »PENG.« Petras ganzer Oberkörper wird nach hinten gerissen, als ob vor ihr gerade eine Handgranate in die Luft geflogen wäre. Mit dem Kopf stößt sie feste an die Wand. Sie trägt einen silbernen Stern um ihren Hals, der ihr dann auch noch gegen den Kopf knallt. Es ist so laut, dass nicht nur sie sich erschreckt, Tommi und ich zucken zusammen. »Wart ihr das?« Auf einmal bekommt sie ihre Augen doch ganz schön weit auf. Ich kann nichts dafür, aber ich mache mir fast in die Hose vor Lachen. Ich laufe schnell in die Küche, um mich zu verstecken. Sie schreit noch: »Iris, Dir bringe ich nie mehr hebräische Schriftzeichen bei!« Ich weiß, dass sie es nicht so meint. Petra beruhigt sich zum Glück schnell wieder. Die Party geht weiter – und das natürlich laut.

Willy

Die Stimmung ist gut, vielleicht zu gut. »Hörst Du das?«, meine Mutter steht mit dem Telefonhörer in der Hand vor Papa. »Ich habe die Neun gewählt, und das Telefon ist ganz tot! Da muss eigentlich die Ansage ›Kein Anschluss unter dieser Nummer‹ kommen! Das war gestern noch so, und jetzt kommt die Ansage nicht mehr. Hier, hör!« Mama runzelt die Stirn und beißt sich auf die Unterlippe. Papa nimmt ihr den Hörer ab und wischt ihn erst mal fest an seinem T-Shirt ab, um ihn von der dicken Schicht *Bebe*-Creme zu befreien (Mama hat damit auch heute wieder nicht gegeizt in ihrem Gesicht). Er hält sich den Hörer ans Ohr.

»Hm, da ist nix. Scheiße! Die hören unser Telefon wirklich ab«. Mit »die« ist die Polizei gemeint. »Wieso sollten die uns denn abhören? Wir sind doch nur kleine Fische«, sagt Papa, als würde er die Situation beruhigen wollen. »Klein hin oder her. Die rufen doch hier ständig an und fragen nach ›Capis‹ oder ›Compretten‹ – die Schmier ist doch nicht doof«, Mama haut den Hörer laut zurück auf die Gabel. »Wir müssen vorsichtiger sein«, sagt sie deutlich. »Bestimmt hat uns der Buschmann-Nazi von nebenan verzinkt«, Papa schnalzt verächtlich mit der Zunge. Mit den Nachbarn ist Papa nie klargekommen beziehungsweise sie nicht mit ihm. Ich habe gegen das Ehepaar Buschmann grundsätzlich nichts. Aber Papas Abneigung färbt auch auf mich ab.

Als ich in den Tagen danach von der Schule komme, stehe ich vor unserer Wohnungstür, ohne dass jemand öffnet. Ich halte mein »gutes« – also das rechte – Ohr an die dunkle Holztür und lausche. Nix. Keiner da. Hm. Also setze ich mich auf die Treppenstufe davor und warte. Plötzlich bemerke ich ein Rascheln an der Wohnungstür nebenan. Die Buschmanns. Ganz leise und vorsichtig öffnet sich die Türe, und Frau Buschmann lugt hervor. Die Haare sitzen ordentlich onduliert, rotbraun, ein wenig aufgetufft. »Na, sind Deine Eltern nicht zu Hause? Hast Du vielleicht Durst? Du könntest eine Limo haben, wenn Du magst.« – »Ne, danke. Ich hab keinen Durst«, antworte ich. Mir ist es etwas unangenehm, im Treppenhaus rumzulungern, und am liebsten wäre es mir, wenn sie keine Notiz von mir nähme. Nicht, dass sie mir noch irgendeine blöde

Ansage macht wegen der lauten Besuche bei uns. Die Tür geht wieder zu. Doch nur ein paar Minuten später guckt Frau Buschmann wieder hervor: »Magst Du denn vielleicht mal unseren Willy streicheln?«, fragte sie. Ihr Gesicht erhellt sich. »Willy? Wer ist das?«, ich denke automatisch an ein Haustier. Bislang war mir gar nicht aufgefallen, dass sie außer dem Schäferhund, der nicht wie ein Willy wirkt, eines haben. Frau Buschmann verschwindet erneut kurz hinter der Tür. Als sie breit lächelnd in den Treppenflur kommt, hat sie eine Art Ast in der Hand. Ein knallgelber Kanarienvogel sitzt darauf. »Oh, das ist Willy?« – »Ja, unser lieber Willy!« Ich bin verdattert. Der Vogel bewegt sich ja gar nicht. »Willy ist leider schon tot, aber wir haben ihn ausgestopft!«, sagt Frau Buschmann. »Ach so, ich dachte schon …« Ich merke, dass Willy ihr offenbar sehr viel bedeutet, sie streichelt ihn mehr als ich! »Ja, unser Willy, das war mein kleiner Singvogel!« Plötzlich wirkt diese fremde Frau für mich so nah- wie sonderbar. Ich möchte ihre Begeisterung nicht enttäuschen. »Ach, der fühlt sich ja ganz weich an, als würde er noch leben. Und die schöne Farbe! Toll!« Ich schenke ihr ein sehr breites Lächeln. Wirklich erstaunlich, sogar die Augen wirken völlig lebendig. So etwas habe ich noch nie gesehen. Frau Buschmanns Augen glitzern. Wir hören unten die Haustüre zufallen und jemanden die Treppe hochkommen. Schnell nimmt Frau Buschmann ihren Vogel und verschwindet in der Wohnung. Ich weiß nicht, wovor sie mehr Angst hat. Dass meine Eltern sie mit mir sehen, oder doch eher ihr Mann es ist, vor dem sie diese Begegnung geheim halten will. Wieder raschelt es, dann ist es ganz ruhig, als wäre sie nie dagewesen, als hätte ich diese Szene gerade geträumt. Schon von der zweiten Etage höre ich das mama-typische Ächzen: »Uff, ochhhh … oahhh!« Mit mehreren Einkaufstüten bepackt, schleppt sich Mama noch die letzte Treppe zu mir nach oben. Sie bekommt von meiner Begegnung mit Frau Buschmann nichts mit. Sie hält mitten auf der Treppe inne und guckt zu mir hoch: »Mädchen, hilfst Du mir mal!« – »Ja, warte. Was hast Du denn schon wieder alles eingekauft?« – »Alles, Kind, alles!«

Immer, wenn ich Frau Buschmann ab jetzt im Treppenhaus begegne, lächeln wir uns freundlich an. Wenn ihr Mann nicht dabei ist, blinzelt sie mir sogar mit einem Auge zu, ganz so, als ob uns beide nun ein kleines Geheimnis verbindet, an das sie mich erinnern möchte. Herr Buschmann ist aber nach wie vor völlig versteinert, wenn er auf uns trifft. Nur sein Blick, der vor allem an Papa von oben bis unten wandert, zeigt, dass er nicht besonders viel von uns hält. Sonderbar ist nur, dass er nie an unsere Tür klopft, wenn es richtig laut ist. Uns etwa bittet, leiser zu sein – aber das passiert wirklich kein einziges Mal. Ob wirklich die Buschmanns uns an die Polizei verpfiffen haben? Ob Herrn Buschmann das leichter fällt, als einmal mit Papa zu sprechen? Wird wirklich das Telefon angezapft? Das erfahren wir nie. Jedenfalls droht bald richtiger Ärger.

Otto

Als ich an einem normalen Montag von der Schule komme, kann ich nicht fassen, was mit unserer Wohnung passiert ist. Da scheint kein Möbelstück, kein Spielzeug, einfach nichts mehr an seinem Platz zu stehen. Der komplette Schrankinhalt liegt auf dem Boden: Videokassetten, Glasuntersetzer, Löffel, Tassen, einzelne Kartoffelchips, Fotos. Der Schrankboden, auf dem der Fernseher stand, ist durchgebrochen. Das Gerät liegt – wie durch ein Wunder – unbeschädigt am Boden. »Was ist denn hier passiert?« – »Die Schmier war da«, sagt Mama knapp. »Die hatten noch nicht mal einen Durchsuchungsbefehl. Brauchen die Ottos bei uns ja nicht!« Der Begriff »Durchsuchungsbefehl« ist schon häufiger gefallen. Ich habe noch nie in meinem Leben ein *Hanni-und-Nanni*-Buch gelesen, aber mit einigen juristischen Voraussetzungen kenne ich mich mittlerweile aus. Wenn meine Eltern von Razzien erzählen, im *Colombo* oder auch manchmal in den Spielklubs, in denen Papa seine Tage verbringt, scheint dieser Durchsuchungsbefehl immer sehr, sehr wichtig zu sein. Nur bei uns nicht. Da kann man offenbar ohne rein. Es ist ihrer Meinung nach ein Beleg dafür, dass die Polizei bei uns macht, was sie will, sich also nicht an ihre eigenen Regeln hält. (Dass wir das auch nicht tun – nun ja! Was soll ich sagen … das ist wohl Teil des Spiels.) Mein Vater lächelt spitzbübisch: »Die haben aber nix gefunden! Die haben alles auseinandergenommen. Sogar unter der Spüle haben die geguckt – aber auf mein Versteck sind die nicht gekommen.« Mein Vater zieht im Wohnzimmer eine Schrank-leiste, die die Übergänge zwischen den einzelnen Schrankteilen abdeckt, nach oben. In dem Zwischenspalt lagern Hunderte Streifen Captagon und auch die auffällig grünen Streifen Codein-Compretten. »Du hast ein Glück«, sagt meine Mutter und schüttelt den Kopf. Sie hat sich schon daran gemacht, wenigstens die Chips und andere kleinere Gegenstände vom Boden aufzuheben: »Wat 'ne Sauerei, boah!« Es dauert Tage, bis wieder alles einigermaßen an seinem Platz ist.

Wir haben uns gerade von dem Schrecken erholt, als schon wieder ungebetener Besuch vor der Tür steht. Es ist abends, und ich hänge mit Tommi bei uns im Wohnzimmer vor dem Fernseher. Es klingelt. Noch bevor ich überlegen kann, wer das ist und ob ich einfach öffnen sollte, haut schon jemand mit lauten Schlägen an die Eingangstür. »Wer ist das denn schon wieder?« Tommi guckt mich erschrocken an. Auch ich bekomme Angst. Mein Herz rutscht mir förmlich in die Hose, was sich aber anfühlt wie eine plötzliche mega Kackattacke. Oder besser gesagt: Ich scheiße mir vor Angst förmlich fast in die Hosen. Ich denke auch an die Nachbarn, die sich bestimmt wundern, was bei uns wieder los ist – oder sie wundern sich vielleicht auch überhaupt nicht mehr. Lange nachdenken kann ich nicht. »Aufmachen! Polizei! Aufmachen! Sofort!« Tommi springt auf und stellt sich wie in einem Gangsterfilm mit dem Rücken zur Wand. Irgendwie in Deckung gehen, obwohl es gar keinen Sinn macht. Es wird ja überhaupt nicht geschossen. Tommi drückt sich trotzdem so fest an die Wand, als würde er versuchen, darin zu verschwinden. Ich öffne die Türe vorsichtig einen kleinen Spalt. Vier Männer stehen da. Sie sind nicht in Uniform, einer hält mir einen Ausweis vor die Nase, mit der anderen Hand drückt er die Tür weiter auf. »Polizei, wir müssen uns hier mal umsehen!« Der Polizist guckt zu mir runter – für einen ganz kurzen Moment zuckt er irritiert mit den Augen und streckt seinen Kopf weiter in die Wohnung. Sein Blick wandert schnell umher. »Bist Du alleine?«, stumm zeige ich auf Tommi, der nicht mehr ganz so verspannt an der Wand klebt. »Aha«, raunzt der Polizist und drängt sich mit seinen Kollegen an mir vorbei. Sie machen sich sofort auf die Suche. Wieder wird alles rausgerissen. Selbst meine Spielsachen. Sie schlitzen Kissen auf, untersuchen meine *Playdo*-Knete minutenlang, die mit allen unterschiedlichen Farben zusammengemischt nur noch ein matschbrauner Klumpen ist. Kneten, riechen, wieder kneten – als könnte das wirklich etwas anderes als Knete sein. Es steht mir gerade zum ersten Mal so richtig vor Augen, dass auch meine Eltern – wie Tommis Mutter – ins Gefängnis kommen könnten. Mein größter Horror ist, dass ich dann auch zu Pflegeeltern muss wie Tommi. Oder noch schlimmer: in ein Heim. Mein Herzschlag wird schneller, meine Atmung auch. Es gibt bei mir keine anderen Familienmitglieder: keine Oma, Onkel oder Tanten – außer in der Türkei, aber das ist ja viel zu weit weg. Ich schüttele heftig meinen Kopf, als könnte ich damit diesen Film in meinem Hirn stoppen. Tommi greift nach meinen Händen, zieht mich an sich ran und flüstert mir ins Ohr: »Es wird alles gut!« Er hält seinen Blick ganz fest auf mich gerichtet. Seine riesigen blauen Augen sehen so friedlich aus. Es beruhigt mich schon, ihn einfach nur anzusehen und seine Hände zu halten. Die Polizisten nehmen von uns weiterhin überhaupt keine Notiz. Sie machen keine Anstalten, mich irgendwohin mitzunehmen. Meine Atmung wird wieder regelmäßiger. Die Angst weicht, die Wut kommt. Sie kriecht förmlich in mir hoch. Dass die hier einfach einmarschieren, kein Wort sagen und alles auseinanderreißen, das macht mich jetzt – wo ich meine Fassung wiedergefunden habe – ja, plötzlich fassungslos: »Wo ist eigentlich Ihr Durchsuchungsbefehl?«, rufe ich unvermittelt in die betriebsame Stille. Die Polizisten halten inne. Einer steht gerade am Herd und hat die Ofenklappe in der Hand, ein anderer im Badezimmer, die anderen beiden in Flur und Wohnzimmer – sie sehen aus wie eingefroren, wie sie mich so anstarren. Doch dann, wie auf Knopfdruck, legen sie ihre Köpfe in den Nacken, reißen ihre Münder auf, holen noch einmal richtig tief Luft, um dann – völlig synchron – in schallendes Gelächter auszubrechen. »Wie alt bist Du kleene Futzemann überhaupt?«, fragt einer. »Neun, aber ich werde dieses Jahr zehn!« Ich versuche, ein böses Gesicht zu machen, der Muskel an meiner Stirn produziert aber nur ein nervöses Zucken. Das Lachen wird lauter. »Du guckst wohl zu viel Fernsehen«, sagt der Polizist, sein Kopf macht eine Bewegung zum Bildschirm, auf dem irgendeine bunte Sendung läuft. Dann dreht er sich weg. Sie machen einfach weiter. Tommi und ich stellen uns im Wohnzimmer ans Fenster und gucken den Friesenwall runter. »Sag jetzt nichts mehr«, flüstert Tommi. Ich stoße nur ein lautes »Pfff« aus. Ich bin immer noch so wütend. Aber was sollte ich auch noch sagen? Wieder kommt keiner von denen auf die Idee, dass man die Leiste vom Schrank hochschieben kann. »Ottos!«, sage ich leise zu mir selbst.

Bert

Die »Connection« von meinem Vater scheint auch von der Polizei aufgescheucht worden zu sein. Offenbar gab es zudem eine Änderung im »BTM-Gesetz« (Betäubungsmittelgesetz). Keiner weiß, was genau da drinsteht, am wenigsten ich, aber es ist ein großes Thema in unserer Küche. Immer wieder fällt die Abkürzung »BTM hier«, »BTM da«, »BTM dort«. Diese Änderung macht das Verschreiben der Pillen angeblich schwerer oder strafbarer – ich kann es nicht sagen. Mein Vater bekommt jedenfalls bei Weitem nicht mehr so viele Pillen wie vorher, und vor allem die begehrten Captagon werden jetzt knapp. Der Verkauf bricht fast total ein und damit auch unsere Einnahmen. Uns geht es finanziell echt beschissen. Meine Mutter kann nicht noch mehr putzen und Klos sauber machen (auch wenn es sich manchmal so anfühlt, dass Dein Tag mehr als vierundzwanzig Stunden hat – Du kannst nicht alles auffangen). Mama ist hilflos, versucht aber gleichzeitig, den Laden irgendwie am Laufen zu halten. Sie kann es sich nicht länger leisten, ein Ernie zu sein. Sie wird immer mehr zu einem Bert.

Vielleicht ist es dieser bertige Ernst, der die Beziehung

meiner Eltern belastet, jedenfalls ist die Stimmung zwischen beiden auf Krawall gebürstet. Ich kann gar nicht sagen, warum die so streiten. Ich will nur, dass es aufhört, stelle mich zwischen beide und schreie einfach mit (was ich nach wie vor sehr gut kann). Erst letzte Woche landeten mehrere Hühnerknochen vom Wienerwald-Besuch des Vortags auch zu meinen Füßen.

Heute klingt alles friedlich. Ich sitze im Wohnzimmer und höre laute Musik aus der Küche. Ein paar Nachbarn sind da (ein schwules Pärchen, das selbst gern feiert). Papa ist auch dabei. Es läuft Elvis Presley: *»… the whole cell block was dancing to the jailhouse rock …«* Es poltert, jemand springt laut auf und ab. »Sonja, Du tanzt ja richtig Rock 'n' Roll! Boah! Irre!«, höre ich den Nachbarn hecheln, er scheint außer Atem zu sein. Auch Mamas Lachen dringt zu mir ins Wohnzimmer. Plötzlich höre ich aber einen schrillen Schrei – es ist Mama. Die Plattennadel macht einen unschönen Ton, bevor die Musik ganz stoppt. Schnell springe ich vom Sofa auf und renne in die Küche. Mir fällt sofort das Blut auf Mamas Unterarm auf. Es ist viel Blut. Mit der anderen Hand versteckt sie ihre verweinten Augen. »Alte, das tut mir leid! Das wollte ich nicht«, mein Vater winselt, seine dichten Augenbrauen zucken. »Komm, lass mich gucken, Sonja …«, versucht er vorsichtig Mama an der Schulter zu berühren. Er reißt ein paar Blätter *Wischundweg* von der Rolle und presst sie auf ihren Arm. Den Versuch, Mama auf die Wange zu küssen, wehrt sie ab: »Hau ab! Du Arschloch«, sie dreht ihren Kopf weg. »Was ist passiert?«, frage ich leise unseren Nachbarn, doch Mama hat es gehört. »Ich bin beim Tanzen gestolpert, Kind, und gegen die Tischkante gefallen«, sagt sie laut. »Nix Schlimmes, Mädchen!«, sie wirft Papa einen sehr, sehr bösen Blick zu. Ihre Augen sind nun winzig klein geschlitzt. »Geschubst passt wohl besser als gestolpert«, flüstert unser Nachbar so leise, dass nur ich es verstehen kann. »Ach, Papa …«, entfährt es mir. »Iris! Ist gut!«, unterbricht mich Mama, noch bevor ich weiterreden kann. »Wir gehen dann mal wieder zu uns rüber«, mit diesen Worten verabschiedet sich das Nachbarspaar aus unserer Wohnung. Es bleibt sehr still für den Rest des Abends. Ein weiterer Stimmungskiller für die Party am Friesenwall kommt bald hinzu.

Bea

»Der Tom-Tom ist tot«, erzählt Conny, die Freundin vom heroinsüchtigen Ecki bei uns in der Küche. »Nä, hör up!«, sagt meine Mutter sichtlich geschockt. »Doch! Leberzirrhose. Dat jing janz schnell!« Das Jahr 1985 ist noch nicht besonders alt, als sich diese Geschichten anfangen zu häufen. Erst waren es nur abstrakte Namen, die ich nicht zuordnen konnte. Doch jetzt werden sie konkreter, bekannter. Zwar habe ich auch schon von plötzlichen Todesfällen in unserem Umfeld gehört: wie etwa, als der Björn sich auf der Kundentoilette vom Bauhaus am Barbarossaplatz den »goldenen Schuss« gesetzt hat (er war siebzehn! Seine kleine Schwester treffe ich manchmal noch zum Spielen). Oder als der drogensüchtige Lothar von gegenüber sich aufgehängt hat im Treppenhaus. Marion, die auch früher schon mal auf mich aufgepasst hat, ist mit neunzehn Jahren auf einem LSD-Trip vom Balkon gestürzt (wobei Mama glaubt, dass ein Zuhälter ihr das »Fliegen« beigebracht hat). Auch das ist alles andere als normal. Aber es sind Kollateralschäden in unserer soziokulturellen Parallelwelt, an die man sich – so krass es klingt – gewöhnt hat, die man toleriert. Wenn der Schock der Nachricht verklungen ist, ist das Drama schnell wieder vergessen. Das Leben geht weiter. Aber bei den Leuten, von denen jetzt die Rede ist, ist es irgendwie anders, es ist gruselig, es ist neu und es sind eben keine tragischen Einzelfälle mehr. Ich bekomme jedenfalls Angst, weil ich sehe, dass meine Eltern und die Leute in unserer Küche auch Angst haben. »Ich sachet Dir, dat is 'ne richtije Horror! Die sterben gerade wie die Fliegen«, sagt Conny. Sie zieht fest an ihrer Zigarette. Ihre Fingernägel sind an den Spitzen gelb, die Haut an den Fingerkuppen ist verhornt. Mama knibbelt an ihrem Daumen rum und guckt nervös durch den Raum. Conny lehnt sich etwas zu ihr vor. »Jetzt halt Dich fest, Sonja, weißt Du, wer uch krank ist?« Mamas Brauen schnellen in die Höhe. »Nä, wer?« – »Der Schönemann! Der liegt seit ein paar Tagen im Krankenhaus – Leberversagen!« Mit einer Schüssel roher Nudeln sitze ich auf meinem Bett, von wo aus ich die beiden bestens im Blick habe. »Mit dem habe ich doch gerade erst noch telefoniert«, werfe ich von der Seitenlinie ein. Conny und Mama gucken mich beide mit offenem Mund an: »Hä? Du, wat has Du denn mit dem zu telefonieren?«, fragt Mama. »Der rief letztens an und hat seine Freundin gesucht, die Petra – ihr wisst doch! Unsere PETRA! Die, die mir die Geheimschrift beigebracht hat.« – »Ach so, sind die noch zusammen? Die ham sich doch jetrennt jehabt?«, Mama guckt zu Conny rüber, die nur kurz ihre Schultern mit einem Zucken antworten lässt. »Er klang total munter«, fällt mir noch ein. Nur wenige Wochen später heißt es auch über den Schönemann: »Der hät it nit jepackt!« Wieder sitzt eine kleine Runde in unserer Küche. Der Zigarettenrauch hat einen Grauschleier über ihre Köpfe gelegt. »Das kommt alles von dem neuen Virus – AIDS«, sagt Papa. »Biste jetz uch noch Arzt?«, zieht Mama ihn auf. »Ach, Alte. Du hast keine Ahnung! Das Virus hat die Leber von dem Typ kaputt gemacht. Wie gefährlich das Virus ist, liest man doch jetzt überall.« – »Ja, dat stimmt, da hat der Musta recht«, sagt Conny. »Wenn Du Dich mit dem Virus angesteckt hast, macht dat Deine Körperabwehr komplett in Arsch, dat Du alle möglichen Krankheiten bekommst: Tuberkulose, Hautkrebs, so komische dunkle Flecken … keine Ahnung wat noch alles. Dat sind aidsdefinierende Krankheiten, verstehste?! Nur, wenn Du so eine hast, bist Du aidskrank. Wenn Du nur das Virus in Dir hast, sagt man HIV-positiv«, sie nickt Papa zu. Conny hat sich schon intensiv mit dem Thema auseinandergesetzt – wahrscheinlich aus Gründen. »Und wie merkt man, dat man dat hat?« Mamas Blicke hüpfen zwischen Conny und Papa hin und her. »Also der Schönemann soll schon seit Monaten geschwollene Lymphknoten am Hals gehabt haben«, sagt Papa. Conny lässt ihre verhornten Finger den Hals entlanggleiten. Zwischen Zeige- und Mittelfinger qualmt eine selbst gedrehte Zigarette. Kurz unterm Kiefer stoppt Conny und beginnt mit kreisenden Bewegungen: »Hier, dat is die Stelle. Die Lymphknoten …« Mama tastet jetzt auch ihren Hals ab, sie hat ihre Mundwinkel tief runtergezogen: »Hm, ich fühl nix …« – »Zum Glück, Sonja! Sei froh!«

AIDS (acquired immune deficiency syndrome) ist inzwischen überall: im Fernsehen, im Radio, in der Zeitung. O.k., ich lese neben meinen geliebten *Micky-Maus*-Heften eigentlich nur die *Bravo*, aber selbst die berichtet. Als Rock Hudson im Oktober 1985 stirbt, sind alle unter Schock und verstehen eines: Selbst ein riesiger Leinwand-Star kann nicht gerettet werden. Auf dem letzten Foto, das die *Bravo* von ihm abdruckt, sieht er schrecklich aus: abgemagert, grau, das karierte Baumfällerhemd viel zu groß. Er lächelt milde. Wie kann jemand so lächeln, wenn er weiß, dass er stirbt? Ich bekomme das alles in meinem Kopf nicht sortiert. Woher bekommt man dieses Virus überhaupt? »Das kriegste, wenn Du drückst und nicht die Nadel wechselst«, erklärt mir Mama. »Und Schwule. Also immer Blut zu Blut«, fügt sie hinzu. »Weil das Virus ja im Blut drin ist.« Das klingt logisch. »Und warum Schwule?« – »Ach! Irissss!« Mamas Brauen zucken, der Blick geht genervt zur Seite – hier wird es für sie unangenehm. Aber das hält mich nicht ab. »Ja, wie: ›Ach!‹« – »Kind, wenn die Liebe machen, dann können die sich dabei verletzen!« O.k., hier ist auch für mich ein Punkt erreicht, wo ich es nicht so genau wissen möchte – jedenfalls nicht von Mama. Die, die es bei uns erwischt, fallen alle in die Kategorie Drogensüchtige.

Mama kommt gerade vom Einkaufen zurück. Sie stellt die Tüten schon im Flur ab und schüttelt den Kopf, die Augen aufgerissen. »Weißt Du, wen ich gerade gesehen habe?«, fragt sie, während sie ihren beigefarbenen Trenchcoat abstreift. »Ne, wen denn?«, ich packe die beiden Tüten und schleppe sie in die Küche. »Die Petra. Die Ex vom Schönemann. Komplett am Ende die Frau!« – »Ja? Wieso denn?« – »Ich bin am Friesenplatz durch die Unterführung gegangen. Da hab ich auf einmal so laute Schreie gehört. Von der Rolltreppe kamen die. Und weißt Du, wer da so laut runtergetorkelt kam?« Mama guckt mich ernst an, ich luge hinter dem Kühlschrank hervor und höre für einen Moment auf, die Einkäufe einzuräumen. »Und? Wer?« – »Ja, die Petra halt! Die hat die ganzen Leute auf der Rolltreppe nur so weggeschubst: ›Macht Platz! Haut ab! Hier kommt eine Aidskranke! Geht mir aus dem WEG!‹, schlimm war dat!« – »Hast Du sie angesprochen?« – »Ach, biste verrückt! Die war so neben sich, die konnteste nicht mehr ansprechen.« Kurze Pause, dann räume ich weiter die Tüten ein. »Oh, lecker! Du hast *Milchschnitte* gekauft, die mag ich gern«, ich reiße eine aus dem Fünferpack ab. »Ja, Kind, iss ruhig.« Mein Gehirn ist wie gelähmt, unfähig, die Konsequenz dieser Szene zu verarbeiten. Es tut mir nur wirklich, wirklich leid und ich finde es sehr schade, dass ich Petra wohl nicht mehr sehen werde. Und doch bleibt das alles für mich unbegreiflich! Mit der *Milchschnitte* im Mund setze ich mich auf die Couch und gucke fern. Ablenkung für einen Moment.

Dann gibt es da noch Bea. Eine sortierte, immer ordentlich gekleidete Frau Ende zwanzig. Sie hat schöne lange braune Haare. Auch sie ist infiziert. Ich kann mir nicht vorstellen, dass sie drückt. Sie hatte eine Affäre mit dem Tom-Tom und ist seit einigen Wochen positiv. Keiner kann so recht erklären, warum sie einigermaßen gesund bleibt, warum es bei ihr nicht richtig ausbricht, sie keine dieser sogenannten aidsdefinierenden Krankheiten bekommt. Trotzdem sind wir zu Hause panisch, weil Bea nach wie vor bei uns ein und aus geht. Wir wissen nicht so recht, wie »damit« umzugehen ist. Ob »es« wirklich nur über Blut geht? Im Fernsehen laufen Talkshows, in denen darüber diskutiert wird, ob man Aidskranke »absondern« soll – auf eine Insel verbannen soll. Bitte was? Es ist total krass. Außerdem wird auch überall dazu aufgerufen, sich »hygienisch« zu verhalten und beim Sex Kondome zu benutzen. Plötzlich hängt überall Kondomwerbung. »Beim Sex kriegste das auch«, sagt mir Papa. »Daher hat die Bea dat, vom Tom-Tom.« Für mich ist das eine neue Info. Es überträgt sich also nicht nur über Blut. »Und was ist mit Spucke?« Papa zuckt mit den Achseln. »Wat machen wir denn, wenn Bea kommt und bei uns Kaffee trinkt?« Papa presst einen tiefen Atmer aus: »Pfffff, ja, weiß ich nicht. Aber wir können doch auch nix sagen!« Papa spitzt die Lippen, er denkt nach. »Hier, wir machen unten an diese Tasse einen schwarzen Punkt hin«, schlägt er vor. Er hält eine gelbe Tasse in der Hand und nimmt sich mit der anderen einen schwarzen, wasserfesten Filzstift. »Das wird die Aidstasse! Bea bekommt die, wenn sie hier ist«, grinst er fröhlich. Er freut sich, dass ihm eine Lösung eingefallen ist, die wenig Aufsehen erregt und ermöglicht, dass wir Bea weiterhin sorglos empfangen können. Leider erzählt irgendwer aus unserem Freundeskreis Bea von dieser Aidstasse, nachdem Papa zu vielen Leuten ein bisschen zu stolz von seinem Einfall erzählt hat. Ein paar Tage später stürmt Bea förmlich in die Wohnung, baut sich im Wohnzimmer mit dem Rücken zur Schrankwand auf. »Keine Angst! Ich will mich gar nicht setzen und euch mit meiner PEST anstecken!« Unsere Münder stehen leicht offen, keiner bringt einen Laut raus. Sie fuchtelt bei dem Wort »Pest« wild mit ihren Händen, als würde sie eine üble Duftwolke wegwedeln. »Was seid ihr eigentlich für feige Schweine?«, schreit sie weiter und holt direkt für die nächste Attacke noch einmal tief Luft: »Was soll die Scheiße mit der Aidstasse? Warum sagt ihr mir nicht ins Gesicht, dass ihr so einen Schiss vor mir habt! Fragt mich doch, wenn ihr keine Ahnung habt! Das ist entwürdigend! Steckt euch die Scheißtasse in den Arsch!« Ihre langen braunen Haare fliegen durch die Luft. Sie schwingen auch noch bei jeder Bewegung von Bea mit, als sie in den Flur rausrennt. Die Wohnungstür knallt ins Schloss. Auch wenn wir in fast jeder Situation noch einen Witz machen und lachen können – dieses Mal nicht. Dieses Mal ist es ernst. Wir schweigen für einen ziemlich langen Moment. Bea kommt nie wieder. (Ich werde auch sie in den Jahren danach nie wiedersehen.)

Voigt

Das Geld meiner Eltern reicht wieder mal nicht für die Stromrechnungen, die sich auf dem kleinen Wandtisch im Flur neben dem Telefon häufen, das auch immer häufiger gesperrt ist. Der Schriftzug auf den zahlreichen Sichtfensterumschlägen ist eindeutig: in Rot steht dort GEW, Kölner Gas- und Elektrizitätswerke. Doch auch ungeöffnet kann man sich dem Inhalt nicht entziehen. Bald hält vor dem Haus ein weißer Kastenwagen mit der gleichen Aufschrift. Ein Mann mit grauem Blaumann und einem Werkzeugkasten steigt aus und kommt leider auf unseren Eingang zu. Wir versuchen noch, das Klingeln zu ignorieren, öffnen die Tür nicht, aber irgendwer lässt ihn ins Haus (bestimmt die Buschmanns!) und nach weniger als fünf Minuten ist der Strom weg. Wir bleiben mucksmäuschenstill, bis der weiße Kastenwagen vor dem Haus verschwunden ist. »Ich gehe runter und mache den Strom wieder an!«, sagt Papa entschlossen, schnappt sich noch eine Zange und einen Schraubenzieher und läuft in den Keller. So plötzlich, wie sie über uns hereingebrochen ist, ist die Stille auch wieder vorbei, das Radio läuft wie eh und je, die Digital-Anzeige des Videorekorders blinkt 00:00. Meine Mutter guckt meinen Vater überrascht an, als er zur Tür reinkommt: »Wie haste dat jemacht?« – »Der Zähler war nur verplombt, das kann man einfach aufknipsen.« Die paar Wochen Studium des Ingenieurwesens in Essen, die Papa nach seiner Kündigung bei Ford absolviert hat, scheinen sich immerhin dafür gelohnt zu haben. Nur bekommt die

GEW es leider spitz, wenn der Verbrauch – trotz Plombe – weiterläuft. Die merken es sogar ziemlich schnell. Der GEW-Mitarbeiter im Graumann rückt daher bald wieder mit seinem großen Werkzeugkasten an. Wir sehen, wie er aus seinem weißen Kastenwagen aussteigt und – ohne überhaupt noch mal bei uns zu klingeln – direkt in den Keller geht. Wieder scheint ihm irgendein Nachbar geöffnet zu haben. Doch dieses Mal verplombt er nicht, sondern geht einen Schritt weiter und stellt direkt im Zählerkasten etwas ab. Aber auch das kann mein Vater mit seinem Viertel Semester Elektrowissen in wenigen Minuten richten. Alles läuft weiter. Aber eben auch nicht lange. Ein paar Tage später hält der weiße Kastenwagen zum dritten Mal vor unserer Haustür. Meine Mutter läuft schnell die Treppe runter, um den Mann zu überreden, uns den Strom nicht wieder abzustellen. »Beim dritten Mal nehmen die den Zähler mit«, ruft sie noch auf der Treppe. (Mimi, Du duckst Dich nie weg, auch wenn es unbequem wird. Kopf in den Sand, das kennst Du nicht.) Ich sehe, wie die grüne Digitalanzeige auf dem Betamax-Rekorder allerdings wieder erlischt, die Anzeige ist ganz schwarz. Scheiße. »Ja, schöne Scheiße! Der Typ ist eigentlich total nett, der hat mir sogar seinen Namen gesagt und seine Telefonnummer gegeben. Voigt heißt der. Wenn wir zahlen, sagt der, dann kommt der sofort wieder her. Aber so … keine Chance«, hechelt Mama, die noch etwas außer Atem wieder in der Wohnung steht. »Ich hatte auch recht! Der Voigt hat den janzen Zähler abjebaut!« Da kann selbst mein Vater nichts mehr ausrichten. Die Rechnung ist inzwischen auf mehrere Hundert Mark angewachsen. Es ist völlig ausgeschlossen, dass wir von jetzt auf gleich so viel Geld zusammenbekommen. Alles, was meine Mutter in der Disko oder beim Putzen verdiente, muss sofort wieder in neue Ware für ihren Stand investiert werden. Und vom Rest versucht Papa von Tag zu Tag, auf die richtigen Pferde zu setzen. »Ich spüre es! Heute ist der Tag! Unsere Pechsträhne muss doch bald vorbei sein!«, sagt er jeden Morgen beschwörend. Es ist ein Teufelskreis. Die Stimmung zwischen Mama und Papa ist inzwischen auf einem Tiefpunkt – vor Kurzem hätte ich kaum gedacht, dass es noch tiefer geht. Mama hat nicht einmal mehr Lust, Papa anzuschreien, sich gegen seine Zockerei zu wehren. Sie dreht ihm kaum mehr ihr Gesicht zu, als er sich wieder einmal verabschiedet.

Paradise, Vanilli, Brown Sugar

Die Rennzeitung von Papa liegt auf dem Tisch rum. Keine spannende Lektüre, aber aus reiner Langeweile, fernsehen kann ich ja gerade nicht, blättere ich ein wenig darin rum. Eine Menge Namen und Zahlen, es sieht kompliziert aus: »Was bedeuten diese Tabellen hier und die ganzen komischen Namen?« – »Das sind die Pferde für jedes Rennen. Da kannste sehen, wie die in anderen Rennen gelaufen sind. Und wenn die dort gute Platzierungen hatten, sind das jetzt die Favoriten«, Papa tippt mit dem Finger auf das Papier. »Die sagen einem also, welches Pferd gut ist. Dann setzt man darauf, und wenn es gewinnt, bekommt man

Geld.« – »Das klingt ja total leicht. Wo ist denn da der Gag?«, frage ich verwundert. »Der Gag ist, dass Du viel, viel mehr Geld gewinnen kannst, wenn Du nicht auf die Favoriten setzt, sondern auf einen Außenseiter und der dann das Rennen macht.« O.k., das klingt nicht mehr ganz so leicht. Papa setzt noch mal an: »Und richtig viel Geld kannst Du gewinnen, wenn Du auf gleich drei Pferde setzt, die dann in einer bestimmten Reihenfolge ins Ziel kommen – am besten auch Außenseiter. Eine Dreierwette!« – »Aha!« Ich blättere ein wenig weiter. »Guck mal, die drei Pferde hier. Die haben schöne Namen. Vanilli, Paradise und Brown Sugar! Kann ich auf die setzen? Ich hab irgendwie so ein Gefühl!« Mein Vater, der zwar nicht gläubig ist, aber doch für einen gewissen Happen Aberglauben empfänglich, guckt mich interessiert an. »Ja? Ein Gefühl? Ein gutes? Bei den drei? Aber das sind alles keine Favoriten, Kizim!« – »Das ist mir egal. Ich will auf die setzen!« Er nickt zwei-, dreimal mit dem Kopf. »Ich habe noch genau zweiundzwanzig Mark in meiner Spardose, reicht das?«, aus der geöffneten Spardose, die aussieht wie ein kleiner Safe, sammle ich einen Zehnmarkschein, einen Heiermann (fünf Mark) und noch mehr Kleingeld auf. »Joa, das reicht«, sagt Papa knapp. »Sach mal, hast Du sie noch alle? Lass dat Kind mit dinger Zockerei in Ruhe! Du verzockst sowieso schon jenug! Hür up, Al!« – »Nein, Mama! Ist schon gut. Ich will wirklich wetten.« – »Aber Du hast doch so schön gespart! Dat is doch viel zu schade, um das alles zu verlieren. Kauf Dir doch wat anderes dafür!« Sie legt ihren Kopf ein wenig schief und schüttelt ihn leicht. Sie sieht wirklich besorgt aus. »Wenn das Mädchen das will, lass sie doch«, schlägt sich mein Vater auf meine Seite. »Biiiiittteee, bittteee, bittteee! Mama!«, bettele ich. Mama atmet schwer aus und dreht sich kopfschüttelnd weg. Sofort macht sich Papa dran, den Wettschein für eine Dreierwette auszufüllen. Natürlich hat er die Vordrucke dafür zuhauf bei uns in der Schublade vom Wohnzimmerschrank gelagert. »Zuerst geht Paradise ins Ziel, als zweiter Vanilli und dann Brown Sugar«, bestimme ich. Ich darf sogar mit in das Wettbüro gehen, in dem mein Vater mal eine Nacht im Keller verbracht und kurioserweise danach kein Hausverbot bekommen hat (vielleicht ist er einfach ein zu »guter« Kunde). An der Kasse legt Papa meine zweiundzwanzig Mark auf den Tresen. Ich blicke mich im Raum um, die Wände sind von dem Nikotin völlig vergilbt, die Tische haben an verschiedenen Stellen kreisrunde braune Flecken – verschütteter Kaffee, es sieht nicht so aus, als sei er von heute. Selbst diese Flecken sehen alt aus. Ich muss kurz daran denken, wie Mama hier wohl gestanden hat mit dem falschen Wettschein. Papa hält mir jetzt einen richtig, offiziell abgestempelten Tippschein vor die Nase. »Hier, Kizim. Komm, wir setzen uns.« Aus einem Lautsprecher hören wir die knarzende Stimme, die den Rennstart verkündet: »Die Fahne ist oben! Die Boxen gehen auf … und Ariadne zimpert nicht lange und setzt sich an die Spitze … knarz, knarz …« Papa formt seinen Mund zu einem langen Strich. »Nicht traurig sein, wenn Deine Pferde es nicht schaffen, o.k.?« – »O.k.!« Aus dem Lautsprecher dröhnt es weiter: »Ariadne verliert an Boden, sie fällt zurück, auf der

Innenlinie holt Paradise auf, dicht gefolgt von Vanilli. Und da kommt noch einer, mit dem keiner gerechnet hat – Brown Sugar! Brown Sugar lässt Blue Warrior hinter sich liegen. Knarz ... Knarz ... Die Pferde kommen jetzt um die letzte Ecke gebogen ...« Die Stimme des Kommentators wird greller, Papas Gesicht heller. Er ballt zwei Fäuste, die er noch etwas zaghaft hochhebt: »Es ist unglaublich! Paradise hat seine Nase vorn, er lässt sich seinen Vorsprung nicht nehmen und der Gaul galoppiert ins Ziel, hinter ihm Vanilli und als dritter schafft es Brown Sugar über die Ziellinie! Mit diesem Trio haben sicher nicht viele gerechnet!« – »Ja, Kizim! Das gibt es nicht!«, Papa springt auf, sein Stuhl fliegt einen Meter weit zurück, er boxt in die Luft und schreit laut auf. »Habe ich gewonnen, Papa?«, frage ich ungläubig. »Ja, oder? Ich habe doch genau das getippt, richtig?«, meine Stimme bekommt einen ähnlich grellen Pitsch wie die des Mannes aus dem Lautsprecher. »Kann man sich das vorstellen?«, ruft Papa verblüfft in den Raum. Ein älterer Mann in braunem Sakko springt auch auf und lächelt uns an – bis auf zwei Zähne am Unterkiefer sehe ich nur gräuliches Zahnfleisch. Er tätschelt meinen Kopf. Ich starre noch etwas skeptisch auf den Tippschein. Papa hebt mich von hinten in die Höhe und hüpft mit mir im Arm wie auf einem Trampolin. »Kizim! Ming Kizim!« Er bleibt plötzlich stehen und packt mich an den Oberarmen: »Vielleicht bist Du sogar Alleintipper auf der Bahn – dann bekommst Du den vollen Jackpot!« Papas Augen funkeln. Er läuft zu dem Mann hinter dem Tresen, sie wechseln ein paar Worte, die ich nicht hören kann. Dann dreht sich

Papa zu mir, ein Arm lässig auf dem Tresen gelehnt, den anderen in der Jeans: »Wir müssen ein bisschen warten. Die gucken, ob noch jemand auf der Bahn den Tipp hatte.« Der Mann hinter dem Tresen telefoniert jetzt, legt auf und schüttelt den Kopf. Er schreibt meinem Vater etwas auf. »Ah, schade. Du warst nicht allein mit Deinem Tipp«, ruft mir Papa rüber. Er nimmt den Zettel vom Tresen, den der Mann gerade beschrieben hat, und hält ihn mir entgegen. Siebenhundert steht drauf. »Aber das hier, das ist DEIN Gewinn, Kizim! Das ist sehr viel!« – »Siebenhundert Mark? Alles meins?« Ich bin mega stolz auf mich selbst. Auf dem Heimweg liegt den ganzen Weg über Papas Hand auf meiner Schulter. Die blauen Geldscheine halte ich wie eine kostbare Trophäe in meiner Hand. Mama reißt ihre Augen auf, als sie die Scheine sieht. »Nä, Mädchen! Dat jibt et doch nit!« Sie umarmt mich fest. Ich will ihr das Geld in die Hand geben. »Nein! Das ist DEIN Geld, Mädchen! Ich will nit, dat Du uns dat jibst, hörste!« Dann sagt sie an Papa gerichtet: »Dat Kind kann mit dem Geld machen, wat sie will!« – »Aber wir haben doch so viele Schulden«, werfe ich ein. »Ja, aber dat muss nicht Deine Sorge sein.« – »Das macht den Braten auch nicht mehr fett«, stimmt Papa zu. »Ich will euch aber was abgeben.« Ich muss übertrieben grinsen, als ich beiden je einen Hundertmarkschein in die Hand drücke. Mama und Papa tauschen einen Blick, der zu sagen scheint: »verkehrte Welt!« Für das Restgeld habe ich schon so eine Idee. In der Werbung habe ich eine unheimlich coole Kamera gesehen – die *Olympus XA*. Die muss ich unbedingt haben. »Wir können die uns ja mal angucken«, sagt Mama. Ein paar Tage später überrede ich sie, zu dem sehr exklusiven Geschäft Foto-Gregor am Neumarkt zu gehen. Vor dem Schaufenster schaut sie mich an, ihre Augen sind kleine Schlitze. »Du fotografierst doch gar nicht!«, bemerkt sie. »Ja, weil ich keine Kamera habe. Wenn ich die bekomme, dann werde ich alles fotografieren, was mir vor die Linse kommt, das wirste sehen.« Mamas Mundwinkel ziehen sich glatt, eine Augenbraue zuckt nach oben. Der Verkäufer führt uns zu einem großen Tisch und stellt das Gerät vor uns auf. »Diese Kamera ist eine absolute Revolution. Sehen Sie die verschiebbare Abdeckung? Damit braucht die Kamera keine extra Tasche. Sie bringt ihr eigenes absolut staubsicheres hardcase mit. Außerdem hat sie eine sechslinsige Optik!« – »Sechslinsige was ...?« Wir verstehen beide so gut wie nix, aber für mich ist eh klar: haben wollen! »Biste sicher, dass Du die willst und damit umgehen kannst?«, fragt Mama noch mal. »Ja, bin ich!« – »O.k., dann nehmen wir die mit.« Gefühlt alle zehn Sekunden schiebe ich die schwarze, leicht oval gewölbte Kunststoffabdeckung vor und zurück. Meine Augen spiegeln sich in der kleinen Linse, die lila-blau schimmert. »Olympus« ist in weißer Schrift tief eingefräst. Ein gutes Gefühl für ganze 399 Mark! Papa nimmt mich in den nächsten Tagen immer mal wieder mit ins Wettbüro. »Kizim, guck mal. Was meinste? Auf wen sollen wir setzen?« Ich blicke ihn etwas verunsichert an, zögere, dann ziehe ich langsam die Mundwinkel runter und meine Schultern hoch. »Ich habe leider nicht die leiseste Ahnung, Papa!« – »Jank nach Huss, Kizim. Lern was für die Schule.« Mein Vater versteht schnell, dass »mein Auge« bei diesem einen Sieg nur Glück war. (Ich habe tatsächlich nie wieder etwas beim Pferderennen gewonnen, geschweige denn überhaupt getippt. Und die Kamera? Tja … Ehrlich gesagt hat das Geld nicht mehr dafür gereicht, die Filme entwickeln zu lassen, die ich geschossen habe – wirklich schade!)

Katharina

Der Strom ist auch nach Wochen immer noch abgeklemmt. Wir stellen im Wohnzimmer auf alles, was nicht wackelt, ein bis drei Kerzen. Mit dem *Bravo*-Starschnitt an der Wand wirkt es hier wie in einem schrägen Pop-Tempel. An die ungewohnte Stille habe ich mich immer noch nicht gewöhnt.

Tagsüber sieht man nach kurzer Zeit deutlich, dass Teppichböden auch Nachteile haben. Das Grün wird immer mehr zu einem unregelmäßigen Greige (eine Mischung aus Grau, Grün und Beige). Mit einer mechanischen Flusenbürste versuche ich, wenigstens die Hunde- und Katzenhaare aufzuschrubben (wir haben jetzt nämlich auch noch den getigerten Babilo – Ersatz für Samson). Nach einer Stunde habe ich ungefähr einen Quadratmeter flusenfrei – bis Babilo sich genau auf dieses Stück legt, mich verschmitzt anschnurrt und seinen Rücken auf dem Teppich drei Mal hin und her reibt. »Mannnnn! Babilo!« Fehlender Strom bedeutet leider auch: kein warmes Wasser. Kalt zu duschen schaffe ich wirklich überhaupt nicht.

Das nervt und bleibt leider auch von Außenstehenden nicht unbemerkt – vor allem in der Schule. »Iris, ihhh! Mit Deinen Haaren kann man ja ein ganzes Butterbrot streichen«, Katharina lacht laut auf, als sie diesen Satz über den Schulhof brüllt. Meine Klassenkameradin. Wobei an Katharina wirklich nichts »Kameradinnenhaftes« ist. Katharina ist immer fein angezogen: Blüschen und Pullis drüber, auf die das O12-Logo von *Benetton* eingestickt ist. Die Eltern haben eine gut gehende Metzgerei. Katharina tritt selten allein auf, sondern hat immer ein oder zwei Mädels um sich herum, die jetzt auch herzhaft mitlachen. »Unser Boiler ist kaputt, ich kann gerade nur mit eiskaltem Wasser baden«, verteidige ich mich. Ich sehe mich um, ob mir irgendwer glaubt, mich unterstützt – mit einem Kopfnicken oder einem Lächeln. Tommi wäre jetzt toll! Aber da ist niemand. Die meisten gehen achtlos an mir vorbei, rauf in die Klassenzimmer. Auch Katharina lässt verbal von mir ab. Überhaupt fällt es mir in der Schule immer schwerer, nicht aufzufallen. Sobald ich unseren Mikrokosmos verlasse, fühle ich mich nackt und entblößt. Meine Kleidung, meine Frisur, meine Art zu sprechen – sie ist anders. Dabei trage ich sogar maßgeschneiderte Klamotten! Freunde meiner Eltern, die eine schicke Boutique auf der Schildergasse haben, fertigen wunderschöne Teile in meiner Größe an: Strickhosen mit Lochmuster in weiß und hellblau, bauchfreie Oberteile. Das ist doch geil! Aber in der Schule wirke ich darin wie ein Alien. Auch meine VoKuHiLa trägt hier sonst keiner. Die meisten Mädchen in meiner Klasse tragen schlichte Zöpfe.

Dazu kommt, dass meine Noten nicht besonders gut sind. Nur in Mathe habe ich keine Probleme – noch nie gehabt. Noch bevor ich in der Schule war, haben meine Eltern mich manchmal zu sich gerufen und mir dann vermeintlich schwere Rechenaufgaben gestellt. »Irri, was ist 6 mal 7?« – »Hm … 42!« – »Seht ihr, gut, ne?! Dat is mein Kind! Toll, Kizim!« – Immer wurde geklatscht. Jetzt in der Schule klatscht zwar keiner. Aber immerhin ist Mathe ein Fach, mit dem ich die weniger guten Leistungen in anderen Fächern ausgleichen kann. Jeden Dienstagmorgen müssen wir außerdem in die Kirche. Und jedes Mal bekomme ich zum Ende hin, wenn alle aufstehen, um sich vorne beim Pfarrer (oder Pastor? Keine Ahnung!) eine Hostie abzuholen, Herzklopfen. Natürlich sind fast alle in meiner Klasse katholisch. Ich halt nicht. »Du sollst Dir Deine Religion später selbst aussuchen«, sagt Papa immer. Deswegen bleibe ich mit Aynur und Akbulut in der letzten Bank sitzen, während uns die anderen auf ihrem andächtigen Rückweg mit ihrer Oblate im Mund anglotzen. Keiner lächelt, nur ernste, kauende Mienen. Ich fühle mich richtig beschissen dabei, wie auf einem sehr, sehr hässlichen Präsentierteller.

Als ich nach Hause komme, sitzt Mama am Küchentisch und schmiert Brote. »Na, was gibt's Neues aus der Schule?« – »Och …«, ich nehme mir eines und atme sehr laut ein. »Blöd war es, echt Blöd.« Mama setzt nur kurz das Brotmesser ab und guckt mich an. »Wir sind heute umgesetzt worden, und Frau Leibold hat mich von der ersten in die dritte Reihe gesetzt – ganz außen! Da höre ich sie gar nicht gut!«, es ist nicht das, was ich erzählen wollte. Doch das mit Katharina ist mir zu unangenehm. Dass ich einen neuen Sitzplatz habe, taugt eher zur Randnotiz, ärgerlich, aber nicht aufwühlend. Gerade richtig, um etwas Druck abzulassen. Mamas Augenbrauen heben sich bis zum Anschlag. »Was? Das gibt es nicht! Die weiß doch genau, dass Du nicht so gut hörst!« Ihre Stimme ist so laut, dass mir etwas unwohl wird. So sehr aufregen wollte ich sie nicht. »Auf die linke oder die rechte Seite von der Klasse?«, ich muss kurz überlegen. »Äh … Auf die rechte Seite.« – »Das ist ja noch schlimmer! Dann ist das kaputte Ohr zur Klasse gerichtet!« – »Ja, aber vielleicht gewöhne ich mich daran, Mama.« – »Ich gehe morgen mit Dir zur Schule!«, Mama schmiert weiter, ihr Blick ist konzentriert. Mir ist ganz mulmig vor dem nächsten Tag. Vielleicht beruhigt sie sich ja noch? Aber Mimi ist Mimi! Und so steht sie ganz früh mit mir auf und begleitet mich zur Schule. »Aber Du musst wirklich nicht, Mama!«, es nutzt nichts. Sie ist nicht aufzuhalten. Mit langem wehendem Rock biegt sie vor mir in die Klasse ein und läuft schnurstracks auf meine Lehrerin zu. »Oh, was für eine Überraschung, Frau …«, Frau Leibold kommt gar nicht dazu, ihre Begrüßung zu beenden: »…Wie können Sie meine Tochter in die dritte Reihe setzen, obwohl Sie genau wissen …«, Mama zeigt auf mich, ohne den Blick von der Lehrerin abzuwenden, »… dass sie schlecht hört?« – »Aber warum hat sie das gestern nicht direkt gesagt …« Während die beiden diskutieren, schaue ich mich in der Klasse um, wie viele diese kleine Showeinlage mitbekommen. Doch es sind zum Glück nur ein paar von den Statisten da, also jene, die keine besondere Rolle haben: weder Klassendepp noch Klassenbeste noch Katharina und ihre Gang. Seitdem wir im Raum sind, halte ich die Luft an, jetzt atme ich entspannt aus. »Iris! IRIS! Mädchen, bist Du am Träumen?!« – »Was, Entschuldigung! Ich habe gerade nicht zugehört«, Mama guckt mich streng an. »Iris, Deine Mutter möchte gerne, dass Du wieder in der ersten Reihe sitzt. Bist Du mit dem Platz hier einverstanden?«, Frau Leibold zeigt auf den freien Stuhl direkt am Eingang. »Ja klar, vielen Dank!« – »Und auch vielen Dank für das Verständnis, Frau Leibold«, Mamas Stimme ist jetzt wieder ganz weich und ruhig. Sie beugt sich zu mir runter und gibt mir einen Kuss auf den Kopf. »Vergiss nicht, Dein Butterbrot zu essen, Mädchen.« Und weg ist sie. (Ich glaube, ich habe die ganzen vier Jahr in der Grundschule nie wieder weiter hinten gesessen!) Katharina guckt zum Glück kein einziges Mal in meine Richtung, als sie zur Tür reinkommt. Ich bin sicher, dass Mama sie und alle Katharinas auf dieser Welt für mich zur Sau machen würde. Wenn ich sie nur ließe.

Zigeuner-Monika

Wie schön es ist, wenn ich aus der Schule komme! Denn egal, was bei uns los ist und wie verdreckt und dunkel es sein mag: Ein paar Freunde meiner Eltern kommen trotzdem noch zu uns, um zu kiffen, zu quatschen oder einfach nur Kaffee zu trinken. Und schon bald hat mein Vater eine neue, »geniale« Idee, wie wir doch wieder an Strom kommen, ohne die Rechnung zu zahlen. »Irrri!« (Wenn er meinen Vornamen sagt, rollt er das »r« immer sehr. Das »s« hingegen lässt er ganz weg.) »Ich gehe mal hoch auf den Speicher und stecke das Verlängerungskabel in die Steckdose ein.« Er schwingt das eine Ende des Kabels dabei in seiner Hand wie ein Lasso. Unser Verlängerungskabel besteht streng genommen aus insgesamt drei ineinandergesteckten Leitungen. »Ich lasse das Kabel dann aus dem Dachfenster bis zu unserem Fenster runter, gut? Und Du greifst es dann, o.k.? Und ziehst es in unsere Wohnung rein. Haste verstanden, Kizim?« Klingt nicht schwer, ist aber dann doch nicht so leicht, wie wir dachten. »Mehr links! Nä, zu viel! Jetzt nach rechts! Nä! Ach …«, kommandiert er. Er schnalzt laut mit der Zunge. Dabei baumelt der Stecker verlässlich von rechts nach links an meiner ausgestreckten Hand vorbei. Die Dachrinne ist im Weg, sodass ich nicht hochgucken kann, um meinen Vater zu sehen. Dafür kann ich förmlich hören, wie er genervt mit den Augen rollt. »Ja, da! Jetzt, nimm!« Ich lehne mich so weit aus dem Fenster, dass meine Hüftknochen über den Fensterrahmen schrappen. »Aua!«, rufe ich. »Jetzt zieh rein, Kizim!« Und endlich bekomme ich den Stecker gepackt. Das Kabel ist lang genug, um es ein gutes Stück ins Wohnzimmer zu ziehen. Wir schließen über einen weiteren Mehrfachstecker das Nötigste an: eine Lampe, Fernseher und Videorekorder. Gott sei Dank! Wenigstens ein kleiner Lichtblick! (hö hö). Leider ist das Kabel von außen sehr deutlich zu sehen.

Das Kaffeewasser, kleinere Speisen, Suppen oder geröstetes Brot erhitzen wir über einem Propangaskocher (so nah komme ich nie wieder an einen Camping-Urlaub heran!). Die Apparatur steht in der Spüle. Der Raum ist mit ungefähr 2,40 Meter nicht besonders hoch. Die Decke ist mit weißen Styropor-Platten bedeckt, kleine Vierecke mit einer hässlichen geometrischen Maserung (aneinandergereihte Rechtecke). Schräg gegenüber von der Spüle steht unser Bett, daneben ist der Küchentisch. Dort sitzen Ecki, Conny und Zigeuner-Monika. Zigeuner-Monika ist eine auffallend schöne Frau mit pechschwarzen Haaren und Augen. Ihre dunkle Haut lässt sie wöchentlich auf der Sonnenbank noch etwas dunkler färben. Anders als bei den meisten Frauen hier sind ihre Gesichtszüge härter und kantiger. Sie liebt das Glücksspiel, und mir hat sie gerade erst Backgammon beigebracht. (Es ist aus heutiger Sicht völlig undenkbar, so einen Spitznamen zu vergeben und wahrscheinlich, wie im Falle von Monika, ihn auch noch aktiv zu verwenden – etwa wenn sie im saubersten Kölsch keck am Telefon sagte: »Ich bin et, dat Zijeuner-Monika, holens ding Mutter an et Telefon!« Damals stieß es niemandem auf.) Die drei warten darauf, dass das Wasser endlich kocht. Das ausströmende Gas klingt dabei wie ein leichtes Fauchen. Es blubbert im Topf. Meine Mutter will ihn runternehmen … sie versucht es eher: »AUA!«, schreit sie auf, sie reißt eine Hand weg. Dabei macht sie eine so unglückliche Bewegung, dass das gesamte Gestell in der Spüle umkippt. Es ist erst nur eine kleine Feuerzunge, die da aus dem Becken zischt. Hektik bricht aus. Zigeuner-Monika fängt an zu schreien, meine Mutter versucht, irgendwie an den Wasserhahn zu kommen. »Nein!«, versucht mein Papa noch, sie davon abzuhalten, den Hahn aufzudrehen, aber zu spät. Das Wasser scheint die Gasflamme noch mehr anzuheizen. »Bist Du verrückt, Alte!« Papa rennt aus dem Zimmer und kommt mit einer Wolldecke aus dem Wohnzimmer zurückgelaufen. Die Flammen gehen jetzt bis fast unter die Decke. »Das ist doch Gas!«, ruft er. Conny wusste schon immer, was zu tun ist, wenn es brenzlig wurde: abhauen. Brenzliger als jetzt konnte es kaum werden, und tatsächlich hört man sie nur noch »Ecki, komm! Pack ding Jack!« rufen, bevor die beiden mit lautem Türknallen verschwinden. »Ah, scheiße!«, stöhnt mein Vater laut, während er die Flammen mit der Wolldecke erstickt. Zigeuner-Monika schlägt mit einem Küchenhandtuch ebenfalls beherzt zu. Ich kann nur teilnahmslos dastehen und zusehen. Es kommt keinem von uns in den Sinn, die Feuerwehr zu rufen. Klar, wir wollen Ärger vermeiden. Es liegt vielleicht aber auch an so einer Art Urvertrauen, dass am Ende doch noch alles gut wird, wir alles schon geschaukelt bekommen.

Papa schafft es, die Flammen zu ersticken. Nur die Küche sieht schlimm aus! Die Styropordecke über der Spüle ist völlig verkokelt. Sogar das Bett hat etwas abbekommen. Es riecht streng. Leider bleibt das länger so. Trotzdem schlafen wir weiterhin auf der Matratze. (Es ist immer so unglaublich gemütlich, wenn Du Dich zu mir ins Bett legst und ich mich an Deinem warmen Körper festhalten kann. Meistens merke ich es gar nicht, wenn Du von der Arbeit kommst. Aber wenn ich morgens aufwache und Deine

Wärme spüre, möchte ich, dass der Moment niemals endet. Nirgendwo anders möchte ich sein. Ob mit verbrannter Matratze oder ohne!)

Leider dauert es nicht lange, und es gibt Ärger wegen des eigenmächtig verlegten Verlängerungskabels. Als ich an diesem Tag aus der Schule komme, ist die Wohnung wieder völlig still und dunkel. In der kommenden Zeit schafft meine Mutter (ich weiß bis heute nicht, wie) das Undenkbare und legt heimlich Geld zurück. Sie schafft es nach der Zeit totaler Dunkelheit endlich, die offene Rechnung zu zahlen. (Heute weiß ich, ohne Dich, Mimi, wären wir echt verloren gewesen!) »Es geht wieder! Guck! Licht an, Licht aus!« Ich habe nie wieder so viel Freude dabei gehabt, einen Lichtschalter zu bedienen.

Oma

1986! Ein neues Jahr, das etwas völlig Unerwartetes bereithält. Mamas älteste Schwester nimmt nach Jahren Funkstille wieder Kontakt zu ihr auf, Tante Elisabeth beziehungsweise Betty. Sie lebt seit längerer Zeit schon in den USA und ist nur kurz in der Stadt. Dieses Mal möchte sie, dass meine Mutter sich mit allen trifft und aussöhnt. Über diesen Teil der Familie haben wir zu Hause so gut wie nie gesprochen. Ich weiß nur, dass der Kontakt abbrach, nachdem Mama etwas mit einem türkischen Gastarbeiter anfing. Mehr nicht. Mehr brauchte ich auch nicht zu wissen. Dennoch bin ich jetzt in großer Vorfreude. Nach der Reise in die Türkei habe ich überhaupt keine Zweifel, dass es etwas Gutes ist: eine Familie! So nett wie die ganze Verwandtschaft von Papa zu mir und zu uns war. Und das, obwohl ich nicht mal dieses komische Tier gegessen habe, das die damals mit großem Aufwand geschlachtet hatten. Hammel oder Lamm? Schon wieder vergessen, so lange scheint es her. Vor allem mein Dede, also mein Opa! Der war so toll! Ich gucke mir gern das Foto an, auf dem ich auf seinem Schoß sitze und er mich im Arm hält. Selbst über die Distanz fühlt es sich nah an – Familie eben. Meine türkische Oma ist ja leider schon ziemlich früh gestorben. Das war, bevor Papa überhaupt nach Deutschland kam. Sie starb völlig unvermittelt nach einer Routineoperation. Papa habe sich gar nicht richtig verabschieden können. Ich glaube, das belastet ihn bis heute. Er redet zu oft von ihr. Von Omas habe ich daher überhaupt keine richtige Vorstellung. Es ist nur eine Vermutung, die sich aus Serien oder Filmen speist und den Erzählungen in der Schule. Ganz neidisch macht es mich immer, wenn ich die anderen darüber reden höre, was sie alles wieder bekommen haben oder wie viel Zeit sie mit ihren Großeltern verbringen – eine schöne Zeit, es klingt jedenfalls danach. Daher freue auch ich mich auf die Aussöhnung. Und: Ich bin mir völlig sicher, dass der Kontakt durch Tante Betty auch nur bedeuten kann, dass sie meinem Vater nun endlich eine Chance geben. Sie weiß schließlich, dass meine Eltern noch zusammen sind. »Betty ist immer meine Lieblingsschwester gewesen«, sagt Mama kurz vor dem Treffen. Sie legt die Wäsche vom Wäschereck zusammen. Richtig beschwingt lässt sie T-Shirts und Schlüppis durch die Luft fliegen, um sie dann ordentlich auf dem Küchentisch zusammenzulegen. Ihre Augen sind etwas feucht. Sie glitzern dadurch richtig wie kleine Edelsteine. »Weißte, Betty war ja die Älteste von uns und durfte auch schon ma' raus zum Tanztee.« – »Tanztee? Was ist das denn?« – »Ach! Ja, dat jibet heute nicht mehr. Dat waren so janz spießije Läden, wo man Paartanz jemacht hat. Jetzt nit so Diskos und Kneipen, die dinge Vater mir jezeicht hät. Aber ejal, da war uch jot wat los. Un mir hatten immerhin mal ein bisschen Spaß, wenn dat Betty mich heimlich mitjenommen hät.« – »Wieso denn heimlich, Mama?« – »Weil unsere Mutter durfte dat nich wissen, sonst hätte es Schläge jesetzt. Angeblich war ich noch zu jung.« Jetzt leuchten ihre Augen noch ein wenig mehr. Ich meine, darin das junge Mädchen zu erkennen, das nichts mehr liebte, als sich auf Partys zu schummeln und kleine Streiche zu spielen. Sie packt die frische Wäsche in den Schrank und kramt dann mehrere Blusen raus. »Soll ich die grüne anziehen? Oder die rote?«, sie hält beide samt Kleiderbügel abwechselnd vor ihren großen Busen. Ohne meine Antwort abzuwarten, sagt sie mehr zu sich selbst: »Grün, auf jeden Fall grün! Dat is die Farbe der Hoffnung.« – Und das gibt mir wiederum Hoffnung: »Juhuuu! Endlich bekomme ich eine Oma«, ich hüpfe vor Vorfreude kurz und klatsche mit den Händen.

Am Abend vor dem großen Treffen setze ich mich hin und male ein Bild mit Wasserfarbe. Eine Meerlandschaft mit einem Delfin, der vor einer untergehenden Sonne hochspringt. (Na ja, es soll jedenfalls einer sein. Ich habe etwas zu viel Wasser erwischt, und böse Zungen könnten den Delfin nur für einen einfachen grauen Fleck halten.) »Wie findest Du das Bild, Mama? Ist hässlich geworden, oder?« – »Quatsch! Der Oma jefällt et bestimmt.«

Die Wohnung meiner Oma liegt relativ weit entfernt von uns, in Kalk. Sie lebt dort allein, nachdem ihr Mann (also quasi mein deutscher Opa) vor Jahren gestorben ist. Während Mama und ich uns fertig machen, ist Papa auffällig still. Auch den ganzen Weg über in der Bahn redet er nicht viel. »So, hier ist Endstation. Den Rest müssen wir laufen«, sagt Mama. Es dauert eine Weile. Wir gehen an vielen Hochhäusern vorbei. Sie scheinen nicht alt zu sein, wirken aber dennoch schon ziemlich mitgenommen. Die weiße Fassade ist stark verschmutzt. Große Antennen hängen an vielen Fenstern, hier und da baumelt eine Plastiktüte und ganz oft sind Wäscheleinen gespannt, an denen Shirts, Hosen und Pullis hängen. Es sieht unordentlich aus. Nach einer weiteren Weile werden die Häuser wieder flacher, unterschiedlicher: Backstein neben einer gelben Fassade, das nächste ist eher bräunlich. Kleine Vorgärten werden sichtbar. »Da, da drüben ist es«, meine Mutter zeigt auf ein dreigeschossiges Wohnhaus auf der anderen Straßenseite. »Hausnummer 32, das muss es sein«, sie gleicht die Nummer mit einem kleinen Zettel in ihrer Hand ab. Sie läuft plötzlich los über die Straße bis zur Haustür, an der sie nach kurzem Suchen zielsicher auf einen Klingelknopf drückt, ein Summen ertönt. Mama stößt die Tür mit Schwung auf. Ich laufe zu ihr rüber. »Papa? Wo bist Du?«, ich habe nicht mitbekommen, dass er nicht mehr neben mir ist. Mein Blick wandert unruhig umher, bis ich ihn auf der anderen Straßenseite erblicke. »Papa, komm doch!«, rufe ich rüber. Er schüttelt nur den Kopf. »Geh, Liebchen«, er schubst mich von sich weg. »Ich bin da nicht willkommen«, sagt er und lächelt mich ganz sanft an. Ich gucke zu Mama rüber. Sie zuckt mit den Achseln. »Ist besser so, Kind«, sagt sie. Papa lächelt mir von der anderen Seite immer noch zu. Mama hält die Türe für mich noch einen Spalt offen. Ich spüre einen Minikloß in meinem Hals. Bei Papas Familie wäre das undenkbar gewesen. Nur halb hebe ich meine Hand, um Papa zuzuwinken. Meine Mundwinkel sind gespannt. Die pure Vorfreude? Verflogen. Wenn Papa da nicht willkommen ist, dann kann ich es ja auch nicht sein, denke ich mir. Ich bin schließlich ein Teil von Papa, sein Fleisch und Blut! Wer ihn verletzt, verletzt auch mich!

In der Wohnung meiner Oma sind ziemlich viele Menschen: Erwachsene und mehrere Kinder. Es ist unübersichtlich. Was ich aber direkt erkenne, ist, dass die meisten anders aussehen als ich: viel heller von der Haut, den Haaren und den Augen her. Sie sind auch anders gekleidet, ganz ordentlich. So ähnlich wie die Kinder in meiner Schule. In der Wohnung riecht es, als hätte Mama gekocht. Es gibt irgendwas mit Kohl. »Ach et Irmtraud, wie jeht et?«, »Habt ihr jut herjefunden?«, »Wie seid ihr denn jekommen? Mit der Bahn?«, es wird sich gedrückt und gebützt (so nennen wir in Köln kurze, flüchtige Küsschen auf die Wange), und alle reden durcheinander. An den Wänden im Wohnzimmer hängen eine ganze Reihe Familienfotos. Die meisten erkenne ich heute wieder. Kein einziges ist von meiner Mutter dabei, geschweige denn von mir. Es ist vielleicht nicht verwunderlich, wo wir uns ja noch nie begegnet sind. Doch von Mama müsste es ja welche geben, denke ich. Es piekst mich ein wenig. »Un Du? Du bist die Iris, ne?«, fragt mich die jüngere Tante. Sie ist sehr hübsch und schlank. Ich nicke ihr zu. »Dat Kind is ja viel zu dünn«, sagt eine andere Frau zu meiner Mutter. Wer das ist, kann ich mir gerade nicht zusammenreimen. Ich versuche ein Lächeln. Ein Wort bringe ich nicht raus. Das Gefühl, das mich beschleicht, kann ich gar nicht in Worte fassen: Es ist … irgendwie … ich fühle mich hier total fremd, nicht dazugehörig eben. »So, die Kinder sitzen bitte am anderen Tisch, die Großen dürfen hier sitzen«, meine Oma zeigt mit einer Hand auf den ordentlich gedeckten Tisch, in der anderen Hand hält sie eine Salatschüssel. »Mama, ich will aber lieber bei Dir sitzen, ich kenne die anderen doch nicht«, flüstere ich meiner Mutter ins Ohr. »Ach wat, dat sin Deine Cousins und Cousinen – setz Dich ruhig da rüber, Mädchen. Hier tut Dir keiner was.« Als das Essen auf dem Tisch steht (meine schlimmste Befürchtung wird übertroffen, es gibt nicht Kohl, sondern Wirsing-Gemüse!), greifen meine Cousins und Cousinen beherzt zu: »Hmmm, lecker! Oma! Du bist die Beste«, sagt die jüngste Cousine. Ihre Bäckchen sind prall und rosig, die Augen leuchten hellblau. Das Gesicht könnte auch auf eine Tafel *Kinderschokolade* passen. Oma strahlt jetzt ebenfalls über das ganze Gesicht. Es verfinstert sich nur umgehend, als sie auf meinen Teller guckt. »Der ist ja leer! Warum isst Du das denn nicht? So dürr wie Du bist«, die Stimme ist etwas schriller als noch vorhin. »Irmtraud! Dein Kind muss essen!« Zwar bin ich kein besonders ängstliches Kind und ich habe ja eine ziemlich große Klappe, doch diese Situation ist für mich so neu und aufwühlend, dass ich dann doch eingeschüchtert bin. Am liebsten würde ich jetzt schnell zu Papa laufen. Nur müsste ich das noch mehr erklären als meine Abneigung gegen diese weiß-grünliche Matsche. Mama ist sofort zu uns an den Kindertisch gekommen und tauscht meinen Teller gegen ihren aus – ein kleiner Haufen Gemüse darauf stößt noch etwas warmen Dampf ab. Oh, dieser Geruch alleine schon! »Versuch et, Kind. Dat schmeckt vielleicht doch janz lecker. Sonst jibste mir den Teller wieder, und ich ess dat, jut?!« Ich will sie nicht enttäuschen, ich merke, wie wichtig Mama dieser Tag ist. Also probiere ich es, Bissen um Bissen irgendwie runterzubekommen – ohne zu kauen, einfach nur schlucken. Wie lange so ein einzelner Löffel dauern kann. Doch gut geht das nicht. Das Essen will nicht unten bleiben, es hängt irgendwo zwischen Hals und Magen fest und legt jetzt offenbar auch noch einen Rückwärtsgang ein – ich muss aufs Klo. Unauffällig schlängele ich mich um den »Kindertisch« in Richtung Bad. Endlich im geschützten Raum schaffe ich es noch rechtzeitig, den mit einem flauschigen Bezug dekorierten Klodeckel hochzuklappen und den Wirsing seine Wege gehen zu lassen. Puh! Das war knapp! Draußen scheint es keiner gemerkt zu haben. Ich sehe mich ein wenig in der Wohnung um. Sie ist klein, hat neben der Küche und dem Wohnzimmer nur noch ein Zimmer – das Schlafzimmer. Ich stecke nur kurz meinen Kopf rein, als ich von hinten höre: »Nein! Da wird nicht drin gespielt! Raus da!«, Oma hat mir so einen Schreck eingejagt, dass ich kurz zusammenzucke. »Pst«, meine Cousine mit den prallen Bäckchen ist hinter mir aufgetaucht. »Komm, wir können ins Bad gehen, da sieht uns Oma nicht«, sie drückt mich durch die Tür. »Du bist wirklich ganz schön dünn, wollen wir uns mal wiegen?« – »Klar, warum nicht.« Meine Cousine kennt sich hier gut aus und kann sofort mit einem zielsicheren Griff eine Waage unter einer kleinen Kommode hervorziehen. »Du zuerst!«, bestimmt sie. »20 Kilo! Oder 19? Ne, 20!« »So, jetzt Du.« Der rote Zeiger macht einen schnellen Satz an den schwarzen Zahlen vorbei und pendelt sich dann langsam ein. »48! Wow, neuer Rekord«, sie hebt jubelnd ihre Hände in die Höhe. Ich bin in der Tat beeindruckt. Sie ist zwar größer und sicher auch zwei oder sogar drei Jahre älter, aber dass sie doppelt so viel auf die Waage bringt … »Weißt Du, was man mit so einem Gewicht gut machen kann?«, fragt sie mit einem Blick, der auf Schabernack hindeutet. Ich schüttele den Kopf. »Rangeln!« Sie stürzt sich auf mich und reißt mich zu Boden. Wir kitzeln uns gegenseitig. Vor lauter Lachen bekomme ich kaum Luft. Auch meine Cousine kichert so sehr, dass ihr Tränen übers Gesicht laufen. Mit einem Satz setzt sie sich jetzt so fest auf mich drauf, dass ich mich nicht mehr regen kann, auch wirklich nicht mehr atmen. Ich versuche, sie wegzudrücken, doch sie merkt es gar nicht. Also bleibt mir nur eins: schreien. Und zwar so laut, dass sich meine Cousine regelrecht erschreckt und in einem Nu meine Oma in der Tür steht. »Spinnst Du? Was schreist Du denn so? Das ist ja schrecklich!« Ich gucke meine Cousine an, die nur sehr große Augen macht. »Ich, ich ...«, einen richtigen Satz kann ich nicht formulieren. »... wir haben doch nur gespielt«, hilft mir meine Cousine. »Zu laut!«, unterbricht sie Oma, »raus jetzt hier!« Mit gesenktem Blick verlassen wir beide das Bad. Meine Cousine läuft im Hüpferlauf fröhlich zurück ins Wohnzimmer, sie ist unbeeindruckt von der Ansage. Ich hingegen drücke mich lieber noch eine Weile im Flur herum, gehe in die Küche und nehme mir ein Glas Wasser aus der Leitung. »Na, Du bist die Iris, richtig?« Eine dunkle Stimme erklingt hinter mir, automatisch spannen sich meine Muskeln am Bauch an. »Hm«, antworte ich. Der Mann guckt mich freundlich an. Er ist einer meiner Onkel. Er ist schon älter, kräftig, mit nur noch wenigen Haaren – eher so ein Haarkranz wie ein Banker. »Gehst Du zur Schule?« – »Ja, natürlich.« – »In welche Klasse denn?« Meine Muskeln entspannen sich jetzt wieder. Wie nett, denke ich. Über die Schule rede ich ganz gerne – bekanntes Terrain, auf dem ich ja selten etwas falsch mache, wenn es nicht gerade um Klassenkameraden geht. »In die vierte.« – »Und was willst Du mal werden?« Auch diese Frage gefällt mir gut, weil ich ja dazu schon ganz konkrete Vorstellungen habe, die ich schon so oft mit Papa durchgespielt habe. »Ich möchte auf das Gymnasium und mein Abitur machen«, sage ich bestimmt. Das Gesicht meines Onkels erhellt sich, er fängt an zu lächeln: »Was, Du?« – »Ja, Abitur ist wichtig, sagt mein Papa, weil man dann auch studieren kann.«

Immer wieder sagt Papa, dass das Abitur der Schlüssel zu all meinen Träumen ist, völlig selbstverständlich, ohne jeden Zweifel, dass mir dieser Weg offensteht. »Ich will nämlich Architektur studieren und Innenarchitektin werden«, erkläre ich meine Pläne weiter. Keine Ahnung, wo das herkam mit dem Innenarchitekten-Ding, aber irgendwo muss ich es aufgeschnappt haben, und seit ein paar Wochen finde ich es ganz schick, auf die Frage nach meiner Zukunft diese Antwort zu geben. Mein Onkel lächelt jetzt noch ein bisschen mehr, seine Brauen heben sich: »Du? Und Abitur?«, er fängt laut an zu lachen, dreht sich zu seiner Frau um und zeigt mit dem Finger auf mich. »Haste dat jehört, Marianne? Abitur!« Es klingt, als hätte ich einen guten Witz erzählt. Mit dieser Reaktion habe ich überhaupt nicht gerechnet, und sie begegnet mir zum allerersten Mal. In meiner kleinen Welt ist das noch nie passiert. Da bin ich keine Träumerin, da ist alles möglich, da kann ich alles sein und werden. Ich gucke runter auf den Teppichboden, als könnte ich dort eine Antwort darauf finden, was ich jetzt am besten sagen sollte. Das Lachen tut mir richtig weh in der Brust. »Sach mal, häste se noch all, lass dat Kind in Ruhe«, Tante Betty greift an den Kühlschrank und holt eine Tüte Milch raus. Sie hat den Dialog mitbekommen und streicht mir über den Kopf. Sie hat Mitleid. Und auch das überrascht mich. Bislang war mir nicht klar, dass ich das brauche! Sie hätte ja schließlich sagen können: »Warum sollte das Kind nicht auf ein Gymnasium gehen und Abitur machen?« Aber das sagt sie eben nicht. Bin ich hier nur eine Spinnerin? Den Rest des Tages versuche ich so unauffällig wie möglich zu verbringen: kein großes Rumlaufen, kein lautes Sprechen, kein Spielen. Ich versuche, mich klein zu machen. Selten habe ich mich so unfrei gefühlt. Wie ein unscharfes Fernsehbild, das sich scharfstellt, wird mir plötzlich klar: All das, wovon Papa immer geredet hat, die Vorverurteilung, das Abwerten von Menschen wie ihm – und damit auch von mir – wird jetzt in diesem Augenblick plötzlich greifbar, es bekommt ein Gesicht. (Über dreißig Jahre später kann man vielleicht sagen: »Iris, das war doch so nicht gemeint, das hast Du falsch verstanden!« Doch diese Reflexion gab es für mich in diesem Alter nicht, und so konnte sich der Keim, der an diesem Tag gesetzt wurde, dick und fett in meinem Hirn ausbreiten: Ich bin nichts, ich kann nichts.)

Als wir nach einer gefühlten Ewigkeit wieder in der Bahn sitzen, schweige ich immer noch. Mir fällt mein Delfinbild in meinem Rucksack ein. Ich habe es Oma gar nicht geschenkt. Es hat sich nicht ergeben. Mama hingegen lächelt sehr viel. »Ach, das war so lustig! Weißt Du, dass Betty und ich früher heimlich Karamellbonbons gemacht haben?«, es sind viele kleine Anekdoten, die ihr plötzlich einfallen: »… und wir haben uns gegenseitig Kleider genäht … Und die Sache mit dem Keller!«, es sind abstrakte Geschichten, bei denen ich nicht mehr richtig zuhöre. So fröhlich habe ich sie jedenfalls lange nicht gesehen. Die Farbe ihrer Bluse scheint sich eingelöst zu haben – grün wie die Hoffnung. »Mama, Du hast einen Fleck, da oben am Kragen«, fällt mir auf. »Huch! Wo? Ach!« Sie leckt ihren Daumen an und reibt ein paarmal über die Stelle. »Das geht schon wieder raus, das ist nur ein Stück vom Käsekuchen.« Ich nicke. Mehr gibt es für mich zu dem Tag nicht zu sagen. Ich will ihn ihr nicht kaputt machen.

Mama fährt nach diesem ersten Treffen nun regelmäßig zu Oma, Besuche bei den Geschwistern kommen dazu. Ich versuche so gut es geht, nicht dabei zu sein. Je mehr Zeit sie dort verbringt, desto schlechter wird ihr Verhältnis zu Papa, glaube ich. »Du lebst ja im Dreck!«, höre ich meinen Onkel sagen, der mir das Abitur nicht zutraut. Wir sind bei meiner Tante zu Besuch, die in einem sehr schönen frei stehenden Einfamilienhaus wohnt. Die »Großen« sitzen in der sehr eleganten beigefarbenen Einbauküche. Es gibt selbst gebackenen Kuchen. »Ja, ich weiß«, höre ich Mama sagen. »Ich überlege auch schon auszuziehen.« Der Satz knallt in mein Gehirn wie eine Feuerwerksrakete. Ausziehen? O.k., das ist krass. Damit habe ich nicht gerechnet, auch wenn ich mitbekomme, dass es zwischen Mama und Papa echt nicht gut steht. Und ja: Vielleicht sieht es bei uns zu Hause ganz schön wild aus, aber es ist doch mein Zuhause! Ich will da nicht weg. Ich brauche keinen Garten oder eine Einbauküche – ich will auch nie, nie in so einem Vorort wohnen. Ich liebe unser Veedel. Leider lassen sich die Ereignisse anscheinend nicht mehr stoppen. Es ist etwas in Gang gesetzt: zwei Züge, die kurz vor dem Zusammenprall stehen. Mamas Zug hat gerade den Bahnhof verlassen. Und Papas Zug? Der wird nur wenige Tage nach dem Besuch bei meiner Tante ebenfalls Fahrt aufnehmen, an einem Abend, der ganz gewöhnlich und harmlos beginnt.

Jutta ist zu Besuch – eine der Frauen, die auch schon immer sehr viel Zeit bei uns zu Hause verbracht haben. Sie kommt immer häufiger, wenn Mama »zufällig« nicht da ist. Auch heute Abend ist Mama schon arbeiten – in der Disko. Jutta ist sehr jung und wirklich hübsch: dunkle lange Locken, muskulöse schlanke Beine. Ich habe schon länger gemerkt, dass Papa sie besonders nett findet. Doch dabei habe ich mir nie etwas gedacht. Auch jetzt nicht, als wir zu dritt vor dem Fernseher sitzen und *Auf dem Highway ist die Hölle los* gucken. Ich sitze direkt vor dem Fernseher (ich muss immer so nah wie möglich am Geschehen sein), die beiden hinter mir, sodass ich sie nicht sehen kann. Es ist sehr still in meinem Rücken. Doch dann höre ich dieses Geräusch, das mich so sehr ekelt: Zungen, Speichel, lautes Atmen. Ich bin mir so sicher, was da gerade vor sich geht, dass ich mich nicht einmal umdrehe. Erst als einer von beiden den Raum verlässt, gehe ich in die Küche und ohne noch ein Wort zu sagen direkt ins Bett.

»Mama? Ich habe mit Papa und Jutta gestern ferngesehen.« Mama hat am Morgen danach noch die Augen zu und brummt nur zurück: »Hmmm …« – »Weißt Du, da war was komisch …«, die Augen von Mama springen im Nu auf. Das hält mich jedoch nicht davon ab, einfach weiterzureden: »… die haben komische Geräusche gemacht.« – »Wat für Geräusche, Kind?« – »Wie … ja, also so, als würde man sich küssen … mit Zunge.« Mama setzt sich auf, springt ohne ein Wort zu sagen aus dem Bett und läuft ins Wohnzimmer, wo Papa noch auf der Couch liegt. Die Zimmertür knallt zu. Ich höre beide nur schreien. Ich bleibe aufgeschreckt in meinem Bett sitzen. Was zum Geier habe ich da gerade gemacht? Scheiße! Warum? Was? Es ist zu spät. Die Züge sind in diesem Augenblick gegeneinandergeprallt.

Vielleicht hat Mama nur noch einen richtigen Anlass gebraucht, um diesen Schritt zu gehen, um auszuziehen – weg von Papa. Zu lange haben beide nur noch gestritten, haben beide sich auch vor dieser Begebenheit vor dem Fernseher zu deutlich mit anderen Partnern abgegeben (das sagt Papa jedenfalls zu seiner Verteidigung. Kein Kind von Traurigkeit nennt er Dich. Und Mimi, da ist leider was dran). Der Zeitpunkt, um auszuziehen, passt: Der Hauseigentümer möchte bald beginnen, das gesamte Haus zu renovieren. Die ganze Straße scheint gerade generalüberholt zu werden. Die Majowski von gegenüber sind schon weg. »Die machen alles schick und können Gesocks und Pasalacken wie uns hier nicht mehr gebrauchen«, sagt Papa spöttisch. Das Blöde ist, dass unsere Miete schon seit Jahren vom Sozialamt gezahlt wird. Da kann man nicht einfach hingehen und sagen: »So, Freunde, wir würden dann mal gerne ausziehen. Am liebsten in eine größere Wohnung, die zentral liegt. Ach ja, ein Balkon wäre auch wichtig.« Man kann froh sein, wenn man nicht in Kalk, Chorweiler, Ehrenfeld oder an einer der anderen Endhaltestellen landet, wie die meisten aus unserer Gegend. »Und wo willst Du hin?«, frage ich Papa. »Ach, Kizim, mach Dir um mich keine Sorgen. Ich finde schon was.« Meine Mutter ist auch sicher: »Kind, der landet schon nit op de Stroß. Dat größte Problem ist die Kaution! Die bezahlt dat Amt nämlich nit.« Jedenfalls nicht ohne Weiteres. Manchmal gelingt es, irgendeine Vereinbarung zu treffen, aber das ist echt völlig unplanbar.

»Hier, die Wohnung is doch jut. Zwei Zimmer, Küche, Diele, Bad und sogar ein Balkon. In der Schaafenstraße«, das ist in der Nähe vom Rudolfplatz. »Nur 750 Mark warm. Dat wäre der Hammer. Komm, wir gehen uns dat mal angucken«, heißt es an einem Samstag! Das Haus sieht von außen echt edel aus. An der Front ist viel Glas verarbeitet, selbst der Türknauf besteht aus einem rechteckigen, massiven blauen Glasklotz, in dem die Hausnummer eingefräst ist.

Ab 22 Uhr kann man ein elektrisches Rollgitter runterlassen, wie vor einem eleganten Geschäft. »Sieht jot us, ne!«, sagt Mama begeistert. Wie durch Zauberei bekommt meine Mutter die Wohnung und schafft sogar die Kaution ran: 1 500 Mark treibt sie irgendwie auf. Die Trennung von Papa geht plötzlich ganz schnell. Bei dem Umzug von Mama und mir hilft ihre Familie. Als sie kommen, verstecke ich mich hinter der Küchenzeile. Es ist ein etwa vierzig Zentimeter breiter Spalt, der sich hinter der gesamten Schrankwand bis zum Fenster zieht. Keiner sonst passt hier rein – mein kleines Geheimversteckchen. Der Teppichboden sieht hier noch neu aus, er strahlt richtig grün. Also da, wo man ihn sieht. Überall liegen haufenweise Brotkrümel rum. Von der Schneidemaschine auf dem Schrank. Sie piksen mir am Po. Außer einer Unterhose habe ich untenrum nichts an. »Wie kann man nur in so einem Drecksstall leben?«, höre ich eine Männerstimme fragen. Es antwortet niemand. Dann scheppert und ruckelt es – das Packen hat begonnen.

Ich komme erst raus, als die meisten Sachen verstaut sind. Die größeren Möbel, Spielsachen, aber auch kleinere Andenken von mir bleiben zurück. »Dat kannste doch in den nächsten Tagen holen, Mädchen. Dat passt nit mehr in den Wagen. Wir müssen auch noch zu Fuß rüberlaufen, und dat können wir auch nicht tragen.« Ich widerspreche nicht, dazu bin ich zu müde. Und ja, vielleicht ist es jetzt Zeit für einen richtigen Neuanfang. Als wir das Wichtigste im Transporter verstaut haben, gehe ich noch ein letztes Mal in unsere Wohnung. Der *Kajagoogoo*-Starschnitt ist inzwischen völlig abgeknibbelt. Hier und da habe ich auch mit Kugelschreiber drübergekritzelt. Papa sitzt auf unserem Sofa davor, seine Hände verdecken das Gesicht. Papa wird in den nächsten Tagen zwangsgeräumt. Er sieht unheimlich traurig aus, wie er da so auf den Boden starrt. Ist da eine Träne auf seiner Wange? Es kann sein, etwas Nasses kullert bis zu seinem Kinn runter. Ich setze mich neben ihn und drücke Papa – aber nicht zu fest. Ich will jetzt bloß nicht zu gefühlig werden. Unkontrolliertes Rumgeheule und sentimentale Abschiede sind schließlich überhaupt nicht unser Ding. »Wenn ich drüben in der neuen Wohnung ausgepackt habe, komme ich Dir helfen, o.k.?« Papa braucht einen Moment, bis er mich anguckt. »Ja, Kizim. Das wird schon alles.«

Es ist kalt, als ich auf die Straße trete. Mama wartet auf mich, schlägt den Kragen ihres beigen Trenchcoats hoch. Ich ziehe meinen Kopf ein und vergrabe meine Hände in meiner Jeans. Der Wind schafft es trotzdem, sich in meine Kleidung zu drängeln. »Puh, der Winter hürt ja ja nit up!«, sagt Mama. Ja, das stimmt. Wir machen uns zu Fuß auf den Weg zu unserer neuen Wohnung. Wir gehen den Friesenwall entlang bis zum Rudolfplatz. Es ist nur eine Straßenbahnhaltestelle entfernt – es könnte für mich nicht weiter weg wirken. So richtig fassen kann ich es noch nicht. Vierzehn Jahre? Fünfzehn Jahre, die ich hier gelebt habe? Und dann geht alles so schnell? 1986 hat genauso schlecht angefangen, wie 1985 aufgehört hat. Meine Eltern? Aus den beiden Ernies vom Anfang hat sich nach meiner Mama nun auch mein Papa zu einem ziemlich ernsten und traurigen Bert entwickelt.

1986 und noch mehr

Der Alte

Die erste Nacht in der neuen Wohnung ist komisch. Es ist zwar alles ordentlich, der Teppich neu und es gibt jetzt sogar eine Art Kinderzimmer, sodass ich nicht mehr in der Küche schlafen muss. Aber es fühlt sich nicht gut an, sondern kalt, leer, steril und … alles viel zu weiß. Ich fühle mich fast so wie damals im Krankenhaus. Mama bleibt am ersten Abend zu Hause und bringt mich ins Bett. Auch wenn ich inzwischen zehn Jahre alt bin, ich mag das immer noch. Sie sitzt an meiner Bettkante und nimmt mich in den Arm. Plötzlich fängt sie an zu weinen. Ich weine mit, obwohl ich wirklich sehr, sehr selten weine. Doch dann hören wir plötzlich auf, gucken uns für einen Moment nur in die Augen und müssen trotz der geweinten Tränen plötzlich lachen. »Dat kann nit wahr sin«, Mama schüttelt sich ein wenig in einer Mischung aus Kichern und Schluchzen: »Der Alte fehlt!« Sie scheint von dieser Erkenntnis selbst überrascht zu sein. »Aber Mädchen, wir mussten weg. Das verstehst Du, oder?« – »Ja«, meine Stimme bricht schon bei diesem einen Wort. »Ich verstehe.« Ohne Papa ist die Party endgültig vorbei. Und noch ein Abschied hängt mir nach: Tommi! Seine Mutter ist aus dem Gefängnis gekommen und hat ihn zu sich geholt. Sie sind nach Ehrenfeld gezogen. (Wir werden uns nie wiedersehen.)

Zum Glück findet Papa in wenigen Wochen auch etwas, das er irgendwie bezahlen kann. Ein kleines Apartment nur zehn Minuten von uns entfernt. Er wohnt jetzt neben dem Millowitsch-Theater über einem Sex- and Gay-Center auf der Aachener Straße. Direkt gegenüber ist so ein alternatives Café samt Theater – das *Bauturm*. Ich verstehe nicht einmal die Titel der Theaterstücke, die dort gespielt werden, geschweige denn, dass ich mal in einem drin gewesen wäre. An Papas Fenstern steht eine übergroße Heizung, auf der ich sehr gerne sitze und die Leute auf der Straße beobachte. Die Lage ist mein Glück, weil Mama nachts weiterhin arbeitet. Ich weiß nicht einmal, wo genau. Immer noch in der Disko? Süßigkeiten kauft sie jedenfalls keine mehr im Großmarkt. Sie wird immer schmallippig, wenn ich sie nach ihrem Job frage. »Kind, dat is Arbeit! Ist doch egal wo, et bringt Jeld.« Irgendwann frage ich nicht mehr nach, obwohl ich echt ein komisches Bauchgefühl habe. Wenn sie die Wohnung am späten Nachmittag verlässt, gehe ich zu Papa rüber und übernachte dort. Von seiner Wohnung aus gehe ich zur Schule, danach für ein paar Stunden in die Wohnung meiner Mutter – und dann alles wieder von vorne. Ich hasse es, nachts alleine zu sein. Und die neue Wohnung fühlt sich für mich auch nach Wochen zu kalt, zu steril, zu neu an – trotz Balkon. Vielleicht ändert sich das ja im Sommer.

Michaela

Apropos Sommer 1986: Die für mich wohl größte Veränderung überhaupt steht an – der Schulwechsel. In der Klasse wird schon länger darüber geredet, wer wohin geht. Heute muss sich Mama darüber mit Frau Leibold austauschen – meiner Grundschullehrerin. »Mama! Aber reg Dich nicht so auf wie beim letzten Mal, ja?« Besonders gut ist das Verhältnis zwischen den beiden ja nicht seit Mamas kleinem Ausraster, als mich Frau Leibold in die dritte Reihe gesetzt hatte. Mama und auch Papa gehen außerdem beide nicht gerne zu den Elternabenden. Beide schämen sich aus verschiedenen Gründen: Mama, weil sie zum Unterrichtsstoff nicht viel sagen kann, keine Bücher liest, nicht besonders viele Nachrichten guckt (man könnte sie ja auf irgendwas ansprechen: den neuen Bürgermeister, die Umwelt, das Waldsterben oder was sonst gerade aktuell los ist – ich weiß, wie sehr sie das hasst). Papa, weil er denkt, dass sein türkischer Akzent ihn dumm wirken lässt, wie ein anatolischer Bauer eben (er selbst sagt: Pasalack, Kanacke oder Kameltreiber) und auch, weil er arbeitslos ist. Daher ist das schon eine große Sache, dass Mama heute mitkommt. »Ja, ja, wat denkst Du von mir? Als würde ich ausrasten! Tse«, sie zuckt ihre dünne Augenbraue spöttisch, bevor wir ins Klassenzimmer einbiegen. Wir sitzen wie zwei Schülerinnen vor dem Lehrerpult, die Wirbelsäule gestreckt, Blick nach vorne gerichtet – ich find's irgendwie ulkig und schräg. Mama auch. Wir müssen uns kurz angucken und schmunzeln. Dann wird Mama wieder ganz ruhig, als Frau Leibold loslegt. »Also, ich empfehle das Gymnasium für ihre Tochter nicht«, sagt sie mit fester Stimme. Mama wirft mir einen mitleidigen Blick zu, sie weiß, was das für mich bedeutet. Dann wendet sich Frau Leibold an mich: »Guck mal, die meisten Mädchen gehen auf die Ursulinen-Schule! Auch Katharina. Da wirst Du Dich sicherlich wohlfühlen«, sagt sie lächelnd. Die Ursulinen ist eine Realschule nur für Mädchen. Ich bin ein bisschen fassungslos, dass sie ausgerechnet versucht, mich mit der ätzenden Mädchen-Gang um Katharina zu überzeugen! Unglaublich. Ich drehe meinen Kopf zu Mama, dass meine Haare mitfliegen, und reiße die Augen groß auf. Mama nimmt meine Geste auf und zieht eine verzweifelte Grimasse. »… wenn die Schule doch jut is, Mädchen?« Sie schaut ratlos zwischen meiner Lehrerin und mir hin und her. »Ne, ich will aber auf das Königin-Luise-Gymnasium!«, widerspreche ich. Das ist die Schule, die direkt gegenüber meiner Grundschule liegt, wo ich seit Jahren schon auf dem Schulhof spiele und neidisch die Schüler dort beäuge, deren Welt so viel sortierter wirkt als meine. Ich muss an meinen deutschen Onkel denken, der mich ausgelacht hat, als ich wie selbstverständlich sagte, dass ich irgendwann mein Abitur machen will. Das hier heute – es ist entscheidend! Bekommt er recht? Oder erhalte ich die Chance auf meinen Schlüssel, wie Papa das Abitur immer nennt? »Sie ist ja schon recht gut in Mathe«, durchbricht Mamas Stimme die Stille. »Und sie ist sehr fleißig, sie lernt zu Hause immer viel«, das ist zwar gelogen (außer Mathe mache ich zu Hause leider gar nichts), aber ich nicke jetzt sehr heftig und deutlich. Meine Lehrerin gibt nicht nach, schüttelt den Kopf, ihr Blick fällt nach unten. Sie blickt auf ihre Hände, die ruhig auf dem Tisch liegen. Es klopft an der Tür. Die nächsten Eltern stehen schon bereit. Frau Leibold will jetzt schnell zum Ende kommen. »Na, lass uns Dein Abschlusszeugnis abwarten«, sagt sie, steht auf und öffnet die Tür, durch die sie uns mit einer Geste hinauskomplimentiert und die nächsten hereinbittet. Das war es erst mal. Ich bin innerlich ganz aufgebracht, Herzklopfen bis zum Hals. Mama flüstert mir zu: »Du schaffst dat, Mädchen – ich glaube an Dich!« Schaffe ich das wirklich?

Der letzte Schultag ist ein sonniger Tag. Durch das offene Fenster dringt das Motorengeräusch eines Hubschraubers. Für einen Moment kann ich nicht hören, was Frau Leibold sagt. Ich starre aus dem Fenster, um mich ein wenig abzulenken – ich bin unfassbar aufgeregt. Sie fängt an, durch die Reihen zu gehen und legt jedem Schüler das ordentlich glatte DIN-A4-Blatt auf den Platz – unser Abschlusszeugnis. Als sie bei mir ist, bleibt sie kurz stehen. Sie guckt wortlos für einen Moment auf mich runter, sie verzieht keine Miene. Dann wirft sie mir das Zeugnis schwungvoll hin: »Nur aus reiner Gutmütigkeit«, sagt sie, wieder ohne groß das Gesicht zu verziehen, wendet sich ab und geht zum Nächsten. Meine Augen schwirren über das Papier, bis ich sie finde: die Deutschnote! Befriedigend! Damit schaffe ich den Sprung auf das Gymnasium! Alle anderen Fächer sind sehr gut oder gut! Innerlich springt bei mir jetzt auch was: mein Herz! Nein, es tanzt! Mit mir wechselt niemand, mit dem ich mich gut verstehe. Aber das ist mir völlig egal. Auch ich plane für mich einen Neustart.

Ich schließe einen Pakt mit mir selbst. Am Tag vor der offiziellen Anmeldung im Schulsekretariat überlege ich mir sehr genau, was ich anziehen soll. Nie mehr möchte ich nämlich auffallen, anders sein als die anderen. Also keine engen Strickhosen mehr, keine Jogginghosen von *Ton-Sur-Ton*, *Fiorucci* oder *JetSet*. Ich stehe vor dem Badezimmerspiegel und gucke mich an. Mein Gesicht wirkt hart. Ich habe dunkle Schatten unter den Augen. Die Brauen darüber sind zusammengewachsen. Es ist eigentlich nur ein einzelner brauner Balken. Ich sehe schon jetzt wie ein Bert aus. Der übertrieben strenge Pferdeschwanz, den ich mir binde, macht es nicht besser.

»Das sieht schön ordentlich aus«, sage ich zu mir selbst. Die VoKuHiLa ist ein wenig rausgewachsen, sodass ich fast alle Haare in den Zopf gezwängt bekomme. »Hä, was ist das denn?« Eine einzelne dicke Haarsträhne genau in der Mitte meiner Stirn zwängt sich aus dem straffen Haargummi und fällt mir mitten ins Gesicht. Dafür jetzt den ganzen Zopf wieder aufmachen? Kommt nicht infrage. Ich überlege kurz. Ach, egal. Ich schneide die Strähne einfach ab. Die Schere macht einmal »Schnapp«, und schon ist das Gesicht wieder frei.

In der Mitte meiner Stirn prangt jetzt nur ein kleines blankes Rechteck. »Hm. Ungeil! Aber egal«, ich werfe die dicke Strähne ins Klo und laufe los. (Es wird Jahre dauern, bis das wieder ordentlich rausgewachsen ist.)

Das wochenlange Warten hat ein Ende. Die Sommerferien sind endlich vorbei! Er ist da, der erste Schultag! Mann, bin ich aufgeregt. Ich stehe viel früher auf als nötig und packe meinen hellblauen *Snoopy*-Koffer. Ich habe ein kleines *Garfield*-Stofftier, das auf der Brust ein rotes Herz aus Samt eingestanzt hat. Es ist mein Glücksbringer. Außerdem nehme ich noch so eine Art Tageskalender mit – auch von *Garfield*. Der ist für den Stundenplan und andere Notizen. Ich ordne alles in den Koffer wie bei einem Tetris-Spiel – es soll exakt passen! Bloß kein Durcheinander! Ordnung ist das neue Mantra. Ich mache den Koffer zu und hebe ihn am Griff hoch. Es rumpelt und poltert im Inneren. »Ach, scheiße!« Ich muss los.

Es regnet. Ausgerechnet heute. Es plätschert, als würde der Himmel uns allen eine Tracht Prügel verabreichen. Ich halte mir meinen Koffer über den Kopf und laufe, so schnell ich kann.

Wie oft haben wir hier auf dem Schulhof vom Königin-Luise-Gymnasium heimlich gespielt? Sind hier auf Bäume geklettert, haben die Baracke als Unterschlupf genutzt und uns vor dem Hausmeister versteckt? Heute darf ich ganz offiziell durch das Tor gehen, muss nicht über eine Mauer klettern oder durch ein Loch im Zaun. Der Hausmeister steht mit verschränkten Armen an seinem kleinen Häuschen am Tor. Er guckt nicht besonders freundlich, aber zumindest glaube ich zu erkennen, dass ein Mundwinkel ein Lächeln andeutet, das sagen will: »Mädchen, ich kenne Dich! Schön, Dich zu sehen. Bau hier nur bloß keine Scheiße!« Im Foyer führt eine große Treppe zu den Klassenzimmern, in dem schon zwei Dutzend andere Schüler sitzen. Am Rand stehen die Erwachsenen. Wahrscheinlich sind es die Eltern. Ich checke sofort alle ab, erkenne dabei aus meiner Grundschule Stefan, Thomas, Richard und Paul. Insgesamt gibt es auch hier nur sehr wenige ausländische Kinder, zwei oder maximal drei. Ein Kind aus meiner Gegend ist ohnehin nicht dabei. Ich suche mir einen freien Platz in der dritten Reihe aus. »Schön in der Mitte, bloß nicht zu auffällig«, auf keinen Fall will ich, dass jemand merkt, dass meine Eltern nicht am Rand stehen, dass ich völlig alleine bin. Panik und ganz normale Aufregung wechseln einander sekündlich ab. Mama hat aber bis spät in die Nacht gearbeitet, und Papa fühlt sich – wie gesagt – überhaupt nicht wohl in dieser weißen Gesellschaft. Er schämt sich halt.

Ich versuche, während der gesamten Begrüßung den Blick zur Lehrerin zu halten und gucke sonst niemanden direkt an. Und es klappt. Keiner spricht mich an, keiner nimmt Notiz von mir. Erleichtert hüpfe ich am Ende die Treppen runter. Ganz langsam gehe ich am Hausmeister-Häuschen vorbei nach draußen. Ha! Ich bin jetzt offiziell Gymnasiastin.

Die Schule läuft in den nächsten Tagen und Wochen o.k. an, was den Unterricht angeht. Ich habe keine Probleme mit dem Stoff. Nur die Pausen gestalten sich schwieriger. Freunde finde ich erst mal keine. Daher verstecke ich mich zwischen den Stunden, wenn es raus auf den Hof geht. Ich komme mir blöd vor, dass ich niemanden kenne und niemand mit mir spielt. Obwohl das nicht ganz richtig ist. Kennen tue ich hier schon welche noch aus der Grundschule: Michaela Graf aus der 6.! Zum Beispiel. Sie wohnt – glaube ich – auch nicht weit von mir. Ich habe sie schon häufiger gesehen. Auch heute, an der Eisdiele auf der Aachener Straße. Ich stehe mit einer Kugel Nusseis in der Waffel davor, als Michaela vorbeikommt. Ganz langsam schlendert sie vorbei. Sie ist ein kleines bisschen kräftig, ihre Haare sind ganz dick und buschig, aber nicht lockig. Sie wirft mir einen Blick zu. Ich fasse mir ein Herz und … »Hallo, Michaela!« Ich lächele einen Hauch zu viel für den Anlass in der Hoffnung, nur ein mini kleines Lächeln zurückzubekommen. Aber nix! Michaelas Augen wandern an mir rauf und runter, bevor sie sie offensichtlich verdreht und ihren Kopf abwendet. Puh. Das sitzt. »Warum grüßt die mich nicht, Papa?«, frage ich später, als ich zum Abend bei ihm aufschlage. Papa zuckt mit den Achseln. »Naja … die hat ja auch allen Grund, arrogant zu sein. Schließlich ist die auf dem Gymnasium!« – »Hä? Da bin ich doch auch!« Papa zieht seine Mundwinkel runter. »Hm«, kommt nur aus ihm raus. »Warte ab, die hat Dich vielleicht nur nicht erkannt.« – »Doch, hat sie genau! Die hat mich genau angeguckt!« – »Ach, Mädchen.« Aber mit »Ach, Mädchen« ist es für mich nicht getan. Zu tief steckt in mir die Verunsicherung drin, dass ich eigentlich auf der Schule nichts zu suchen habe. Und Michaela Graf weiß das genau. Ich grüße sie in der Schule jetzt auch nicht mehr und versuche, ihr aus dem Weg zu gehen. Doch damit ist die Sache nicht erledigt. Michaela findet Gefallen daran, mir jetzt immer mehr nachzustellen. Zur großen Hofpause lungert sie vor unserem Klassenzimmer mit irgendeiner anderen Tussi rum: »Na, hast Du Dich verlaufen? Was guckst Du so blöde?«, ruft sie mir zu. Mein Puls dreht direkt hoch. Klar, ich könnte einfach versuchen, diesen Konflikt im Friesenwall-Style zu lösen: mit der Faust, einem Tritt oder der milden Variante des Anrotzens. Ich habe vor dieser Art Auseinandersetzung keine Angst, auch wenn Michaela Graf größer und kräftiger ist als ich. Nur diese verdammte Ur-Angst, dass sie mich auffliegen lassen kann, sie mich also quasi enttarnt, lässt mich eine direkte Konfrontation mit ihr scheuen. Also gibt es jetzt nur eine angemessene Reaktion: wegducken. Ich laufe schnell die Treppe runter. Ihr Lachen hallt bis zum Foyer. Erst als ich schon am Schultor bin, bleibe ich stehen. Ich japse. Um mich herum stehen nur die Schüler aus der Oberstufe, die zum Rauchen hierherkommen – die nehmen keine Notiz von mir. Ich kann ausatmen.

Natürlich erzähle ich davon nichts zu Hause (man stelle sich nur vor, wie Mama in die Schule stürmt und Michaela zur Rede stellt!). Ich beschäftige mich lieber mit den angenehmen Dingen: Mathe – was auch Papa total liebt. Dafür haben wir Zeit genug, wenn ich abends bei ihm bin, in seinem kleinen Apartment. Möbel gibt es dort selbst nach Monaten, die er hier schon wohnt, fast keine. Die »Couch« besteht aus zwei Matratzen, die wir nach dem Aufstehen übereinanderlegen und dann mit einer blau gestreiften Wolldecke in eine Couch verwandeln (die gab es schon am Friesenwall). Als Tisch dient mein alter *Micky-*

Maus-Tisch, der es auch vom Friesenwall hierhin geschafft hat. Stühle gibt es nicht. So sitze ich meist mit Papa im Schneidersitz auf dem Boden. »Habt ihr schon den Satz des Pythagoras durchgenommen?«, Papa sagt immer »Pittergorras« mit einem stark gerollten »r«. »Guck mal, Kizim! A^2 plus B^2 ist gleich C^2! Verstehste? Das ist immer gleich C^2! Verrückt, ne? Guck mal, auch wenn A^2 und B^2 größer sind oder kleiner. Es ist immer gleich!« Er lacht. So begeistert sehe ich ihn sonst nur, wenn er mal auf das richtige Pferd gesetzt hat. »Ne, das hatten wir noch nicht«, muss ich ihn bremsen. Bei den anderen Fächern wie Deutsch, Englisch oder Erdkunde finden wir beide leider keinen richtigen Draht zueinander. Es gibt in Papas Wohnung genau drei Bücher: *Duden Rechtschreibung*, *Duden Grammatik* (beide von 1965) und sein altes *Anatomie der Künstler*-Buch, aus einer Zeit, als Papa noch politischer Karikaturist werden wollte und hier neben seinem Job bei Ford abends auf eine Kunstschule ging. Mehr Bücher gibt es nicht. Keine Kinderbücher, keine Lexika. Aber es sind immerhin mehr Bücher als bei Mama. Dort gibt es exakt null. Mama ist – wie gesagt – tatsächlich nicht so an Politik oder den Ereignissen außerhalb der Boulevard-Seite im Kölner *Express* interessiert. Bei Papa ist das anders. Er saugt Nachrichten völlig auf – aber auch hier: eher selektiv. Es ist das große Globale, die Außenpolitik, die für ihn wichtig ist. Die deutsche Innenpolitik interessiert ihn nicht. Es ist wie mit den deutschen Filmen und Serien – er lässt sich nicht darauf ein. Einmal, weil ihm fast alle Schauspieler im *Tatort* oder noch schlimmer *Derrick* (!) bis hin zu Leuten wie Joachim Kulenkampff verdächtig vorkommen. Schließlich könnten sie alle im Zweiten Weltkrieg gekämpft haben. Zum anderen vielleicht auch, weil er das Gefühl nicht loswird, ohnehin nicht richtig dazuzugehören, hier nur geduldet zu werden, und daher muss er sich auch nicht damit befassen, was im Bundestag passiert. Flüchtige RAF-Terroristen? O.k., die Fahndungsfotos kennt man von den Polizeiwachen, es interessiert uns aber nicht, wer diese Typen mit den offensichtlich sehr unmodernen Frisuren sind. Wir nehmen nur ihre teilweise krassen Taten wahr. Sie kämpfen nicht Papas, nicht unseren Kampf. Waldsterben? Atomkraft? Pffff. Nichts davon führt zu langen Diskussionen am abendlichen Esstisch (abgesehen davon, dass wir ohnehin keinen haben). Nur ist Papa trotz allem aber wichtig, dass ich davon, so viel es geht, mitbekomme. Was er nicht weiß oder wofür er sich eben nicht interessiert, soll der Fernseher richten. »Alles, was Du von der Welt da draußen wissen musst, siehst Du in den Nachrichten. Hier!« Papa winkt mich mit einer Hand ran, als um acht Uhr der Gong zur *Tagesschau* läutet. Dagmar Berghoff begrüßt uns mit den Worten: »Guten Abend, meine sehr verehrten Damen und Herren …« Papa zeigt mit dem Finger auf den Bildschirm. »Das ist genauso wichtig wie Mathe. Nimm Dir einen Kuli und Deinen Notizblock, oder was Du da hast. Dann schreibst Du jeden Namen auf, den die da sagen. O.k.? Die Namen musst Du Dir merken! Das ist wichtig.« – »Öhe, o.k. Mache ich«, nur so richtig klar ist es mir nicht. Aber Papa wird schon wissen, was er da von mir verlangt, denke ich. Also hocke ich mich vor den Fernseher auf den Boden und schreibe mit. »Wer oder was zum Geier ist bloß Boutros Boutros Ghali?«

Mo

Da ich nur tagsüber bei Mama bin, bekomme ich erst gar nicht mit, dass sie einen neuen Mann kennengelernt hat. Ich kann ihn vom ersten Moment an nicht ausstehen. Mo! Das steht für Mohammed. Zum ersten Mal sehe ich ihn im Waschsalon auf der Brüsseler Straße, wo wir regelmäßig unsere Wäsche waschen, trocknen und mangeln. »Ach, Mo! Wat mähst Du dann hier?« Meine Mutter ist begeistert, als sie ihn sieht. Ist der Typ wirklich zufällig hier? Der hat überhaupt keine Maschine laufen! Was soll die Scheiße, denke ich misstrauisch. Die Stimme von Mama klingt schrill und übertrieben lieblich. Bevor der Typ irgendwas antworten kann, zieht sich vor lauter Wut schon alles in mir zusammen. Er ist groß, dunkel und stinkt meilenweit gegen den Wind nach Mann. Er ist die Art Mann, die ich vom Friesenwall gut kenne. »Ach Mo, hör auf«, Mama kichert wie ein Schulmädchen. Mir dreht sich da echt der Magen um. (Männer sind immer Deine Schwäche gewesen, Mimi!) »Na, und wer bist Du?« Mo lächelt mich übertrieben freundlich an. Ich hasse es, wie der versucht, sich an mich ranzuschleimen. Als Antwort auf seine Frage rolle ich daher nur meine Augen und gucke genervt zur Seite. Meine Arme habe ich vor meiner Brust verschränkt. Ich trage ein eher schlichtes, sehr weit geschnittenes roséfarbenes Oberteil. Nur an den Oberarmen sind kleine Schlitze eingearbeitet. Mo stellt sich unauffällig hinter mich, steckt völlig unvermittelt seine Finger in die Öffnungen und versucht, meine Brustwarzen zu kitzeln. »Kille, kille«, ruft er und lacht. Brüste habe ich noch keine, nur so kleine Knubbel, die aber höllisch wehtun, wenn man sie überhaupt nur berührt. Ich raste aus und schlage wie wild um mich, ich treffe seine Hände, die er sofort wegzieht. »Du bist aber sehr kitzelig«, stellt er lachend fest. Auf die Idee, dass ich es einfach ätzend fand, kommt der gar nicht. Ich antworte auch auf die scheiß Frage nicht. »Mama, die Wäsche ist trocken. Können wir jetzt gehen?« – »Ja, Mädchen, warte. Wir haben es doch nicht so eilig.« Ich muss mich echt wegdrehen, weil ich diese Flirterei kaum länger ertrage. Ich bin heilfroh, als wir den Salon endlich verlassen. Ich hatte echt Schiss, dass dieses Arschloch mit zu uns nach Hause kommen würde. Doch die Erleichterung währt nur kurz: Ein paar Tage später, ich kann es gar nicht fassen, steht dieser Mo tatsächlich in unserer Wohnung, als ich aus der Schule komme. »Mädchen, der Mo braucht für ein paar Tage einen Platz zum Schlafen. Der hat gerade keine Wohnung. Der schläft bei mir auf der Couch, jut?« – »Jut? Mama, nä! Was soll das?«, einer meiner berüchtigten Schreianfälle bricht aus mir raus. Ich weiß in diesen Momenten oft gar nicht, was ich eigentlich da brülle. Ich schreie einfach laut um mich – gern auch mit derben Schimpfwörtern. Sofort laufe ich zu meinem Vater rüber. Der kennt Mo und ist daher auch sofort alarmiert. »Was? Dieses Arschloch verkehrt bei euch? Der hat seine

Frauen noch nie gut behandelt! Weißt Du, was der ist?« Ich schüttele nur den Kopf. »Ein Zuhälter!« Bilder der »armen Tiere« schießen mir durch den Kopf: von Renate, Karin und all der anderen Frauen vom Friesenwall. Noch mehr Wut und Hilflosigkeit machen sich in mir breit! Papa schnappt sich seine Jacke und rennt mit zu Mama rüber. Den Klingelknopf würde er am liebsten fast ins Mauerwerk drücken, so fest presst er seinen Finger drauf. »Alte, komm runter, wir müssen reden!«, ruft er ihr zum Fenster hoch, als Mama ihren Kopf rausstreckt, um zu gucken, wer da so Alarm klingelt. »Wenn Dein Typ das Kind noch einmal anfasst, dann ist der tot!«, droht Papa sofort, als Mama zur Haustür rauskommt. Er hält dabei seinen Zeigefinger dicht vor Mamas Nase. »Nä, biste bekloppt! Dat macht der nit.« Mama ist davon wirklich überzeugt. Die nächsten Tage werden dann zu einem kleinen Ritual. Ich komme gegen halb zwei aus der Schule. Der Penner liegt dann noch im Bett beziehungsweise auf der Wohnzimmercouch. Ich muss da durch, um in mein Zimmer zu kommen. Ich trampele so laut ich kann, werfe meine Schultasche gegen meine Zimmertür: »Du blödes Arschloch! Es ist fast zwei Uhr nachmittags. Was für ein Wichser muss man sein, um zu dieser Zeit noch zu schlafen?« – »IRIS! Reiß Dich zusammen. Sei nicht so laut.« Mama drängt mich weiter rein in mein Kinderzimmer und schließt die Tür. Mo steht dann meist auf, zieht sich an und verlässt die Wohnung. Oft mit neuen Klamotten, die ihm Mama besorgt hat. Mal ein schicker Wollpulli, ein Schal aus Kaschmir. Kleine Sachen, aber immerhin.

Ich bin heute besonders laut, schreie schon an der Wohnungstür: »Ist der Wichser noch da? Was will dieses Arschloch hier? Der soll endlich abhauen!« Auf dem Weg ins Kinderzimmer schreie ich weiter. Mo stellt sich dieses Mal allerdings nicht tot. Er springt auf und läuft mir hinterher. Ich bekomme Panik und greife nach dem erstbesten Gegenstand, den ich zu fassen bekomme. Eine Luftpumpe. Ich halte sie mit beiden Händen fest, als wäre es ein Baseballschläger, mit dem ich Mos Hirn zerschmettern könnte: »Ich schlage Dir das Ding über Deinen verkackten Wichsschädel«, schreie ich, die Tränen stehen mir in den Augen. Mo fängt plötzlich an zu lachen und reißt – nein, eigentlich muss er das nicht mal – er nimmt mir einfach die Luftpumpe aus der Hand und wirft sie zur Seite. Mit derselben Handbewegung packt er mich links und rechts an den Ohren und meinen Haaren. Sein Griff ist so fest, dass ich überhaupt keine Chance habe, mich zu wehren. Ich versuche, ihn zu kratzen, aber er scheint das gar nicht zu spüren. Die Haut an seinen Händen ist total hart und dick. Drei meiner Nägel brechen ab. Er wirft mich mit voller Wucht gegen mein Bett. Ich bin so panisch und wütend, dass ich überhaupt keinen Schmerz spüre. Mama scheint davon in der Küche, am anderen Ende der Wohnung, noch gar nichts mitbekommen zu haben. Blitzschnell rappele ich mich wieder auf und mache das, was ich wirklich, wirklich, wirklich gut kann: Ich schreie einfach weiter: »Du dreckiges, mieses Arschloch! Du Wichser! Du verkackter Hurensohn!« Ich hau alles raus, was mir an schlimmsten Schimpfwörtern einfällt. »Verpiss Dich aus unserer Wohnung.« Ich sehe Wut in seinen Augen und reagiere reflexhaft: Ich fliehe, so schnell ich kann. Ich renne in Richtung Badezimmer, das nach unserem langen Flur kurz vor der Küche liegt. Er folgt mir. Seine Schritte sind laut. Ich bin aber schneller und schaffe es noch, die Badezimmertür zuzuwerfen und den Schlüssel umzudrehen, bevor er mich einholen kann. Es ist wirklich nur eine Milli-milli-milli-Sekunde. Das Holz knackt, als er gegen die Tür hämmert oder tritt. Ich kann es nicht genau sagen. Es ist jedenfalls laut. Ich höre, wie sich Mama vor die Türe stellt: »Lass dat Kind in Ruhe! Du packst mein Kind nicht an! Hau ab!« Ich schreie im Bad weiter, so laut ich kann. »Du dreckiger Hurensohn! Du Wichser!« Dann höre ich einen Schlag. Es wird erst ruhig, dann fällt die Wohnungstür ins Schloss. »Kind, Du kannst rauskommen. Der Penner ist weg«, ich höre an Mamas Stimme, dass sie weint. Ich brauche aber noch einen Moment, um mich zu beruhigen. Ich habe so große Angst, dass ich mir im wahrsten Wortsinn fast in die Hose geschissen hätte. »Mama? Ist alles o.k.?« – »Ja, Mädchen. Es ist vorbei. Alles o.k.« Ich öffne das Schloss und dann langsam die Tür. Meine Mutter hockt dort im Flur und starrt auf den Boden. Ein Auge ist total zugeschwollen. Dieser Drecksack hat sie tatsächlich geschlagen. »Wenn dinge Vater dat erfährt, bringt der den um. Sach dem dat nit, Kind. Jut? Sach nix!« Damit könnte sie recht haben. Papa würde ausrasten! »Aber Mama!«, eigentlich will ich es ihr nicht versprechen, ich will Rache! Dieser Mann ist für mich einfach nur Abschaum. Nicht der Anflug eines Schuldgefühls überkommt mich, dass ich den

Penner vielleicht zu sehr provoziert habe, dass ich dafür verantwortlich bin, dass Mama jetzt geschlagen auf dem Boden hockt. Und noch etwas kommt mir nicht in den Sinn: dass meine Mutter aufrichtige Gefühle für ihn haben könnte. All das blende ich aus. Der Drecksack taucht zum Glück nie wieder bei uns auf.

Ähnlich wie dieses Problem erledigt sich auch mein Schulproblem fast wie von selbst. Aber zum Glück weniger aufregend: Michaela Graf muss die Schule wechseln, weil sie das Gymnasium nicht packt. Mehr noch als dieser kleine Triumph zählt für mich, dass ich sie von jetzt an nie wiedersehen muss. NIE WIEDER.

Es sind zwei verschiedene Welten, in denen ich lebe und die ich sauber voneinander trennen will. Nichts von dem, was zu Hause passiert, soll in meine Schulwelt einsickern. Das letzte Mal, als ich voller Stolz in der Klasse erzählt habe, dass mein Papa jetzt einen Taxischein hat, hat mich die dicke Anastasia Beyer nur angebrüllt: »Hör doch auf zu lügen! Dein Papa ist nur ein Zocker!« Ihr dickes Gesicht war knallrot. Ich wusste überhaupt nicht, woher ihre Wut kam. Es stimmte ja. Es ist nicht so, dass er nicht mal versucht hätte, was »Normales« zu arbeiten. Aber es war so schwer für ihn. Ich war irre stolz, als er die Taxi-Prüfung bestand. Und dann so was! Jedenfalls habe ich mich so furchtbar geschämt, dass ich in der Schule nie wieder etwas über meine Eltern oder auch nur von zu Hause erzählt habe. Ich versuche stattdessen, mich irgendwie an anderen Gesprächen zu beteiligen. Was die Dings wieder anhat, oder was der Bums gesagt hat. Dass Michael J. Fox in seinem neuen Film soooo süß aussieht. So komme ich langsam in der Klassengemeinschaft an. Nur die Prügeleien muss ich noch in den Griff kriegen. So richtig gelernt habe ich es nicht, Konflikte anders auszutragen, als einfach zuzuschlagen. Im Freibad etwa vor ein paar Tagen hat eine fiese Mädchenbande zwei meiner Klassenkameradinnen angegriffen. Deren »Anführerin« habe ich einfach gepackt, in den Bauch geboxt und ins Wasser geworfen – ohne lange rumzureden. Dann war auch Ruhe. Meine Klassenkameradinnen haben sich zwar bedankt, doch das Wort »weirdo!« stand ihnen sehr deutlich ins Gesicht geschrieben. Stolz bin ich darauf nicht. Ich muss damit aufhören.

Tina

Ich bin froh, wenn ich mich in der Schule mit anderen »Aktionen« ins Gespräch bringen kann. Mir kam es daher sehr recht, dass mich meine Lehrerin vor einigen Wochen angesprochen hat und fragte, ob ich unserer neuen Mitschülerin, Sabrina, nicht etwas Nachhilfe geben könnte – Mathe. »Klar, gerne!« – da musste ich nicht lange überlegen.

Sabrinas Eltern führen ein bekanntes Café mitten auf dem Rudolfplatz und arbeiten viel. Wir sind meist allein bei ihr, wenn wir lernen. »Hast Du vielleicht auch noch die Sachen vom Frankenberg dabei?« – »Die Noten für Musik, meinst Du? Ne, habe ich nicht. Da bin ich aber eh nicht so gut drin. Du könntest mir da eher Nachhilfe geben.« Wir sind gerade mit den Rechenaufgaben durch, und ich packe meinen Hefter zurück in die Tasche. »Oh, Papa! Hallo! Wir sind jetzt fertig, Iris wollte gerade gehen.« Sabrina schreckt kurz auf, als ihr Vater in der Tür auftaucht. »Guten Tag, Herr Bauer!«, sage ich – automatisch strecke ich auch meine Wirbelsäule durch und stelle mich kerzengerade auf. Doch der große Mann bleibt nur in der Tür stehen und starrt mich an. Ein merkwürdiger Blick, den ich von den Männern vom Friesenwall kenne. »Ciao Sabrina, bis morgen«, ich sehe zu, dass ich schnell wegkomme. Als wir am nächsten Tag nach der Schule gemeinsam Richtung Ring gehen, ist Sabrina auffällig ruhig. Es ist nicht so, dass Sabrina und ich jetzt dicke Freundinnen wären, aber eigentlich verstehen wir uns immer gut – gerade beim Lästern. »Es ist so krass, dass Steffi jetzt die Haare abhat. So eine schöne lange Mähne, einfach abgeschnitten …«, Sabrina antwortet nur »Hm!« – »Sie meint, sie hätte Läuse gehabt. Wie eklig ist das bitte? Und dann sofort alle Haar ab? Wirklich?« Sabrina guckt mich kurz an und zuckt mit den Schultern. Nach einer kleinen Weile des Schweigens sagt sie dann: »Du, es ist supernett, dass Du mit mir nacharbeitest. Aber …«, Sabrinas Gesicht zeigt jetzt immerhin mal ein bisschen Regung, aber die zusammengekniffenen Brauen und die angespannten Mundwinkel sehen eher so aus, als hätte sie in eine Zitrone gebissen. »Warum guckst Du denn so? Stimmt was mit der Nachhilfe nicht?«, frage ich. »Ne, ne – damit ist schon alles in Ordnung … nur« – »Ja, was denn?« – »… was ich sagen wollte … Also mein Vater findet, dass Du so … na ja, schon sehr weiblich aussiehst.« Sie kann mir nicht in die Augen gucken, während sie spricht. »Wieso weiblich? Was meint er denn damit?« Sabrina schweigt, die Lippen sind zusammengepresst. Ich ahne, was sie sagen will: Weiblich meint eine nette Umschreibung für nuttig. »Er findet, dass Du mir keine Nachhilfe mehr geben musst.« – »O.k.«, sage ich und versuche so gut es geht, jetzt keine Gesichtskirmes zu veranstalten. Pokerface! Bloß nicht ausrasten, obwohl ich unendlich enttäuscht bin.

Zu Hause reiße ich meinen Kleiderschrank auf und krame nach den weitesten Klamotten, die ich finden kann. »Eine Blümchenbluse und weite Jeans! Perfekt!« – »Mädchen, Du erstickst doch fast! Mach doch wenigstens den oberen Knopf auf!«, Mama zeigt auf ihren Hals. »Nö, will ich nicht. Die Bluse soll bis oben hin zu sein. Mir gefällt das!« – »Na, wenn Du meinst …« Mama zuckt nur mit den Schultern. »War was Besonderes in der Schule, dass Du Dich sofort umziehen musst?« – »Nö, wie immer, Mama. Ich dachte nur, ich kann mal was anderes ausprobieren. Dafür muss doch nichts in der Schule passiert sein.« Ich presse einen abfälligen Laut durch meine Lippen. »Du kannst bald wieder einen Kleiderantrag stellen, Mädchen. Habe ich Dir das schon gesagt? Beim Sozialamt. Schreib mal auf, was Du brauchst, ja?« – »Ja? Was kann ich denn alles beantragen?« – »Von Unterhose bis Jacke. Alles, was Dir einfällt. Da gibt es schon ein paar Hundert Mark, für die Du Dir was Schönes kaufen kannst.« Das lasse ich mir nicht zweimal sagen. Meine Liste ist in zehn Minuten geschrieben.

So ein Kleiderantrag dauert nur leider ewig, bis er dann endlich bearbeitet ist. Ewig meint in diesem Falle: Wochen! Doch dann gibt es sage und schreibe dreihundert Mark, die ich auf den Kopf hauen kann: eine zarte roséfarbene Bluse, ein braunes Sweatshirt mit helllilafarbenen Streifen an den Ärmeln und am Kragen, ein paar neue *Adidas* (Superstar!) und statt Unterwäsche kaufe ich mir zwei Badeanzüge. Wenn man die übereinanderträgt, sieht man überhaupt nicht, dass mein Busen schon wieder etwas größer geworden ist. Nix wackelt! Alles schön platt gedrückt. Herrlich! Ich kann es kaum erwarten, meine neuen Sachen in der Schule anzuziehen. Als ich so um acht Uhr zur ersten Stunde aufschlage, muss ich mich ein wenig zusammenreißen, um nicht ständig zu grinsen. Es fällt mir aber echt schwer, weil Tinas Augen mich bis an meinen Platz verfolgen. Steht ihr Mund ein bisschen offen? Tina, ausgerechnet! Sie hat unglaublich schöne, haselnussbraune Haare. Schon seit der Grundschule spielt sie Hockey in einem sehr noblen Verein, was sie der Klasse immer mit ihrem muskulösen Bauch zeigt (ungefragt!): »Die Profis spielen immer leicht gebückt, die ganze Spielzeit über! Das geht total auf den Bauch«, das habe ich sie schon hundertmal sagen hören. Ihre Haut ist weiß. Nur die Wangen glänzen ein wenig rötlich. Sie ist gut in Mathe, Deutsch … ach, eigentlich in allem. Und alle lieben sie – selbst die Lehrer. Sie ist das beliebteste Mädchen in der Klasse. Der Himmel strahlt wolkenlos, als es um 9:35 Uhr zur Hofpause klingelt. Anders als sonst bleiben fast alle Mädchen im Klassenzimmer und bilden einen Halbkreis um Tina. Steffi und

Marion (die beiden, die ich im Freibad kürzlich mit meinem Körpereinsatz verteidigt hatte) stehen mit in ihrer Nähe, sie drehen sich immer mal wieder zu mir um und reden dann so leise, dass ich es kaum verstehe. Die Sonne scheint durch die große Fensterfront. Kleine Staubkörnchen flirren um den Mädchenknubbel herum. Das laute Lachen und die übermütigen Schreie vom Pausenhof werden stärker – fast alle Schüler sind jetzt draußen. Nur wir noch nicht. Soll ich gehen? Bleiben? Die reden eindeutig über mich. Ich versuche, es zu ignorieren und packe langsam mein Schlampermäppchen zusammen. Plötzlich ruft Tina laut aus dem Knubbel zu mir rüber: »Iris, kannst Du mal zu uns herkommen?« Ich zeige mit dem Finger auf mich, um sicherzugehen, dass sie auch echt MICH meint. Sie lächelt und winkt mich zu sich. »Natürlich Du, Iris!« Mein Herz fängt schneller an zu schlagen, je näher ich an die Gruppe herantrete. Sollte es endlich so sein, dass ich von ihnen aufgenommen werde? Werde ich jetzt eine von ihnen? »Komm doch noch ein bisschen näher«, sagt Tina ganz lieb und sanft, als würde sie zu einem kleinen Kind sprechen. Sie streckt ihre Hand aus, ich greife sie, ohne zu zögern. »Du, wir haben uns nur gefragt, warum Du so hübsch angezogen bist. Meine Eltern wissen ja, dass ihr sehr arm seid. Wir kennen euch ja noch vom Friesenwall. Und da …«, Tina macht eine Pause. Ihre Augen nehmen einmal reihum Blickkontakt zu denen der anderen Mädels auf. »… wollten wir, also … Wir machen uns nur ein wenig Gedanken, weißt Du. Ist nicht böse gemeint.« Stille, Schweigen. Mein Herz klopft so doll, dass der Sweatshirt-

Stoff mitvibriert. Natürlich ist das nicht böse gemeint!, denke ich. Es bedeutet übersetzt nur, dass sie glauben, ich würde meine Klamotten klauen. Ich habe das Gefühl, es würde aus meinen Ohren qualmen, so heiß läuft mein Schädel gerade. Ich kann unmöglich allen eins aufs Maul hauen, das ist mal klar. In den Gesichtern der anderen sehe ich kein einziges Auge direkt auf mich gerichtet. Sie alle starren zum Boden. Nur Tina nicht. Sie hält auch weiterhin meine Hand und schaut mich freundlich an. Ich ziehe sie weg und zucke mit den Achseln. »Ach, vielen Dank für das Kompliment. Also, der Pullover war nicht teuer. Den habe ich von der Freundin von meinem Papa geschenkt bekommen«, ich ziehe an dem helllila gestreiften Bündchen meines Sweatshirts. »Die Bluse ist von unserer Nachbarin, die letztens die Kleidung ihrer Tochter aussortiert hat.« Jetzt sind alle Augen auf mich gerichtet. Alle! Die Mädels kleben förmlich an meinen Lippen. Ich finde Gefallen daran, obwohl alles erstunken und erlogen ist – na ja, halb. Ich bekomme immer noch viele Klamotten von den Freundinnen meiner Eltern oder auch von Bekannten – nur halt nicht die, die ich gerade trage. Aber das mit dem Kleiderantrag kann ich hier echt nicht erzählen! Jetzt komme ich richtig in Fahrt: »Und die Jeans, das interessiert euch bestimmt auch, habe ich sehr günstig auf der Ehrenstraße bekommen. Ich kann euch das Geschäft ja mal zeigen, wenn ihr wollt. Die haben tolle Angebote.« Tina lächelt. »Du weißt hoffentlich wirklich, dass wir das nicht böse gemeint haben!« Sie betont das »Wir« ganz besonders. »Oder? Das weißt Du doch?«, dabei kommt sie mit ihrem Gesicht noch ein bisschen näher an meines heran. »Natürlich weiß ich das. Ich gehe jetzt aber noch runter auf den Hof. Sonst ist die Pause ja vorbei«, antworte ich. Tina folgt mir. Der Rest läuft wie ein Tross am Hofe hinter uns her. Es ist, als würde Tina einen unsichtbaren Umhang hinter sich her schleifen, den ihre Zofen tragen.

Das Image vom Assi-Mädchen kann ich langsam abstreifen wie einen alten Mantel. Ich werde in Tinas Hofstaat aufgenommen. Sie, ich und Petra, noch eine weitere Auserwählte aus ihrem Tross, kaufen uns für den Herbst sogar die gleiche Jacke: einen roséfarbenen Teddymantel. Ein Traum! Es gehört zu unserer »Cliquette« (also Clique und Etikette), dass man nach dem Unterricht aufeinander wartet, gemeinsam in die Pause geht oder nach der Schule das Schulgebäude verlässt. Wir sind wirklich nicht zu übersehen. Wie stark man sich in einer Gruppe plötzlich fühlen kann.

»Gehen wir heute ins Kino? *A Chorus Line* läuft. Der soll super sein!« Petra verdreht anerkennend die Augen, als sie das Wort »super« sagt. Tina versucht, eine Art Pirouette zu drehen, was bei ihr natürlich sehr professionell aussieht. »Ich habe ja mal Ballett gemacht, bevor ich mit dem Hockey angefangen habe«, ergänzt sie. Plötzlich reißt sie ihr T-Shirt hoch und spannt ihre Muskeln fest an: »Guck mal mein Bauch.« – »Hm, ja! Krass«, kommentiere ich knapp. »Also Kino! Um drei am *Rex*? Heute ist auch Kino-Tag!«, fasst Petra zusammen. Jeden Dienstag kostet der Eintritt nur fünf Mark. Ich könnte zwar mit meinem Köln-Pass vom Sozialamt immer verbilligt ins Kino gehen, aber ich bin doch nicht bescheuert, ihn zu zücken. Eher würde ich meine Hände in Salzsäure tauchen und jeden Finger einzeln ablecken, als diesen in Papier gepressten Unterschichten-Ausweis zu benutzen. Dann kann ich mir ja gleich ein Schild um den Hals hängen, auf dem »Arme Sau!« steht. Ich würde echt lieber sterben als zuzugeben, dass wir von der Sozialhilfe leben – und, na ja, dem Geld, was Mama mit ihrem Nebenjob verdient. »Schön, Mädchen, dass Du ein paar Freundinnen gefunden hast«, sagt Mama. »Ja! Die Schule macht echt Spaß.« Immer mehr wird sie zu meinem kleinen Rückzugsort, meiner kleinen heilen Welt. Mein *Club Tropicana*. Das soll bitte so bleiben!

Kessi

Die rosa Teddyjacken bewähren sich heute einmal mehr. Es ist besonders kalt. Ein richtig fieser trüber, trister Tag. Selbst als die Schulglocke um 13:15 Uhr zum letzten Mal klingelt, ist es immer noch nicht richtig hell draußen. Der November '86 kriecht durch alle Ritzen. Mit Petra und Tina komme ich in unserer Plüsch-Uniform aus dem Glaskasten und sehe schon von Weitem, dass Papa am Schultor auf mich wartet. Ich löse mich aus unserem rosa Fellball und gehe mit gesenktem Kopf auf Papa zu. Ich ahne nichts Gutes. Papa hat die Hände in die Vordertaschen seiner engen, blauen *Edwin*-Jeans gezwängt. Er hat zwei davon, die er immer abwechselnd anhat. Dazu trägt er seine knöchelhohen *Adidas*-Turnschuhe, bei denen man für eine bessere Polsterung an der hinteren Sohle drei farbige Plastik-Bolzen eindrehen kann. Die Schultern in seiner schwarzen, kurzen Lederjacke sind verspannt, leicht hochgezogen. Es sieht aus, als würde er frieren. Wie lange er da wohl schon steht? Immerhin kennt er meinen Stundenplan ja gar nicht.

Ich bleibe vor ihm stehen und halte meinen Blick auf den Boden gerichtet. Nur meine Augenbrauen muss ich hochziehen. Das langt, um sein Gesicht zu sehen. Meine Mundwinkel zucken kurz für ein angedeutetes Lächeln. Er legt den Kopf in die Seite und lächelt zurück. Ein völlig merkwürdiges, übertrieben langes Lächeln, als wären seine Kiefermuskeln eingefroren. »Hallo, Liebchen«, sagt er. Liebchen? So nennt er mich wirklich nur, wenn er Scheiße gebaut hat. Ich meine richtige, richtige Scheiße. Sagen tue ich nichts. Ich runzle nur die Stirn. Er will mir über den Kopf streicheln, aber kurz bevor er meine Haare berühren kann, ziehe ich den Kopf weg. »Man, was ist denn, Papa?«, frage ich genervt. »Ach komm, Kizim. Lass uns ein paar Schritte zusammen nach Hause laufen.« – »Ja, o.k. Eigentlich wollte ich aber zu Mama in die Schaafenstraße«, bemerke ich in der Hoffnung, dass er einfach sagt: »Ach so! Zur Schaafenstraße! Ja, das ist natürlich etwas völlig anderes. Dann Ciao Kakao!« War klar, dass er das nicht sagt. Stattdessen macht er es kurz: »Deine Mutter ist nicht zu Hause, Kizim. Die Schmier hat die heute Morgen abgeholt.« Er sagt es ruhig, als wäre es eine unausweichliche Selbstverständlichkeit. Eine fast schon naturgewaltige

Tatsache, gegen die man einfach nicht ankommen kann. Wie eben der Wechsel der Jahreszeiten. Nach einem goldenen Oktober kommt ein dunkler, grauer Herbst. Nicht schön, aber so ist es nun mal. Es hilft nicht, sich dagegen zu wehren, zu kämpfen oder zu schreien. Es ist, wie es ist. Ich fühle nur Leere und Dunkelheit.

Papa lächelt weiter krampfhaft. Immer noch wirkt es völlig schräg und deplatziert. Mir fällt nichts ein, wie ich das Gesagte kommentieren soll. Auch fällt mir keine Frage ein. Es ist auch für mich eine zu akzeptierende Tatsache. Ich kämpfe nicht dagegen an. Kein »Wieso? Warum? Wie lange?« Stumm laufe ich also neben Papa her – und zwar in Richtung Schaafenstraße. Ich will es doch mit eigenen Augen sehen, mich der Leere, Stille und Dunkelheit in meinem Zuhause stellen. »Ja, geh, Liebchen«, sagt er, als wir kurz vor der Schaafenstraße stehen. »Ich bin zu Hause, wenn Du kommen willst.« Ich nicke nur, gucke ihm dabei nicht in die Augen. Ich kann das gerade nicht. Ich will für mich allein sein.

Zum Runterkommen setze ich meinen Walkman auf: *Formel Eins* – Herbst-Hits in sehr schlechter Tonqualität. Vorsichtig öffne ich die Wohnungstür. Kessi kommt bellend angelaufen, auch Babilos Schwänzchen ist ganz hochgestreckt, sie streicht mir gleich um die Beine. Die Wohnung ist dunkel und totenstill. Wie sehr ich das hasse. Ich drehe meine Musik noch etwas lauter, um die Stille zu überdecken. Ansonsten sieht alles normal aus. Das Bett beziehungsweise Mamas Schlafcouch ist nicht gemacht, es gibt Essen im Kühlschrank, eine Flasche *McTwo* steht angebrochen im Seitenfach (Bier mit Limonade, als »Erfrischungsgetränk« mit einer kleinen Menge Alkohol). Ich trinke es in einem Rutsch aus. Mein Blick fällt auf unseren Balkon. Er ist nicht sonderlich groß, aber immerhin passt mehr als eine Person darauf. Der Putz blättert von der Außenwand, der Beton auf dem Boden ist an mehreren Stellen aufgeplatzt. Ein weißer Plastiktisch und ein Stuhl stehen einsam in einer Ecke. Die dicke schwarze Staubschicht verrät, dass wir hier seit Wochen nicht gesessen haben. Nicht ein Mal. Die Tiere laufen mir nach, als ich nach draußen trete, als ob sie befürchten, ich könnte gleich wieder gehen. Es ist immer noch diesig und kalt. Der Moment für einen schönen sonnigen Nachmittag auf diesem Balkon, wir haben ihn jetzt offiziell und unwiderruflich verpasst. Ich halte mich am Geländer fest und gucke in den Hinterhof. Die *Thompson Twins* singen in mein Ohr: *»Hold me now, warm my heart, stay with me, let loving start, let loving start.«* Aber da ist gerade nichts, was mich hält. Nichts, was mich wärmt. »Was ist, wenn Du Dich jetzt einfach loslässt, Dich fallen lässt?« Da ist diese Stimme in meinem Kopf. Sie verführt mich. Kann das ein Ausweg sein? Die Lösung? Ich höre die Stimme leise, lieblich, reizvoll. »Du musst nur etwas weiter, Dich ein kleines bisschen weiter vorlehnen.« Ich probiere aus, wie es sich anfühlt, und beuge mich etwas stärker nach vorne über die Balkonabgrenzung. Die Metallstange bohrt sich in meinen Magen. Es sind drei Etagen bis zum harten Stein im Hinterhof, wo mehrere überfüllte Mülltonnen stehen. Ich verharre einen Moment und lasse den Gedanken in meinem Kopf ein wenig Raum, ich lasse mir etwas Zeit damit. »*You say I'm a dreamer, we're two of a kind. Both of us searching for some perfect world we know we'll never find* …« Ich höre das Lied bis zum Ende. Und dann: Mit einem Ruck richte ich mich abrupt wieder auf. »Bin ich bescheuert, oder was? Nä! Das ist ja außerdem viel zu schmerzhaft! Was für ein schwachsinniger Gedanke.« Hastig drücke ich die Stopptaste auf meinem Walkman und schüttele mich ein wenig. Die Kälte ist mir total in die Knochen gezogen. Ich setze mich rein an den Küchentisch und warte, bis es dunkel wird. Die Wohnung bleibt still. Meine Mutter kommt wirklich nicht nach Hause. Ohne Kessi und Babilo ziehe ich die Türe hinter mir zu und gehe mit einem kiloschweren Herzen in der Brust zu Papa. Mit jedem Schritt, den ich seiner Wohnung näher komme, wird plötzlich klarer, was Papa heute nach der Schule mit knappen Worten in kleinen Dampfwölkchen in die Kälte hineingeblasen hat.

Papa macht mir einen schwarzen Tee. Den Zucker verrührt er – wie schon so oft – mit einem Metalllöffel so, dass er immer wieder das Glas berührt. Ein so vertrautes Geräusch, das ich noch vom Friesenwall kenne, wenn Papa mich morgens vor der Schule geweckt hat. Es ist wie eine Erkennungsmelodie zu unserem kleinen Familienfilm. Es beruhigt mich heute besonders. »Wir müssen uns was für die Tiere überlegen. Die können nicht beide in das kleine Apartment hier«, Papa guckt mich ernst an. Ich zucke nur mit den Achseln. »Wieso können die nicht in der Wohnung bleiben? Mama kommt doch bestimmt bald wieder?« Ich höre es mich selber sagen, obwohl ich genau weiß, dass es nicht stimmt. Es ist Quatsch. Papa bekommt wieder diesen Blick, die Mundwinkel wandern nach oben. Jetzt fällt mir ein, mit welchem Wort ich dieses wirre Lächeln beschreiben kann! Es ist Mitleid! Pffff! Mitleid! Papa atmet tief ein: »Die ist schon dem Haftrichter vorgeführt worden, Mädchen. Die ist nicht nur festgenommen worden, sondern verhaftet.« Eine weitere juristische Spitzfindigkeit, die ich in mein Repertoire aufnehmen kann. »Die ist auch schon in die JVA nach Ossendorf eingefahren. Deine Mutter hatte Bewährung. Wenn die jetzt widerrufen wird, kann sie wirklich lange weg sein.« – »Bewährung?«, schreie ich. »Ja, Kizim.« Diesen Umstand hatten beide vor mir bis heute gut versteckt. Ausgesprochen ist es wie ein Fausthieb in den Magen. Ich werde panisch. Papa nimmt einen tiefen Zug von seiner *Camel*. Es dampft wieder aus allen Löchern, als er weiterspricht. »Wir reden über Jahre, Kizim!« Für mich bricht in diesem Moment eine kleine Welt zusammen. Papas Wohnung fühlt sich auf einmal total eng an. Ich trauere meinem eigenen Zimmer hinterher, obwohl ich da nicht einmal eine Nacht drin geschlafen habe. Aber das tut überhaupt nichts zur Sache! Ich hätte früher oder später mal eine Klassenkameradin mit nach Hause nehmen können, vielleicht sogar Petra oder Tina aus meiner Teddy-Mantel-Gang. Hierher kann ich doch niemanden mitnehmen! Jeder würde sehen, dass wir auf Matratzen auf dem Boden schlafen, wo wir auch essen oder fernsehen. Nein, auf gar keinen Fall!

»Was ist mit den Tieren?« Papa fragt jeden Tag, was ich mit Babilo und Kessi machen möchte. Er selbst bleibt auch jetzt, wo Mama weg ist und eigentlich viel zu regeln wäre, der Wohnung fern. Ich kann mich nicht erinnern, dass er überhaupt mal zu Besuch gekommen wäre. Mamas neue Wohnung ist für Papa nach der Trennung eine psychische No-go-Area gewesen. Das mit den Haustieren muss ich regeln – irgendwie. Nur wie? Jeder Tag, der vergeht, macht es schwerer, dort hinzugehen. Eine ganze Woche vergeht, bis ich es wieder an die Eingangstür schaffe. Ich bin mir sicher, dass die Tiere das nicht überlebt haben. Aber ich konnte einfach nicht … Und als ich dachte, ich schaffe es, hatte ich panische Angst davor, die verwesten Tierkadaver zu sehen. Der Gedanke allein macht mich völlig fertig, er lähmt mich richtig. Aber jetzt … Langsam drehe ich den Schlüssel und … LOS! Rein! Mit zusammengekniffenen Augen trete ich in die dunkle Wohnung. Vorsorglich habe ich wieder meinen Walkman auf volle Lautstärke gestellt – zur Beruhigung. Doch dann höre ich trotzdem durch meine Kopfhörer ein lautes Bellen und ein freundliches Miauen. »Kessi! Babilo! Es tut mir so leid, dass ich nicht gekommen bin. Es tut mir so leid!« Ich drücke die Tiere an mich. »Ich bin so überglücklich, euch zu sehen. Meine kleinen Mäusis!« Die Kühlschranktür steht weit offen. Die zwei Schlaubis haben ihn aufbekommen und alles gegessen, was sie in die Pfoten kriegen konnten. Sie fallen trotzdem regelrecht über die beiden Dosen *Whiskas* her, die ich mitgebracht habe. Kessi nehme ich an die Leine, und Babilo stecke ich in meine Jacke, die an der Hüfte einen Gürtel hat. Ich schnalle ihn eng zu, sodass sich die Katze richtig gemütlich einkuscheln kann, ohne rauszufallen. Mehr kann ich nicht tragen. Alles andere bleibt zurück. Ich stehe an der Tür, werfe noch einen letzten Blick in den langen Flur. »Mach's gut!«

Kessi kommt jetzt zum letzten aktuellen Liebhaber meiner Mutter (zugegeben, ich wusste bis gerade gar nicht, dass es da wen gab. Papa war da besser informiert). Nicki kennen wir noch vom Friesenwall. Er sieht ein bisschen aus wie Eddie Murphy. Ein netter Typ. Babilo darf mit bei Papa einziehen. Mamas Wohnung wird zwangsgeräumt beziehungsweise zwangsentsorgt. Mit diesem letzten bürokratischen Akt schaffen wir es nicht, uns auseinanderzusetzen. Wir lassen es geschehen. Was soll man auch zu dem Vermieter sagen? »Entschuldigen Sie vielmals, aber meine Mutter ist im Gefängnis. Wir benötigen die Wohnung vorerst nicht mehr und sehen leider keine Möglichkeit, sie besenrein zu verlassen. Sie verstehen sicher. Bitte verzeihen Sie die Unannehmlichkeiten!« Nicht wirklich. Was ich nicht schon an Erinnerungen vom Friesenwall beim Umzug mit Mama verloren habe, verliere ich jetzt. Von dem riesigen Haufen Spielsachen aus dem alten Balkonzimmer bleibt nicht mehr viel übrig. Leider gehen auch die Fotoalben verloren mit den schönen Bildern aus unserem Türkei-Urlaub – er ist jetzt nur noch eine vage Erinnerung, fast nicht mehr wahr – wie ein immer weiter verblassender Traum.

Brigitte Mohnhaupt

Weil meine Mutter EIN Deo (für gerade mal 2,50 DM) mitgehen lassen hat, ist sie zu drei Jahren Haft verurteilt worden – also inklusive der widerrufenen Bewährung. Ich sehe meine Mutter gar nicht im Saal. Es fällt mir schwer, ihr in die Augen zu sehen. Ihre Angst zu sehen, ihre Verzweiflung, die sie doch empfinden muss! Ich sitze also extra weit weg, als wäre ich eine unbeteiligte Dritte, die hier nur beobachtet. Es wirkt wie ein Film, der an mir vorbeirauscht. Vorbei rauscht auch eine der Schwestern meiner Mutter nach der Urteilsverkündung. Sie läuft fluchtartig aus dem Gerichtssaal. Kein Blick zu mir, der Kopf zum Boden gerichtet, das Gesicht verzerrt. Sie weint sehr. Mir ist klar, dass damit der Kontakt wieder abbrechen wird. Da ist nichts, was ich tun oder sagen könnte. Also lasse ich auch diese Situation einfach vorbeiziehen. Was bleibt mir anderes übrig? Für mich kommt dieser Tag heute nicht völlig überraschend. Einige Wochen hatte ich Zeit, mich darauf vorzubereiten. Nein, eigentlich sind es Jahre – seitdem ich denken kann. Irgendwo habe ich in mir geahnt, dass es irgendwann nicht mehr nur auf der anderen Straßenseite passiert oder bei den Nachbarn, sondern auch bei uns. Nur konnte ich das bislang immer ganz gut ausblenden. Ich habe in mir im Laufe der Zeit eine immer größere Mauer hochgezogen, an der Panik, Angst, Scham abprallen kann. Ich bleibe also auch jetzt passiv in diesem Gerichtssaal, ich habe akzeptiert. Es ist eben wie mit den Jahreszeiten. Inzwischen ist es Januar 1987 – der kälteste seit Langem.

Nur hin und wieder, vor allem nachts, wenn es draußen auf der Straße ruhiger und dunkler wird, bekommt meine Mauer kleine Risse. Winzige Lichtkegel in Form von Gedanken an Mama, ihre Fürsorge, ihre Aufopferung, die Leere, die sie hinterlässt – sie bohren sich durch. Sie treffen mich wie ein Laserpointer ins Herz. Es tut weh – für den Moment, bis es morgens wieder hell wird. Dann steht meine Mauer wieder.

Die Justizvollzugsanstalt in Köln-Ossendorf ist kein besonders schöner Ort. Besuch ist nur für wenige Stunden im Monat erlaubt. Es ist schwer, meine Mutter nur noch stundenweise sehen zu dürfen. Die Besuche sind daher etwas ganz Besonderes. Mit der Linie 5 komme ich direkt bis ans massive Metalltor. Es ist die Endstation der Straßenbahn. Ab hier braucht es viel Geduld. Ich kann nicht sofort ins Gebäude. In einem kleinen Wartehäuschen auf dem Gelände muss man ausharren, bis man hereingerufen wird. Erst dann kann man die schwere Metalltür passieren. Bereits der Griff lässt keine Zweifel daran, wo man sich befindet. Er besteht aus einem großen Metallrohr, das die drei Buchstaben JVA formt.

»Einmal den Personalausweis bitte«. Eine Polizistin spricht durch das Mikrofon einer Sprechanlage. Sie selbst sitzt hinter Panzerglas. Die Stimme klingt metallisch, verzerrt. Ich lege meinen kleinen grauen Pass auf eine Auslage unterhalb der großen Panzerglasscheibe. Ein lauter Summer ertönt. Die erste Tür ist geschafft. Dann folgt die Körperkontrolle. »Du hast nichts dabei, oder?«, fragt der Polizist. »Du darfst nichts mit reinnehmen, das weißt Du sicher!«, hakt er nach. »Ja, weiß ich. Ich habe nichts.« Weder Geld noch Zigaretten, Süßigkeiten oder Getränke sind hier erlaubt. Conny hat mir immerhin noch gesagt, wie ich Mama wenigstens ein paar Zigaretten reinschmuggeln kann. Zwar raucht sie überhaupt nicht, aber die Dinger seien eine echte Währung im Knast. »Damit kann ding Mutter andere Sachen tauschen, verstehste?«, hat mir Conny vorher erklärt, und die weiß ja bekanntlich immer über alles Bescheid. »Dat is da drin wie Jeld!« Ein ganzes Päckchen bekomme ich nicht versteckt, aber ein paar *Marlboro* habe ich vorsichtig in meiner Schlüppi verstaut. Einen zusammengefalteten Zwanziger von Papa auch. Zur Kontrolle gehört eigentlich auch noch das Abscannen und Abtasten. »Marlies, komm mal! Hier ist ein Mädchen!« Mehr muss der Beamte nicht sagen. Die Beamtin kommt. Ein schwerer Schlüssel am Gürtel raschelt laut. Sie hängen an einem Metallring, der den Durchmesser einer Untertasse hat. Wie viele Schlüssel das wohl sind? Irgendwie sieht es grotesk aus, wie aus einer Komödie oder einem Zeichentrickfilm. Mit einem übergroßen Plastikstab scannt mich die Beamtin ab. Nichts piept. Dann beginnt sie damit, mich abzutasten. Die Arme, der Bauch samt Hüfte und die Beine. Ich werde etwas nervös. »Hoffentlich hat Conny recht, hoffentlich packt die mir jetzt nicht in den Schritt!« Ich gucke zur Decke. »Fertig, Du kannst durch.« Puh! Erleichterung. »Einfach immer die Treppe rauf, dann kommst Du in den Warteraum.« Bevor ich die Treppe erreiche, kommt eine weitere schwere Metalltür, die ein anderer Wärter öffnet, ebenfalls mit so einem grotesken

Schlüsselring am Hosenbund. Der eigentliche Warteraum im ersten Stock kann auch nur durch eine schwere Tür betreten werden. Auch hier wartet wieder ein Beamter (mit absurdem Schlüsselbund). Der Warteraum ist karg, die Stühle polsterlos. An den Wänden fallen mir lediglich die fast schon obligatorischen Fahndungsbilder diverser RAF-Terroristen auf. Fast ein Dutzend matschiger Schwarz-Weiß-Fotos sind auf das DIN-A4-Blatt gedruckt. Heute habe ich viel Zeit, um sie mir genauer anzusehen. Ob man so wirklich wen findet?, frage ich mich. Selbst wenn einer von denen vor mir steht, könnte ich die Person wohl nicht erkennen, so undeutlich und verschwommen sind die Fotos auf den Fahndungsplakaten. Immerhin liegen ein paar Zeitungen aus, wobei im Sortiment ein gewisser Hang zum Tittenheft besteht (*Praline, Neue Revue* etc.). Immerhin haben die Hefte auch mehrere Witzeseiten. Besser als der Rest, der hier rumliegt. Bei aller Offenheit meiner Eltern: die *Praline* oder *Neue Revue* würde es bei uns nie geben. Vor allem Papa stört sich selbst an harmlosen Liebesszenen im Fernsehen und hat letztens sogar den *Denver Clan* weggeschaltet, weil die immer so sentimentale Claudia (spricht sich Cloodia) mit Steve rumgeknutscht hat. Jeder Zuschauer weiß aber, dass der eigentlich schwul ist und das Geküsse gar nicht echt sein kann. Deswegen wirkt Claudia vielleicht auch immer so, als wäre sie kurz vor einem Weinkrampf. Für meinen Vater war die Szene trotzdem zu viel. »Das ist noch nix für Dich. Pfffff. Immer diese Scheiße!«, hat er geflucht. »Hm!«, ich muss gerade kurz schmunzeln. Wie lange dauert es denn noch? Der Zeiger auf der großen Uhr scheint sich kaum bewegen zu wollen. Huch! Ich habe ja noch die Zigaretten in meiner Schlüppi! Zum Glück ist mir das noch eingefallen. Auf der Toilette krame ich das kleine Päckchen raus und stecke es in den Ärmel. Wenn ich Mama in die Arme nehme und wir uns dann an den Händen halten, kann ich es unauffällig in ihren Ärmel schieben. So macht man das, hat Conny gesagt. Noch immer tut sich nichts. Durch ein großes Glasfenster kann ich in den Besucherraum gucken und sehe, wenn sich die Türe zum Haftbereich öffnet. Jedes Mal freue ich mich, doch dann … hm … wieder wer anders.

Dann endlich! Nach einer gefühlten Ewigkeit sehe ich durch das große Glasfenster, dass jemand in den Besuchsraum geführt wird, die von Statur und Größe tatsächlich Mama sein kann. »MAMA! Da bist Du ja!« Sie kommt durch die Tür und setzt sich an einen freien Tisch. »Wann rufen die mich endlich auf?«, ich kann es kaum erwarten. Meine Mimi! Die ist doch längst da! Oder? Geht das schon von meiner Besuchszeit ab? Ich versuche, so viel es geht von Mama durch die Scheibe zu erkennen. Irgendwas ist mit den Haaren passiert. Die kleinen Löckchen sind weg. Stattdessen ist alles raspelkurz. Endlich öffnet sich die letzte schwere Eisentür zwischen ihr und mir. «Mimi!« – »Irri!« – wir halten uns einen Moment nur fest. »Was haste denn mit Deinen Haaren gemacht?«, ich zeige auf ihren Kopf. «Jut, ne?! Ich hab mir ’ne Mecki rasiert. Jetzt können die mal von der Wurzel an wieder richtig gesund nachwachsen, weißte?! Hier im Knast is dat ja eh scheißegal, wie man aussieht!« Mama und ihre Haare sind wirklich so ein ganz spezielles Thema. Da könnte man ein Buch drüber schreiben. «Fühl mal! Die sind schon ein bisschen nachgewachsen. Ganz weich, ne?!« – »Ja, ein schöner Mecki ist das!«, sage ich und muss etwas lachen. Mama lacht auch. Wir drücken uns noch einmal. Mamas Körper fühlt sich so warm an, so weich, der dicke Busen ist wie ein gemütliches Polster. Ich fühle mich wie zu Hause. Nur der Geruch ist etwas fremd. Ich kann den gar nicht einordnen. Feuchtes Gummi? (Ich habe es jedenfalls später nie wieder an Dir oder sonst wo gerochen.)

»Wie geht es Dir?«, will ich wissen. »Ach! Hür up! Wie soll et mir hier schon gehen? Scheiße is dat hier. Ich mache mir Sorgen, Mädchen, wat bei euch da draußen los ist.« – »Das musst Du nicht, Mama!« – »Doch, Kind. Muss ich. Ich konnte die ersten Tage hier drin überhaupt nichts zu mir nehmen. Wie kann ich essen, Mädchen? Wenn ich weiß, wie et euch da draußen jeht? Aber noch nit mal dat is hier erlaubt. Wenn Du Dich weigerst zu essen, bekommste Stress mit den Wärtern! Dat musst Du Dir mal reinziehen!« Mamas Augen füllen sich mit Tränen. Ich glaube nicht, dass ich das aushalte. Wenn sie weint, breche ich hier und jetzt sofort zusammen. Auf ihre Rückfrage versichere ich ihr, dass wir zu essen haben: »Du weißt doch, dass ich kein Drei-Gänge-Menü brauche. Papa kocht wirklich gut! Die Tiere sind auch versorgt«, versuche ich, sie zu beruhigen. Mamas Stimmung schlägt um, »Papa« und »Essen« sind für sie zwei Reizwörter, die sie in Kombination in Wallung bringen. Viel hält sie nicht von seinen Kochkünsten. »Jetzt komm mir nit mit dem trockenen Reis, den der immer macht. Oder dem Helva! Zucker und Mehl! Und Margarine! Der nimmt ja noch nit ma Butter dafür. Hür up, Kind! Dat reicht doch nit«, schimpft sie. Aber es ist wirklich nicht gelogen, dass Papa ganz gut kocht: rote Linsensuppe oder seine Kartoffeln in Tomatensoße und ja, auch Reis. Aber den macht er echt gut. Ich brauche nicht viel mehr. Fleisch mag ich sowieso nicht. »Mama«, ermahne ich sie. »Mach Dir nit so ne Kopp!« Ich versuche, das Thema zu wechseln. »Was sind das denn für Leute, die mit Dir einsitzen?« – »Alles, Mädchen! Hier sitzt alles!« Sie reißt ihre Augen auf. »Diebe, Drogensüchtige, Mörder.« – »Mörder? Echt, oh Gott!« Ich kreuze die Hände vor meiner Brust. »Du brauchst Dir keine Sorgen machen, die tun nix«, versucht sie, mich zu beruhigen. »Dat sind manchmal auch nur janz normale Frauen, die richtiges, beschissenes Pech hatten. Meistens mit den Typen. Kannste ja nicht mehr rückgängig machen. So ist dat!« – »Hm!« Wir schweigen einen Moment. »Weißt Du, wer auch hier sitzt?«, fragt Mama und macht wieder große Augen. »Ne, woher soll ich das wissen?«, ich muss schmunzeln. »Sach an, wer denn?« – »Eine von den RAF-Terroristinnen. Warte, mir fällt der Name gleich ein. Die sieht nit schläch us. Noch jung!« Aus den Nachrichten weiß ich, dass im Moment ein großer Prozess läuft. Auch die Namen kenne ich. »Meinst Du vielleicht die Mohnhaupt?« (Danke, Papa, für Deine besondere Geschichtsstunde jeden Abend um zwanzig Uhr). »Ja! Kann sein! Mohnhaupt … Brigitte! Oder? Ne, warte! Adelheid? Ach, scheiße! Wie war der denn noch mal?« Ich zucke mit den Schultern. »Egal. Jedenfalls soll die den Typen von der

Deutschen Bank miterschossen haben. Dat musst Du Dir mal wegtun. Die haben den einfach abjeknallt.« Mama tippt sich mit der rechten Hand an die Stirn. »Bekloppt!« Ich bin neugierig, als hätte meine Mutter eine Prominente vom roten Teppich getroffen: »Was, echt? Ja, habe ich auch in den Nachrichten gehört. Aber nicht, dass die hier einsitzt. Wie ist die so? Hat die erzählt, warum die das gemacht haben? Bereut sie es?« Mama lehnt sich zurück und kneift ihre Augen zusammen. Sie schnalzt mit der Zunge. »Ach, dat weiß ich nit. Ich hab doch gar nix mit der zu tun. Die sitzt in Einzelhaft und darf keinen Kontakt zu uns haben. Die ist doch hier wat Besseres!« – »Ach, echt? Wat Besseres? So was gibt's hier ...?« Ich muss wieder schmunzeln. »... was einen alles prominent machen kann.« – »Tja, kannste mal sehen, Mädchen!« Besonders viel haben wir zu Hause nie über die RAF gesprochen. Deutsche Innenpolitik ist ja bei uns nicht so oft Thema, obwohl es gewisse Sympathien gibt bei allem, was sich gegen die Polizei und den Staat richtet – das merke ich an Papas Reaktionen, wenn wir die Nachrichten gucken. Menschen abknallen ist aber auch für uns eine Spur zu hart. Ich kann das gar nicht an einer konkreten Unterhaltung meiner Eltern oder ihrer Freunde ausmachen. Es ist nur so eine Beobachtung von mir, eine aufgeschnappte Mimik während eines Fahndungsbeitrags oder wenn wir die Fahndungsplakate sehen – es ist, als ob diese politisch motivierten Straftaten für meine Eltern sinnlos sind. Es geht schließlich nicht um das eigene nackte Überleben, nicht um Essen, ein warmes Zuhause oder nur mal ein kleines bisschen Stück vom

Glück. Jemanden töten, »nur« um ein politisches Zeichen zu setzen? Das wirkt tatsächlich sinnlos, wenn nicht eben sogar bekloppt, wie Mama sagt. »Die macht an und für sich keinen unfreundlichen Eindruck«, beschreibt sie die »Prominente« weiter. »Wenn wir Hofgang haben, können wir in ihre Zelle sehen. Dat dürfen die Wärter aber nit mitbekommen. Sonst jeht et für uns uch noch runter in den Bunker!« – »Wat is denn der Bunker, Mama?« – »Kind, dat is Isolation, verstehste.« – »Ach, wirklich?« Tatsächlich dachte ich, das gäbe es nur im Fernsehen. »Könnt ihr gar nicht mit der in Kontakt treten? Ihr mal einen Zettel zuschmuggeln oder so?« – »Ach, biste verrückt?! Ich hab letztens nur mal was durch ihr offenes Fenster gerufen!« Ich beuge mich noch ein Stückchen weiter vor. »Laber! Erzähl! Was hast Du gesagt?« Mama verschränkt die Arme vor ihrer großen Brust und holt tief Luft: »Ich habe ›Huhu‹ gesagt! Das habe ich gerufen.« – »Echt? Huhu? Krass! Und? Und? Was hat die gesagt?« Ich gucke Mama jetzt mit aufgerissenen Augen an. Meine Augenbrauen sind auf Anschlag hochgezogen. Ich kann ihre Antwort kaum abwarten. »Ja, die hat geantwortet«, sagt Mama. »Ja, WAS denn?« Mama zieht die Augenbrauen hoch und legt beide Hände jetzt auf den Tisch. »Die hat auch ›Huhu‹ gerufen!« Ihre Körperhaltung entspannt sich wieder. »Wie? Das ist alles? Huhu? Sonst nix?« – »Nä, sonst nix.« Wir lachen beide laut, die Wächter werfen uns einen kritischen Blick zu. Mama greift nach meinen Händen. In einem unbemerkten Moment ziehe ich die kleine Schachtel Zigaretten aus meinem Ärmel und lasse sie in Mamas Pullover verschwinden. Wir reden währenddessen einfach weiter, blicken uns konstant in die Augen. Dabei fällt mir etwas auf. Ihre Augen leuchten und funkeln selbst an diesem tristen Ort. Da ist nichts von Verzweiflung oder Furcht vor dem, was vor ihr liegt, zu erkennen. So wie sie lächelt, wird sie es hier drin packen. Ich bin sicher. (Ich habe damals gewusst, dass Du nicht aufgibst! Dass Du kämpfst! Die Zeit im Knast würde Dich nicht kaputt machen. Dich haut einfach nichts um!)

Frau Nütten

1988 bin ich elf Jahre alt, im Herbst werde ich zwölf. Die Besuche bei Mama gehören zu meinem Teenageralltag. Ich bin die Einzige, die nach Ossendorf fährt, was mit mehr Besuchszeit für mich einhergeht. Einmal im Halbjahr darf ich auch ein Paket packen. »Ich brauche einen Tauchsieder, löslichen Kaffee, Filter und Zigaretten«, hat Mama in ihrem letzten Brief geschrieben. Der Brief enthält darüber hinaus kaum Eindrücke oder Schilderungen aus der Haft. Sie alle werden gelesen. Auch das, was in die Pakete reindarf, ist streng geregelt, selbst die Menge an Kaffee. Nichts soll vergessen machen, dass der Mensch in Haft und eben nicht irgendwo im Urlaub oder zu einer Kur ist. Der Tauchsieder überfordert mich allerdings. »Was ist das?«, frage ich Conny, die sich in Sachen JVA ja bestens auskennt. Wie ich inzwischen weiß, hat auch sie dort den ein oder anderen Monat verbracht. »Damit kannste heißes Wasser kochen. Für Tee und Kaffee, kennst Du dat nit? Is ein janz einfaches kleines Jerät. Sieht us wie ne Lötkolben von dingem Vatter«, sie macht eine Kopfbewegung in seine Richtung. Aber Papa bemerkt es kaum. Er ist vertieft in eine Rennzeitung – seine Papier gewordene, stille Hoffnung auf ein besseres Leben. »Probier es mal in der Kaufhalle«, empfiehlt Conny und wendet sich wieder unserem Plattenspieler zu. »Careless Whisper« läuft ungelogen zum fünfzehnten Mal! Ich habe mitgezählt. Es ist grauenhaft! »CONNY, nicht schon wieder! BITTE!«, ich verdrehe die Augen. »Ja, un! Lass mich doch!« Dann schließt sie die Augen und zieht an ihrer Zigarette – wer weiß, in welchen Film die gerade eintaucht. »*… you never gonna dance again, guilty fuiling …*« (Ahhhh)! »Iris, warte! Ich komme mit Dir zur Kaufhalle, nachher bist Du zu blöd, das richtige Ding zu finden«, sie schnappt sich ihre Jacke und steht ganz plötzlich hellwach neben mir. »Wir müssen nur kurz auf der dritten Etage bei 'ner Freundin vorbei.« – »Freundin? Ich wusste nicht, dass Du hier im Haus noch wen kennst. Aber eigentlich habe ich keinen Bock …« – »Das geht schnell! IRIS! Boahhh!« Die »Freundin« von Conny ist auch etwas überrascht. »Ach, Du. Brauchst Du dringend was?« – »Haste denn wat da?« – »Wie viel denn?« – »Ein Gramm?« – »Ja, warte. Ich gebe Dir was von meinem Zeug.« Die hagere Frau schlurft zu ihrem Wohnzimmertisch und füllt ein hellbräunliches Pulver in ein gefaltetes Papier. »Da, Fuffi! Und das ist bestimmt mehr als ein Gramm H, weil Du es bist.« Deswegen ist Conny wohl vorhin so blitzschnell aufgesprungen. Sie braucht ihr Zeug. Conny kramt einen Schein aus ihrer engen Hose und tauscht ihn gegen das Päckchen. »Und sonst, alles klar bei

Dir?«, fragt sie die Nachbarin. Ne, jetzt bitte nicht noch rumlabern, denke ich. »Conny, ich ... ich wollte doch noch zur Kaufhalle ...«, drängele ich. »Ja, ja, ist gut«, knurrt sie. »Tschüss, ne!« – »Tschüss ihr zwei.« Zielsicher steuert Conny mit mir in der Haushaltswarenabteilung auf ein Regal mit für mich völlig unbekannten Geräten zu: »Hier, dat is ne Tauchsieder!« Ich nicke anerkennend. »Habe ich echt noch nie gesehen so 'n Ding. Danke!« – »Den Rest schaffste, oder? Ich muss los«, Conny nestelt nervös an ihren Haaren rum, auch ihre Beine sind völlig unruhig. »Ja, schaffe ich.« Und raus ist sie. Wohin? Das weiß ich nicht. Ich kann nur ahnen, was sie jetzt tut.

Kurz vor den Sommerferien gelingt mir der Sprung in die 7. Klasse. Eigentlich kein Problem, meine Noten sind in Ordnung. Das ist in dieser Zeit besonders wichtig. Wir bekommen regelmäßig Besuch von so einer ätzenden Tante vom Jugendamt. Heute hat sie sogar Verstärkung dabei. Zwei weitere Personen stehen in unserem Apartment neben Frau Nütten. Frau Nütten ist eine rundliche Frau Mitte vierzig mit keckem blondem Kurzhaarschnitt. Sie setzt sich wie selbstverständlich auf unser »Sofa« beziehungsweise unsere zusammengeklappten Matratzen. Alle gucken ziemlich ernst. Plötzlich bekomme ich Panik, warum die zu dritt sein könnten: Die wollen mich mitnehmen! In ein Kinderheim! Das ist für mich der Super-GAU! Das Wort habe ich in Erdkunde aufgeschnappt. Die Atomkatastrophe in Tschernobyl kann man wohl als Super-GAU bezeichnen, hat mein Lehrer Herr Wesselmann, ein smarter, großer Typ, der immer Anzug trägt, gesagt. »Größter anzunehmender Unfall eben! Das Schlimmste, was passieren kann«, sagte er im Unterricht. Jetzt, in diesem Augenblick, fühle ich mich so bedroht, dass das Wort Super-GAU hier kein bisschen übertrieben ist. Der Gedanke, dass ich in ein Kinderheim gesteckt werden könnte, führt bei mir augenblicklich zu Durchfallattacken! »Herr Sayram, finden Sie nicht, dass Sie mit Ihrer Tochter völlig überfordert sind?« Frau Nütten wirkt herablassend. Ihr Blick geht durch den ganzen Raum, als sie die Frage stellt. Sie schiebt ihr Kinn in einer schnellen Bewegung nach vorne. Papa kommt gar nicht dazu zu antworten. Er holt nur Luft, da bin ich schneller und brülle los. »Wieso wollen Sie mich meinem Vater wegnehmen! Ich will nicht von meinem Vater weg! Das ist mein Zuhause! Wieso wollen Sie mich so quälen?« Babilo zuckt erschrocken von ihrem Platz an der Heizung auf ihre vier Pfötchen hoch, ihr Köpfchen schnellt zu mir rüber. In einem Satz springt die Katze in ein Versteck, wo sie nicht mehr gesehen wird. Die Wut jagt mir dermaßen die Tränen in die Augen, dass ich gleichzeitig heule und schreie. Ich sehe an den Gesichtern dieser Herrschaften vom Amt, dass sie offenbar nicht viel von meiner Wutrede verstehen. Papa auch nicht. Er guckt mich nur wieder mit so einem leichten, wirren Lächeln an. So wie damals am Schultor: mitleidig eben. »Ist ja gut. Zeig mir mal Dein Zeugnis«, Frau Nüttens Stimme klingt noch genauso emotionslos wie vor meiner Attacke. Die beiden anderen Leute stehen ebenfalls einfach regungslos da. »Mein Zeugnis wollen Sie sehen?«, meine Stimme hingegen pegelt sich von schrillen zwanzig Kilohertz auf ein normal erträgliches Level ein. Das Stichwort Zeugnis legt sofort einen Schalter in meinem Hirn um. Ich habe Hoffnung, springe auf und krame es hastig aus einer Schublade hervor. »Hier!« Ich bleibe stocksteif neben Frau Nütten stehen. Falls Frau Nütten noch eine Frage hat, kann ich gleich weiterhelfen. Sie schaut es sich Zeile für Zeile an, scheint es auswendig lernen zu wollen. »Hm … hm … Mathe gut, Kunst sehr gut, Sport sehr gut … Deutsch befriedigend.« Nach ein paar nervtötenden Minuten (vielleicht sind es auch nur Sekunden, die mir aber ewig erscheinen) kommt sie zum Schluss: »O.k., wir versuchen es. Herr Sayram, wir behalten Sie aber im Blick und ich werde auch Kontakt mit der Schule Ihrer Tochter aufnehmen. Wenn wir da etwas gemeldet bekommen, tut es mir wirklich sehr leid …«, sie beendet den Satz nicht. Papa steht neben mir, legt einen Arm um meine Schulter. Er nickt hastig. Die Herrschaften verabschieden sich. »Wir haben Glück«, sagt Papa. »Das war knapp.« Wir hatten auch deswegen Glück, weil kurz nach diesem Besuch wieder die Digitalanzeige unseres Videorekorders ausgeht. Der Strom ist abgesperrt.

Babilo

Es wird dunkel bei uns, mitten im Sommer. Dieses Mal kann meine Mutter nicht helfen. Alles, was irgendwie von Wert ist (sogar meine Kaninchen-Pelz-Jacke, die ich als Sechsjährige noch am Friesenwall bekommen habe!), wandert ins Pfandhaus und verfällt innerhalb kürzester Zeit. »Verfallen« nennt man es, wenn man die verpfändeten Sachen nicht rechtzeitig wieder einlöst und sie versteigert werden.

Zu den wenigen Dingen, die es vom Friesenwall in Papas Wohnung geschafft haben, gehört unser alter Propangaskocher, auf dem sich immerhin ab und zu eine Linsensuppe heiß machen oder Brot rösten lässt. Papa kauft meistens ein Oberländer von unserer Lieblingsbäckerei Zimmermann auf der Ehrenstraße. Mama kauft hier sonst immer Weckchen, Röggelchen und für mich Bärentatzen ein, also an den Enden in Schokolade getunkte Sandplätzchen. Ich liebe die, aber dafür reicht das Geld jetzt gerade nicht. Mit einem Laib Oberländer kommen wir fast eine ganze Woche aus. Wenn es zu hart wird, rösten wir es in ganz viel *Rama*-Margarine, bis es wieder genießbar ist. Dazu essen wir Holländer-Käse, den es in riesigen, verschweißten Stücken gibt (erinnert mich immer an Türstopper). Wenn es schimmelt, schneiden wir den Pelz einfach großzügig ab. Für Papa nicht weiter schlimm: »Das kann man noch essen, Kizim! Komm, gib mir das.« Er sieht beschissen aus, total abgemagert, eingefallene Wangen und Augen.

Nur wenige Tage später heißt es sogar: »Ich muss eigentlich ins Krankenhaus. Ich war beim Arzt. Meine Lunge.« – »Was ist denn? Hast Du keine Tabletten mehr?« – »Ne, Kizim, ich bekomme die Codein-Compretten jetzt nicht mehr. Das Scheißzeug hat mich süchtig gemacht.« Es ist das erste Mal, dass er das so formuliert. Abhängig!

»Der Arzt meint, dass ich unter Beobachtung entziehen soll. Das mache ich auf keinen Fall. Dann bist Du ja alleine!« Wir sitzen uns im Schneidersitz gegenüber, zwischen uns das Propangasdings mit zwei weiteren Scheiben Brot in der Pfanne. Ich nicke. Es gibt tatsächlich niemanden, zu dem ich für ein paar Tage könnte. Tagsüber kann ich gut die Zeit vertrödeln, obwohl wir gerade Sommerferien haben. Mir fehlt die Schule, meine Ablenkung – mein *Club Tropicana* (!), wo ich von all den Problemen zumindest ein paar Stunden am Tag Urlaub machen kann. Mir würde im Traum nicht einfallen, mich bei meinen Klassenkameraden zu melden. Mir ist es viel zu peinlich, dass wir nie in den Urlaub fahren. Alle kommen nach den Ferien immer braun wie Brikett in die Schule. Nur ich sehe aus wie dieser Türstopper-Holländer-Käse. Aber die Nächte, ihre Ruhe und Dunkelheit, würden mich fertigmachen, wenn Papa nicht da wäre.

»Lebt der noch?«, ich liege in dieser Nacht glockenwach neben Papa und versuche zu erkennen, ob sich sein Brustkorb hebt und senkt. Er sieht so schlecht aus, dass ich wirklich, wirklich Angst habe, dass er stirbt. Vielleicht ist er schon tot?, frage ich mich. Da bewegt sich nichts, fällt mir auf. Der Brustkorb unter der Decke scheint sich wirklich nicht zu heben oder zu senken! »Scheiße!« Mein Herz rast. Vorsichtig lehne ich mich rüber auf die Matratze meines Vaters und fixiere sein Gesicht. Seine Augen sind fest geschlossen, der Mund auch. Er hat ganz viele schwarze Härchen in der Nase, fällt mir auf. »Hm …« Ich sehe nur eine Möglichkeit, um ihn wieder ins Leben zu holen. Langsam hebe ich meine Hand und hole weit aus. Es schallt laut »PENG!« Die Ohrfeige, die ich ihm gebe, ist so fest, dass selbst ich mich bei dem Knall erschrecke. So fest wollte ich gar nicht hauen. »WAS, WAS, WAS? Was ist passiert? Mädchen?« Papas Oberkörper schnellt hoch. »Nix!«, ich kreische ein wenig. »Gar nix. Ich wusste nicht … Ich dachte … Ich dachte, Du bist bewusstlos, und da schlägt man denjenigen doch, oder? So als Test«, schiebe ich hinterher. »Eine Ohrfeige? Bist Du verrückt? Warum hast Du nicht einfach an meiner Schulter gerüttelt?« – »Es tut mir leid, Papa! Aber ich dachte wirklich …« Papa legt sich wieder hin und schüttelt noch etwas verwundert den Kopf. »Ist schon gut, Mädchen. Schlaf jetzt!« – »O.k., mache ich. Gute Nacht!« – »Gute Nacht? Von wegen ›gute Nacht‹«, Papa grunzt noch ein bisschen vor sich hin und dreht sich mit Schwung von mir weg, die Decke flattert in hohem Bogen hinterher.

»Babilo, komm Kätzchen! Komm zu mir schlafen!«, so leise ich kann, rufe ich nach meiner Katze. Die Straßenlaternen, Leuchtreklamen und hellen Wohnungen auf der großen Aachener Straße spenden durch unser Fenster so viel Licht, dass im Raum alles noch einigermaßen erkennbar ist. Die dunklen Umrisse meiner Katze sind ebenfalls deutlich. Vorsichtig tapst Babilo mit ihren weißen Pfötchen auf meine Matratze, ihre Augen reflektieren das wenige Licht. Sie guckt ängstlich, ob Papa noch wach ist. Er kann es nicht leiden, wenn die Katze bei mir im Bett schläft. Er glaubt, dass er seinen Lungenparasiten bekommen hat, weil er damals noch in der Türkei mit einem Hund geschmust hat. Also scheucht er sie immer weg, wenn er merkt, dass sie sich zu mir schleicht. Babilo bleibt also auf halber Höhe stehen und prüft noch einmal, ob Papa wirklich nicht zuckt. Sie hat ein Vorderpfötchen angehoben, wie in Habachtstellung. Auf Papas Seite bleibt es ruhig. Babilo läuft schnell zu mir und kuschelt sich an mich. Ein Pfötchen legt sie auf meinen Hals, als würde sie mich umarmen. Das beruhigt mich total. Meine kleine Seelentrösterin. Endlich schlafe ich ein.

Nur wenige Nächte später bekommt mein Vater es aber selbst mit der Angst zu tun, dass mit ihm etwas nicht stimmen könnte. Er verrät es mir nur erst am Morgen danach: »Boah, Kizim! Ich dachte heute, dass ich sterbe!« Papa ist schon wach, als ich die Augen aufmache. Es ist noch keine zehn Uhr. »Ja?« Ich tue total überrascht, als würde ich nie im Traum daran denken, dass er sterben könnte. »Ja! Ich wollte Dir keine Angst machen, aber es ging mir richtig schlecht. Um vier oder fünf Uhr bin ich wach geworden, und ich musste essen. Als ob mein Körper zu mir sagen würde: ›So, Alter! Steh auf, iss was! Egal was! Los!‹ Und dann bin ich aufgestanden und habe eine Dose Thunfisch aufgemacht und einfach nur runtergeschluckt. Ohne abzusetzen! Kizim, ich schwöre Dir! Ich habe gespürt, wie das Leben zurück in meine Glieder gekehrt ist.« Ich zweifle kein bisschen an seinen Worten. »Papa! Geht's Dir denn jetzt besser?« – »Ja, Kizim! Geht wieder. Geht.« Zum Glück bekommt er es in den nächsten Wochen in den Griff – er nimmt sogar wieder ein paar Kilo zu.

Der Monat ist fast rum, und es gibt endlich Geld vom

Amt – wir können die Stromrechnung zahlen. Endlich! Ich feier das so unfassbar ab und lasse Conny sogar ungestraft George Michael auflegen! Noch so ein Moment, in dem mir auffällt, dass Mama fehlt: ihre Musik fehlt. Lange schon gab es keine neuen Platten mehr. Wie sehr ich das vermisse, wie sehr ich sie vermisse.

Ende der 80er

Gabi

Es dauert noch ganze zwei Jahre, bis für mich der Frühling zurückkehrt. Im März 1989 wird Mama vorzeitig aus der Haft entlassen! Die Zeit ist schnell vergangen. Die Besuche in Ossendorf waren für mich in kürzester Zeit zur Routine geworden; nicht weniger nervig, aber weniger beängstigend. Die Türen, die Schlüssel und das Warten sind unterdessen so vertraut wie das Klingeln von Papas Löffel in seinem schwarzen Tee, als es plötzlich heißt: »Doch Mädchen, es ist vorbei. Ich komme auf Zweidrittel raus«, Mama hält meine Hände fest umklammert. Auch jetzt leuchten ihre Augen wieder. Ich kann es erst gar nicht glauben und frage noch mal nach. »Also, weil Du schon Zweidrittel der Haft abgesessen hast, bekommst Du den Rest erlassen? Wirklich?« – »Ja, Mädchen, genau so. In diesen scheiß Stall hier brauchst Du nie wieder zu kommen.« (Ich wünschte, Du hättest recht.)

Bleibt die Frage, wo Mama eigentlich hinsoll. »Sie kann doch erst mal bei uns wohnen!« Das ist für mich gar keine Frage. Gott sei Dank sieht Papa das auch so: »Ja, ist eng, aber sicher, Mädchen! Deine Mutter hat doch sonst nix«,

Papa nickt. Wo zwei Matratzen reinpassen, passt auch noch eine dritte. Es klingelt an der Tür. »Mimi!«, kreische ich und klatsche in die Hände, bevor ich losrenne. Ich habe keine Zeit, die Stufen der vier Etagen einzeln zu nehmen. Ich überspringe drei, manchmal vier auf einmal, nur um Mama noch an der Haustür unten abzufangen. Wir halten uns fest im Arm. »Ming Kückelchen«, sagt sie zu mir. »Wat bin ich froh, da raus zu sein!« – »Ich hätte Dich doch auch in Ossendorf abholen können, Mimi!« – »Ach, Du weißt doch, wat die Arschlöcher immer so lange brauchen. Dat is doch unnötig.« Vor dem Fahrstuhl bleibt Mama stehen und zieht an der Tür. Ich zögere. Eigentlich bekomme ich in diesem Fahrstuhl etwas Platzangst, weil die Schiebetür immer kurz hakt, bevor sie richtig schließt. »Komm, Mädchen, steig ein. Ich kann die Treppe nicht nehmen mit dem ganzen Zeug«, Mama deutet auf ihre drei großen Reisetaschen voll mit Kleidung, Bildern und kleinen Haushaltsgegenständen, die noch am Eingang stehen. Auch der Tauchsieder lugt aus einem der Reißverschlüsse hervor. »Klar«, ich schnappe mir die zwei Taschen und hüpfe schnell in die kleine mausgraue Kabine. Die Schiebetür bleibt – wie immer – nach dem ersten Drittel stehen, schließt dann aber ganz normal. Puh! Wir heben ab. »Die Wohnung habe ich picobello aufgeräumt! Wirste gleich sehen!«, ich bin ein bisschen überdreht. Aber ich habe tatsächlich gestaubsaugt und Papas und meine Klamotten ordentlich weggeräumt (aka ins kleine Kabüffchen geworfen). Mama lächelt mich an und läuft in der Wohnung zielstrebig auf die kleine Pantry-Küche zu. »Ihr habt ja gar nix. Kein Brot.

Und hier? Keine Butter, nur Margarine! Tsss!« Mamas Oberkörper ist hinter der Kühlschranktür verschwunden. »Ich gehe erst mal einkaufen.« Die Kühlschranktür fliegt zu. Babilo streift um Mamas Beine. Sie bückt sich, krault die Katze für einen kurzen Moment unterm Kinn und macht sich schon wieder auf den Weg. Sie pimpt in den nächsten Tagen und Wochen die ganze Bude auf. Es gibt jetzt alles Mögliche zu essen: frisches Obst und Gemüse, Fleisch und sogar meine geliebten Bärentatzen von meiner Lieblingsbäckerei Zimmermann. Außerdem bekommen wir neue Bettwäsche und Handtücher. »Fragst Du Dich nicht, woher Deine Mutter das ganze Geld hat?« Papa sitzt auf den Matratzen und raucht eine *Camel*, während Mama wieder irgendwo on tour ist. »Öh, nö. Vielleicht hat sie das im Knast verdient. Die können da ja richtig arbeiten, weißt Du …« Papa lächelt nur leicht, sein Kinn zuckt kurz hoch. Er schweigt. Und ich? Ich bin verunsichert. Mama ist tatsächlich manchmal über Stunden verschwunden. Meist abends. Sie brezelt sich immer extrem auf, wenn sie das Haus verlässt. Das hat sie zwar schon so gemacht, als sie noch im *Colombo* gearbeitet hat. Wir wussten da aber genau, wo sie wie lange ist. Was sie jetzt wo beruflich macht, ist mir genauso ein Rätsel wie in der Zeit kurz vor dem Knast, als dieser Pisser Mo auftauchte. Ich beobachte an diesem Abend, wie Mama ihrer Frisur vor dem schlichten Badezimmer-Spiegel noch ein letztes Finish verpasst. Mit dem silbernen Griff des Stilkamms piekst sie in ihre Haare. Dann sprüht sie so viel Haarspray auf ihre dauergewellte Minipli, dass das Badezimmer für einen kurzen Moment völlig vernebelt ist. Es riecht extrem süßlich. Ihre Haare sind wieder bis zur Schulter nachgewachsen. Aber dichter? Hm. Davon kann ich nichts erkennen.

»So, Mädchen, ich muss los!«, sie dreht sich zu mir und macht das Licht in der Toilette aus. »Wo musst Du denn hin?« – »Ich treffe noch jemanden, die kennst Du nicht«, sagt sie, ohne mich anzusehen. »Wen denn?« – »Ach, nur eine Freundin.« – »Welche Freundin denn?« – »Ach, kennst Du nicht … Gabi.« Ich stutze. »Hä?« Da fällt die Tür schon ins Schloss. Doch heute gehe ich nicht einfach zurück vor den Fernseher. Ich habe eine Idee. Blitzschnell presse ich mein Ohr an die Tür, um zu hören, wann sie in den Fahrstuhl steigt. Jetzt muss ich mich beeilen. Ich renne die Treppe runter, die unteren Stufen überspringe ich wieder. Kurz vor dem Erdgeschoss bleibe ich stehen. Die Fahrstuhltür öffnet sich, Mamas Stöckelschuhe hallen laut auf dem Steinboden. Sie geht den langen Flur bis zum Ausgang. Ich nehme die seitliche Tür über den Hof, um ihr unauffällig folgen zu können. Sie geht die Aachener Straße Richtung Rudolfplatz. An der Straßenbahnhaltestelle am Ring bleibt sie stehen. Sie wartet auf die Bahn Richtung Norden, die alle über den Ebertplatz führen. Der Ebertplatz! Dort hat sich in den letzten Jahren ein stadtbekannter Strich entwickelt – eben das Gewerbe, das aus unserem alten Friesenviertel vertrieben wurde. Die Bahn fährt überirdisch, sodass ich aus ein paar Metern Entfernung die Haltestelle gut überblicken kann. Mein Herz schlägt. Ein leichter Wind kriecht die Straßen entlang, der mir immer wieder ein paar Haarsträhnen ins Gesicht schubst. Hektisch klemme ich mir die Strähnen hinter das Ohr, um bloß nichts zu verpassen. Die Linie 15 kommt. Bevor meine Mutter einsteigen kann, dreht sie doch noch ihren Kopf in meine Richtung. Scheiße, denke ich. Wegducken bringt nichts mehr.

»Iris? Mädchen, wat machst Du denn hier?« Sie kommt auf mich zu, packt mich fest an beiden Oberarmen und schaut mir ernst in die Augen. »Ich will wissen, wo Du hinfährst. Wo Du arbeitest! Und wer ist überhaupt Gabi?«, brülle ich. Ein dicker Kloß kriecht mir den Hals hoch. Ich würde am liebsten heulen, so scheiße fühle ich mich. Gleichzeitig will ich nicht, dass meine Mama versteht, dass ich weiß, wo diese Bahn hinführt, was am Ebertplatz los ist. Obwohl es jeder hier in der Gegend weiß. Manchmal ist es einfacher, die Dinge nicht auszusprechen. Vielleicht verschwinden sie dann ja, wie früher als Kind, wenn man sich die Augen ganz fest zugehalten hat. Ich bin ja auch immer noch ein Kind! Aber der Trick funktioniert nicht. Ich kann die Szene nicht ungesehen machen. Mama packt mich an den Schultern und schüttelt mich leicht: »Mädchen, Gabi ist eine Arbeitskollegin. Hörst Du? Geh jetzt zum Papa nach Hause. Es ist spät. Meine Arbeit ist nix für Kinder. Da kann ich Dich nicht mitnehmen. O.k.? Geh schon! Ich komme später auch. Versprochen.«

Doch genau davor habe ich Angst. Dass sie vielleicht einmal nicht kommen könnte, dass sie wieder für lange Zeit weg ist. »O.k., Mimi. Komm nicht so spät, ja?« Sie nickt. Ich gehe nach Hause, ohne mich noch einmal umzudrehen. Ich habe für heute genug gesehen. Papa erzähle ich nichts von alledem. Ich denke, er ahnt es ja sowieso. Ihm recht geben, das möchte ich nicht.

Als ich am nächsten Tag aus der Schule komme, sitzt Papa auf unserem »Sofa« und hat mehrere Geldscheine in der Hand. Er ist alleine, Mama ist nicht da. Ich setze mich zu ihm, Babilo springt mir gleich auf den Schoß und kuschelt sich ein. »Siehste, Mädchen, da stimmt was nicht. Ich glaube, Deine Mutter …«, er holt noch einmal Luft, bevor er weiterspricht, »… sie geht anschaffen, Kizim«, Papa versucht, das Gesagte mit einem Lächeln etwas abzumildern. Doch in mir explodiert etwas. Meine emotionale Schutzmauer wackelt gefährlich. »Nein, nein! Nein!«, ich schüttele meinen Kopf: »Das glaube ich nicht«, Babilo bohrt bei meinem Geschrei fest ihre Krallen in meine Oberschenkel und springt auf. Das macht mich noch wütender. »Das kann nicht sein«, rufe ich. »Wo soll denn sonst das ganze Geld herkommen?«, fragt Papa. »Ich weiß, dass Du das nicht wahrhaben willst, aber, Kizim, es stimmt. Die Leute aus dem *Billardsaal* haben sie gesehen.« In dem Moment hören wir Geräusche an der Wohnungstür. »Mama«, flüstere ich. Ein kleiner Windstoß aus dem Eingang kündigt den großen Sturm an, der jetzt vor uns liegt. Papa hat keine Zeit mehr, das Geld zurückzulegen. Wir bleiben wie angewurzelt auf dem »Sofa« sitzen. Papa hält sich an den Scheinen fest. Mama bleibt reglos vor uns stehen. Sie guckt auf das Geld in Papas Hand und sagt nichts. Papa ist es, der die Stille unterbricht: »Dann kannst Du ja Miete zahlen. Fünfzig Mark pro Nacht, das ist fair«, sagt er. Ich springe vom »Sofa« hoch: »Wie kommst Du dazu, von Mama Miete zu verlangen? Das ist meine Mama, die muss hier überhaupt nichts zahlen! Nichts! Hörst Du?« Babilo rennt mit eingezogenem Schwanz an Mama vorbei und verzieht sich in den langen Flur. Papa versucht, meine Hand zu nehmen. »Mädchen!« – »Nein, Papa, das geht nicht. Das kannst Du nicht machen!« Ich ziehe meine Hand weg, und Mama reißt Papa die Scheine aus der Hand. »Du hässe wohl nit mehr alle! Fühl Dir ma am Kopp. Fünfzig Mark!« Mit einem hämischen Lachen tippt sie sich an die Stirn. »Was machst Du denn mit dem ganzen Geld? Wir haben hier nichts! Guck Dich doch mal um! Hast Du wieder einen neuen Typ?«, Papa ist jetzt auch aufgesprungen. »Hör auf! Lass Mama sofort in Ruhe!« Ich schiebe mich zwischen die beiden und schubse Papa gegen die Brust. Er versucht, mich in den Arm zu nehmen, doch ich schlage so lange weiter, bis ich erschöpft mein Gesicht in seinem Pullover vergrabe. Mein linkes Ohr rauscht laut! Dieses verdammte Fiepen im Ohr! Ich höre Schritte, dann fällt die Wohnungstür ins Schloss. Mama ist weggelaufen. Langsam sinke ich auf den Boden und schluchze. Mein linkes Ohr fiept lauter. Ein schriller, schrecklicher Ton. »Ming Kizim! Mädchen, komm! Das tut mir leid. Das wollte ich nicht. Ich wollte Dich doch nicht traurig machen!«, Papa setzt sich neben mich auf den Boden. Er umarmt mich und zieht mich zu sich auf den Schoß. Er schunkelt mich hin und her wie ein kleines Baby. »Kizim, Kizim! Es tut mir leid.« Das Fiepen im Ohr wird leiser.

Wir reden nicht mehr über den Vorfall, als Mama später

wieder nach Hause kommt. Es fühlt sich an, als wäre es nie passiert. Meine Mauer ist wieder oben. »Habt ihr schon gegessen? Ich hab ne leckere Platz mitjebracht – un wat Butter«, lächelnd hält sie das in goldener Folie eingepackte Stück nach oben. »Ahl, Du hättest doch keine Butter kaufen müssen. Wir haben doch noch Margarine.« – »Ach, Du mit dinger Margarine. Die schmeckt scheiße. Da muss Butter drupp! Un zwar viel!«

Rita

Das Thema »Miete zahlen« ist seit dem riesigen Streit vor ein paar Wochen nie wieder von Papa angesprochen worden. Wir sind echte Verdrängungskünstler. Ein 33-Quadratmeter-Apartment ist für drei Leute einfach zu eng – mit oder ohne solche Diskussionen. Mama sucht unter Volldampf eine Wohnung. Sie ist inzwischen ein richtiger Profi darin. Im Juni 1989 ist es endlich so weit. Sie bekommt ein Angebot für eine Zwei-Zimmer-Wohnung auf der Flandrische Straße 18. Sie liegt von Papas Wohnung aus fast in Sichtweite. Die Wände im Hausflur sind noch nicht verputzt. Es wirkt wie in einem Rohbau. Zementstaub liegt auf der Treppe, an den Wänden, ach eigentlich hängt er überall. »Mama? Was ist das hier?«, ich lasse meinen Finger über das Treppengeländer streifen und zeige die weiße Fingerspitze hoch: »Das ist ja noch eine Baustelle!« – »Warte doch, bis wir oben sind«, beruhigt mich Mama. Und tatsächlich, die Wohnung ist top. »Siehste! Alles frisch tapeziert, schöne weiße Raufaser! Und ein ganz neuer Teppich!«, Mama setzt sich auf den Boden und streichelt mit beiden Händen die grauen Fasern. »Wat willste mehr?« – »Cool! Klo und Badezimmer sind sogar getrennt«, ich posiere begeistert vor dem großen Badezimmerspiegel am Ende des Flurs. »Ihr habt nix dagegen, dass ich das Klo direkt mal einweihe?« Die Maklerin, Frau Turner, hockt sich bei geöffneter Klotür über die Schüssel. Sie setzt sich nicht, zieht nur den Rock hoch und lässt laufen. Lautes Plätschern ist zu hören. »Hier ist noch keine Lampe drin, sonst würde ich die Türe zumachen«, presst sie hervor. Die Haltung strengt sie offenbar an. Wir achten gar nicht auf sie. Ich laufe den langen Flur bis zum hinteren Zimmer und hüpfe vor Freude durch den leeren Raum. »Das hier wird mein Zimmer!« – »Ja, Mädchen. So können wir das machen. Hier das Wohnzimmer – also ming Zimmer, ne!« Es ist wie Weihnachten und Ostern und Geburtstag und Knastende auf einmal! Ich bekomme endlich wieder ein eigenes Zimmer!

Nur nutze ich es anfangs hier wieder nur tagsüber. Abends gehe ich weiter zu Papa rüber, weil Mama da ja »arbeitet«. Ich habe überhaupt keine Zweifel mehr daran, um was für eine Art »Arbeit« es sich handelt. Ich habe es akzeptiert und versuche so gut es geht, das von mir wegzuhalten, nicht nachzudenken. Mit Papa rede ich ebenfalls nicht darüber. Wir verbringen unsere Abende mit alten Gangster-Filmen, die meist in New York oder der Bronx spielen. Oder wir zeichnen gemeinsam, während mir Papa seine alten Geschichten aus der Türkei erzählt. Die Zeit, die er damals in Haft verbringen musste, verfolgt ihn bis heute. Selbstverständlich läuft auch dabei der Fernseher. »Kizim, guck! Da bricht der dritte Weltkrieg aus.« In der *Tagesschau* läuft ein Beitrag über die Konflikte im Mittleren Osten. »Gaza« ist auf einer Landkarte zu lesen. Papa schüttelt den Kopf und schnalzt mit der Zunge. Ich trage gerade meinen eigenen Konflikt mit meinem Bild aus, weil mir der Akt nicht gelingen mag. »Hä?«, ich schaue nur verwundert hoch. Papa zeigt auf den Bildschirm, wo immer noch die Grafik zu sehen ist. »Da, da oben liegt die Türkei.« – »Ah«, ich nicke nur und versuche mich weiter an meiner Zeichnung. »Habe ich Dir schon erzählt, was die im Knast damals mit den Leuten gemacht haben?« – »Ja, Papa. Das hast Du mir schon erzählt …«, ich muss grinsen, weil ich weiß, dass er jetzt trotzdem weitersprechen wird, dabei ist die Geschichte alles andere als lustig – vor allem nicht für meinen Vater. »Ich habe die Leute schreien gehört! Kopfüber wurden die aufgehangen und deren Fußsohlen so lange ausgepeitscht, bis die Haut auf dem Fußrücken aufgeplatzt ist – die wurden gefoltert!«, Papas Augäpfel sind fast vollständig zu sehen. Ich habe meinen Bleistift abgesetzt und schüttele auch den Kopf: »Krass, Papa!« – »Verstehst Du, warum ich hergekommen bin, oder?« – »Ja, natürlich verstehe ich das!«, als müsse er MIR gegenüber erklären, dass er nach Deutschland gekommen ist. Das Gefühl in ihm sitzt wirklich tief, hier nicht hinzugehören, nicht hinzudürfen. »Papa, ich bekomme den gestreckten Hals irgendwie nicht hin, guck mal! Das sieht total verzerrt aus«, Themenwechsel! »Hm, Mädchen, guck mal …«, mit ein paar gekonnten Bleistiftstrichen korrigiert Papa mein Bild. Die *Tagesschau* ist vorbei, der *Tatort* startet. »Horror!«, Papa schaltet um, noch bevor das Intro durchlaufen kann. »Wollen wir noch mal *Sieben gegen Chicago* gucken?«, Papa deutet auf den Videorekorder. »Hm, ist schon spät. Ich gehe besser rüber«, höre ich mich selber sagen, obwohl ich unsicher bin, ob ich mich das überhaupt traue. Papa lächelt milde. »Das ist gut, Kizim! Geh mal rüber und schlaf.« Schluck! Jetzt muss ich wohl!

Schon allein die dunkle, ruhige Wohnung zu betreten, lässt mein Herz schneller schlagen. Ich drehe die Musik von meinem Walkman etwas lauter: *Inner City* »Big Fun« – (… den hab ich jetzt nicht so!). Doch selbst in den ruhigen Musikphasen glaube ich, etwas zu hören: Hat da was geknarzt? Scheiße, da ist doch jemand! Oder war das unten in dem Laden?, geht es mir durch den Kopf. In das Untergeschoss unseres Hauses ist vor Kurzem ein spanisches Restaurant eingezogen. Vielleicht schieben die gerade Tische und Stühle zusammen? Hm. Das mulmige Gefühl bleibt. Es ist schon nach Mitternacht. Mama müsste eigentlich bald nach Hause kommen. Irgendwie bekomme ich es hin einzuschlafen … »*You just feel the groove, and baby then you move it and oh! Dance the night away. We're having big fun. And the party's just begun …*«

Am nächsten Morgen führt mich der erste Gang in die Küche, vorbei am Wohnzimmer, in dem Mama schläft. Es ist so beruhigend, sie zu sehen. Wie sich ihr dicker Körper rhythmisch auf und ab bewegt, ihre Lippen, völlig ohne

Muskelkontrolle, schieben sich im Schlaf immer ganz weit vor. Sie wirkt entspannt. In der Schule bin ich heute einigermaßen wach. In der Dritten haben wir Bio. Es ist selten, dass der Stoff aus dem Unterricht in meine kleine schräge Parallelwelt eindringt. Doch unweigerlich ist das heute der Fall. »Ihr habt vielleicht schon etwas von dem neuartigen Virus HIV gehört, oder? Wer weiß, was das ist?« Obwohl ich es sehr gut weiß, bleibt mein Finger unten. »Keiner?« Frau Richter setzt sich mit einer Pobacke auf das Lehrerpult und holt zu einem längeren Monolog aus. »… übrigens wird das Virus übertragen durch Blut und auch Sperma.« Ein verschämtes Lachen ist aus dem hinteren Teil der Klasse zu hören. Für die meisten ist es amüsant. Für mich nicht. Bei mir hat sich jeder Muskel zusammengezogen. Sperma! »Besonders gefährdete Personen sind daher Homosexuelle, Prostituierte und auch Menschen mit einer Drogensucht«, führt Frau Richter weiter aus. Bummm! Hinter jeder dieser Personen steckt für mich ein echtes Gesicht: Petra, der schwule Michael und … ja … Mama? Das ballert in meinen Schädel, dass ich wieder dieses Fiepen im linken Ohr bekomme. Ich fixiere draußen vor dem Fenster den Kirschbaum, dessen Blätter sich ein wenig im Wind bewegen – bloß keinen Blickkontakt mit Frau Richter bekommen. Die ist aber gerade eh abgelenkt. Sie nestelt jetzt an dem Schulvideorekorder rum. »Macht doch mal einer die Vorhänge zu«, ruft sie in die Klasse. »Das mag vielleicht etwas früh sein, aber einige von euch finden das alles ja sehr amüsant. Ich will ich euch zeigen, dass daran überhaupt nichts ist, wofür man sich schämen muss, und wie man sich schützt ...« Sie drückt auf Play. Die Taste rastet laut ein, der Spot startet: Ingolf Lück (der Typ aus der *Formel-Eins*-Sendung) steht mit einer lächerlich dicken Brille und grauem Trenchcoat an der Supermarktkasse, um Kondome zu kaufen. Eine dickliche, blonde Kassiererin (Hella von Sinnen) schreit: »Tina? Wat kosten die Kondome?« durch den ganzen Laden. Lück ist peinlich berührt. Eine ältere Dame hilft und nennt – ganz selbstverständlich – den Preis. Alles gut, kein Grund zum Schämen. Am Ende kommt die Einblendung: »Gib AIDS keine Chance.« Ich kenne den Spot schon. Etliche Male habe ich ihn gesehen. Der klägliche Versuch, das Thema zu enttabuisieren – für mich schon gescheitert, seit die Kassiererin in »Tina« umbenannt wurde. Anfangs hieß die nämlich »Rita«, wie die Bundestagspräsidentin Rita Süssmuth. Das Geschrei war so groß, dass der Vorname geändert wurde. Offenbar ist AIDS so ein Reizwort, dass eine fiktive Figur nicht einmal den gleichen Vornamen haben darf. Nichts, wofür man sich schämen muss? Lächerlich! Das Gekicher in der Klasse hält an.

Nach der Schule ist Mama zu Hause. »Willst Du ne Kaffee, Mädchen?« – »Ist der frisch? Ich mag den nicht, wenn der da schon stundenlang rumschimmelt.« Mama zieht die Augenbrauen zusammen. »Frisch? Wie bis' Du denn drauf? Natürlich ist der frisch!« – »Ja, dann will ich!« Sie stellt mir eine dampfende Tasse hin. »... Mama, wir haben heute in der Schule AIDS durchgenommen.« – »Aha!«, Mama verzieht keine Miene. »Willst Du Bärenmarke oder Milch?« – »Milch! ... Wusstest Du, dass das Virus auch über Sperma und sogar Speichel übertragen werden kann?« Mama knallt die Milchtüte laut auf den Tisch. »So ein Quatsch! Das geht nur über Blut!« Ich komme nicht dazu weiterzureden. Sie dreht sich weg und verlässt den Raum. Diskussion beendet, Kopfkino gestartet. Ich kann gerade gar nicht aufhören, darüber nachzudenken, dass sie vielleicht doch schon infiziert ist. Warum sollten es nur unsere vielen Freunde und Bekannte bekommen? Wieso sollten wir verschont bleiben? Ob ich mich dann auch anstecke? Was ist, wenn meine Katze, die nachts sehr gerne meine nackten Füße »jagt«, das vorher bei Mama gemacht hat, Mamas Blut noch an den Krallen ist und dann ... Boaaahhhh! Stopp, stopp, stopp! Den ganzen Tag konnte ich keine Ruhe finden und jetzt am Abend erst recht nicht. Ich liege unruhig auf meiner Schlafcouch. Grau-schwarz mit gelben gestrichelten Linien. Ich gucke durchs Zimmer, ob sich irgendwo ein unheimlicher Schatten zeigt. Es ist erst neun Uhr. Mama wird noch mindestens drei Stunden weg sein. Aber ich will versuchen, nicht – wie immer – zu Papa rüberzugehen. Ich setze mich auf, öffne das Fenster. Wenn der Straßenlärm von draußen reindringt, fühle ich mich gleich wohler. Ich liebe die lauten Schritte, das fast schon Tänzeln einzelner Gruppen, die offenbar gut gelaunt auf dem Weg in die nächste Kneipe sind. Selbst an einem Montag – wie heute – höre ich sie lachen, juchzen, kichern. Sogar den Autolärm liebe ich. Jetzt allerdings halten mich fiese, laute Schnaken vom Schlafen ab. Überall fliegen kleine Tierchen durch die Wohnung. Ja, ich weiß. Ich bin ein Schisser. Ich springe aus dem Bett und ziehe mich wieder an. Die Uhr zeigt 22:23. Hm, ob sie vielleicht heute mal früher kommt?, hoffe ich. Ich nehme den Hörer der Sprechanlage und versuche, die Schrittgeräusche zu lesen. »Ein Stöckelschuh! Es klackert! Eindeutig ein Metallabsatz! Mama?« Die Enttäuschung ist jedes Mal groß, wenn sich die Schritte wieder entfernen. »Hm, doch nicht.« Ich lege den Hörer auf, nehme mir die Wohnungsschlüssel und setze mich ins Treppenhaus. Damit das Licht nicht ständig ausgeht, klemme ich etwas Pappe von einer alten Zigarettenschachtel zwischen den Schalter. Es klackt nur noch, wenn das Intervall eigentlich ausschalten will. Das Licht bleibt an. Klack. Stille. Klack. Stille. Klack. Stille. Klack. Von den Nachbarn ist nichts zu hören. Über uns gibt es noch eine Wohnung, in der so ein junger Typ mit runder Brille und altmodischen, weiten Stoffhosen mit Hosenträgern wohnt. Gegenüber wohnt ein Inder mit seiner Tochter, die eigentlich in meinem Alter ist. Auch ihr Vater arbeitet abends. Aber wir wechseln kaum ein Wort miteinander (wir gestehen uns beide nicht ein, wie einsam wir sind). Meine überdimensionale neue *Pop-Swatch* (mit schwarzem Band) zeigt kurz vor Mitternacht. Boah, ist das öde. Ich könnte noch mal eine Runde um den Block gehen, denke ich. Langsam steige ich die Treppe hinab. Die Wände sind immer noch nicht verputzt. Schräg gegenüber ist eine Bar, die außen an der Hauswand eine rote Laterne hat, das *Königswasser*. Ich laufe dran vorbei Richtung Ringe. Dabei halte ich meinen Blick gesenkt, weil ich Angst habe, dass mich jemand anlabert. »Hi, was guckst Du denn so böse und ernst? Gehst Du zum Lachen auch in den Keller?«

Kurz vor der Ecke am Rudolfplatz geht eine Gruppe junger Typen an mir vorbei. Die Stimme, die mich anspricht, wirkt weder übertrieben böse noch gemein – eigentlich sogar nett, aber ich sehe mich trotzdem vor und wende mich ab, vermeide ums Verrecken jeden Blickkontakt. »Komm, lass die doch. Die ist doch gerade mal sechzehn!«, sagt ein anderer und zieht seinen Freund am T-Shirt weiter. »Ich bin dreizehn! Du blödes Arschloch!«, ein Ausruf, der irgendwo aus mir rauskam, ohne dass ich das irgendwie kontrollieren konnte. Es steckt einfach in mir drin: diese Aggro-Reflexe. Die Gruppe lacht und geht weiter. Ich bin so aufgewühlt, dass ich doch lieber wieder zurück in meinen Hausflur flüchte. Das Licht im Flur ist noch an. Klack … Stille … Klack. Dann höre ich endlich einen Schlüssel in der Tür. So schnell es geht, renne ich zurück in die Wohnung und tue so, als hätte ich die ganze Zeit auf meinem Schlafsofa gelegen. »Mimi! Da bist Du ja endlich!« – »Mädchen, warum schläfst Du denn noch nit?« – »Guck mal, da oben! Da ist alles voller Tiere! Das ist sooo fies! Kannst Du die wegmachen?« – »Ach, Mädchen! Die tun doch nix!« – »Ist mir egal! Mach die weg! Bitte!« Mama holt einen Besen aus unserer Rumpelecke und rettet so unseren Restnachtschlaf. Gnadenlos bimmelt der Radiowecker am nächsten Morgen mit dem Sound eines Presslufthammers auf Koks (alle anderen Klingeltöne würde ich nicht hören): »Boah, ne! Schon halb acht! Scheiße! Die Schule!« Viel Zeit für Körperpflege und Frühstück bleibt da nicht. Ich stürme aus der Wohnung. »Ey, Iris! Na, bist Du auch noch so müde?« Die Stimme kommt mir bekannt vor.

Ich drehe mich um und sehe Nazan, die nur ein paar Meter weiter wohnt, auf mich zukommen. »Ey, Nazan! Ja, Mist! Ich wollte eigentlich viel früher ...« – »Ach, ist doch nicht so schlimm, wir schaffen das noch pünktlich.« Wir laufen gemeinsam durch meine alte Gegend, das Friesenviertel, in der unsere Schule liegt. »Wisst ihr denn schon, wohin ihr in Urlaub fahrt?« Ich hasse diese Frage, weil die Antwort seit zehn Jahren dieselbe ist: Nein. Doch heute antworte ich etwas anderes: »Öhm, mal sehen. Könnte sein. Ist aber noch nicht klar wohin. Und ihr?« Das ist natürlich glatt gelogen, denn von der Urlaubsplanung bin ich so weit entfernt wie Mama von einem sozialversicherungspflichtigen Job. »Wir fliegen – wie immer – in die Türkei zur Familie. Hast Du gehört, dass die Andrea schon alleine wegfährt?« – »Wie alleine? Wohin denn?« – »Weiß ich nicht genau. Irgendeine Sprachschulreise in die Sonne. Keine Ahnung.« – »Ah!« Das bringt mich auf eine Idee. Ich kann den Unterrichtsschluss kaum abwarten, um Mama langsam für das Thema zu erwärmen: »Mama, können wir nicht auch mal in Urlaub fahren?« – »Kind, das können wir uns überhaupt nicht leisten. Ich muss arbeiten. Da kann ich mir nicht einfach freinehmen.« So läuft es eben bei der Art von Job, die meine Mutter hat. Da ist nix mit Urlaubsgeld und Fortzahlungsanspruch. Keine Arbeit, kein Geld. Mit der Antwort hatte ich gerechnet. Jetzt lasse ich gekonnt meine Idee fallen: »Und ich alleine?« – »Wo willst Du kleene Futzemann denn hin ohne Eltern?« – »Ich weiß nicht. Auf eine Sprachreise?«, meine Stimme wird etwas leiser, und ich ducke mich etwas, als ob ich ihre Reaktion fürchte. »Hm, Sprachreise?« Mama zieht eine Schnute mit den Lippen. Das ist immerhin kein kategorisches Nein! Ich richte mich wieder auf: »In Französisch bin ich echt nicht gut! Wir können uns ja im Reisebüro beraten lassen, is' ja direkt um die Ecke.« Mama brummt nur. Die Schnute formt sie jetzt zu einem langen Strich. »Bitte! Biiiitttteee!! Bitte! Bitte!« Meine Mutter atmet laut aus. »Na jut, wir können ja mal gucken. Komm.« Im Reisebüro müssen wir nicht lange warten. Die nette Dame am Schreibtisch findet es überhaupt nicht ungewöhnlich, dass wir nach einer Reise für mich alleine fragen. »Hier, das ist eine ausgezeichnete Sprachreise nach Südfrankreich, Cannes. Da lernen die Kinder morgens vier Stunden Französisch und nachmittags können die an den Strand gehen.« Ihr Finger tippt auf ein Foto mit azurblauem Wasser. »Mama, das klingt doch super! Das ist genau das Richtige!« – »Und wo wohnen die da?«, will Mama wissen. »Bei Gastfamilien. Das sind ausgewählte Einheimische, mit denen wir schon seit Jahren zusammenarbeiten. Das ist sehr günstig.« Die Frau hinter dem Schreibtisch fängt an, mit dem Kugelschreiber ein paar Zahlen auf den Prospekt zu schreiben. »Also die Fahrt kostet …, dann der Sprachkurs und natürlich die Übernachtung … Das wären dann 2 140 DM. Da ist dann aber auch alles dabei.« Noch nie habe ich gesehen, dass diese Menge an Geld bei uns für nur irgendwas ausgegeben wurde oder überhaupt zur Verfügung stand. Noch nie! Ich verabschiede mich innerlich von der Reise. Mama guckt mich streng von der Seite an, guckt auf den Prospekt, dann zu der Frau. »Muss man das sofort bezahlen?« – »Nein, das müssen Sie nicht. Eine Anzahlung reicht sechs Wochen vorher und der Rest dann bei Reiseantritt.« Mama guckt mich wieder an. Ich wittere eine kleine Chance. »Mama, das wäre sooo cool! Südfrankreich. Cannes!« – »Na gut!«, sagt meine Mutter. »Ich brauche aber noch eine Woche, um die Anzahlung machen zu können.« – »Wie gesagt, das ist kein Problem«, sagt die Beraterin. Vor dem Reisebüro springe ich vor Freude in die Luft und küsse Mama tausendmal fest auf die Wange. »Ist gut, Mädchen, Du brichst mir ja gleich die Knochen!«, sie drückt mich lachend weg. »Dafür muss ich aber wirklich viel arbeiten gehen!« – »Ja, Mama! Klar, Mama!« Ich weiß insgeheim, was das bedeutet. Aber ich will mir mit dem Gedanken daran mein kleines Glück nicht vermiesen und blende es völlig aus – so gut es geht. »Ich fliege an die Côte d'Azur«, sage ich mit übertrieben arroganter Stimme, meine Hand elegant weit von mir weggestreckt. Nur in der Nacht ist meine Vorfreude gedämpft. Jetzt, wenn alles wieder ruhig und dunkel in der Wohnung ist, werden die Gespenster in meinem Kopf aktiv – heute ganz besonders. Über zweitausend Mark muss Mama für mich auftreiben! Zweitausend! Ich wälze mich auf dem Sofa hin und her. Aber ich habe es verdient, beruhige ich mich selbst. Oder? Dieses eine Mal! Oder? Mit der Sorge um Mama wird das unheimliche Knarzen lauter, die Schatten größer – ich bekomme Angst und flüchte noch einmal ins Treppenhaus, bis ich Mamas Schlüssel wieder in der Tür höre.

»Nazan, ey! Warte!« Auf dem Weg zur Schule renne ich

die halbe Flandrische Straße fast bis zu den Ringen runter, um meine Klassenkameradin einzuholen. Sie guckt mich skeptisch von der Seite an: »Na, wat bist Du denn heute so gesprächig?« – »Och, nur so. Habe ich Dir schon erzählt, dass ich doch in den Urlaub fahre? Hat sich ganz kurzfristig ergeben. Meine Mutter schickt mich drei Wochen auf Sprachreise nach Frankreich. Geil, wa?« Ich stoße ihr meinen Ellenbogen in die Seite. »Ach, deswegen bist Du so aufgekratzt. Ja, schön für Dich.« Wir laufen schweigend einige Meter gemeinsam. An der Ehrenstraße unterbricht Nazan die Stille: »Weißt Du eigentlich, dass wir da hinten einen Dönerimbiss aufgemacht haben?« – »Ach, echt? Nö!« – »Meine Eltern arbeiten da bis spät in die Nacht. Komm doch mal vorbei. Bekommst einen aufs Haus.« – »O.k., ja cool! Mache ich bestimmt ganz bald.«

Das Grinsen bekomme ich an den letzten Schultagen kaum aus dem Gesicht. Wie leichtfüßig der Schulalltag sein kann, wenn man das Gefühl hat dazuzugehören. Pünktlich zum Beginn der Sommerferien sitze ich tatsächlich im Zug. Man, was bin ich aufgeregt! In meinem Abteil sitzt ein cooles Mädchen mit langen blonden Haaren. Sie trägt hohe, weiße Chucks, Shorts und ein übergroßes T-Shirt. Sie ist schon sechzehn. »Ich bin gerade erst mit meinen Eltern aus Los Angeles zurück nach Deutschland gezogen«, erzählt sie. Ich bin so eingeschüchtert, dass ich dazu gar nichts sagen kann. »Wie alt bist Du denn?«, fragt sie mich. »Dreizehn.« – »Oh Gott, krass! Du bist ja noch fast ein Baby!« Gratulation: In nur wenigen Momenten hat die es geschafft, mir ein scheiß Gefühl zu geben. Wenn ich das hier so im Zug überblicke, dann hat sie aber recht – ich bin mit Abstand die Jüngste in dem Kurs. Man kann die Reisegruppe sehr gut an dem Logo der Sprachschule erkennen: »EF« klebt auf dem Gepäck. Zufälligerweise wird Ms Los Angeles auch noch meine Zimmernachbarin bei unserer Gastfamilie auf dem Boulevard Carnot. Das ist die Straße, die bis zum Strand runterführt – es ist so mega! Viel bekomme ich von ihr aber nicht mit, wir sind nicht mal im selben Sprachkurs (sie ist viel besser als ich).

Nach dem Unterricht gehe ich meist allein zum Strand. Der Abschnitt direkt am Palais des Festivales ist mein Lieblingsort. Natürlich creme ich mich nicht mit Sonnenmilch ein. Ich will braun werden, nein, schwarz! Allen soll auffallen, dass ich im Urlaub war. Merkwürdigerweise treffe ich hier sonst niemanden aus meinem Kurs. Alleinsein macht mir – zumindest tagsüber – nichts aus. Ich mag es sogar. »Chaud, chaud, chaud – trois paket dix francs.« Im Dreißig-Minuten-Takt kommt ein braun gebrannter Mann mit Bauchladen über den heißen Sand gestapft. Es riecht nach gebrannten Mandeln. Beim dritten Mal rechne ich: »Dix Francs, also zehn Francs, also … über drei Mark!« Das ist verhältnismäßig günstig, wenn man bedenkt, dass eine Dose Cola auch zehn Francs kostet. Die Preise hier sind Wahnsinn. Aber mit irgendwas muss ich mich über Wasser halten, weil mir das Essen bei meiner Gastfamilie nicht schmeckt. »Warum isst Du nicht?«, fragt mich unsere Gastmutter an dem langen Esstisch. Ich zucke mit den Achseln und fixiere das bräunliche, fettige Etwas auf meinem Teller.

Schmatzend sitzt mein »Gastbruder« neben mir und nimmt sich gleich einen Nachschlag. »Was ist das genau?«, frage ich vorsichtig. »Gutes Essen, jetzt stell Dich nicht so an«, piekst sie mit ihrer Gabel in die Luft. »Sorry, aber ich habe gar keinen Hunger.« Was auch immer das ist, keine zehn Pferde würden das in mich reinbekommen (wer weiß, vielleicht ist das ja sogar Pferd auf meinem Teller! Ihgitt!). Mein Heimweh ist die Hölle.

»Mädchen, wie isset denn in Cannes? Hast Du schon viele nette Leute getroffen?« Es tut gut, Mamas Stimme zu hören. »Super, Mama! Wirklich! Jeden Tag scheint die Sonne, und die Leute sind total nett«, zugegeben, ich würde mir eher auf die Zunge beißen, als Mama zu sagen, dass ich jede Minute zähle, bis ich wieder nach Hause kann. Bei dem ganzen Aufwand – UNMÖGLICH! Ich achte also darauf, dass ich nicht zu oft anrufe, damit sie nicht merkt, wie sehr ich sie vermisse. »Heute gehe ich mit ein paar Freundinnen aus. Cool, oder?« – »Ja, Mädchen! Hab viel Spaß und pass auf Dich auf.« Der Kloß in meinem Hals ist riesengroß, aber die Hälfte des Urlaubs ist schon rum. Yeah! Als mein Taschengeld knapp wird, schickt Mama mit Western Union Nachschub. (Was würde ich ohne Dich machen, Mimi?)

Nazan

Drei Wochen fühlen sich wie eine halbe Ewigkeit an. Mama holt mich vom Bahnhof ab. Noch nie war ich so glücklich, unser unfertiges, unverputztes Treppenhaus wieder zu betreten. Ich renne die Treppen rauf bis zu unserer Wohnung. Endlich! Daheim! Doch der Urlaub hat mich auf eine besondere Art beflügelt, wie nach einem Dauerlauf, einer schweren Prüfung, die ich bestanden habe. Ich fühle mich gereifter, erwachsener. Mama ist wieder pünktlich zu ihrer Arbeit aufgebrochen, und ich mache noch einen Spaziergang über die Ringe. Ich bin braun gebrannt, trage eine lässige übergroße, hellblaue Jeansjacke und ein ebenfalls übergroßes T-Shirt mit Surfer-Motiv (beides aus Cannes) und kurze Shorts (eigentlich sind es Männerunterhosen – aber hey, mein Selbstbewusstsein ist heute größer als der Kölner Dom). Die Stadt ist warm. Selbst in den kleinen Seitenstraßen des großen Rings, wo sich die Sonne schon verabschiedet hat, strahlt der harte Beton der Häuser die Hitze noch ab. Es fühlt sich wohlig an, vertraut. Ich schlendere vorbei an meiner Schule, die sich am Ende der Straße noch ungewohnt ruhig in den Hintergrund spielt. Hinter jedem Fenster ist es dunkel, nichts bewegt sich auf dem Schulhof, den ich durch einige lichte Stellen im Gebüsch einsehen kann. Ich gehe weiter Richtung Ehrenstraße, wo die elterliche Dönerbude meiner Klassenkameradin Nazan liegt. Ganz beiläufig gehe ich an dem großen Fenster vorbei, hinter dem sich langsam ein großer Fleischspieß dreht. Etwas Fett tropft ab. Ob Nazan da ist? Ob sie mich sieht? Reinzugehen traue ich mich nicht. »Iris? Bist Du das? Mann, Du bist ja fast so braun wie unser Dönerspieß!«, es folgt ein lautes, glucksiges Lachen. Nazan! Da steht sie in ihren weiten *Pash*-Jeans. Die schwarzen, unheimlich glänzenden Haare zu einem hohen Pferdeschwanz gebunden. »Nazan! Ach, hier ist eure Bude!« Ich tue ganz überrascht. »Jo, hier ist unsere Goldgrube versteckt«, wieder gluckst sie. »Komm rein, iss was!« – »Ja, gern. Aber kann ich den Döner auch ohne Fleisch haben?« Nazan bleibt stehen und sagt zunächst nichts. Kein Muskel in ihrem Gesicht bewegt sich und dann: »Was bist Du nur für ein Mensch? Ohne Fleisch! Du spinnst«, sie schüttelt den Kopf. Ich mache Hasenzähne und schiele sie zur Antwort an. Sie boxt mich leicht in die Seite. »Du bist eine echte Trulla, Iris!« Der Laden ist innen ganz weiß, alles ist noch richtig neu. Der ganze Komplex ist erst vor Kurzem fertiggestellt worden. Früher waren hier nur runtergekommene Häuser. Es gab einen coolen Laden: das *Blue Diamond*. Dort gab es Skateboards, Rollerskates und den ganzen Zubehörkram. Kunterbunte Bretter, quietschgelbe, pinkfarbene und neongrüne Rollen stapelten sich dazu. Das Schaufenster stach aus dem grauen Betonrest völlig hervor. Jetzt eben dieser Neubau. Im Halbdunkel des Ladens sehe ich Nazans Geschwister und einen älteren Mann – das ist wohl der Vater. »Hier, Dein Döner ohne Döner! Lass es Dir schmecken«, Nazan hält mir mit der einen Hand mein Essen hin, mit der anderen hält sie sich den Magen und streckt ihre Zunge raus, als müsste sie kotzen: »Würg!« – »Herzlichen Dank auch!« Es ist nicht viel los, und ich bleibe einfach noch eine Weile im Laden. Ein kleiner Fernseher läuft. »Es ist fast zehn, komm, geh mal nach Hause«, sagt Nazans Vater irgendwann in unsere Richtung. »Oh, das habe ich gar nicht gemerkt, wie lange ich hier schon bei euch bin. Bist Du immer so lange im Laden?«, frage ich sie. »Nö, nicht immer. Aber zu Hause ist ja abends keiner, da kann ich auch im Laden rumhängen.« Ich weiß genau, was sie meint. Ich begleite Nazan bis zu ihrer Straßenecke. »Kennst Du die Disko da? Guck mal, was da für komische Vögel reingehen«, sie zeigt auf einen Laden. *Camayenne* steht drüber. Ich sehe niemanden. Trotzdem bleiben wir einfach stehen und beobachten den Eingang. Ich halte mich an einem Verkehrspoller fest. Keiner von uns möchte nach Hause. »Wie findest Du eigentlich die Heinrich?«, frage ich Nazan nach unserer neuen Klassenlehrerin. »Hm. Weiß nicht. Streng?« – »Ja, total! Und immer todschick angezogen, oder?« Nazan nickt. »Ja, voll! Richtig elegant mit den Röcken und Gürtelchen …«, Nazan mimt die Form einer Gürtelschnalle um ihre Taille nach. Wir bleiben noch eine ganze Weile so stehen und quatschen über die Schule, Lehrer und lästern über die anderen Mädchen in der Klasse. Ohne dass wir es merken, ist es fast Mitternacht. »Oh, shit! Ich muss los«, sagt Nazan und verabschiedet sich schnell. Auch ich gehe nach Hause. Ich habe nur noch ein kleines bisschen Angst. Die Gespenster in meinem Kopf lassen mich in Ruhe. Ich kann mich nicht erinnern, wann das schon mal passiert ist: Ich schlafe ohne meinen Walkman, ohne Panik im Herzen ein und bemerke gar nicht, wann Mama nach Hause kommt.

Nach den Sommerferien komme ich in die achte Klasse. Und was soll ich sagen? Drei Wochen Cannes haben sich gelohnt: In der ersten Klassenarbeit in Französisch schreibe ich eine Zwei! Das ist mir noch nie passiert. Besser kann das Schuljahr nicht anfangen. In der Klasse finde ich sogar jetzt doch noch einige Freunde, die den Umgang mit mir nicht von ihren Eltern untersagt bekommen. Meine jetzige Gruppe gehört nicht zu den Schönsten, Reichsten und Tollsten. Aber es sind Leute, bei denen ich mich einfach so wohlfühle, wie ich bin, und mich nicht verstellen muss (oder nur ein bisschen). Da ist etwa die übergewichtige Platschka. Den Spitznamen hat sie sich hart beim Basketball erkämpft, als sie einmal versucht hat, einen echt hohen Ball zu fangen. »Vergiss es, Katrin, da kommst Du nicht ran, lass laufen«, hatte ich noch gerufen. Aber sie wollte nicht »laufen lassen«. – »Doch! Ich schaffe das!«, schrie sie und sprang, streifte den Ball sogar noch leicht mit den Fingerspitzen, aber dann ... landete sie doch unsanft und der vollen Länge nach auf dem harten Holzboden der Sporthalle und rutscht regungslos noch einige Zentimeter weiter. Alles ist laut in diesem riesigen Raum, der völlig zu Recht das Wort »Halle« im Namen hat. Und ja, auch das Geräusch, das ihr Körper beim Aufprall machte, hallte für alle deutlich vernehmbar: ein lautes »Platsch«. Mit den ersten beiden Buchstaben ihres Namens »Ka« ist es dann halt zu »Platschka« geworden. Und dann gibt es da noch den Jugo Mario, der mir ebenfalls als Einwandererkind keine blöden Fragen stellt. Mario wohnt bei mir um die Ecke und hat nachmittags auch kein Tennis, Volleyball, Nachhilfeunterricht, Ballett oder irgendeinen anderen Bogenschieß-mich-tot-Kurs. Verabredungen mit ihm sind stets einfach. »Zuska (ein neuer Spitzname für mich), biste da? Ja? Ne? Ach, egal! Ich komme um zwei einfach mal klingeln.« Wenn ich dann nicht da bin, bin ich eben nicht da, und Mario kommt halt noch mal um vier. Mit Nazan verbindet mich ohnehin seit den Ferien mehr als eine Art Schicksalsgemeinschaft. Wir beide sind Kinder der Nacht und stehen häufiger an unserem Verkehrspoller, manchmal sogar, bis Mama nach Hause kommt.

Roland

»Hallo, ich bin Roland. Ein Freund Deiner Mutter.« – »Oh, aha. Ja, hallo!« Ein Typ steht vor unserer Wohnungstür. Er trägt einen türkisfarbenen Trainingsanzug aus Ballonseide. Er ist deutlich brauner als ich (wie kann das sein? Unnormal!). Und er sieht viel jünger aus als meine Mutter, würde ich jetzt schätzen. Aber er wirkt auf den ersten Moment nicht unsympathisch. »Ich wollte gerade gehen, wir können uns ja beim nächsten Mal unterhalten.« – »O.k.!«, sage ich und gehe in die Wohnung. Mama sitzt in der Küche. Die Bäckchen rosig, die Augen glänzen: »Haste den Roland noch jesehen? Und? Wie findeste den?« Ich schenke mir eine Tasse Kaffee ein. »Der ist doch noch frisch, oder?« – »IRIS!« – »Entschuldigung, dass ich frage!« – »Jahaa! Und ich habe Dich was gefragt! Wie fandest Du den Roland?« – »Joa, Pff! Nett. Aber noch ziemlich jung, wa?«, ich merke bei diesem Satz nicht, dass er aus meinem Mund (noch keine ganzen vierzehn Jahre alt) etwas ulkig klingen könnte – Mama auch nicht. »Ach!«, sie schnalzt nur mit der Zunge und zuckt verächtlich mit ihren dünn gezupften Augenbrauen (der typische Mimi-Move). »Jung, jung! Wat is denn schon jung? Dat is ne anständije Mann mit nem richtigen Beruf. Der ist Computerfachmann.« Ich zucke mit der Achsel. So richtig kann ich mich nicht begeistern. Kotzkrämpfe bekomme ich aber auch nicht, und das ist immerhin ein Fortschritt.

In den nächsten Tagen und Wochen kommt Roland immer häufiger vorbei – allerdings zu sehr merkwürdigen Zeiten: nie am Wochenende, meist erst nach acht und er bleibt keinesfalls über Nacht. Was mir noch auffällt: Es liegen haufenweise *FF*-Kondome in Mamas Schrank. Sie versteckt die zwischen der Wäsche – Handtücher oder Bettwäsche, an die ich normalerweise nicht rangehe, weil ich eher selten mein Bett überziehe – das macht alles Mama. Ich versuche, den Gedanken an die »Pariser« zu verdrängen. Ich erinnere mich an die verunglückte Diskussion nach dem Aufklärungsunterricht an meiner Schule und bin nur ein mini bisschen froh, dass Mama diese Dinger jetzt nutzt. Für den Job, da mache ich mir keine Illusion. Selbst wenn Roland von einem Arschloch wie Mo Lichtjahre entfernt ist, ahne ich, welche Art von Romanze ihn mit meiner Mutter verbindet. Ich bin allerdings zu sehr in den Gedanken verliebt, dass die beiden ein ganz normales Paar sein könnten. Ein ganz normaler Mann mit einem richtigen Job (huch, ich klinge fast wie Mama!). Daher packe ich meine Vorahnung über die wahre Natur der Beziehung wieder in den hintersten, verstecktesten Hirnlappen – wo er mich, zumindest tagsüber, nicht weiter stören kann. Es sind schöne Wochen, eine seltene unbeschwerte Zeit mit prall gefülltem Kühlschrank, frischem, exotischem Obst auf dem Tisch – Mama erfüllt mir jeden Wunsch, als hätten wir etwas aufzuholen. Doch wir sollten uns nicht an den Luxus gewöhnen.

Es ist Dienstag, kurz nach fünfzehn Uhr. Mama sitzt, wie so oft vor ihrer »Arbeit«, in der Küche und liest ihre geliebten bunten Blättchen. Das Gesicht ist dick mit *Bebe*-Creme eingehüllt – ihre Schönheitsmaske! Ich liege auf dem Sofa. Neneh Cherry singt »Buffalo Stance«. Es klingelt an der Tür. Aber nicht ein Mal, sondern gefühlt hundert Mal! »Wer zum Geier ist das?«, brülle ich. Doch keine Reaktion. »Mama? Mamaaaa?«, ich setze mich widerwillig auf und laufe rüber in die Küche. Mama kommt mir im Flur schon entgegen: die Augen groß aufgerissen, sie hält ihren Zeigefinger vor den Mund. »Schhhh! Sei leise, Mädchen«, flüstert sie. Ohne es zu einem Laut zu machen, forme ich deutlich das Wort »Warum« mit meinem Mund. »Dat is die Schmier. Mach nit up, bleib von der Tür weg! Und mach die Musik aus!«, flüstert sie. O.k., scheiße! Auf Zehenspitzen renne ich ins Zimmer und ziehe den Stecker aus der Anlage. Mama steht an der Wohnungstür, das Ohr fest dagegen gepresst. »Ich glaub … die sind noch nicht im Treppenhaus.« In einem Ruck reißt sie die Wohnungstür auf und stürmt die Treppe nach oben. Oberhalb der Dachgeschosswohnung unseres Nachbarn (der mit den komischen Hosenträgern) befindet sich noch ein ganz schmaler Spalt, der den Übergang zum Dach bildet. Ein kleiner

Rückzugsort für Tauben. »Geh weg!«, Mama winkt heftig mit ihren Händen, als ich meinen Kopf die Treppe raufstrecke. »Da passt Du niemals rein!« – »Shhhhh!« So leise ich kann, gehe ich in die Wohnung zurück. Ich schließe die Tür und presse meinen ganzen Körper gegen sie. Als ob ich damit besser hören könnte, schließe ich die Augen. Mein Herz klopft wie verrückt. Das Klingeln hat inzwischen aufgehört. Trotzdem bleibe ich einen Moment wie versteinert im Flur unserer Wohnung stehen und lausche, ob ich nicht doch ein Geräusch draußen höre, ob nicht doch wer hochkommt. Nach einer guten halben Stunde bin ich sicher, dass da niemand ist. Ich gehe die Treppe hoch. »Mimi! Mimi? Wo bist Du? Da ist keiner, Du kannst rauskommen« – »Äffz, ach! Scheiße!«, es raschelt aus dem kleinen Spalt, dann höre ich ein Stöhnen und Rutschen. Mamas Löckchen kommen zum Vorschein. Und dann presst sie auch den Rest von sich aus dem engen Spalt. Überall an ihr kleben Taubenfedern und ja, da ist leider auch etwas Taubenscheiße an Armen und Beinen. Mit festen Schlägen klopft sie sich den Dreck ab. Eine mamagroße Staubwolke bildet sich um ihren Körper. »Die scheiß Schmier!« Wortlos schaue ich sie an. Ich schaffe es geradeso, nicht zu fragen, was wieder los ist. Ich habe Angst vor der Antwort. Es läuft doch im Moment alles so gut! »Hm«, mehr bringe ich nicht raus. Leider bleibt es nicht die einzige Kletteraktion. Sobald es an der Tür klingelt, geht das Ganze von vorne los. Und noch immer weiß ich nicht genau, was die Polizei von ihr wollen könnte. Mir ist weder aufgefallen, dass sie irgendwo etwas »gearbeitet« (sprich geklaut) haben könnte, noch deutet irgendwas auf höhere Schulden hin. Sollte es etwas noch Schlimmeres sein? Nur was?

Eine Woche später, an einem Mittwoch, werde ich nach der Schule erwartet. Es ist dieses Mal aber nicht Papa, es ist Roland. »Deine Mutter ist im Krankenhaus. Sie ist heute Morgen gestürzt. Es ist aber nicht so schlimm.« – »Hä?«, presse ich nur raus. Das habe ich jetzt nicht erwartet. »Im Krankenhaus?«, ich muss es noch mal wiederholen, um sicherzugehen, dass ich mich nicht verhört habe. »Ja, im Hildegardis. Wenn Du was brauchst, melde Dich. O.k.?« Ich nicke, verliere aber keine Zeit mit diesem Roland, sondern fahre sofort ins Krankenhaus. Mama liegt im Bett und trägt einen Kopfverband. Ihre Augen sind verheult. »Mama, Mann! Was ist denn passiert?« – »Ach, ich bin nur ausgerutscht.« Mamas Blick weicht meinem aus. »Hä? Aber wie? Wo? Ich verstehe das nicht«, ich schlucke, um den Kloß im Hals loszuwerden. »Da jibet nit viel zu verstehen, Kind! Ich bin jefallen! Wat soll ich Dir da noch sagen!« – »Und wo?« – »Ach, auf der Arbeit. Auf 'nem Parkplatz. Wie war die Schule?« – »Mama, lenk nit ab!« – »Mädchen, es ist nicht schlimm! Es geht mir gut! Haste schon wat jejessen?« – »Mama! Ernsthaft?« – »Kind, ich bin müde. Ich muss was schlafen. Geh nach Hause und iss wat, ja?« Ich gebe auf. Als es am selben Abend an der Tür klingelt, rutscht mir schon routinemäßig das Herz in die Hose. Es ist aber wieder nur Roland. »Was ist? Mama kommt doch morgen wieder aus dem Krankenhaus, oder?« Roland schiebt sich von der Wohnungstür an mir vorbei in unseren Flur. »Ja, theoretisch. Aber die Polizei hat sie im Krankenhaus verhaftet und wird sie gleich mitnehmen. Das tut mir sehr leid.« Bumm! Der Schlag sitzt, dass ich völlig meine Sprache verliere und nur doof um mich gucken kann. Erst jetzt bemerke ich eine Plastiktüte in seiner Hand. »Hier, guck mal. Deine Mutter hat mir gesagt, dass Du gerne malst. Mit Ölfarbe.« Aus der Tüte zieht er mehrere kleine Tuben. »Ich habe mir erlaubt, Dir ein paar Farben und auch Pinsel mitzubringen. Warte, da ist noch etwas.« Für sein merkwürdiges Outfit hat er eine interessant geschwollene Aussprache, »erlaubt«, ts! Roland öffnet die Wohnungstür und holt aus dem Treppenhaus doch tatsächlich eine richtige Staffelei, auf der eine große Leinwand gespannt ist. »Oh, wow!«, ich weiß gar nicht, was ich noch sagen könnte. Eher bin ich froh, dass ich überhaupt noch ein Wort der Anerkennung unter diesen Umständen rausgepresst bekomme. Dann nestelt er an seiner pink-türkisfarbenen, ballonseidenen Trainingsjacke herum und zieht ein braunes Lederportemonnaie hervor. »Hier sind auch noch hundert Mark. Kommst Du damit klar?« – »Öh«, immer noch fällt mir kein sinnvoller Satz ein. »Ja, klar, danke. Das ist sehr nett.« Roland zieht seinen Mund zu einem langen, geraden Strich. »O.k., ich bin dann wieder weg. Tschüss!«, rauscht er in seinem Trainingsanzug davon. Langsam gehe ich zurück in die Küche. Ich muss mich hinsetzen.

Es ist Herbst geworden. 30. September 1989. Nur heute ist es ziemlich warm. Wir hatten die Heizung in der Küche vor ein paar Tagen, als es deutlich kälter war, auf fünf gedreht, dabei ist uns der Drehknauf abgebrochen. Jetzt kann man sie nicht mehr runterstellen. Es ist irre heiß im Raum. Doch ich kann mich nicht wegbewegen. Ich möchte so gerne weinen, aber auch das kann ich nicht. Mein ganzer Körper fühlt sich völlig taub an. Ich fühle nichts, nicht mal das Fiepen im Ohr. Ob ich zu Papa rübergehe? Das wäre das Logischste. Nur, was soll ich ihm sagen? Dass ich, mit inzwischen vierzehn Jahren, immer noch Schiss habe, alleine in einer Wohnung zu bleiben? Der hält mich doch für bekloppt. Nicht mal Babilo ist noch da. Die ist vor einiger Zeit urplötzlich verschwunden. Tagelang hatte ich meine kleine Freundin gesucht. Aber nix. Sie ist weg. Ich zwinge mich, die Arschbacken zusammenzukneifen. Ich will hierbleiben. Ich will nicht, dass wir die Wohnung verlieren. Bevor ich schlafen gehe, mache ich überall in der Wohnung das Licht an. Ich bereite mein Bett im Wohnzimmer vor, wo sonst Mama schläft. Das ist der Raum in der Mitte der Wohnung, gegenüber der Eingangstür. Falls was Gruseliges passiert, kann ich sofort abhauen, denke ich. Alles muss gut geplant sein. Die Fenster sind offen, Insekten gibt es zum Glück kaum noch. Dann mache ich meinen Kassettenrekorder an. Heute knarzt mich *S'Express* in den Schlaf: »Enjoy this trip, enjoy this trip, and it is a trip. Countdown is progressing …«

»Iris, können wir zu Dir?«, Mario und Nazan gucken mich erwartungsvoll an. Es regnet, und der Wind peitscht uns regelrecht die Tropfen ins Gesicht. Nazan darf keine Jungs mit nach Hause nehmen. Mario möchte niemanden mit nach Hause bringen – ob Junge oder Mädchen. Bleibe also nur ich. »Ja, o.k. Let's go.« In den nächsten Tagen wird unsere Wohnung zum Treffpunkt sämtlicher Klassenkameraden, die nach der Schule nichts Besseres zu tun haben. Wir gucken Video oder zocken *Super Mario*, das nach jahrelangem *Donkey-Kong*-Training mein absolutes Lieblingsspiel ist, in der man einfach, etwa durch eine grüne Röhre, in einer Welt verschwinden kann, um in einer anderen wieder aufzutauchen. Eine Welt, die weniger gefährlich oder riskant ist. Das hört man schon am Musikwechsel. Von einem schnellen, bedrohlichen Rhythmus zack in die Röhre, und plötzlich ist da diese fröhliche Jump-and-Run-Klingklang-Musik und Super Mario ist umgeben von bunten Schmetterlingen, Pilzen und einem strahlend blauen Himmel. Außerdem gibt es noch eine Reihe sogenannter *Warp-Zones*. Versteckte kleine Geheimgänge, durch die man mehrere Level auf einmal überspringen kann – sogar fast bis ans Ziel! Nur die richtigen Profis kennen diese Verstecke – ich zum Beispiel! Wie geil wäre das bitte, wenn das in echt ginge? Wir bilden uns ein, dass es in der Wohnung auch *Warp-Zones* gibt und grüne Röhren. Der Flur ist eine. Hier, im Kinderzimmer, ist die sichere Welt, doch im Wohnzimmer ist die gefährliche, wo es etliche Bummelkäfer gibt, gegen die auch Super Marios Feuerbälle nichts ausrichten können. Also jetzt nicht in echt, nur vorgestellt. Irgendwas muss ich den beiden ja sagen, warum sie in dieses Zimmer nicht dürfen. Es ist tagsüber streng verschlossen, wenn meine Freunde da sind. Manchmal tue ich nämlich so, als sei Mama zu Hause. Niemand soll merken, dass die Wohnung in Wahrheit immer leer ist. »Sag mal, wo ist denn Deine Mutter eigentlich die ganze Zeit? Ich habe die noch nie gesehen«, bemerkt Nazan dann doch nach ein paar Tagen. »Die ist da, die schläft nur im Wohnzimmer!« – »Jetzt? Am Nachmittag?« – »Ja, die hat Kopfschmerzen, daher will sie ihre Ruhe haben. Also geht bitte auf keinen Fall in ihr Zimmer, ja? Ich gehe kurz aufs Klo.« – »Ja, ja. Pass auf, dass Du nicht reinfällst!« – »Hö, hö!« Auf dem Klo sitzend fällt mein Blick auf einen langen gelben Morgenmantel von Mama, den ich heute früh achtlos liegen gelassen habe. Ich hebe ihn auf und ziehe ihn über, um ihn zurück ins Bad zu bringen. Das Bad liegt direkt neben meinem Zimmer. Ein bisschen Ordnung muss sein. Der Mantel ist aus ganz leichtem Material, sodass er beim Gehen wie ein Schleier durch die Luft fliegt. Als ich zurück ins Zimmer komme, flüstert Nazan ängstlich: »Iris! Deine Mutter ist wach! Ich hab sie gerade gesehen, die ist ins Bad gegangen! Wird die jetzt sauer, weil wir hier sind?« Sie hält sich die Hand vor den Mund, als würde sie sich eigentlich ganz gerne unsichtbar machen. »Ach Quatsch, aber lass uns hier im Zimmer bleiben, dann kann die sich in Ruhe anziehen.« – »O.k.!« Glück gehabt! In den nächsten Tagen kommen keine Fragen mehr.

Es ist schön, dass tagsüber ein paar Leute da sind. Abends gehe ich dann noch hin und wieder zu Papa, manchmal kommt er auch zu mir. Ich bemerke nur, dass er sich auch in dieser Wohnung nicht wohlfühlt. Lange bleibt er nie. Ebenfalls nur kurz sind die eher seltenen Besuche von Roland. Er holt mich immerhin einmal mit dem Auto ab und nimmt mich mit zu Mama in die JVA – endlich keine Bahn mehr fahren. Die Angst davor, von einem Klassenkameraden entdeckt zu werden, ist zu groß. Warum sie wieder einsitzt? Angeblich eine »alte« Sache. Das kann nur Ladendiebstahl sein. Ich gebe den Versuch auf, alles genau zu erfahren und nachzuvollziehen. Es ist manchmal besser, gewisse Dinge nicht zu wissen. Roland male ich zum Dank ein Bild mit seinen Ölfarben: eine Sonne, die in warmen Rottönen hinter einem ruhigen Meer untergeht. Im Vordergrund ein Delfin, der aus dem Wasser springt. »Wow, Du hast wirklich Talent«, sagt Roland. Ich bin total geschmeichelt.

Findeisen

Die Tage und Wochen gehen erstaunlich schnell vorbei. Die Nächte sind weiterhin nicht richtig cool, aber immerhin hocke ich nicht mehr im Treppenhaus. Ich bekomme sogar alles mit dem Sozialamt gemanagt, sodass ich die Stütze bar an der Sozialamtskasse abholen kann. Ein eigenes Konto habe ich ja nicht. Die Miete wird weiterhin direkt überwiesen. Die Behörden wissen also, was Phase ist und schicken bald auch wieder einen Sachbearbeiter vom Jugendamt vorbei. Es ist zum Glück nicht mehr diese Frau Nütten, sondern eine jüngere, schlanke, wenngleich wieder blonde Frau mit kurzen Haaren. »Hallo, ich bin Frau Findeisen. Du brauchst Dir keine Sorgen zu machen, das wird schon alles gut«, sagt sie zur Begrüßung im Flur. »Können wir uns irgendwo hinsetzen?« – »Ja, gern. Hier entlang bitte.« Ich bin kein bisschen aufgeregt. Die Frau scheint nett zu sein. Wir setzen uns gemeinsam an den Küchentisch. Es ist immer noch irre heiß in der Wohnung, den kaputten Heizungsknauf konnte ich nicht fixen. »Schau mal, Du kannst die Sozialhilfe in der Brückenstraße für Dich selbst abholen. Die Miete bezahlt ja ohnehin das Amt, richtig? Und wann hast Du den letzten Kleiderantrag gestellt?« Wow! Die gibt mir mal genau die Infos, die ich jetzt brauche. Von einer Unterbringung in einem Heim ist nicht die Rede. »Die Unterstützung habe ich bereits abgeholt« – »Ach, toll! Du bist ja wirklich sehr selbstständig!« Ich lächle breit. »Kannst Du Dich denn auch gut versorgen? Mit Essen, meine ich!«, ihr Blick wandert durch die Küche. Essen! Mein wunder Punkt. Immer noch stehen rohe Nudeln auf meinem Speiseplan, und zum Abendbrot hole ich mir vom Büdchen auf der Aachener Straße eine Tafel weiße Schokolade (crunch) und zehn lange saure Weingummi-Stangen mit Erdbeergeschmack. »Ja, das klappt gut. Ich hole mir morgens in der Schule ein Käsebrötchen für 1,10 DM und später koche ich mir hier was oder esse bei meinem Vater«, ein bisschen Flunkern fällt mir nicht schwer. Dass ich mir auch noch etliche Zeitschriften kaufe – *Bravo, Bravo Girl, Mädchen, Miss Vogue* und *Marie Claire* – verheimliche ich lieber (ich liebe weiterhin Mode!). »Das Geld vom Sozialamt teile ich gut ein!« – »Prima«, sagt Frau Findeisen und lächelt. »Du hast übrigens einen sehr hübschen Pullover an!« Sie fühlt den Stoff an meinem Ärmel. Es ist ein grauer Wollpullover mit einem kleinen Schildkrötenkragen. »Der sieht nicht billig aus!« Ihr Blick wird etwas ernster, das Lächeln verschwindet. Die denkt doch nicht etwa, dass ich? »... äh, ne! Überhaupt nicht! Den habe ich auf der Schildergasse im Jeanspalast ganz günstig bekommen! Der hat nur 49 DM gekostet!«, meine Stimme hat einen hohen Pitsch bekommen, und ich merke selbst, dass ich viel zu schnell rede. »Sehen Sie, hier ist noch die Tüte dazu.« Aus dem Schrank unter der Spüle ziehe ich das eingeknüddelte Plastik hervor. »Die haben ganz tolle Sachen, gar nicht teuer!« Ein bisschen trifft es mich, dass sie »so was« von mir denkt – als wäre das Beispiel meiner Mutter nicht Warnung genug. Diese Lektion habe ich zu Hause gelernt – und werde sie auch nicht so leicht vergessen. Jetzt lächelt sie wieder. »Du, wenn Du möchtest, kann ich mich dafür einsetzen, dass Du Deine eigene Wohnung bekommst«, Frau Findeisen nimmt einen Schluck Wasser und guckt mich mit großen Augen an. Ich muss den Satz kurz sacken lassen. »Na, was sagst Du?« – »Aber ich bin doch erst vierzehn!« – »Das macht nichts. In besonderen Fällen können auch Kinder in Deinem Alter in eine eigene Wohnung ziehen, streng begleitet vom Jugendamt.« Ich fülle ihr Wasserglas am Kran noch einmal auf, um etwas Zeit zu gewinnen. Doch eigentlich weiß ich die Antwort schon: »Das ist nett, aber das will ich nicht. Ich will auf meine Mama warten.« – »Wie Du willst. Wenn Du es Dir anders überlegst, kannst Du immer auf mich zukommen. Du weißt ja, wo Du mich findest.« So genau weiß ich das, um ehrlich zu sein, nicht. Aber da das Angebot für mich so abwegig ist, frage ich erst gar nicht nach, wo genau ihr Büro liegt. Die Hoffnung darauf, dass bald alles wieder gut wird, ist noch da. Wenn Mama nur schnell entlassen wird. Nur wann? Wann wird das sein?

Nachdem Frau Findeisen gegangen ist, fange ich an, etwas aufzuräumen: Gläser spülen, Teller abwaschen. Als ich ein frisches Küchenhandtuch aus dem Schrank hole, fällt mir ein kleines Buch auf. Es liegt versteckt hinter den Handtüchern. Es ist ein Tagebuch. Ich selber schreibe schon, seitdem ich neun Jahre alt bin. Mein erstes hatte noch ein *Hello-Kitty*-Motiv. Dieses hier ist ganz schlicht, schwarzes Leder. Sofort erkenne ich Mamas Handschrift. Etwas zu schnörkelig, fast altmodisch und sie hat doch etwas Kindliches. Ich darf das nicht lesen! Ich darf das nicht lesen! Scheiße, ich kann meinen Blick nicht abwenden. Und schon fällt mein Blick auf einen Satz: »Manchmal will ich einfach nur alles beenden. Aber das geht nicht. Ich muss durchhalten. Ich muss es schaffen – für mein Kind, für meine Familie!« Ich erschrecke mich vor den Worten, schlage das Buch zu, noch bevor ich mehr lesen kann. Einen Moment schließe ich die Augen und halte das Buch fest an meine Brust gedrückt. Dann packe ich es schnell ordentlich wieder in sein Versteck. FÜR EUCH, denke ich! Sie tut alles immer nur für uns! Nie für sich. Mama ist der selbstloseste Mensch, der mir je begegnet ist (das gilt bis heute, Mimi!).

Die frühen 90er

Dr. Zerki

Leider kommt Roland nicht oft mit in die JVA, und ich muss doch wieder die Bahn nehmen. Ich passe nur auf, dass ich nicht direkt nach der Schule losfahre, um nicht in einen Schwung Klassenkameraden auf ihrem Heimweg zu geraten. Die Bahn fährt ab Ehrenfeld oberirdisch. Ich beobachte die vorbeiziehenden Häuser, die Menschen auf der Straße – ich glaube, ich erkenne inzwischen jeden Gyrosimbiss, jede Dönerbude blind. Unter dem grauen Herbsthimmel sieht die Gegend hier noch trister aus als ohnehin schon. Je näher die Anstalt kommt, desto leerer wird es in der Straßenbahn. Das beruhigt mich immer, weil ich dann sicher sein kann, ungesehen zu bleiben. Inzwischen nehme ich mir auch mal was zu lesen mit. Meist eben irgendwelche meiner Hochglanzmagazine, selten Bücher. Ich wüsste auch gar nicht, welche. Mir fällt auf, dass ich häufiger im Knast war als in unserer Stadtbibliothek. Die Bahn hält, Endstation: »Bitte alle aussteigen!« Wieder heißt es warten am Häuschen, warten im Eingang, warten im Warteraum. Dazwischen das bekannte Rascheln der Schlüssel. »Mama!« – »Mädchen!« Wir halten uns nur im

Arm, sprechen nicht. Ich frage nicht. Für diesen einen Moment, den wir nur für uns beide haben, erlauben wir uns, die großen Probleme auszuklammern, als wären sie einfach nicht da. Ich nehme Mama mit in meinen *Club Tropicana* – meine Schule. Ich erzähle ihr jedes Detail, jede gute Note, jede neue Bekanntschaft, die ich gemacht habe. Sie lächelt! Nein, sie strahlt. Ihr Blick fällt auf mein T-Shirt. Ein buntes Graffiti ist draufgemalt. »Dat is aber schön, hässe dat selbst jemacht?« – »Ja, das war ein Schulprojekt. Cool, ne?!« – »Wat steht denn da drupp? JAM? Wat heißt dat?« Ein Begriff, den ich in meinem Frankreichurlaub aufgeschnappt habe und seither überall draufkritzele: auf meine Hefte, meine Musikboxen zu Hause und auf dieses T-Shirt. »Weiß ich gar nicht so genau!«, ich muss lachen. »Bescheuert, ne?« – »Ach ... nit schlimm, Kind.« Mama schüttelt leicht ihren Kopf. »Was ist für Dich eigentlich das schönste Wort, Mama? Wenn Du Dir eins aussuchen könntest – so wie eine Lieblingszahl?« Mama zieht die Augenbrauen etwas zusammen, ihr Blick geht hoch zur Decke: »Hm, lass mich mal überlegen ... Nä, ich muss gar nicht überlegen – Freiheit! Das ist mein Lieblingswort!« Sie lacht, die Augen sind aufgerissen. »Freiheit? Joa, das ist ein cooles Wort! Dann soll ›Freiheit‹ von jetzt an unser JAM sein!«, ich zupfe an der Schrift auf meinem T-Shirt. Mama nickt zustimmend. »Es gibt nix Wichtigeres als das, Mädchen. Nix!« Dazu gibt es nicht viel mehr zu sagen, nicht an diesem Ort, nicht zu dieser Zeit.

Es dauert noch bis in den Dezember, bis Mama wieder diesen bzw. ihren Jam leben kann. Endlich! Nach drei Monaten! Was für ein Glück! Ein schöneres Weihnachten hätte es für mich nicht geben können. Ich bin selbst überrascht, dass ich diese Zeit durchgehalten habe und wir die Wohnung währenddessen nicht verloren haben. »Guck mal, Mama, ich habe eine Pflanze gekauft, das ist ein Farn«, übermäßig stolz gebe ich Mama eine kleine Führung durch die Wohnung – es ist alles gut erhalten. »... nichts ist zerbrochen! Und ich habe immer sauber gemacht!« – »Jut, Mädchen! Schön«, sie hat wieder diesen Glanz in den Augen und strahlt über das ganze Gesicht: »Boahhh, is dat schön, wieder zu Hause zu sein, ming Kückelchen!« Vielleicht wird jetzt alles gut. (Du bist kein bisschen gebrochen, stehst sofort wieder gerade und verschwendest keine Zeit damit, Deine Wunden zu lecken – Wahnsinn! Diese Energie! Dieser Antrieb!)

Es ist, als wenn Mama gar nicht weg gewesen wäre: Der Kühlschrank füllt sich wieder mit feiner Wurst, frischem Gemüse und einer Menge Obst: Papayas! Die liebe ich so! Gegenüber meinen Klassenkameraden muss ich jetzt auch nicht mehr so tun, als würde meine Mutter noch schlafen. Sie ist wirklich da: live und in Farbe. Über den Besuch meiner Freunde freue ich mich jetzt noch ein bisschen mehr. Platschka darf sogar manchmal bei mir übernachten. Wir starren stundenlang auf den Mond oder hören mit meinem neuen CD-Player (!) Alexander O'Neil. Einmal schleichen wir uns nachts um vier sogar raus, um mit den Roller Skates zur Domplatte zu fahren. Wir beide ganz alleine auf dieser riesigen, unglaublich glatten Fläche. Der imposante, dunkle Dom mit seinen zwei riesigen Spitzen im Hintergrund. Die Vorstellung absoluter Freiheit, unser JAM, aus der Perspektive zweier Teenies. Der nächste Schultag fühlt sich weniger groß an.

Zu Papa gehe ich noch an so zwei oder drei Abenden pro Woche. Eigentlich habe ich überhaupt keine Lust mehr dazu. Irgendwie bin ich da etwas rausgewachsen, mit ihm gemeinsam Bilder zu malen, über seine Zeit in der Türkei zu sprechen, seine verpassten Chancen. Es macht mich traurig. Mein großer Papa, mein Kindheitsheld, der immer die schrägsten Ideen hatte, hat jetzt keine mehr. Immerhin kann Papa neuerdings Tele 5 im Fernsehen empfangen, und ich kann mich einfach hinsetzen und nur Musik hören. Papa ist auch viel ruhiger geworden. Große Pläne hat er nicht mehr, also keine großen Dinger, meine ich. Er tippt zwar noch Lotto und geht ins Wettbüro, aber das wirkt jetzt eher hobbymäßig als manisch. Ich glaube auch, dass er selbst nicht mehr mit einem großen Gewinn rechnet. Und so vergeht Jahr um Jahr. Es ist fast wie ein Schnippen mit dem Finger, Hunderte einzelne Kalenderblätter, die in irrer Geschwindigkeit abgerissen werden und zack: über vier Jahre sind rum! 1994! Äußerlich verändere ich mich nicht mehr, über meine 168 Zentimeter komme ich nicht hinaus. Mit gerade achtzehn Jahren sitze ich also immer noch zwei- bis dreimal die Woche hier, vor Papas Fernseher – aus Tele 5 wurde MTV und VIVA. Papa sitzt währenddessen hinter mir und raucht. Obwohl ich auch rauche, rauche ich nicht mit ihm zusammen. Ich bin noch nicht bereit, das Kindsein komplett aufzugeben. Nicht hier, nicht bei ihm. Ganz tief in mir denke ich, dass es Papa traurig machen könnte, dass das Kind, das ihm früher im *Billardsaal* in die Arme gesprungen ist, ihn geknutscht hat, nicht mehr da ist. Mich kneift es bei dem Gedanken jedenfalls in der Brust.

Im Fernsehen läuft ein Bericht über das Attentat in Solingen. Rechtsradikale haben im vergangenen Jahr ein Haus angezündet und fünf türkische Frauen und Mädchen getötet. Eines war so alt wie ich. Vor Gericht stehen vier Jungs, die zu dem Tatzeitpunkt nicht mal volljährig waren. Ausländerfeindliche Taten häufen sich seit einigen Jahren. Mit Hoyerswerda 1991 fing es an, dann kam Rostock-Lichtenhagen und Mölln, es schien alles so weit weg. Solingen aber ist keine vierzig Kilometer von Köln entfernt. »Da, siehste, Kizim, was passiert? Was die mit Menschen wie uns machen? Miese Schweine! Das wird immer schlimmer.« Papa schüttelt den Kopf. Ich schweige, nicke nur zustimmend. Auch ich habe genau das gedacht. Egal, wie sehr Papa versucht hat, sein Türkischsein von mir fernzuhalten – es funktioniert nicht. Ich bin ein Teil von ihm. Mein Vater ist mein Vater, das lässt sich nicht ausradieren wie ein dünner Bleistiftstrich auf weißem Papier. Oder mit einem deutschen Namen. Das Gefühl, auch angegriffen worden zu sein, ist da. Ich versuche, es für mich zu behalten. »Ich schalte mal um, ja Papa?« – »Ja, Mädchen. Ich gucke sowieso nicht. Man kann es nicht ändern. Arschlöcher bleiben Arschlöcher.« Papa guckt wieder auf sein Buch. Er lernt jetzt Englisch: »How are you, my friend?«, sagt er und muss selbst lachen, weil es mit seinem gerollten »R« so steif klingt. Ich drehe mich nur um und sage mit einem übertriebenen britischen Akzent: »Well, well! I am good! Thank you for asking, Sir!« Papa kichert wieder. Dann verstummt er plötzlich. »Irri, mein Herz! Hör mal!« Er fasst sich an die Brust und guckt etwas erstaunt. Die Augen sind groß aufgerissen, aber er lächelt weiter. Keine Ahnung, warum Papa in den weirdesten Momenten immer lächelt! »Papa, mach mir keine Angst! Was ist denn?«, ich drehe mich vom Fernseher weg und setze mich zu ihm an unseren alten *Micky-Maus*-Tisch. Seine Kippe liegt auf dem überfüllten schweren Aschenbecher aus dunkelrotem Kristall – ein altes Objekt aus besseren Zeiten. »Ist nix Schlimmes! Aber mein Herz klopft ganz komisch. Hör mal. Das macht bumm-bumm, bumm-bumm, bum … und dann wieder bumm-bumm.« Ich drücke meine Hand auf seine Brust. »Ich merke nix, Papa!« Ich will meine Hand schon wieder wegziehen, da hält er sie fest. »Warte doch!« Dann spüre ich es auch. »Krass! Das Herz setzt einen Schlag aus!« Papa lächelt jetzt noch mehr, als würde er sich freuen, dass er mir zeigen konnte, dass er recht hat. »Komisch, ne?« – »Ja, total! Ich gehe morgen sowieso zum Zerki!« Dr. Zerki ist Papas Hausarzt, zu dem er schon seit einer kleinen Ewigkeit geht. Er ist es auch gewesen, der sich weigerte, ihm weiter Unmengen Codein-Compretten zu verschreiben. Guter Mann also. »Pass auf Dich auf, Papa! Ja? You must go to the doctor, o.k.?« – »Yes!« Papa kneift zustimmend die Augen zusammen und widmet sich wieder seinem Englischbuch. Ich schaue noch etwas fern. Kurz vor Mitternacht schnappe ich mir meine Jacke und gehe rüber in die Flandrische. Ich muss morgen in die Schule. Mama kommt nach wie vor erst nach Mitternacht nach Hause. Es ist wirklich erstaunlich, wie Mama seit Jahr und Tag ihrem Job nachgeht. Egal an welchem Wochentag, egal bei welchem Wetter – Mama geht pünktlich wie ein Maurer nachmittags aus dem Haus und kommt in der Nacht erst zurück. Wir schweigen weiter darüber, wo genau sie hingeht. Uns ist unausgesprochen beiden klar, dass es eben kein Job mit Stempelkarte ist. Sie benutzt daher auch nie so arbeitsspezifische Formulierungen wie: »Da nehme ich mir Urlaub« oder »Ich lasse mich krankschreiben«. Mal davon abgesehen, dass sie in all den Jahren noch NIE »Urlaub« gemacht hat, geschweige denn mal ein paar Tage zu Hause geblieben wäre. Sie ackert und ackert und ackert – und vor allem nachts kann ich den Gedanken nicht ignorieren, für wen sie das tut: für mich, für uns, für ihre Familie! Ich liege auch heute erst mal glockenwach auf meiner Schlafcouch und starre gegen die Decke. Helle Lichter der vorbeifahrenden Autos von draußen führen für mich einen kleinen Tanz auf. Meine Gedanken kommen immer noch nicht zur Ruhe. Mir fällt wirklich kein Tag ein, an dem Mama einfach mal nicht gearbeitet hat, oder? Doch! Ein einziges Mal vor ein oder zwei Jahren. Aber auch nur, um mir einen Gefallen zu tun. Sie hat mich ins Ballett begleitet. Tschaikowskis *Nussknacker*. Mein Jazz-Dance-Lehrer tanzte dort mit und hatte Karten hinterlegt. Mama ist keine typische Ballettgängerin – aber sie hat es, wie so oft, FÜR MICH mitgemacht. Wir sind danach noch in den *Spa-*

ghetti-Palast gegangen. Es war ein wunderschöner Abend. Manchmal überlege ich, ob der Gedanke besser zu ertragen wäre, wenn Mama gezwungen würde zu tun, was sie tut. Was für ein kranker Gedanke. Ich weiß das! Dieser Umstand würde aber vielleicht mein eigenes Gewissen entlasten? Oder? Dass eben nicht alles für uns ist, für mich. Aber da ist nichts, kein Hinweis, kein Indiz. Selbst dieser Roland ist nicht mehr da. Die beiden sind schon länger getrennt. Ich bin es, für die sie es tut! Ich! HORROR! Im Laufe der Zeit versuche ich, mich finanziell immer unabhängiger zu machen, damit das endlich aufhören kann. Seit ich sechzehn bin, jobbe ich regelmäßig bei *Marc O'Polo*. Der meiste Lohn geht nur leider für Klamotten drauf, ich tausche die Kohle fast eins zu eins gegen irgendwas aus dem Laden. Hier mal ein Sweatshirt mit Logo drauf, da mal ein paar Schuhe, Jäckchen, Strümpfe. Wahnsinn! Viel bleibt nicht übrig. Mama beteiligt sich daher weiterhin regelmäßig an meinen Urlauben: zu den Verwandten in die Türkei, zum Segeln mit den Klassenkameraden nach Holland. Zu Weihnachten habe ich ein Mountainbike von *Scott* bekommen – für 1 500 DM! 1 500 DM! Ich rase damit regelmäßig mit meinem Freund Kai in Deckstein die kleinen Berge rauf und runter und sogar die langen Treppen am Dom (wir lieben es!). Mama gibt mir die Freiheit zu tun, was auch immer ich tun will. Den Preis dafür zahlt sie, nicht ich. Ich lasse es geschehen. Ob ich doch mit ihr rede, dass wir das nicht brauchen und sie lieber was anderes arbeiten soll? Nein, das kann ich nicht. Das kann ich einfach nicht aussprechen. Ich will es auch gar nicht denken!

Schluss jetzt! Ich muss wirklich schlafen. Augen zu und Nacht! (Mimi, manchmal wünschte ich, ich wäre nicht so sprachlos Dir gegenüber gewesen.)

Carsten

O.k., es war keine besonders gute Nacht für mich. Nach der Schule ausruhen klappt leider auch nicht: Um vierzehn Uhr fängt meine Schicht im Laden an. Zum Glück ist nicht langer Donnerstag, und es geht nur bis 18:30 Uhr. Mein Gemütszustand fühlt sich ähnlich zerknittert an wie die Pullis und Blusen, die vor mir auf dem Tisch liegen. Die Leute, die hier einkaufen, sind oft zu höflich, uns Verkäufern die Klamotten nach der Anprobe einfach in die Hand zu drücken. Sie versuchen, sie selbst zu falten, aber das sieht so beschissen aus, dass ich es selbst noch mal neu machen muss. Damit alles so irre symmetrisch wird, benutzen wir ein extra Holzbrettchen, über das die Oberteile ganz gleichmäßig zusammengelegt werden.

»Haben Sie den vielleicht noch in Größe ›L‹? Oder was meinst Du, Carsten?« Eine ältere Dame holt mich aus meinem Sekundenschlaf. Sie hält eines unserer Signature-Sweatshirts mit großem *Marc O'Polo*-Schriftzug in ihren stark gebräunten Händen. Die großen Diamanten ihrer Ringe blinzeln mich aufdringlich an. Die Nagelspitzen sind zu weiß, um natürlich zu sein. Carsten lächelt mich an, als würde er sagen wollen: »Sooo peinlich, meine Mutter, oder?« Ich antworte ihm mit einem angedeuteten Augenrollen als quasi: »Oh ja! Ich verstehe Dich so gut!« Dabei verstehe ich ihn überhaupt nicht. Ich bin eher neidisch, dass ihn seine Mutter hier in diesem Laden von Kopf bis Fuß einkleidet, ohne auch nur mit ihren schwarz getuschten Wimpern zu klimpern.

Als Carsten den Pulli über seinen Kopf zieht, rutscht sein T-Shirt ein wenig hoch. Er hat ein unglaublich schön definiertes Sixpack. Seine Haut ist ebenfalls etwas gebräunt. Es ist keine Sonnenbank-Bräune. Die erkenne ich. Ne, das ist echt schöne Mallorca- oder Toskana-Bräune. Ein kurzer Moment, der so viel sagt: umsorgt, behütet, verwöhnt, reich. Aber Carsten merkt von meinem Gedankenspiel nichts. Äußerlich habe ich mich wie ein Chamäleon an diese Umgebung angepasst. Ich trage das gleiche Logo-Sweatshirt – in »XS«. Auf die schwarze American Express buche ich in weniger als zehn Minuten 768 DM. »Vielen Dank und noch einen ganz schönen Tag für Sie!«, ich lächele übertrieben. Manchmal komme ich mir vor, als würde ich ein richtiges gestörtes Doppelleben führen, ein bekloppter Schizzo, wenn ich dann abends nach Hause komme und ich mich kein bisschen wundere, wenn ich in Mamas Schrank Dutzende Kondome finde.

Besuch von Mamas Freunden bekommen wir so gut wie nie. Seitdem auch Roland Geschichte ist, kommt nur noch die verrückte Conny hin und wieder vorbei. Sie ist inzwischen im Methadonprogramm, konsumiert aber immer noch »H«. Sie kauft es von dem Geld, das sie damit verdient, das Methadon gewinnbringend zu verticken. Sie ist und bleibt eine geschäftstüchtige, schlaue Frau. Ich mag ihre Lache. Sie ist laut, dunkel und ja ... irgendwie roh. Der jahrelange Konsum hat bei ihr nicht die gleichen Spuren hinterlassen wie bei all den anderen vom Friesenwall – jedenfalls nicht im Vergleich zu denen, die es überhaupt in die Neunziger geschafft haben und nicht schon an AIDS oder einem goldenen Schuss verreckt sind. Ihre dunklen Locken sind glänzend und richtig dick, sie ist schlank und hat vor allem noch alle Zähne, was ungewöhnlich ist! »Na, Iris! Was geht?«, brummt sie mir aus unserer Küche zu und fängt auch schon an zu lachen, als sie mich sieht, ohne dass ich überhaupt die Gelegenheit habe, irgendwas zu sagen. »Na, Conny. Wat lachst Du so blöd?«, entgegne ich und setze mich im Schneidersitz auf unsere Waschmaschine – meinen Lieblingsplatz. »Nix, nur so«, sagt Conny immer noch breit lächelnd, während sie mich von oben bis unten mustert. Ihr Blick bleibt auf meinen schwarz lackierten College-Schuhen haften, die eine goldene Spange zieren. »Schöne Klamotten haste an«, sie grinst so übertrieben, dass ich ihre gesamte Kauleiste sehen kann. »Pfff.« Ich zucke mit den Achseln. Ich weiß genau, dass die über meine Klamotten lacht. Ich muss für sie in der Tat ulkig aussehen in dieser »Feine-Tochter«-Verkleidung. Sinnlos, dazu etwas zu sagen, also wechsle ich das Thema. »Was machen Du und Mama? Geht ihr tanzen?«, dabei mache ich ein bisschen Headbanging und grinse breit. Conny lacht laut auf. »Ja klar, wir wollten hück zu den Oskars! Ever ding Mutter hät kin Zick. Die muss ja arbigge jon. Ich darf die vielbeschäftigte Dame ever zur Bahn bringe.« Mama kommt fertig gestylt aus dem Bad und setzt sich noch mal kurz mit an den Küchentisch. »Conny muss ja am Bahnhof noch ein paar Jeschäfte machen, verstehste?!« Mama schürzt ihre Lippen übertrieben und zieht die Brauen bei dem Wort »Jeschäfte« ganz hoch. Conny zuckt nur mit der Schulter und zündet sich noch eine selbst gedrehte Zigarette an. Ihre Hände sind kräftig, die Haut wirkt noch ledriger, die Nägel sind inzwischen tiefgelb. »Ach, laber doch nit, Sonja! Ich mache keine krummen Dinger!« Mama lacht laut auf. »Öh, von wegen. Wat waren dat denn letztens für Kügelchen in Alu-Folie, die Du mir schnell in die Handtasche geworfen hast? In der Bahn, als die Bullen mit nem Drogenhund einjestiejen sind.« Conny verzieht das Gesicht zu einer Fratze. »Ach, dat war nix! Nur Zeug für mich. Du siehst doch inzwischen … so … so, wie soll ich sagen, so gediegen aus, Dich kontrolliert die Schmier doch nicht!«, Conny wirft ihre dicken Haare zurück. Sie zieht Mama schon seit Ewigkeiten damit auf, noch so eine volle Mähne zu haben und recht schlank zu sein und ja, dadurch eben jünger zu wirken als Mama. »Boah, Conny! Ernsthaft?«, rufe ich wütend. »Was denn? Ist doch so!« Mit einer völligen Unschuldsmiene fügt sie noch hinzu: »Dich lässt die Schmier doch wirklich in Ruhe ... so ne ältere... HA ... HA ... HA... Dame!« Aus Connys Kehle kommt lautes, kratziges Gelächter. – »Ja, ja! Von wegen Conny … do hässe doch nimmi all«, Mama verdreht die Augen und wird ungeduldig: »Küste jetzt endlich, Du Laberschwad?« Conny zieht mehrmals hintereinander an der Zigarette, bis die Asche ganz lang ist und drückt sie mit einer Bewegung aus. »So, komm! Lass jonn«, sie springt auf, Mama greift noch einmal in ihre Löckchen und schaut sich in der Spiegelung im Fenster an, dann verschwinden beide aus der Tür.

Ein paar Tage später gehe ich nach der Schule mal nicht arbeiten, sondern reiten. Der Kurs in Junkersdorf ist gerade vorbei. Junkersdorf ist einer der schönsten Vororte von Köln. Vor allem jetzt im Frühling. Die Hecken an den Vorgärten sind saftig grün und ordentlich geschnitten. In den Gärten und auch an manchen Häusern ranken sich bunte Blumen: rote Rosen, weiße Rosen und das Schönste: Dutzende Kirschblütenbäume zieren die gesamte Straße. Einige feine roséfarbene Blättchen rieseln runter – es sieht aus wie Schneeflöckchen. Die Reitstunden im Klub kann ich einzeln zahlen. Die Klamotten habe ich zusammengesammelt. Meine schwarze Hose hat mir ein Ex-Freund vermacht. Die Reitstiefel habe ich über einen Aushang im Stall bei einem Mädchen aus der Gegend gebraucht gekauft. Die sehen schon schön abgetragen aus. Richtig so, als würde ich eben schon jahrelang mit den Dingern durch Pferdescheiße stiefeln. Kleiner wannabe Rich-Girl-Style-Hack. Neu steht für neureich und damit für Scheiße.

»Hallo, Du arbeitest doch bei *Marc O'Polo*?« Ich komme gerade aus dem Stall auf den Kirchweg gebogen, um zur Endhaltestelle der Linie 1 zu gehen, als mich diese freundliche Stimme anspricht. »Ja! Stimmt. Da arbeite ich.« Es ist der hübsche blonde Six-Pack-Junge. Carsten! Ich versuche, so cool wie möglich zu bleiben, obwohl mein Herz schon ganz schön wummert. »Reitest Du hier? Das ist ein toller Stall.« – »Ja, der ist toll«, sage ich knapp. Unangenehme Stille, die ich nicht aushalte. »Tja, ich muss dann mal … Vielleicht sieht man sich, wenn Du noch mal ein neues Sweatshirt brauchst!«, rufe ich noch. Carsten guckt mir etwas erstaunt hinterher. »Ja, o.k. … Äh … Bis dann!«, höre ich ihn noch sagen. Ich grinse mir auf dem weiteren Weg zur Bahn einen Keks. Ich bin richtig stolz auf mich, dass ich die Begegnung kommunikationsmäßig unfallfrei hinbekommen habe. Ich hasse es, wenn der andere die Begegnung vor mir beendet. Ich will die Zügel in der Hand halten, um mal im Bild des Tages zu bleiben. Ja, vielleicht habe ich auch einfach nur Schiss, dass mir einer zu nahekommt, ich mich preisgeben muss. Ich hasse Männer nicht mehr so abgrundtief; ich denke, ich kann mich durchaus verlieben. Da ich mir aber überhaupt nicht vorstellen kann, dass MICH jemand richtig gut findet, mache ich aus meinem Herzen lieber eine Mördergrube. Bloß niemanden ranlassen, distanziert bleiben und zwar so lange, bis ich mich hundertprozentig sicher fühle. Ich muss zugeben, dass Carsten mir schon sehr gut gefällt, aber er weiß ja schließlich, wo ich arbeite und wenn der mich – also wirklich mich – richtig, richtig gut findet, kann er ja kommen. Er muss dann nur aushalten, dass ich ihn geschätzt noch fünfmal abweise und mich am Telefon ein paar weitere Wochen verleugnen lasse. Aber wenn wir uns dann über den Weg laufen, dann … wer weiß. Dann bestimmt fällt mir doch irgendwas ein, warum es nicht mit uns klappt. Ich habe daher immer gern mehrere Flirts parallel – auch in der Schule. Mit diesen selbst geschaffenen kleinen »Liebesdramen« gelingt es mir prima, mein Hirn so gut zu beschäftigen, dass ich die Gespenster der Nacht in meinem Kopf etwas vertrieben bekomme. Noch ein neuer Life-Hack!

Khashoggi

Das Schuljahr 1994 ist fast rum. Die Schule läuft auch gut. Ich bin nicht Klassenbeste, aber eben auch nicht die Schlechteste. Die Lehrer haben aufgehört, mich nach dem Unterricht leise flüsternd zu fragen, ob ich zu Hause klarkomme, weil meine Leistungen in den Klausuren teils erheblich von meinen mündlichen Leistungen abweichen. Ich checke neuen Stoff immer schnell, lerne aber zu Hause nie und Hausaufgaben schaffe ich auch meist nur in der Fünf-Minuten-Pause zu erledigen, weil ich an den Nachmittagen arbeite oder mit meinen Leuten rumhängen möchte. Man hat so seinen Haufen gefunden, mit dem man abhängt. Zu den Übergewichtigen, Ausländern und anderen Randgruppen haben sich jetzt auch noch eine Gruppe schwuler Jungs dazugesellt. Außerdem ist da jetzt auch meine Freundin Nicole, die vor zwei Jahren aus Nippes auf unsere Schule gewechselt ist. Keiner von ihnen käme auf die Idee, mich nach den Jobs meiner Eltern zu fragen. Das Zeitfenster für diese Art von Fragen hat sich in unserer Runde unwiderruflich und endgültig geschlossen. Nur Mario und Platschka wissen inzwischen ungefähr Bescheid, was bei mir zu Hause wirklich los ist, denn manchmal müssen bestimmte Dinge einfach raus. Was soll ich sagen?! Im Schulalltag ist das kein Thema. Unsere Clique hat eh selbst genug andere Dinge auf der Schulter, die wir uns nur manchmal im Weinrausch, mit gesenktem Kopf, versteckt hinter matschigen Gläsern, zuflüstern.

Wir hängen weiterhin nachmittags und auch am Wochenende meist bei uns zu Hause ab. Mama erlaubt alles, sogar, dass wir ihr die Bude vollquarzen, obwohl sie selbst ja gar nicht raucht. Auch den Kühlschrank dürfen wir plündern. Sie füllt ihn jeden Tag neu: Wasser von Perrier, fein geschnittene Mortadella vom Feinkostladen Nettekoven, Brot und Plätzchen vom Zimmermann (Bärentatzen natürlich). Mama ist richtig beleidigt, wenn der Besuch bei uns zu Hause nicht isst. »MarioN! Komm! Also eine *Milchschnitte* kannst Du doch wenigstens essen.« Mama nennt Mario konsequent MarioN, selbst nach Jahren! »MariO! Ich heiße Mario, nicht MarioN!«, Mario verdreht seine riesigen braunen Murmel-Augen. »Nein, vielen Dank, ich mag doch keine Milch, das wissen Sie doch inzwischen!« – »Ach, keine Milch! Wer mag denn schon nicht Milch!«, Mamas Augenbrauen zucken verächtlich. »Ich würde aber noch eine Tasse Kaffee nehmen«, wirft Mario als Friedensangebot ein. »Na, geht doch, MarioN! Mit Milch?«

Samstagabend habe ich immer sturmfrei. Wozu also in eine Kneipe gehen? Wir müssen unsere Kröten für die Großraumdisko am Girlitzweg *Halle Tor 2* zusammenhalten. Der Eintritt kostet fünfzehn Mark inklusive Mindestverzehr. Trotz Nebenjob bin ich zum Monatsende immer pleite. »Wartet, ich bin gleich wieder da!« Ich laufe schnell in mein Zimmer, wo unser Kleiderschrank steht. Zielsicher stecke ich meine Hände in die gefalteten Handtücher, in die Taschen der Hosen oder Jacken am Kleiderbügel. »Scheiße, nur Kondome! Scheiße!« Massenhaft. Ich denke überhaupt nicht lange darüber nach, warum es so viele sind. Ich ignoriere es – wie so oft, wie schon so lange – erfolgreich. In der letzten Jackentasche finde ich doch noch zehn Mark! »Leute, kann losgehen!« Ich trage heute nur einen Badeanzug mit einer Radlerhose drüber. Es ist Schaumparty. Als wir die große Halle zu sechst betreten, sieht alles noch ganz frisch und weiß aus – wie eine wunderschöne Schneelandschaft. Die zu dieser frühen Zeit überschaubaren Gäste stehen noch zurückhaltend am Rand und nippen an ihren bunten Drinks. »Wow, das fühlt sich ja irre an!« Nicole traut sich als Erste in die überdimensionale Badewanne. Sie pustet mir vorsichtig etwas Schaum ins Gesicht. Der DJ spielt »Don't you want me« an. Die Leute kreischen wild und stürmen das große Meer aus Schaum. Weiße, kleine Flöckchen fliegen durch die Luft. In der hinteren linken Ecke der Tanzfläche hat sich eine Gruppe von Jungs in Neopren-Anzügen versammelt, die sich einen Spaß machen, die »wehrlosen« Mädels mit Schaum einzuseifen. Ein Rothaariger mit etwas zu großen Zähnen guckt in meine Richtung und kommt mit zwei Händen voller Schaum auf mich zugelaufen. Doch bevor er mir irgendwas ins Gesicht reiben kann, habe ich ihm schon eine Ladung verpasst. »Sehr frech von Dir«, sagt er.

»Kannst mir ja einen Gin-Tonic zur ›Strafe‹ ausgeben«, lächele ich. Mit dem Getränk in der Hand drehe ich mich auf dem Absatz um und rufe nur: »Paris, Athen auf Wiedersehen.« – »He, warte! Gib mir Deine Telefonnummer!« – »Nö, wenn, dann kannst Du mir Deine geben.« Der Typ schnappt sich einen schwarzen Edding von der Barfrau und kritzelt mir tatsächlich seine komplette Nummer über den Ober- UND Unterarm. Er stammt laut Vorwahl aus dem feinen Hahnwald. Es dauert keine Stunde, da hat der Schaum selbst den Edding gelöst. Ich werde die Nummer nie anwählen.

Es ist schon lustig: Waren für mich früher die Kinder auf dem Gymnasium die absolute Spitze der menschlich-kapitalistischen Wohlstandsevolution, sind sie heute für mich eher – ja, normal. Es ist der Blick in die Vororte wie Junkersdorf, Marienburg oder eben Hahnwald, die mir klarmachen, dass man noch viel, viel wohlhabender sein kann. Dass ICH noch viel, viel mehr erreichen kann! In der Innenstadt begegnet man diesen Leuten selten. Deren Sozialleben spielt sich eher in Hockeyklubs, Pferdeställen oder auf dem Tennisplatz ab – oder eben mal beim Shopping bei *Marc O'Polo*. Die groß gewachsene Ivana, offenbar neue Mitarbeiterin hier, gibt sich nicht einmal Mühe, die Sweatshirts mit unserem Faltbrettchen ordentlich zusammenzulegen. Sie steht einfach nur da und guckt gelangweilt durch den Laden. »Hallo Iris, wie schön, dass Du offensichtlich schon Deine neue Kollegin kennengelernt hast. Das ist Ivana. Ivana, das ist Iris. Sie jobbt hier auch nach der Schule«, der Geschäftsführer macht mit seiner Hand eine einladende Geste in ihre Richtung. Ivana schaut, ohne auch nur einen Gesichtsmuskel zu bewegen, auf mich runter. »Ich hab mein Abi schon gemacht und warte nur auf meinen Studienplatz. Mein Vater wollte, dass ich die Zeit nutze und arbeite. Des Geldes wegen muss ich es nicht.« Sie wirft eine blonde Haarsträhne über ihre Schulter. Erstaunlich, denke ich, wie man sprechen kann, ohne seine Oberlippe zu bewegen. »Hi, ich bin Iris. Soll ich Dir das mal mit dem Brettchen zeigen?« – »Och, nö. Ich kann das schon«, spricht sie, macht dabei aber überhaupt keine Anstalten, die Pullis und T-Shirts zusammenzulegen. Viel haben wir uns an diesem Tag nicht zu sagen. Während einer Modenschau, die ein paar Tage später stattfindet und zu der auch wir Aushilfen mitdürfen, schmilzt aber ein bisschen das Eis. Die nächste Herbstkollektion wird vorgestellt. Ich trage viel zu enge weiße Hotpants, *Timberland*-Bootschuhe und einen grauen *Ralph-Lauren*-Pullover mit kleinem Polo-Kragen und Knopfleiste. »Wow, gewagtes Outfit!«, sagt Ivana anerkennend, als ich so im Laden aufschlage. »Ja, findest Du? Die Hotpants sind vielleicht doch ein bisschen zu knapp?«, ich drehe mich prüfend vor einem der großen Spiegel. »Ach, Quatsch! Das kannst Du voll gut tragen, weil Du so klein bist.« Die Informationen in diesem Satz kann mein Gehirn nicht komplett verarbeiten: klein? Hm …, aber es signalisiert erst mal: grünes Licht, freundliches Gegenüber. Wir trinken ein paar Kölsch zusammen, und Ivana quasselt auf einmal wie ein Wasserfall. Sogar die Oberlippe bewegt sich. »Ich war auf einem Internat in London. Das gehört sich da so, so zu sprechen. Die ›Stiff upper Lip‹«, Ivana macht ihre Lippen jetzt übertrieben steif und schielt dabei. »Haha! Was ist denn sonst noch steif bei den Briten?«, witzele ich. »Ach, London ist schon unglaublich! Die Khashoggis leben auch da. Kennst Du die? Unfassbar viel Geld, sage ich Dir«, Ivana verdreht die Augen. Den Namen Khashoggi habe ich in der Tat schon mal gehört. In der *Tagesschau*. Er fällt dort zusammen mit dem Wort »Waffenhändler«: Mein Hirn sendet hier kein grünes Licht. »Die haben unfassbare Partys auf ihrer Jacht geschmissen«, erzählt Ivana, ob sie auch da war, vergesse ich glatt zu fragen. Das spielt für mich eigentlich auch keine Rolle. Das Ganze übersteigt meine Vorstellungskraft. »Woher haben die denn all ihr Geld? Ist das alles legal?«, die Frage interessiert mich mehr. »Ach, legal, illegal, scheißegal. Wer weiß das in diesen Kreisen schon?« Ivana zuckt die Achseln. Ja, wer weiß das schon. Je reicher jemand ist, desto weniger scheint zu interessieren, woher das ganze Geld kommt. Ich muss kurz an das Deo für 2,50 DM denken, das Mama damals für über zwei Jahre in den Knast gebracht hat. Die dunkle Wohnung, wenn wir den Strom nicht zahlen konnten. Mamas Gesichtsausdruck, als ich sie vor Jahren an der Straßenbahn auf dem Weg zum Straßenstrich erwischt habe: Szenen, die stroboskopartig in meinem Kopf auftauchen. Sie schmerzen. Ich will sie nicht denken. Ich nippe an meinem Drink und schüttele mich kurz, um mich wieder zu sammeln, die blöden Gedanken loszuwerden. »Ach, das klingt ja alles unglaublich aufregend, Ivana! Nach London will ich unbedingt auch mal!« – »Ne, New York! Da MUSST Du hin! Ich jedenfalls mache da mein nächstes Praktikum.« Ivana zieht ihre Augenbrauen hoch und schiebt keck eine Schulter vor. »Oh ja! Da will ich hin«, flüstere ich. Ich starre etwas verträumt vor mich hin. Aus den Filmen, die ich mit Papa immer gucke, glaube ich die Stadt bereits zu kennen. »Iris? Bist Du noch unter uns?«, Ivana duckt sich zu mir auf meine Augenhöhe. »Hallo!« – »Hä, ja, sorry!« – »Morgen machen wir mit Freunden einen kleinen Ausflug. Willst Du mitkommen?« – »Oh, sehr gern!« – »Sag mir, wo Du wohnst, dann kann ich Dich abholen.« – »Ach, das ist nicht nötig, ich komme dahin, wo ihr seid. Oder wir treffen uns am Rudolfplatz.« – »O.k., abgemacht.« Unter keinen Umständen möchte ich, dass Ivana meiner Mutter oder meinem Vater begegnet, oder unsere Wohnung sieht. Das Haus in der Flandrischen ist immer noch nicht fertig renoviert.

Es ist ein richtig toller Ausflug. Ivana hat einen *MiniCooper* – ein Cabrio. Noch nie bin ich in einem gefahren. Der Wind in den Haaren war echt schön. »Soll ich Dich zu Hause absetzen?« – »Ach Quatsch, lass mich hier an der Ecke aussteigen, dann kannst Du einfach die Aachener Straße weiter nach Hause fahren, Ivana.« – »Na, dann. Bis die Tage.« Gerade als ich die Türe zu ihrem Wagen zuschlage, sehe ich von Weitem schon Papa den Ring langgehen. Ich erkenne ihn sofort an seiner Haltung. Er ist gebeugt, die Hände in seinem Sakko so fest vergraben, dass der Stoff völlig ausbeult. Mein Herz macht keinen

Sprung – wie das früher der Fall war. Ich schaue mich um, ob Ivana schon weit genug weg ist. Was ist, wenn sie sieht, dass ich einen türkischen Vater habe, der auch nicht gerade gekleidet ist wie ein Geschäftsmann oder Zahnarzt? Was wäre, wenn sie dann fragt, was er beruflich macht, was meine Mutter …? Um Gottes willen. Ich schaue mich noch mal in alle Richtungen um. Erst dann rufe ich: »Papa!« – »Kizim, was machste?« – »Nix Besonderes. Ich wollte gerade nach Hause.« – »Komm doch heute mal wieder vorbei. *Hundstage* läuft im Fernsehen. Weißte. Der Film mit Al Pacino!« – »Klar, weiß ich, welcher Film das ist. Mal gucken. Ich muss noch ein bisschen was für die Schule machen.« Papa legt seinen Kopf ganz leicht schräg in den Nacken, seine Augen gucken mich skeptisch an, aber er lächelt. Ich glaube, er weiß, dass ich nicht ganz ehrlich bin. »Wirklich!«, beharre ich. »Alles klar, Kizim. Komm, wenn Du Lust hast, o.k.?« – »O.k.!« Ich gebe ihm ein Küsschen auf die Wange und winke ihm zu, bevor ich mich umdrehe und nach Hause laufe. Das schlechte Gewissen plagt mich, als es draußen wieder dunkler wird (mein Unterbewusstsein arbeitet sehr pünktlich und zuverlässig!). Es tut mir so leid. Ich kann mich nicht dagegen wehren. Ich versuche, mich abzulenken, und schnappe mir doch ausnahmsweise mal meine Schulsachen. Dann hätte ich vorhin auch nur halb geflunkert, wenn ich jetzt noch was lerne. Nötig hätte ich es. Ein wichtiges Jahr liegt vor mir.

Fris Fries

Der Sommer 1994 zieht vorüber, und mein letztes Schuljahr beginnt. Im Oktober müssen wir unser drittes und viertes Prüfungsfach festlegen. Ich habe Englisch und Kunst als Leistungskurs. »Das heißt, ich muss irgendwas Naturwissenschaftliches nehmen. Es kommt nur Biologie infrage, Mathe habe ich abgewählt – meine Leidenschaft endete abrupt mit der Vektorlehre (ich habe das bis heute nicht verstanden). Und das letzte Fach? Sport wäre geil«, ich bin völlig in Gedanken, als Mama in mein Zimmer platzt. »Mädchen, wann warst Du das letzte Mal beim Papa?« Sie guckt ernst. »Ich? Wieso? Weiß ich nicht. Letzte Woche oder so.« Ich kann mich wirklich nicht erinnern. »Dem jeht et nit jut. Der is janz jelb im Jesicht. Dat heißt nix Jutes.« Ja, das weiß ich. Wenn das Gesicht schon gelb ist, bedeutet es, dass die Leber es nicht mehr schafft, das Gift abzubauen. Sie droht zu versagen. Das war es dann. Gelb war etwa dieser Schönemann, der vor Jahren an AIDS gestorben ist, was offiziell eine Leberzirrhose war. »Oh!«, sage ich nur. Ich will mir nicht anmerken lassen, dass ich beunruhigt bin. »Ich gehe nachher mal rüber! Versprochen!« – »Mach dat aber auch, hörst Du? Jeh zu dingem Vater!« Die beiden haben in den letzten Jahren nicht mehr viel Kontakt gehabt. Sie sprechen nur noch in der dritten Person übereinander. Selbst wenn sie im selben Raum sind, heißt es: »Sag dem Alten dies oder das« oder »Sag der Alten das oder dies«. Besonders herzlich behandeln sie sich nicht. Das ändert aber überhaupt nichts daran, dass Mama ihn jetzt nicht hängen lassen wird. (Mama halt!) Ein paar Minuten nach unserer Unterhaltung bin ich wieder voll im Schulstoff versunken (ich bin und bleibe eine Verdrängungskünstlerin). »Ich nehme als drittes Prüfungsfach Geschichte und als mündliches, also viertes Fach, Biologie!«, Entscheidung steht. Ein wenig erleichtert, dass ich endlich eine Wahl getroffen habe, hüpfe ich die Treppen runter zur Straße. Schon an der ersten Ecke kommt mir Papa entgegen. »Papa!« Auch heute erkenne ich ihn schon von Weitem an seiner Haltung und seinen Klamotten: Er trägt wie immer eine seiner geliebten blauen *Edwin*-Jeans, dazu beigefarbene Lederslipper und ein schwarzes Sakko, in das er seine Hände reinhängt. Optisch fällt mir erst mal nichts auf. Mama hat voll übertrieben!, denke ich. Als er direkt vor mir steht, bemerke ich es doch. Wie konnte ich das nur übersehen? Fuck! Selbst die Augäpfel sind verfärbt. »Papa, Du bist ja total gelb, was ist los?«, ich schaffe es nicht, meinen Mund zu schließen, und glotze ihn einfach nur an. »Kizim, guck nicht so! Es ist nicht so schlimm. Das wird schon. Bestimmt! Wo gehste hin? Sag!«, er lächelt und versucht, das Thema zu wechseln. »Ich gehe zur Schule.« – »Was? Um diese Uhrzeit, es ist fast Mittag!« Sein Lächeln wird stärker. »Ja, ich weiß. Mein Leistungskurs ist heute Morgen ausgefallen, aber ich muss noch hin, um die Abi-Fächer zu wählen. Soll ich später bei Dir vorbeikommen?« – »Ja, mach das, Kizim.« Ich küsse Papa heute etwas fester auf die Wange als sonst. Seine Haut fühlt sich alt an, faltig. Ich spüre deutlich sein hartes Jochbein. Er ist im Sommer einundsechzig Jahre alt geworden. Seine

Haare sind noch immer sehr dicht, nur an der Stirn tummeln sich in den Ecken jetzt etwas mehr Geheimräte als noch vor ein paar Jahren.

Am Nachmittag komme ich nicht dazu, mit ihm fernzusehen. Er ist nur wenige Stunden nach unserem Treffen ins Krankenhaus gegangen. Mama hat ihn mehr oder weniger gedrängt. »Der hat kinn Zick, hier noch rumzuwarten. Der muss untersucht werden – richtig gründlich!«, Mama ist schon dabei, ihm frische Handtücher in eine Sporttasche zu packen. »Dä hät ja selwer kinne schönen. Bringst Du ihm die morjen, ja? Mädchen?« Ich nicke. Papa bekommt ein Einzelzimmer im Hildegardis Krankenhaus, das nur zwei Busstationen von uns entfernt ist. Die anfängliche Hoffnung, dass die Gelbsucht nur eine Laune seines Körpers ist, die bald wieder vorbeigeht, ist nach wenigen Tagen dahin. »Dinge Vater hat Krebs, Mädchen. In der Galle. Dat sieht nit jut aus!«, schon wieder dieser Satz! Ich will gar nicht glauben, was Mama mir da sagt, als ich aus der Schule komme. Ich werfe die Schulsachen in mein Zimmer und behalte die Jacke gleich an. »O.k., ich fahre sofort hin.« Papa sitzt auf seinem Bett, als ich das Zimmer betrete. Sein hellblaues Jeanshemd hat er in die Jogginghose gesteckt, auf deren Gummibund »Champion« steht. »Kizim, da biste ja!« Er steht auf, um mich zu umarmen. »Hier, Deine Mutter hat Trauben mitgebracht, willste welche?« – »Hm, ja. Danke!« Ich schiebe mir gleich zwei in den Mund, Papa greift auch zu. Er wirkt eigentlich total fit. Er kann rumlaufen und offensichtlich normal essen. »Erzähl, Mädchen. Wie läuft's in der Schule?« Wir sitzen eine

Weile zusammen, quatschen ein bisschen über meine Abi-Fächer, darüber, was ich im Anschluss machen könnte, die Nachrichten, das Wetter. Inzwischen ist es draußen dunkel geworden. Plötzlich klopft es an der Tür. »Hallo, Herr Sayram. Darf ich kurz zu Ihnen reinkommen?« Ein Mann steckt vorsichtig seinen Kopf ins Zimmer. Er trägt eine schwarze Kutte mit weißem Kragen – ein Pfarrer. Papa fängt an zu lachen. »Ist es schon so weit? Muss ich mich schon verabschieden?« Er guckt zu mir rüber, ich lache laut mit. Wie gut das in diesem Moment tut. Die verdrängte Anspannung der vergangenen Tage, die Angst vor dem, was jetzt vor uns liegt – es fällt für ein paar Sekunden von uns ab. Papa läuft sogar eine kleine Träne über das dünne Gesicht. »Nein, nein! Bitte verstehen Sie das nicht so. Ich dachte nur …« Der Gottesmann stammelt, seinen Faden findet er nicht wieder. »Ne, ist schon gut. Das ist wirklich sehr nett von Ihnen«, Papa hilft ihm aus der unangenehmen Situation. »Daher vielen Dank, ich brauche noch keine Hilfe von dem da oben. Sie können aber schon mal versuchen, für mich ein gutes Wort bei Ihrem Chef einzulegen.« Papa zeigt aus dem Fenster in Richtung Abendhimmel. Der Gottesmann lächelt verlegen, sein Kopf verschwindet aus der Tür, bevor sich diese behutsam wieder schließt. »So ein Blödsinn!«, empöre ich mich. »Der hat sie wohl nicht alle!« Papa schnalzt nur mit der Zunge: »Ach, lass Mädchen.« Insgeheim befürchte ich, dass der Pfarrer keineswegs zu früh angeklopft haben könnte.

Die nächsten Tage bleiben ungewiss. So richtig scheinen

die Ärzte nicht zu wissen, wie sie weiter vorgehen sollen. Papa ist ungeduldig. »Also, das Letzte, was ich machen werde, ist, mir so einen Pissbeutel anlegen zu lassen. Da verrecke ich lieber.« Doch seine Worte sind kaum verhallt, da hat er genau diesen an der Seite baumeln. Der milchige Beutel, in dem sich gelbe Flüssigkeit sammelt, ist allerdings für Gallenflüssigkeit gedacht, immerhin nicht für Pisse. Doch viel mehr wissen die Ärzte in Köln nicht mit ihm anzufangen. Für eine Chemotherapie ist es zu spät, eine Operation geht an der Stelle des Galleneingangs nicht; zu riskant – heißt es. Operationen in dem Bereich sind nie einfach – Gedanken an Papas Mutter kommen hoch, die bei einer Nierenstein-OP verstorben ist. »Ich könnte Dir doch vielleicht ein Organ spenden?«, dieser Satz purzelt mal wieder völlig ungefiltert aus mir raus. Es ist ein Vorschlag aus purer Verzweiflung. Schon beim Sprechen merke ich, dass er völliger Quatsch ist. »Ach, Kizim …«, er nimmt es nicht wirklich ernst. Die Ärzte empfehlen uns einen sehr speziellen Eingriff im Münchener Klinikum rechts der Isar, zu dem Papa sich schnell entschließt. Mama hat inzwischen sogar aufgehört zu arbeiten – zumindest vorübergehend (das erste Mal seit … seit … ja, seitdem sie das arbeitet!). Sie ist Tag und Nacht an Papas Bett. Für die Reise kauft sie noch einen Satz frischer Unterhosen, Socken und T-Shirts. »Der kann ja nit da rumlaufen wie der letzte Penner«, sagt sie bestimmt, als sie wieder eine kleine Tasche packt. Mama hat sich auch entschlossen, mit nach München zu reisen. Wir wollen uns abwechseln. Sobald die Weihnachtsferien anfangen, soll ich hinfahren.

»Mädchen, kommste? Ich muss langsam zurück nach Köln!«, Mamas Stimme klingt sehr ungeduldig am Telefon. Sie ist bereits seit ein paar Tagen bei Papa in München. »Ja, Mama. Ich nehme morgen den ersten Zug, o.k.?« – »Ja, aber verschlaf nit wie sonst. Die Pension ist auch nit weit vom Bahnhof entfernt. Du hast die Adresse, oder?« – »Ja, habe ich.« Es ist schon nach sechs, als ich ankomme. Die Temperaturen sind deutlich unter denen bei uns in Köln. Ich ziehe den Reißverschluss meiner schwarzen Daunenjacke zu und schlage den Fellkragen hoch. Es ist schon dunkel. Nur ein paar Laternen und die belebten Wohnungen werfen hier und da einen kleinen Lichtkegel auf die Straße und die im Dunkeln liegende Pension. Ich gucke langsam an dem Gebäude hoch, viel Stuck, kleine Verzierungen an den Fenstern. Die Eingangstür ist aus Glas und von zwei Säulen umrahmt. Die Rezeption, die sich schemenhaft andeutet, sieht nicht besetzt aus. Toll, und jetzt? Wo ist unser Zimmer?, denke ich. Dann fällt mein Blick nach links. In einem Fenster im Hochparterre ist ein Pappkarton aufgeklebt. »Herr Fris Fries, hier lang!« ist mit riesigen Buchstaben darauf gekritzelt. Ich habe vor Jahren mal an einem Gewinnspiel von *Camel* teilgenommen. Gewonnen habe ich natürlich nix, nur unnötige Werbepost von denen, adressiert an einen »Herrn Fris Fries« (wie man von meinem Namen auf Fris Fries kommt, bleibt mir auf ewig ein Geheimnis). Mama spricht es aus wie Friss. »Hier, Herr Friss Friss, Post für Sie!«, minutenlang lacht sie sich immer kaputt, wenn wieder mal Werbung von *Camel* kommt und sie mir den Umschlag vor die Nase hält. Jetzt und hier muss ich auch laut auflachen. Also gehe ich, Herr Fris Fries, dem Pappschild nach. »Du häss ever lang jebraucht, hatte der Zug Verspätung?« – »Das ist ja 'ne schöne Begrüßung, Mama!« Mama hebt eine ihrer dünnen Augenbrauen. »Ja, hm … Ich hab den Zug verpasst, den ich eigentlich nehmen wollte …« – »Ach, Kind! Typisch! Na ja, es is eh zu spät für et Krankenhaus.« Mama ist gerade dabei, ihr Gesicht einzucremen – mit *Bebe*. »Ich muss morjen janz früh los, weißte ne. Ich muss wieder arbeiten, sonst simma total pleite!« Wir haben es in den ganzen Jahren nie geschafft, Geld für Notlagen zur Seite zu legen. Jede Mark, die uns zwischen die Finger kommt, wird sofort wieder ausgegeben – als gäbe es kein Morgen. Als Sozialhilfeempfänger darf man ja auch nix ansparen. Regelmäßig müssen wir unsere Kontoauszüge vorlegen – also Mama. Mich lassen sie damit in Ruhe (noch!). Wir sind durch diese Art der Bürokratie gut darauf trainiert, in dieser scheiß Abhängigkeit zu verharren, uns aus dem Teufelskreis von schwarzen Jobs und Transferleistungen nicht selbst zu befreien. Blöd in Situationen wie dieser. »Ja, Mama! Wir können ja zusammen aufstehen.« Da Mamas Wecker uns schon um acht aus dem Bett bimmelt, habe ich gar keine Chance zu verschlafen. Wir verlassen gemeinsam die Pension: sie Richtung Bahnhof, ich Richtung Krankenhaus. Als ich in Papas Zimmer komme, liegt er im Bett. Ich finde, er sieht gar nicht so schlecht aus, leider aber immer noch ziemlich gelb. Er lächelt ganz lieb, als er mich sieht. »Kizim!!! Da biste ja! Komm ming Schatzi, setz Dich. Das ist meine Tochter. Die macht gerade Abitur«, sagt er stolz zu seinem

Zimmernachbarn. Der lächelt mir freundlich zu. »Wie geht's Dir, Papa?« – »Gut, Mädchen, gut. Mal sehen, was die hier mit mir anstellen. Morgen wollen sie operieren. Das ist meine letzte Chance, sagen die.« Papa guckt mich mit großen Augen ernst an. Das Gelbe der Augäpfel irritiert mich immer noch, an den Anblick kann ich mich nicht gewöhnen. Ich weiß nicht, was ich ihm antworten, was ich sagen soll. Ich gucke aus dem Fenster und versuche mich in Small Talk. »Du hast aber 'ne schöne Aussicht hier. Wie ist denn das Essen?« – »Ach, Essen. Kannste vergessen. Aber ich habe sowieso keinen Appetit. Du bist doch morgen noch da, oder? Kommst Du vor dem Eingriff zu mir, Liebchen, ja?« Da ist es wieder, das »Liebchen« – das Signalwort, dass es ernst ist. Ich glaube, es ist das erste Mal, dass mich Papa wirklich um einen wichtigen Gefallen bittet. Er wirkt verunsichert, ja fast ängstlich, dass ich schon heute wieder nach Köln fahren könnte. »Ja, klar! Ist doch normal, Papa! Deswegen bin ich doch hier. Soll ich Dir denn was von draußen zu essen besorgen?« Papa schließt die Augen. »Ne, Mädchen. Ist gut. Geh Dir doch lieber die Stadt angucken. Dann kannst Du mir morgen erzählen, was Du alles gesehen hast, o.k.?« Ich nicke und küsse Papa zum Abschied. Es ist mein erster Besuch in München. Ich laufe von Geschäft zu Geschäft, setze mich am Viktualienmarkt auf einen Mauervorsprung. Die Sonne scheint. So lässt sich die erste Winterkälte ganz gut aushalten. Es wird nur sehr früh dunkel, sodass man schon bald nicht mehr viel von der eigentlich schönen Stadt sieht. Von der Pension aus telefoniere ich abends noch mal mit Mama. »Mädchen, dinge Vater will das nicht zugeben. Aber der hat richtig Angst vor morgen. Hörst Du! Sei bei ihm! Mädchen!« – »Ja, Mama! Ich weiß. Ich werde da sein! Man, Du musst mir das nicht tausendmal sagen!« In der Nacht schlafe ich total unruhig. Das scheiß Pensionszimmer ist riesig. Überall sehe ich irgendwelche Schatten, erschrecke mich gegen drei vor meiner eigenen Jacke am Garderobenhaken. Achtzehn Jahre alt, aber immer noch zu viel Angst, um alleine zu schlafen! Unfassbar! Was für eine scheiß Nacht. Als ich die Augen am Morgen wieder öffne, dringt viel zu helles Licht durchs Fenster! »Die Sonne steht schon so hoch? Scheiße!« Die Digitaluhr am Bett bestätigt meinen Verdacht: 9:45. »Fuck! Ich muss ins Krankenhaus!«, schreie ich mich selbst an. Ich renne die ganze Strecke. Mir ist richtig schlecht, weil ich so außer Atem bin. Nicht mal ein Glas Wasser konnte ich trinken, geschweige denn einen Kaffee. Mein Mund fühlt sich total trocken an, und er wird immer trockener, weil ich so japse. Als ich an Papas Zimmer komme, ist die Stelle, an der gestern noch sein Bett stand, leer. Ich bin zu spät! Der Bettnachbar guckt mich teilnahmslos an. Die einzige Bitte, der einzige Wunsch, den Papa jemals an mich gerichtet hat – und den ich ihm nicht erfülle, sondern gnadenlos verkacke! »Können Sie mir sagen, wo ich meinen Vater finde, Mustafa Sayram?« Die Schwester zeigt wortlos auf einen Gang, über dem das Schild »Operationssäle« hängt, da laufe ich schon weiter. Endlich, da ist er. Völlig außer Atem starre ich auf ein Bett, das achtlos im Gang steht: »Papa! Papa!« Er dreht seinen Kopf nur ganz leicht in meine Richtung. Seine Stirn liegt in Falten. Seine Augen sind noch so fest geschlossen, dass ich kurz Angst habe, er könne sie nie wieder öffnen. »Papa! Wie geht's Dir? Kannst Du mich hören? Ich bin's.« Die Lider zucken nur leicht. Er hat keine Kraft, sie zu öffnen. Er hebt eine Hand, in der ein dicker Schlauch steckt und zeigt auf seine Lippen. Sie sind ganz schrumpelig, kleine Hautfetzen haben sich abgelöst. Mit meinem kleinen Finger trage ich Salbe auf. Er nickt zustimmend. Ich setze mich zu ihm auf das Bett, mein Gesicht von ihm abgewendet. Ich kann nicht fassen, wie ein Mensch innerhalb von nur wenigen Stunden dermaßen kaputtgehen kann. Er ist quasi tot. Diese Erkenntnis überwältigt mich, und ich fange hemmungslos an zu heulen. Ich kann mich nicht erinnern, jemals so laut, so ungebremst meine Gefühle preisgegeben zu haben. Schwestern und Ärzte laufen an mir vorbei, ihre Latschen quietschen rhythmisch bei jedem Schritt. Betten werden verschoben. Wie können Welten so parallel existieren? Hier eine, in der alles einfach weitergeht, weiterfunktioniert, während gleich daneben eine, die meines Vaters, im Begriff ist zu enden. Papa liegt einfach nur da, reagiert auch auf mein Schluchzen nicht.

Der Eingriff ist missglückt. Sie können auch in München nichts mehr für ihn tun. Noch am gleichen Nachmittag fahren wir mit dem Krankentransport zurück ins Kölner Hildegardis Krankenhaus. Mama wartet schon am Eingang auf uns. Sie guckt ernst. »Bald ist Silvester«, flüstert Papa in unsere Richtung. »Ich will an dem Tag zu Hause sein, hörst Du, Alte?« Mama guckt erschrocken den Arzt an, der mit am Bett steht, dann wieder zu Papa. »Musta, dat jeht nit! Du musst im Krankenhaus bleiben!« Papa reißt die Augen weit auf, sichtlich wütend – nur fehlt ihm die Kraft, das auszudrücken. »Ich glaube, es ist in Ordnung, wenn Herr Sayram jetzt nach Hause geht, wenn er das möchte«, sagt der Mann in Weiß. Mama schüttelt den Kopf, aber durchsetzen kann sie sich nicht. Papa verlässt das Krankenhaus ein paar Tage später.

Mama verbringt den letzten Tag des Jahres 1994 mit Papa in seiner kleinen Wohnung auf der Aachener Straße. Silvester ist für meinen Vater immer eine ganz besondere Nacht gewesen, wo viel gelacht, gefeiert und geraucht wurde. »Alte, mach das Fenster auf! Ich will die Raketen hören!«, seine Stimme ist leise, fast flüsternd. Meine Mutter folgt seiner Bitte, setzt sich aber sofort wieder zu ihm. Sie schauen gemeinsam vom Bett aus aus dem Fenster. »Sieben, sechs, fünf, vier, drei, zwei …«, der Himmel über der Aachener Straße leuchtet bunt auf. Raketen zaubern rote, gelbe, grüne Funken in die Dunkelheit. Sie hören die vielen lauten Knaller und Böller, das Lachen der Leute auf der Straße, Gläser klirren. Mama legt ihre Hand auf Papas Schulter. Beide schweigen und lauschen – eine ganze Stunde lang. So erzählt es mir meine Mutter am nächsten Tag. Warum zum Fuck war ich nicht wenigstens in diesem Moment dabei? Ich kann es mir selbst nicht erklären.

Schon am ersten Tag des neuen Jahres muss Papa wieder ins Krankenhaus. Der Beutel, der über einen dicken Schlauch an seinem Körper hängt, muss gewechselt werden. Die Flüssigkeit darin ist ganz gelb, ebenso wie immer noch Papas Haut. Ich sitze verkatert an seinem Bett. Soll ich ihm sagen, dass ich ihn lieb habe?, frage ich mich. Ne, der denkt doch, ich hätte sie nicht alle! Wir haben das noch nie zueinander gesagt! Tatsächlich verdrehen wir immer die Augen, wenn die Protagonisten in romantischen Filmen sich schmalzig zurufen: »Mom! Dad! I love you!« Furchtbar! Aber schweigen kann ich auch nicht. Ich kaue unentschlossen auf meiner Unterlippe herum. Papas Gesicht ist völlig eingefallen, die weißen Bartstoppeln sind ungewohnt lang. Mir war nie aufgefallen, dass er so weiße Haare hat. Grau ja, aber weiß? Ich habe keine Ahnung, wann das passiert ist.

Mein innerer Dialog mit me-myself-and-I wird plötzlich von meiner eigenen Stimme durchbrochen: »Papa? Hast Du Angst vorm Sterben?« Papa reißt die Lider auf, seine gelben Augäpfel treten deutlich hervor, er bäumt sich kurz auf und schüttelt aufgebracht den Kopf. Dann dreht er sich von mir weg. Er antwortet nicht. Mit einer Hand winkt er mich aus dem Zimmer. Aber auch das ist Antwort genug. Seiner Aufforderung komme ich nicht nach, ich bleibe wie festgefroren sitzen. Was für eine Idiotin bin ich bitte? Ich habe jetzt noch mehr das Bedürfnis, ihm etwas zu sagen. Oder ihm etwas zu schreiben? Natürlich habe ich kein Papier dabei. Auf Papas Beistelltisch entdecke ich ein Taschentuch. Ich nehme es und krame einen Kugelschreiber aus meiner Jackentasche. »Papa, ich liebe Dich!«, schreibe ich drauf. Ich lege es wieder auf das Tablett. Mama kommt ins Zimmer, doch Papa reagiert nicht auf sie. Er knipst nur das Licht aus und bedeutet uns beiden zu gehen. Wir stehen jetzt in seinem dunklen Zimmer und werfen uns einen hilflosen Blick zu. Mit gesenkten Köpfen verlassen wir das Krankenhaus.

In der Nacht finde ich mal wieder kaum Schlaf. Erst gegen vier schaltet mein Hirn auf Entspannung. Doch lange dauert der Moment nicht. Das Telefon durchbricht sie schrill. Es klingelt nur ein Mal, da bin ich schon aufrecht im Bett und höre kurz darauf Mamas lauten, schmerzverzerrten Schrei. »Nein!!! Nein!!! Nein!!!« Ich weiß, wer in der Leitung ist und wie die Nachricht lautet. Für einen Moment friert mein Körper ein, alle Muskeln sind angespannt, ich bewege mich keinen Millimeter. Auch meine Gefühle stehen still. Ich empfinde: nichts. Da ist nur eine große Leere. Selbst dann noch, als wir im Krankenhaus sein Zimmer betreten. Mama hingegen lässt alles raus, sie hat auf dem ganzen Weg nicht aufgehört zu weinen, sie läuft jetzt schnurstracks auf das Bett zu, reißt das Leichentuch von Papas Gesicht und umarmt ihn. Ich bleibe wieder wie festgefroren stehen. Krass – sie hat ihn doch immer noch in ihrem Herzen!, schießt es mir durch den Kopf.

»Iris, wie geht es Dir? Wie geht's Deinem Vater«, Jens guckt mich mit betroffenem Gesicht an, als er mich in unserem Stammcafé trifft. Ich kenne Jens nicht besonders gut. Er ist mehr mit Mario befreundet. Man trifft sich manchmal beim Feiern oder eben hier, im Café *La Cabane*, nur ein paar Meter von unserer Schule entfernt. In fast allen Freistunden ist der Laden unsere Anlaufstelle. Es ist nicht besonders schick, aber es ist gemütlich und die Getränke sind gut. Ich bin auf dem Weg zur Toilette, als Jens mich anspricht. »Er ist tot«, sage ich knapp. Ich habe gerade keine Kapazitäten in meinem Hirn frei, um mir eine feinfühlige Formulierung zu überlegen. »Was? Scheiße, das tut mir total leid. Wann denn?« Jens' Mund steht offen, die Augen sind weit aufgerissen. »Heute. Also vorhin … Nein, heute Morgen. Danke, Jens, dass Du fragst.« – »Heute? Oh! O.k.« Stille. Wir stehen einfach beide nur regungslos da. Ich habe das Gefühl, erklären zu müssen, warum ich ausgerechnet an so einem Tag hier bin und Milchkaffee trinke. »Ich musste einfach raus, weißt Du? Ich konnte nicht zu Hause sein.« Jens' Gesichtszüge entspannen sich, er nickt und tätschelt meine Schulter, dann verschwindet er hinter der Tür mit dem goldenen Männchen, das in einen kleinen Topf pinkelt.

Ich muss beschissen aussehen, denn nicht nur Jens fragt, wie es mir und Papa geht. In der Nacht habe ich tatsächlich vielleicht fünf Minuten geschlafen. Und an Schlaf ist auch jetzt nicht zu denken. Die Anteilnahme tut gut, aber sie trifft meine Gefühlswelt gerade so gar nicht. Ich bin nämlich nicht traurig. Nein. Ich empfinde etwas anderes. Der Leere aus der Nacht ist etwas gewichen, was eigentlich gar nicht sein darf. Einem Gefühl, das nicht o.k. ist! Nicht in dieser Situation! Nicht nach diesem Verlust meines Vaters, meinem Kindheitshelden mit seinen verrückten Ideen. Ich fühle, ja ich fühle mich …, fuck! Erleichtert! Befreit von der Last seines schweren Lebens, befreit von der Last, nach ihm gefragt zu werden. Ich bekomme dieses Gefühl in meinem Hirn überhaupt nicht klargezogen. Was ist das denn? Brainfuck! Totaler Brainfuck!

Ende der 90er

Frau Mühlhausen

1995 verbringe ich im Rausch. Alkohol oder Drogen, ich probiere alles aus. Bei meiner Körpergröße von 1,68 Meter wiege ich knapp 45 Kilo. Mir ist es selbst ein Rätsel, aber irgendwie schaffe ich trotzdem das Abi – der Schlüssel zum Glück! Die Zeugnisübergabe ist in einem großen Festsaal, sogar meine alte Grundschullehrerin, Frau Leibold, kommt. Ich habe in den letzten Wochen immer häufiger mit Mama gestritten, ich sei zu dünn, sehe krank aus, schlafe nicht genug, sei zu wenig zu Hause. Aber davon will ich nichts wissen. Heute sowieso nicht. Mama macht sich besonders schick. Auch ich trage eine hellblaue Bluse, hellbraunen Minirock, um den ich ein Seidentuch als Gürtel gewickelt habe, und ultrahohe Plateau-Clogs. »Kind, dat Du Dir dinge dünnen Zahnstocherbeine nit brichst!«, Mama schüttelt den Kopf, als wir beide an der Wohnungstür stehen. »Fertig, Mama? Dann los!« Eingehakt kommen wir in den Sartory-Festsaal. »Platschka, Mario … wartet«, kaum habe ich meine Truppe entdeckt, lasse ich Mama auch schon stehen. Erst mit meinem Zeugnis in der Hand suche ich sie wieder. Ich finde sie an einem Stehtisch im

Gespräch mit … tatsächlich! Frau Leibold. Hm … Was haben die denn zu bereden? Als ich näher rangehe, sehe ich, dass Mama rote, verheulte Augen hat, Frau Leibold legt behutsam eine Hand auf Mamas Oberarm. »Mama, was ist los?« – »Iris! Herzlichen Glückwunsch, Du kannst sehr stolz sein. Deine Mutter hat gerade …« – »Ich hab Deiner Lehrerin erzählt, dass der Papa tot ist, Kind. Und Du … Du so dünn bist. Wie … magersüchtig!« Ich hasse dieses Wort! »Mama!«, ich stampfe mit meinem Holz-Clog fest auf. »So ein Blödsinn!« Mir ist diese Unterhaltung unangenehm. Ich will nicht darüber nachdenken, nicht darüber sprechen. Ende! »Iris, es ist völlig in Ordnung, wenn das für Dich sehr schwer ist. Du siehst wirklich etwas zu dünn aus. Gehst Du regelmäßig zum Arzt?«, Frau Leibold legt jetzt ihre Hand auf meinen Oberarm. Ich habe den Reflex, ihn wegzuziehen, lasse es aber. Bloß hier keine Szene machen. »Ich habe im Moment einfach nicht so viel Hunger«, ich drehe mich zu Mama: »Ich gehe wieder zu den anderen rein, ja?!«, Mama presst einen verächtlichen Laut durch ihre Lippen: »Pffff, seit Wochen isst die nur Reis, Reis, Reis.« – »Mama!« – »Ja, is jut. Geh zu Deinen Freundinnen. Aber esst auch was vom Büfett!«, ruft sie mir hinterher. »Ja, ja … Auf Wiedersehen, Frau Leibold.« Beide Frauen gucken mir mit einem Blick hinterher, der sagt: Was Du machst, ist nicht gesund! Ich blende es aus. Wir wollen später schließlich noch weiterziehen, weiterfeiern – keine Zeit für Trübsal.

Heute ist auch deshalb ein besonderer Tag, weil Sven Väth

in der Stadt ist! Er legt im *Warehouse* auf, DER angesagteste Techno-Klub in Köln-Ehrenfeld. Kurz nach Mitternacht ist es schon bumsvoll. Meine hellblaue Bluse habe ich Mama mit nach Hause gegeben. Ein schwarzes Tanktop reicht. Je weniger Stoff, desto besser. Es ist irre heiß. Sven Väth kommt wie ein Wesen von einem anderen Stern hereingeschwebt. Er trägt einen schwarzen Mantel oder Umhang. Die Haare sind zu einem festen Pferdeschwanz gebunden. Mein Herz wummert wie Sau. Aber nicht nur wegen seiner Musik. MDMA flutet mein Hirn mit Glücksgefühlen. Ich könnte die ganze Welt umarmen, und ich habe so unheimlich viel zu erzählen! Jedem möchte ich was sagen. Wie toll und wie lieb er oder sie ist. Auf dem Weg vom Klo lege ich der Klofrau eine Mark in die hellblaue Keramikschale und halte ein kleines Schwätzchen mit ihr. Natürlich muss ich ihr von meiner Mutter erzählen. Dass sie das auch früher gemacht hat. Ich erzähle dieser mir völlig fremden, rothaarigen Frau in einem geblümten Oberhemd auch von dem Streit, den ich mit Mama hatte. Die Diskussion von vorhin drängt sich aus meinem Unterbewusstsein wieder nach oben. Doch das ist nicht alles. Ich rede ununterbrochen weiter. Ich habe nicht die leiseste Ahnung, worüber. (Rückblickend ahne ich, dass ich ihr genau die Dinge gesagt habe, die ich Dir zu dieser Zeit hätte sagen sollen!) Als ich zurückkomme, ist Sven Väth weg, alle sind weg. Meine Freunde auch – der ganze Laden ist fast leer! »Sag mal, wie spät ist es?«, schreie ich einem Typen ins Ohr. Er schwingt etwas einsam auf der Tanzfläche seine blonden schulterlangen Haare hin und her – wie in Trance. »Hä?

Uhrzeit? Keine Ahnung – guck doch raus, es ist hell. Nach sieben.« – »Fuck, ja! Es ist hell.« Ich war fast sechs Stunden auf der Toilette! Erst gegen acht komme ich nach Hause und finde kaum Schlaf. Gegen elf stehe ich wieder auf. Ich muss meine Freundin Nicole anrufen. Mit dem Hörer in der Hand setze ich dazu an, die Nummer einzutippen. 73 … ne 76 … oder 736 …? Seit Jahren wähle ich die sechs Ziffern mindestens dreimal täglich. Doch jetzt fallen sie mir nicht ein! Ich muss sie nachschlagen. »Mann, Kücki, wo warst Du denn, wir haben uns totale Sorgen gemacht. Du wolltest doch nur mal kurz aufs Klo!«, schreit sie mich schon fast an. »O.k., das war es. Den Scheiß mache ich nie wieder!«, sage ich zu Nicole. Der Emo-Kater ist heute heftig. Der Körper lässt sich einfach nicht verarschen! Ungefühlte Gefühle kommen raus – so oder so. Das Thema Pillen, LSD, MDMA und was sonst noch alles meinen Körper berauscht hat, ist jetzt durch.

Für mich ist klar, ich will raus. Raus aus diesem Leben. Schritt für Schritt. Ich will meine eigene persönliche Warp-Zone zum Glücklichsein finden! Meine Welt! Wenn mich das Leben meiner Eltern bis hierher schon etwas gelehrt hat, dann ist es sicher das: einfach machen! Sich nicht unterkriegen lassen! Es findet sich immer ein Weg (so ähnlich wie das Stromkabel am Friesenwall vom Dach damals seinen Weg in unsere Wohnung gefunden hat – mir geht durch solche Aktionen wie diese heute regelrecht ein Licht auf! Ach, mein verrückter Papa!) Warum also nicht studieren? Natürlich Jura! (Nur anders als Du Papa, bis zum

Ende!) Oder doch irgendwas Kreatives? Auch wie Papa! Die Unis für Letzteres sind allerdings eher in Essen oder Düsseldorf. Ich hab schon Bock wegzuziehen, aber wie? Wie sollte ich das bezahlen? Insgesamt weiß ich nicht, wie ich ein Studium finanzieren könnte. Bis heute haben weder Mama noch ich es ja geschafft, etwas Geld zurückzulegen. Wohin auch? In einen Strumpf unterm Bett? Sozialhilfeempfänger dürfen nichts ansparen, wie gesagt. Das System ist nicht darauf ausgelegt, dass sich die Menschen aus dem Sozialhilfebezug selbst emanzipieren können, von allein da wieder rauskommen (bis heute krankt das Transferleistungssystem genau daran). Wir sind trainiert darauf, für den Moment zu leben. »Lass Dich mal von den Ottos am Amt beraten«, schlägt Mama vor. Und genau das probiere ich. »Ich habe leider noch keinen Studienplatz bekommen. Kann ich denn weiter Sozialhilfe beziehen?« Bei diesem Satz gegenüber meiner zuständigen Beraterin am Sozialamt zieht sich bei mir innerlich alles zusammen. Ich würde das so gerne nicht machen müssen. Die Frau bleibt hingegen völlig ungerührt. Ich fixiere ihr Namensschild: Mühlhausen. Ich kann im Gesicht von Frau Mühlhausen förmlich lesen, was sie denkt: Wieder so eine, die nie, nie von der Stütze wegkommt. Ich versuche, dem Eindruck entgegenzutreten: »Ich verdiene mir zwar was dazu, aber damit alleine bekomme ich mich ja nicht finanziert.« Der eher passive Ausdruck von Frau Mühlhausen ändert sich schlagartig. Die Augenbrauen biegen sich stark nach oben, der Mund öffnet sich. Erstaunen steht ihr im Gesicht. »Wie, mit dem, was Du nebenbei verdienst?« Huch, eine Gefühlsregung! Ich bin begeistert! Endlich scheine ich ihr Vorurteil zu unterlaufen. Nicht ohne Stolz erzähle ich: »Ja, ich arbeite seit fast drei Jahren bei *Marc O'Polo* auf der Apostelnstraße. Davon habe ich mein Hobby – die Ölmalerei – finanziert. Die Farben sind irre teuer, wissen Sie!« Die Frau zieht die Brauen noch ein wenig höher. »Wie bitte? Seitdem Du sechzehn bist? Mensch, Mädchen! Das darfst Du doch gar nicht.« – »Äh, wieso darf ich nicht arbeiten? Meine Klassenkameraden machen das doch auch.« – »Ja, aber deren Eltern leben nicht von der Sozialhilfe. Ich muss leider melden, dass Du die Leistung erhalten hast, obwohl Du dazu nicht berechtigt warst.« Das sitzt. Ich beiße mir auf die Lippen, schüttele den Kopf. »Aber, das ist doch total unfair! Ich wusste das nicht!«, stammele ich. »Das tut mir leid, das glaube ich Dir ja auch. Aber so sind nun mal die Regeln. Du kannst trotzdem den Folgeantrag stellen, damit die Leistung weitergezahlt wird. Du solltest dann aber nicht mehr arbeiten.« Das Gespräch haut mich um.

»Mädchen, wat is los, wat guckste so böse?«, Mama sieht sofort, dass ich aufgebracht bin, als ich nach Hause komme. »Scheiße ist, Mama! Große Scheiße!« Ich kann mich vor Aufregung gar nicht setzen und erzählen. Mama sitzt am Wohnzimmertisch und hat sich gerade eine Scheibe Brot mit Avocadoscheiben gemacht. Das dekorative Spitzendeckchen hat sie ein wenig beiseitegeschoben, um es nicht vollzukleckern. Mama liebt so kleine Details, obwohl sie null zu ihr passen, sogar eher spießig aussehen wie der große Kristallaschenbecher. Mama raucht nicht einmal. Er stammt aus Papas Wohnung. Ich bleibe im Türrahmen stehen und fange an zu heulen – vor Wut! »Das ist so unfair! Rechne das doch mal! Das sind fast zehntausend Mark Rückzahlung!« Mama lässt das Brot bei der Summe sofort fallen. »Quatsch, warte erst mal ab. So schlimm wird das nicht.« Beruhigen kann sie mich aber nicht. Ich bin gerade achtzehn und bereits verschuldet. Das ist das Einzige, was ich denke. »Kind, mach dich nit bekloppt. Davon jeht die Welt doch nit unter. Dat kriegen wir hin. Ich helfe dir! Dat weißt du doch ... und du has doch jetz auch Zeit nach der Schule« – »Meinste?« – »Ja, mein ich!«

Es braucht ein paar Tage, bis ich wieder klar denken kann. »O.k., Mama, Du hast recht! Dann nehme ich noch mehr Jobs an und fange nicht gleich an zu studieren.« – »Dat is doch jut.« Ich jobbe also noch an der Theke der Disko *Neuschwanstein* und mache den ganzen Sommer lang Promotion für *Fa*-Seife. Als der Brief vom Sozialamt kommt, traue ich mich erst gar nicht, ihn aufzumachen. »Scheiß Sichtfenster-Belletristik«, ich finde den Begriff besonders passend. Die Briefe hinter diesen Fenstern sind lang, unlesbar und haben nie, aber wirklich nie etwas Gutes zu bedeuten. Ich ziehe mich in mein Zimmer zurück, schließe die Tür und lehne mich mit dem Rücken so dagegen, dass auch niemand reinkommen kann. Tagsüber schlagen ja immer gerne meine Kumpels hier auf, manchmal überhöre ich das Klingeln und plötzlich stehen sie einfach in der Tür. Das soll jetzt bitte mal nicht passieren. »O.k., komm! Zack! Auf und durch!« Total hektisch falte ich das

DIN-A4-Papier auseinander. Meine Augen flirren über die schwarzen Buchstaben, bis sie an der einen Zahl in der Mitte hängen bleiben: 1 453 DM. Eine Summe, die mich schlucken lässt, aber nicht verzweifeln. »Mädchen, siehste! So schlimm iset nit, wie du jedacht hast. Dat ist doch ne Klax«, als ich Mama den Brief zeige, streicht sie mir aufmunternd über den Rücken. Das ist Mama! Nie aufgeben! Ich glaube ihr. Wenn sie das sagt, dann ist das so.

Edna Turnblad

Die meisten meiner Freunde und alten Klassenkameraden ziehen zu Hause aus. Platschka ist für ihr Studium nach Nürnberg gegangen, und Nazan ist sogar schon verlobt. Es wird für mich auch Zeit weiterzuziehen. »Warum, Mädchen? Du brauchst doch keine Wohnung«, sagt Mama immer. »Ach, komm! Ich kann doch nicht ewig bei Dir wohnen«, ist meine Standardantwort. Dafür bekomme ich ihre zuckenden Augenbrauen und ein evil eyerolling.

Ich schlafe inzwischen immer seltener zu Hause und stattdessen mal hier, mal dort. Am liebsten hätte ich eine eigene Wohnung, die aber erscheint für mich so weit weg wie eine Reise zum Mond. Ich verdiene zwar, aber eben nicht genug, um mal eben zwei Monatsmieten Kaution hinzublättern. Und eine Bankbürgschaft bekomme ich ohne elterliche Bürgen nicht. Also probiere ich es erst gar nicht. »Wir können vielleicht zusammenziehen«, meine Schulfreundin Nicole guckt mich mit ihren großen blauen

Kulleraugen so an, als wäre es das Normalste der Welt. Sie nimmt einen Schluck von ihrem Milchkaffee. Etwas Schaum bleibt an ihrer Lippe hängen. Es ist schon der dritte, den wir in unserem »zweiten Wohnzimmer« *La Cabane* trinken. »Ja?«, auch ich mache jetzt große Augen und richte mich auf meinem Stuhl etwas auf. Mehr sage ich zunächst nicht. Ich traue mich nicht, mein Problem anzusprechen. Nicoles Vater ist Bürokaufmann, die Mutter arbeitet in einem Modegeschäft. Für meine Verhältnisse ist die Familie reich! Also nicht Khashoggi-reich, aber so, dass man keine Sorgen haben muss und sich auch Urlaube leisten kann, Geld zurücklegen und sparen kann. Sie gehört auch zu den wenigen Personen, die vielleicht ahnen, was bei mir los ist, aber so nett ist, es nicht anzusprechen oder eine riesige Sache daraus zu machen. Ich liebe sie dafür. Nicole schwingt ihre Tasse wie ein Cognacglas, um auch noch den letzten Kaffeerest mit etwas Schaum zu benetzen. In einem Rutsch kippt sie den letzten Schluck runter: »Meine Eltern würden mir auch eine Bankbürgschaft geben«, sie sagt die magischen Worte ganz von selbst, als hätte sie meine Gedanken lesen können: Bankbürgschaft! »Echt jetzt? Das wäre mega!«, ich springe von meinem Stuhl hoch und laufe zu ihr rüber. Wir umarmen uns und hüpfen und hüpfen und hüpfen – dabei haben wir noch gar keine Wohnung in Aussicht.

Erstaunlicherweise dauert es nicht besonders lange, und wir finden ein lustiges, kleines Häuschen mitten im Nobelort Rodenkirchen. Es hat drei Etagen, die bislang leer standen. Jetzt muss ich es nur noch Mama sagen. Egal in welchem Bett ich sonntags wach werde, es gibt einen Pflichttermin, den ich nie verpassen möchte: Mamas Sonntagsessen. Gut, ich war nie ein großer Freund ihrer Kochkünste. Im Laufe der Jahre hat sie aber zwei, drei Gerichte gefunden, die auch ich essen kann: irgendwas mit brauner Bratensoße (ich mag immer noch kein Fleisch) und Kartoffeln. Es ist unser Ritual.

»Probier doch auch den Rosenkohl, der ist lecker!«, sie versucht immer noch, mir dieses Gemüse schmackhaft zu machen. »Och, nö! Danke, lieber noch ein paar Kartöffelchen. Und … Mama …«, Mama legt den Kochlöffel ab und dreht sich zu mir um. »Wat is, Mädchen?« Sie hört sofort an meiner Stimme, dass ich ihr was Wichtiges sagen will. »Du weißt ja, dass ich gerne mit Nicole zusammenziehen will, ne?! Und wir haben was ganz Schönes gefunden, echt!« Mamas Brauen fangen an zu tanzen, ihre Lippen formen einen eher schrägen Strich. »Wat Schönes? Ihr zwei Chaoten-Weiber?« – »Ja, wirklich! Ein Haus in Rodenkirchen. In Rodenkirchen – Mama!«, ich wedele mit beiden Armen in der Luft umher. Mama zieht einen Stuhl zurück und setzt sich zu mir an den kleinen Küchentisch. »Echt? Ihr wollt dat unbedingt machen?« – »Ja, Mimi. Ich verspreche Dir auch, dass ich immer weiter zu Dir komme, o.k.?« Mamas Lippen entspannen sich. Sie lächelt sogar, doch sie kann ihre Tränen nicht zurückhalten. »Ach Mama, ich bin nicht aus der Welt, ehrlich!«, sie nickt. Ihr Kinn zuckt weiter. »Hier Kind, nimm noch ein paar Kartöffelchen.« Ich weiß, wie schwer es ihr fällt, mich gehen zu lassen, sie tut es dennoch.

Nicole und ich ziehen in unserem neuen Häuschen auf die erste Etage. Nach ein paar Wochen belegt Mario die Wohnung im Erdgeschoss, und eine weitere Freundin zieht ins Dachgeschoss – es wird eine richtige Partyzentrale (drogenfrei, versteht sich). Mit dem Sommersemester 1997 haben Mario und ich auch endlich einen Studienplatz für Rechtswissenschaften an der Uni Köln bekommen. JURA! Klar, dass wir das ordentlich feiern müssen. Hatte ich erwähnt, dass zu diesem kleinen Häuschen auch noch ein großer Garten gehört? Wie viel Glück kann man haben? *»Just wakin' up in tha monin', gotta thank God, I don't know but today seems kinda odd, No barkin' from the dog, no smog ...«* – »Lauter, Iris, mach lauter!« Mario hat schon ein Bier in der Hand und stimmt Ice Cube zu: *»... I can't believe, today was a good day!«*

Neben meiner Truppe aus der Schule habe ich noch ein paar andere Freunde auf meinem Weg aufgelesen. Die stammen aus den schnieken Gegenden (Mario kann die Leute nicht ausstehen und meidet die Runde). Teils kenne ich sie durch meinen *Marc-O'Polo*-Job, teils vom Feiern in unserer Stammdisko *Halle*. Keiner von ihnen weiß viel über mich. Nicht, dass ich einen türkischen Vater hatte, dass er gestorben ist, was mit meiner Mutter ist, was sie arbeitet. Ich will auch, dass es so bleibt. Aber das scheint oft kein Problem, da unsere Unterhaltungen eh nicht besonders tief gehen, vor allem nicht, wenn wir uns nur zum »Vorglühen« vor der Disko irgendwo treffen. Wie heute hier Samstagabend. »Habt ihr das letztens vom Thomas und der Anne-Marie gehört?«, Charlotte guckt verschwörerisch in die Runde. Wir sind in der großen Sportsbar an der Ecke Hohenzollernring und Rudolfplatz – also quasi nur ein paar Meter von meiner alten Wohnung entfernt, wo Mama immer noch zu Hause ist. Wir alle sind inzwischen schon beim fünften oder sechsten Kölsch. Mehrere Schachteln Zigaretten tummeln sich neben den zarten Gläsern mit einem *DOM*-Logo drauf. Etwas verstreute Asche liegt auf dem Tisch. »Ne, haben wir nicht! Erzähl, was ist denn mit dem Thomas, Charlotte?«, fordert Alexandra, deren sehr gerade weiße Zähne schon eine Weile einen roséfarbenen Kaugummi bearbeiten, wie ein Presslufthammer eine Betonplatte. »Echt nicht? Die Geschichte ist der Hammer, Leute!« – »Boah, Charly, komm mal zur Sache«, Daniel, ein Freund aus Marienburg, beugt sich vor: »Komm, spuck aus!« – »Ihr wisst doch, dass der Thomas so einen auffällig roten Kastenwagen hat mit gelbem großem Schriftzug samt Telefonnummer, oder?« Daniels Kumpel Robert beugt sich jetzt auch vor: »Ja, wissen wir. Die Eltern betreiben doch auch eine große Druckerei, da schadet ein bisschen Werbung nicht.« – »Ne, die schadet nicht. Mit der Telefonnummer ist auch 'ne gute Idee. Vor allem, wenn man im Halteverbot parkt …« Ich gucke etwas verwundert in die gespannten Gesichter: »Ja, was ist daran so besonders? Ist doch gut, wenn die Polizei den dann anruft, bevor die den abschleppen?!« – »Ja, ja! Nur war das keine Polizei in Köln, sondern … jetzt haltet euch fest … in Amsterdam! Der Thomas war aber nicht in Amsterdam.« Charlottes Augen funkeln vor Tratschfreude. Daniel rückt noch etwas weiter vor, Alexandras Kaugummi wird noch etwas heftiger bearbeitet: »Wer war denn mit der Karre in Amsterdam?« – »Tja, dat hätte der Thomas auch gerne gewusst. Ein Mann hätte den Wagen geparkt, hat der Polizist gesagt, mit einer blonden Frau. Das kann ja nur die Anne-Marie gewesen sein. Die hat dem Thomas aber erzählt, sie wäre mit dem Wagen zu ihrer Mutter nach Wuppertal gefahren. Tja, das ist ja mal nicht Amsterdam und die Mutter ist auch kein Mann. Die Alte ist dem doch glatt fremdgegangen!« – »Nä!« – »Hör ma auf!« – »Wie dämlich kann man sein?« Die Runde grölt. »Doch, oder? Mir war ja lange klar, dass seine Olle nicht die Hellste ist! Aber mit so einem Auto zu einem Liebhaber fahren ...« – »Der Thomas dürfte jetzt die Schnauze voll von ihr haben ...« – »Ja, aber die Anne-Marie hat ja wohl auch ordentlich die Schnauze voll, aber nicht vom Thomas ...« Robert prustet etwas Kölsch aus vor lauter Lachen. Alexandras Kaugummi fliegt auf den Tisch: »Iiiihhhh«, schreie ich. Wir sind völlig außer Rand und Band. Plötzlich unterbricht Robert und zeigt mit seinem Finger nach draußen. »Guckt mal, die Alte da! Wie sieht die denn aus? Diese Dauerwelle!« Seine Hände fassen seinen kleinen Bierbauch, der sich über der Jeans wölbt. Er lacht jetzt noch lauter als vorher. Charlottes Kopf fliegt Richtung Fenster, dann reißt sie den Mund auf und schreit regelrecht: »Die ist ja so fett, die sieht aus wie ein richtiger Käfer!« Die gesamte Runde grölt jetzt wieder sehr laut, dass alle weiteren Kommentare fast völlig untergehen. Die Frau geht nahe am Fenster vorbei in Richtung Flandrische Straße. Sie hat den Blick gerade nach vorne gerichtet, bemerkt uns durch die Scheibe nicht und wirkt freundlich, nichts Böses ahnend; ganz so, als sei sie mit sich und ihrer Umgebung völlig im Reinen.

Die Frau ist meine Mutter. Ihr roter, zarter Wollpulli mit einem dezenten V-Ausschnitt ist tatsächlich etwas eng. Unter dem vollen Busen zeichnen sich zwei Speckröllchen ab, die sanft im Takt ihrer Schritte mitschwingen. Divine! Die Mutter aller Dragqueens!, schießt es mir durch den Kopf. Kleine, kurze Erinnerungen blitzen vor meinem geistigen Auge auf: das Musikvideo, in dem sie singt: *»I am beautiful. You gotta believe that I am beautiful. I am beautiful. Can't you see?«*, Divines Haare in dem Video sind hochtoupiert, der dünne Träger ihres pinkfarbenen Glitzerkleides hängt auf einer Seite lasziv runter. Auch Divine hat mehrere Speckröllchen, die im Takt mitschwingen. Mama liebt das Lied. Ich weiß nicht, ob sie den Text versteht, aber es ist auch völlig egal. Es ist die Figur »Divine«, die wir so mögen, schon damals am Friesenwall. Im Film *Hairspray* spielt Divine die dicke Mutter Edna Turnblad, die samt ihrer ebenfalls etwas dicken Tochter Tracy von Losern zu absoluten Superstars werden. Am Ende bekommt die Tochter sogar den schönsten und beliebtesten Jungen der ganzen Schule. Mama und ich haben den Film schon zigmal zusammen gesehen, gemeinsam gelacht und gleichzeitig geheult. Ich kann die Dialoge fast mitsprechen. Anders sein, dick sein, trotzdem cool sein! Geachtet und geliebt. Es entspricht eigentlich genau unserer Welt. Das ist es, warum wir Edna Turnblad und Divine so gut finden. Das gilt nicht hier, nicht jetzt. Hier, in dieser verrauchten Sportsbar, ist gerade überhaupt nichts »divine«. Du wirst wegen Deines Körpers ausgelacht, wegen Deiner Haare! Von meinen »Freunden«! Ich hindere sie nicht daran. Im Gegenteil. Charlotte knufft mir ihren Ellenbogen fest in die Seite und deutet mit ihrem Kopf zum Fenster. Und was mache ich? Ich nehme die Aufforderung auf und lache mit. Nicht besonders laut, aber das macht es nicht besser. »Ich muss mal«, lüge ich und gehe aufs Klo, um die peinliche Situation für mich abzukürzen. Als ich zurückkomme, sind sie wieder bei Thomas und seiner untreuen Freundin. Ein paar Drinks nehme ich noch und stimme wieder voll mit ein. Weiter geht's. Wie Super Mario springe ich von Welt zu Welt. (Dabei lasse ich Dich immer mehr zurück, Mimi.)

Manfred

»Wie willste Dir das denn leisten?«, der Berater im Arbeitsamt ist von meiner Idee nicht besonders angetan. Die für mich zuständige Person hat zwar gewechselt, das Büro sieht aber genauso aus wie das alte. Es erinnert mich mit seinen Resopaltischen an den Warteraum der JVA Ossendorf. »Jura!«, reißt mich der Mann aus meinen Gedanken. »Herrje, ein noch schwierigeres Fach ist Dir nicht eingefallen, was?« Er fasst sich an seinen hellen Vollbart. »Miete, Telefon, Strom, Uni-Kurse und Bücher … das kostet alles unfassbar viel Geld. Tja, viel Glück dabei. Beim BAföG gilt im Prinzip genau das Gleiche wie mit der Stütze, wenn Du das in voller Höhe beantragst. Ein bisschen darfst Du dazuverdienen, aber nicht viel. Ist also auch nicht viel anders als mit der Stütze.« Ja, in der Tat ... Das Geld wird knapp werden. Ein Jura-Skript etwa, das die kompliziert geschriebenen Lehrbücher der Professoren für Normalsterbliche übersetzt, kostet schon mal um die zwanzig Mark! Natürlich braucht man mehrere davon. Unmöglich, das alles zu finanzieren. Ein guter Nebenjob muss her. Ich bedanke mich für die Beratung und sehe zu, dass ich rauskomme. Ich will nie wieder Leistungen vom Amt beziehen! Auch kein BAföG – das ist im Prinzip alles die gleiche Scheiße. Ich setze mich mit den Einzelheiten gar nicht mehr auseinander. Zu lange habe ich Schulden wegen meines Nebenjobs. Das sitzt noch tief.

Doch manchmal kommt das Glück ganz unverhofft. An einem Sonntag im März 1997 liege ich mit Mario in unserem Garten und dünste einen leichten Kater aus. Mario geht es ähnlich schlecht, aber dafür ist er erstaunlich gut drauf. »Wo warste denn gestern?« – »Im *Pink Champagne* im Friesenviertel. Du glaubst nicht, wen ich da kennengelernt habe!« Er reißt seine riesigen braunen Augen auf und grinst, als hätte er tatsächlich gerade einen Clown mit Haut, Haaren und Hawaiihemd gegessen. Das *Pink Champagne* ist eine der älteren Bars, die noch ein bisschen vom alten Nimbus des einstigen Rotlichtviertels leben. So richtig verrucht ist es ja dort schon lange nicht mehr. Nachdem wir weggezogen sind, ist das ganze Viertel wirklich noch zweimal durchgentrifiziert worden, sodass nur ein paar Leuchtreklamen übrig geblieben sind. »Hast Du schon mal was von Manfred Schmidt gehört?«, fragt Mario. »Manfred wer?« Der Name klingt jetzt wirklich nicht besonders spektakulär. »Iris! Das ist DER Eventmanager in Köln! Der kennt sie alle! Alle! Ob Genscher, Udo Lindenberg oder Tina Turner! Die sind völlig verrückt nach seinen Partys.« Mario hat sich jetzt aufgesetzt und fuchtelt wild mit den Armen. »Ach echt?« Ich versuche, die Augen zu öffnen, aber so im Liegen blendet mich die Sonne zu sehr. »Ja! Und stell Dir vor, der hat mir einen Job angeboten. Erledigungen machen und Einladungen für die Events schreiben. Außerdem bezahlt der einen auch fürs Zeitunglesen. Der will nämlich immer so Vorschlagslisten von angesagten Leuten haben, die er einladen kann, verstehste?« Jetzt setze ich mich doch mal auf. Mario hat meine volle Aufmerksamkeit. »Medientreffen nennt er die Partys. Der macht in Köln viel für die *EMI*, aber auch *BMG* und *Reemtsma* in Hamburg sind dabei. Wenn Du willst ...« – »Wenn ich was will?«

Jetzt legt sich Mario wieder hin und schließt die Augen, er hat ein Lächeln im Gesicht. »Na ja, der kann noch Leute brauchen. Ich kann ja mal fragen, ob Du da mitmachen darfst.«

Keine Woche später sitze ich in Manfreds Büro und werde von seinem Büroleiter eingestellt. »Heute Abend haben wir zufälligerweise ein Event. Robbie Williams kommt auch, guck es Dir mal an, falls Du möchtest.« Was ist das für eine Frage! Ist der Papst katholisch? Na klar! Wie zeitintensiv das Ganze ist, ahne ich da noch nicht. Ich frage aber auch nicht danach.

Eine Annehmlichkeit des neuen Jobs: Wir dürfen den Firmenwagen, einen türkisfarbenen *Jaguar*, nutzen. Manfred selbst besitzt nicht mal einen Führerschein. Ich würde damit aber nicht zur Uni fahren. Dafür ist die Karre echt zu auffällig.

Die Kölner Jura-Fakultät ist zum größten Teil im eher funktionalen Hauptgebäude aus den Dreißigerjahren, direkt gegenüber vom sogenannten Zeckikum, der philosophischen Fakultät, untergebracht. Große Überschneidungen gibt es zwischen den Studenten nicht, schon rein optisch wird schnell klar, wer wo hingehört. Viele Jungs in Poloshirts und braunen Khakis mit gegelten Haaren und viele Mädels in gebügelten Blusen oder rosa Poloshirts mit vollen, langen Haaren und Perlenohrringen studieren, wie es das Klischee will, Jura. Man könnte sie im Leben nicht verwechseln mit den Geisteswissenschaftlern, die auch gern mal barfuß (!) in gebatikten Pluderhosen und ausgewaschenen T-Shirts über den Campus schweben.

Die erste Vorlesung beginnt mit dem allgemeinen Teil des Bürgerlichen Rechts, also mit der Frage, ab wann man am Rechtsverkehr teilnehmen darf, über den Abschluss von Verträgen und was dabei schiefgehen kann. Aber der Professor beginnt nicht mit der Rechtsfähigkeit von Personen. Er hat eine andere Nachricht an alle. »Sehen Sie sich Ihre Sitznachbarn einmal genau an«, sein Blick wandert dabei an jedem von uns hoffnungsvollen Jura-Aspiranten vorbei. »Schauen Sie einmal nach links und nach rechts. In spätestens zwei Semestern wird einer von beiden dort nicht mehr sitzen! Jeder Dritte gibt auf. Und tun Sie sich einen Gefallen, fangen Sie nicht an, die Gesetze auswendig zu lernen. Der Letzte, der versucht hat, das Bürgerliche Gesetzbuch Satz für Satz in sein Gedächtnis zu bringen, ist in der Klapsmühle gelandet.« Aufmunternde Worte zum Studienanfang. »Na, gehörst Du zu denen, die hinschmeißen?«, fragt mich mein Sitznachbar herausfordernd. Er hat nussbraune Haare, das Deckhaar lässig zur Seite gelegt, der Nacken ist ausrasiert. Auf seinem weißen Polo ist ein dunkelblauer Reiter. »Mal sehen«, sage ich achselzuckend. Hoffentlich merkt der nicht, wie nervös er mich macht. Sein Blick wandert an mir auf und ab. So richtig scheint er mich nicht in eine Schublade einordnen zu können. »Wie heißt Du?« Meine Wangen werden plötzlich heiß. »Äh, Iris. Und sorry, ich versuche zuzuhören.« Nicht, dass der mich noch fragt, wo ich herkommen. Oder schlimmer: nach meinen Eltern! Nach meiner Herkunft! Puh! Alles, um die von mir befürchtete Fragenkaskade zu stoppen, ist mir recht, obwohl ich mich so nicht wirklich gut auf den Stoff konzentrieren kann.

Ich beobachte, wie mein Sitznachbar nach der Vorlesung zu den anderen Poloshirts latscht und nach kurzem Tuscheln die ganze Gruppe Jungs zu mir rüberguckt. »Iris! Komm, lass uns abhauen! Wir müssen noch ins Büro. Ich bin mit der Karre da!« Mario beendet meine Grübeleien. Ich laufe ihm einfach hinterher. »Du bist nicht ernsthaft mit Manfreds Karre die zwei Stationen hierhergekommen?«, frage ich vorwurfsvoll. »Hä, spinnst Du? Wie sollte ich das sonst so schnell schaffen? Einer musste doch heute Morgen noch im Büro sein und die Post bearbeiten.« Das stimmt, daran führt meist kein Weg vorbei. Gerade vor den Events spült der Postmensch säckeweise Karten ins Büro. Wer sagt zu, wer ab? Die für Manfred entscheidende Gretchenfrage. Wir müssen alle ins System eintragen und anschließend telefonisch durchgeben. Hier braucht man gute Nerven, um ihm schlechte Nachrichten zu vermitteln. Don't shoot the messenger gilt nicht für Manfred. Seine Ausraster sind legendär. Und man braucht Geduld! Nicht wir dürfen Manfred anrufen, wenn wir die Post gesichtet haben. Manfred ruft uns an. Mit gesenktem Kopf steige ich also in den *Jaguar*, dessen Farbe in der grellen Frühlingssonne noch auffälliger wirkt. Mario hat ihn zu allem Überfluss auch noch direkt vor dem Haupteingang geparkt. Er dreht den Schlüssel, der Motor heult auf, Marios rechtes Bein tritt fest aufs Gaspedal, mein Oberkörper wird gegen den Sitz gepresst. »Schnurrt wie ein Kätzchen«, Mario grinst.

Schnell wird mir klar, dass der Job bei Manfred kein reiner Nebenjob ist. Es ist wirklich schwer, pünktlich zu den Vorlesungen zu kommen und über so einen Tag nicht noch zu verhungern. Einen extra Essens-Slot kann ich mir zeitlich nicht leisten. Es ist kurz nach elf. Professor Wiedemann beginnt seinen Kurs s.t.! Aber ob *sine* oder *cum tempore*, ich bin zu spät dran, weil der *Subway*-Mensch das Brot im Schneckentempo belegt hat. Jetzt ist das Sandwich größer als mein Kopf, und die Hörsaal-Tür ist schon zu. Mist!

Ach, was soll es! Jetzt habe ich die Zeit freigeschaufelt, jetzt will ich auch rein, denke ich und öffne die Tür, die leider genau in den vorderen Teil des Hörsaals führt. Der Professor unterbricht seinen Vortrag. Er dreht sich zu mir. Augen zu und durch, Iris!, rede ich mir selbst ein. Nur wohin? Der Hörsaal ist proppenvoll. Lediglich auf der hinteren Seite sind noch freie Plätze. Mit dem übergroßen Sandwich in der Hand laufe ich am Pult des Professors vorbei. Meine Schritte sind schnell. Der Blick des Professors folgt mir. Als ich fast an ihm vorbei bin, schallt es sehr laut: »Halt! Was glauben Sie eigentlich, was wir hier veranstalten? Sind wir hier etwa in einer Bistro-Bude? Kommen Sie hierher! HIERHER!« Er zeigt mit dem Zeigefinger vor sich auf den Boden. Vorsichtig gehe ich drei Schritte in Richtung des eher schmächtigen Mannes mit fortgeschrittener Glatze in schwarzem Anzug. »Sie stören hier nie wieder meine Vorlesung! Setzen Sie sich weit weg, wo ich Ihr Geschmatze nicht hören kann!« Wo ist das berühmte Loch im Boden, von dem immer alle reden? Auf Zehenspitzen schleiche ich die Stufen zu den hinteren Sitzplätzen hoch, die auch fast alle belegt sind. »Iris, pssst! Hey, hier!« Aus dem mittleren Block ruft mich eine Stimme, die zu einem der Polohemd-Typen gehört. »Komm her, hier ist Platz.« Ich zwänge mich durch. »Du bist ja 'ne Marke, sag mal! Wie geil war der Auftritt gerade?« Die Reihe kichert. Einer klopft mir anerkennend auf die Schulter. O.k., so läuft das also hier. Ich werde auf meinem Platz wieder ein paar Zentimeter größer. Die Polohemd-Typen sind eigentlich ganz nett. Die meisten in meinem Semester kommen aus Akademikerhaushalten. Ihre Eltern sind Anwälte, Professoren, Ärzte. Es ist auch nicht ungewöhnlich, dass der Nachname nach einer großen Handelskette klingt, in den Zeitungen steht oder in die Fassade einer Großkanzlei gemeißelt ist. Ich versuche, mich ihnen noch mehr anzupassen. »Hast Du Pigmentstörungen«, fragt mich eines der Polohemden – sein Name ist Florian – irgendwann. Ich würde am liebsten fragen, ob er 'ne Wachstumsstörung hat, er ist knapp zwei Meter groß. Aber ich nehme den Seitenhieb an. Die Sonnenbank lasse ich künftig aus. Ob mir Perlenohrringe gut stehen? Für drei Mark besorge ich mir ein hübsches Paar von *Bijou Brigitte*. »Was soll denn der Scheiß da an Deinen Ohren?«, kommentiert es Mario. »Wieso? Ist doch schick!« – »Du bist eine echt schlechte Perlen-Paula!« Mama guckt mich ähnlich schräg an, wie ihre Freundin Conny einst wegen meiner – für unsere Verhältnisse – merkwürdigen Kleidung. Aber sie kommentiert es nicht. Sie hat auch kaum die Gelegenheit dazu. Selbst meine versprochenen sonntäglichen Mittagessensbesuche werden immer seltener. Auch lasse ich das Handy immer häufiger liegen, wenn ich ihre Nummer im Display sehe. Im Moment können wir eh nicht so gut sprechen. Sie ist in letzter Zeit immer häufiger erkältet, und ihr bleibt die Stimme weg. Auch dabei denke ich mir zunächst nichts.

Der Job bei Manfred bleibt so fordernd, wie er begann. Frei hat man eigentlich nur, wenn Manfred schläft. Selbst wenn er in seiner Finca auf Mallorca oder in Spanien ist, ist er ständig präsent. Immer und überall fällt ihm irgendwas ein, was wir für ihn organisieren oder erledigen müssen – von der normalen Veranstaltungsorganisation mal ganz abgesehen. »Ich habe am Flughafen von Barcelona im Wartebereich diese Lampe gesehen. So eine große, hohe, weiße Stehlampe. Unfassbar schön! Bekomm doch mal raus, wo die her ist, ja?« – »Äh, ja – klar.« Wenn er keinen Promi bei sich zu Besuch hat, darf einer von uns in einer seiner Liegenschaften vorbeischauen. Als ich an der Reihe bin, darf ich mit nach Barcelona. Einer seiner Mitarbeiter holt mich in einem fetten Geländewagen am Flughafen ab, nach etwa anderthalbstündiger Fahrt durch teilweise sehr unwegsames Gelände fahren wir durch ein großes Eisentor, dahinter ein riesiges Haus mit großzügigem Pool. »Irisiiii«, ruft Manfred entzückt, als er mich sieht. »Na, hast Du einen guten Flug gehabt? Wenn Du Deine Sachen abgelegt hast, komm doch mal runter. Guck mal, ich verstehe hier irgendwas mit meinem Palm nicht.« War ja klar! Ganz ohne irgendwas zu tun, ist der Trip hier auch nicht zu haben. Dabei kann ich ihm mit dieser Art neumodischem Taschencomputer nicht allzu viel helfen. »Wir gehen dafür heute Abend schön essen! Ich zeige Dir das beste Restaurant in der Gegend«, ich glaube, er freut sich mehr auf das Essen als ich. Es dämmert schon, als wir uns an dem riesigen Geländewagen treffen. Ich gucke mich um, außer uns beiden ist keiner da. »Äh, wer fährt denn?«, frage ich nervös. »Na, Du!«, Manfred wirft mir die Autoschlüssel über das Dach hinweg zu und hievt seine imposante Körpermasse auf den Beifahrersitz. Der Wagen bekommt leichte Schräglage. »Ächz! Worauf wartest Du?« Ich bin etwas verdattert, weil ich so eine Karre noch nie gefahren habe. »Manfred, ich hab meine Brille gar nicht dabei. Ich sehe abends nicht so gut«, ich kneife meine Augen absichtlich übertrieben zusammen. »Komm, das schaffst Du schon. Hier ist doch auch kein Verkehr.« – »Verkehr nicht, aber tiefer Wald, Baumstämme, kleine Kuhlen und Bäche!« – »Ach, immer der Nase lang, Irisi!« – »Hm«, ich zucke mit den Schultern, steige ein und fahre los. Hinter dem großen Eisentor am Eingang fängt es schon an. Der Wagen schaukelt hin und her wie ein kleines Bötchen auf hoher See. Manfred hält sich am Seitengriff fest. Es klappt aber erstaunlich gut. Fast ohne große Bremsmanöver schaffe ich den ganzen Berg bis zur normalen Landstraße, die in Richtung Stadt führt. Doch was ist das? Über die Windschutzscheibe huscht etwas! Schwarz, klein, jedoch groß genug, um mir Angst zu machen. »Ahhhhhh!!!! Ihhhhhh!!!! Eine Spinne!« Ich reiße das Lenkrad nach rechts, der Wagen gerät ein wenig ins Schleudern. »Iris! Was machst Du denn???« Manfred kreischt, umklammert den Seitengriff noch fester, die andere Hand greift das Armaturenbrett. »Wir sterben!«, ruft er. Manfreds kahler Kopf wackelt hin und her. Ich bremse, bis es quietscht. Der Wagen kommt in einem Graben zum Stehen. Ich bin wie festgefroren. »Da war eine riesige Spinne! Wirklich! Ich schwöre!« Mein Blick bleibt steif nach vorne gerichtet, ich habe Angst, ihn anzusehen. »Eine Spinne? Spinnst Du???« Manfred blickt hektisch an sich runter, ob noch alles an ihm dran ist. Als er merkt, dass ihm nichts passiert ist, fängt er schallend laut an zu lachen. »Wo ist denn hier eine Spinne? Hier ist doch gar nichts!« Wir steigen aus und suchen den gesamten Innenraum ab. Nichts. Da ist nichts. »Habe ich das geträumt? Ich habe ein riesiges Viech gesehen, ernsthaft!« Manfred tippt sich an die Stirn. »Komm, jetzt habe ich noch mehr Hunger.« Wir schaffen es unbeschadet bis in die Stadt. Ich kann nicht beurteilen, ob das Restaurant gut ist (ich kann meine Restaurantbesuche an einer Hand abzählen). Die Tische stehen in weitem Abstand zueinander, das Besteck funkelt. »So, was essen wir denn? Du musst den Hai probieren!« – »Hai?«, meine Stimme quietscht. Habe ich das richtig gehört? Der will, dass ich Hai esse? Ich bin inzwischen zwar weg von rohen Nudeln, aber Tortellini a la panna sind schon das Exotischste, was mir auf den Teller kommt. Fleisch mag ich eh kaum. Und in Sachen Fisch kenne ich nur den Thunfisch aus der Dose. »Ich weiß nicht, ob ich das mag, Manfred«, ich ziehe meine Lippen so breit ich kann, alle meine Zähne kommen dabei zum Vorschein. »Ach! Das weißt Du doch noch gar nicht! Du musst es probieren. Und danach nehmen wir die Seezunge!« O.k., jetzt wird mir richtig mulmig. »Manfred«, sage ich vorsichtig, »also Zunge ist echt nicht so mein Ding.« – »Wie Zunge, was für eine Zunge?« – »Na, Du meintest doch Seezunge!« Manfreds Mundwinkel fangen wild an zu zucken, dann wackelt die gesamte Menschenmasse. Seine Augen füllen sich sichtbar mit Tränen, so sehr muss er lachen. Ich lache mit, ohne zu wissen worüber. »Was? Was ist denn so witzig?« – »Seezunge!«, stammelt er. »Das ist doch keine Zunge! Das ist ein Fisch!« Er hört unvermittelt auf zu lachen, haut die Faust auf den Tisch und ruft: »Die bestellen wir jetzt.« Ich muss zugeben, dass ich noch nie etwas so Köstliches gegessen habe. Die Zeit bei Manfred ist für mich wahnsinnig lehrreich, nicht nur des Essens wegen. Wie man sich in (feiner) Gesellschaft verhält, worüber man redet, was man trägt – eine bessere Schule gibt es nicht.

Der Job wird immerhin zu einer sicheren Bank für mich. Nach nur kurzer Zeit habe ich das Gefühl, finanziell gut klarzukommen. Aber ich sollte mich doch nicht zu sicher fühlen. Der Schlag in die Magengrube kommt in einem gelben Umschlag: Ein Einschreiben von der Postbank. »Sehr geehrte Frau Sayram, wir haben Sie als rechtmäßigen Erben Ihres Vaters Mustafa Sayram ausfindig gemacht. Das Konto Ihres verstorbenen Vaters wies zur Zeit seines Ablebens einen Minusbetrag von 7 335 DM aus. Mit den Zinsen ergibt sich nun ein offenstehender Betrag von 8 679 DM. Wir bitten Sie als Erbin, diesen Betrag innerhalb der nächsten vier Wochen zu begleichen. Weitere rechtliche Schritte behalten wir uns vor. Mit freundlichen Grüßen.« Dieser Brief ist meine ganz persönliche »Gehen Sie ins Gefängnis, gehen Sie nicht über Los, ziehen Sie keine 4 000 Mark ein«-Karte. Alles wieder auf Anfang. Ich muss mich setzen, als ich das lese. Das kann doch nicht sein. Wieso bin ich Erbin? Schlimmer aber ist: Es gibt jetzt wirklich keine einzige Seele in meinem oder in Manfreds Universum, der ich mich anvertrauen würde. Eher ramme ich mir zwei rostige Nägel ins Trommelfell! Es gibt nur einen einzigen Menschen, dem ich meine Verwundbarkeit, meinen Zustand offenbaren kann und vor dem ich mich nicht schäme:

Mama, wie immer Mama! »Mädchen, bleib cool! Dat musste bestimmt nit zahlen. Du gehst direkt zu ’nem Anwalt. Ich besorg Dir da einen!« Mama hat in der Tat ein sehr gutes Netzwerk und Kontakte zu Anwälten und auch zur Polizei – aus Gründen! Ausnahmsweise könnte das für mich nun nützlich sein. (So ist Mama! Sich von nichts umhauen lassen, immer wieder aufstehen, einfach weiterlaufen!) Das Wort Erbe kenne ich tatsächlich nur aus dem Fernsehen, und da ist es immer etwas Gutes! Denn beim *Denver Clan* oder *Dallas* ist ja die höchstanzunehmende Strafe der Satz: »Du wirst enterbt!« Danach frieren meist alle Gesichter ein, Tränen folgen – das absolute Drama! Erbt man hingegen, ist das der Freifahrtschein zu ewiger Glückseligkeit. Wie kann denn das plötzlich anders sein? »Ja, Frau Sayram. Das ist in der Tat nicht so einfach.« Bereits zwei Tage später sitze ich in einer Kanzlei am Ubierring. In dieser Gegend gibt es eine ganze Reihe von Anwälten. Wie oft bin ich schon mit der Bahn an dem Gebäude mit dem beeindruckenden Wasserlauf drumherum vorbeigefahren und habe mir vorgestellt, hier einmal in einer Großkanzlei zu arbeiten! Mein Anwalt hat sein Büro hingegen in einem unscheinbaren Gebäude ein paar Meter daneben. Er macht ein betroffenes Gesicht und zupft sich aus Verlegenheit seine Krawatte zurecht, die er in seinen dunkelbraunen Wollpulli gestopft hat. »Wieso nicht einfach? Das muss doch ein Irrtum sein!« Ich schüttele meinen Kopf. »Na ja, es gibt eben auch so etwas wie ein negatives Erbe, das vom ererbten Vermögen abgezogen wird.« – »Hä? Was denn für ein Vermögen? Ich habe nichts geerbt! Da ist nix mit Vermögen.« – »In dem Fall hätten Sie das Erbe ausschlagen müssen. Dafür ist es nun aber zu spät. Das geht nur innerhalb einer bestimmten Frist.« Mein Mund steht offen. Ich habe das wirklich nicht gewusst. Wie blöd kann man sich vorkommen auf einer Skala von eins bis fünf? Die Frau Jurastudentin würde sich eine glatte Zwölf geben. Voraussetzungen für eine Durchsuchung kannte ich wirklich schon als Kind, den Unterschied zwischen einer Verhaftung und einer Festnahme wenig später. Aber das? Eindeutig ist es kein Stoff des Bürgerlichen Rechts Allgemeiner Teil! Verdammt! Und es ist unmöglich für mich, das zu zahlen. »Das tut mir sehr leid, aber ich sehe da keine Möglichkeit, Ihnen das zu ersparen.« Ohne noch etwas zu sagen, verlasse ich das Büro. Ich frage nicht einmal, was er für die Beratung bekommt. Der Anwalt scheint an einer Rechnungsstellung aber auch nicht interessiert. Er hält mich nicht auf. In meinem Hirn ist Hochbetrieb, es rauscht und summt wie eine kaputte Neonröhre. Im linken Ohr wird daraus ein schrilles Piepen (das hatte ich schon lange nicht mehr). Atmen, denke ich. Atmen. Es wird besser. Mein Handy klingelt. »Iris, wo bleibst Du?« Manfreds Büroleiter ruft mich auf meinem *Nokia* an. Es ist ganz neu und geformt wie eine kleine schwarze Banane. Nichts, was ich mir hätte leisten sollen. Das 6210 war noch völlig in Ordnung! Aber diese Erkenntnis hilft mir jetzt auch nicht weiter. »Ja, ich bin gleich da«, sage ich und steige in die Straßenbahn. Zwischendurch rufe ich Mama an: »Scheiße, Kind! Du musst den Chef fragen!« – »Das kann ich doch nicht machen«, winsele ich verzweifelt. Doch Mama erlaubt sich – und jetzt mir – keinen Moment der Verzweiflung. Sie zögert auch keinen Moment mit ihrer Antwort: »Doch, kannst Du. Du häs sonst so ne riesige Schnauze am Kopp und jetz machste Dir in die Butz? Nä, Mädchen! Trau Dich! Komm, los! Mehr als Nein sagen, kann er nit.« Ich lege auf. Hat Mama recht? »Manfred ist wach und nicht besonders gut gelaunt. Für den Medientreff kamen ziemlich viele Absagen. Du bist dran! Du musst es ihm sagen!«, empfängt mich Manfreds Mitarbeiter. Die brennend heiße Kartoffel unter den Bürojobs fällt heute mir zu. Aber ich wittere auch meine Chance. Manfred ist ja wirklich der einzige Mensch auf der Welt, den ich kenne, der ziemlich viel Geld hat und irre genug ist, um mir zu helfen. Meine Füße fühlen sich schwer an, als ich in seine Dachgeschosswohnung steige. Manfred sitzt im Wohnzimmer. Er trägt einen weißen Bademantel. Ich räuspere mich im Flur. Er steht auf, rückt seinen Bademantel zurecht, winkt mich in sein Schlafzimmer. Es ist schwarz gestrichen, in der Mitte steht ein Wasserbett. Sein Koffer von der Reise steht davor auf dem Boden. »Hier, gib das der Mydung, die soll das in die Reinigung bringen.« Er drückt mir ein paar seiner schmutzigen Hosen und Hemden in die Hand. In die Hand nehme ich jetzt auch meinen ganzen Mut. Mehr als Nein sagen, kann er nicht, wiederhole ich in Gedanken die Worte meiner Mutter. »Manfred, ich …« Meine Stimme ist dünner als sonst. Ich setze noch mal an. »Manfred! Kann ich Dich was fragen?« Ich fixiere einen Punkt auf dem Boden. Fuck! Nicht heulen! Manfred hört auf, seine Wäsche zu sortieren, und starrt mich an. Er schweigt, verzieht keine Miene. Ich brauche noch einen kurzen Moment, um weiterzusprechen. Ich bohre meinen Zeigefinger in die Haut um meinen Daumennagel, es blutet leicht. Der Schmerz beruhigt mich. Manfred durchbricht die peinliche Ruhe: »Hast Du Scheiße gebaut?« Wieder Stille. Ich nicke. Ich weiß nicht, ob das, was mir gerade passiert, unter dem Begriff »Scheiße bauen« subsumiert werden kann (eines meiner neuen juristischen Fremdwörter!). »Wie viel brauchst Du?« – »Achttausend Mark«, höre ich mich wie aus der Pistole geschossen sagen. »Herrje, Iris! Was machst Du denn?« Er guckt mich halb böse an, lässt aber dennoch ein Lächeln erkennen, ein Mundwinkel geht hoch. Dann wendet er sich wieder seinem Koffer zu. Mir fällt ein ganzes Hochhaus vom Herzen. »Ich arbeite alles ab, wirklich!«, verspreche ich. »Na klar machst Du das. Was denkst Du denn? Geh runter zu Martina, die soll alles veranlassen. Was ist? Warum stehst Du denn noch da? Was willst Du noch? Eine Niere?« – »Nein, ich wollte Dir nur sagen, dass Iris Berben und Sabine Christiansen den *Reemtsma*-Medientreff abgesagt haben«, beim letzten Namen laufe ich schon in den Flur und zurück ins Treppenhaus, um mich vor seinem unausweichlichen Wutanfall in Sicherheit zu bringen. Ich höre nur, wie er mir hinterherschreit. »Nein! Iris Berben UND Sabine! Meine Sabine? Das darf doch nicht wahr …« Den Rest höre ich nicht mehr. Ich bin raus.

Mama hebt ihre Hände wie bei einem Gebet in den Himmel, als ich ihr von Manfreds Hilfe erzähle. »Gott sei Dank«, stößt sie aus. Dabei sind wir nicht besonders gläubig. »Siehste! Hab ich dir doch jesacht, frag! Du brauchst doch vor dem kinne Angst zu haben, Mädchen!« Mama ist vorbeigekommen und hat mal wieder für mich eingekauft. Sie kann ja inzwischen Auto fahren und lässt es sich nicht nehmen, ihr »Kückelchen« regelmäßig mit Essen zu versorgen. (Papa hatte nicht für möglich gehalten, dass Du es lernst. Aber in den Neunzigern hast Du doch noch Deinen Führerschein geschafft!) Inzwischen bin ich gar nicht mehr so dünn, sondern habe völlig solide gepolsterte Rippen. »Hier, Mädchen, leckere Erdbeeren, das sind die ersten in diesem Jahr!«, krächzt Mama. »Mama! Du bist wieder so erkältet und gehst trotzdem einkaufen! Mann! Das ist nicht gut«, ich stelle die Pappschale in den Kühlschrank. Mama guckt mich nur böse von der Seite an: »Ach! Ist doch nicht schlimm«, haucht sie. »Bist Du aufgeregt wegen morgen?« Das neue Semester beginnt (das inzwischen dritte!). So langsam muss ich mich mehr anstrengen, das weiß ich. Dennoch antworte ich, um mich selbst auch zu beruhigen: »Nö, das wird schon. Ich bin ja nicht alleine. Wir helfen uns gegenseitig.« – »Ach, der bekloppte MarioN is ja auch noch dabei, ne?« – »Ja, genau Mama. MariO!« Mama räuspert sich und spuckt angestrengt etwas dickflüssiges Sekret in ein Tempo. Doch dann fängt sie sich wieder: »Sag ich doch, MariO-N.«

Moriz Kaposi

»Mama, ich verstehe Dich nicht. Was hast Du gesagt? Du

musst doch Deinen Kehlkopf schonen, das weißt Du doch!« Mir kommt es nicht ungelegen, die Telefonate mit ihr so zu beenden. Sorgen mache ich mir um sie immer noch nicht, obwohl ihre Erkältungen kaum mehr zählbar sind. Selbst ihre Kurzatmigkeit beunruhigt mich nicht. »Ach, Du musst Dich einfach mal richtig ausruhen«, beruhige ich sie am Telefon. »Ich muss wieder los. Ja, ja, mal gucken, ob ich am Sonntag zum Essen komme.« Doch diese vermeintliche Erkältung will nun nicht vorbeigehen. Es ist mitten in der Nacht, als sie mich anruft: »Iris, ich bin im Krankenhaus. Kannst Du kommen?« Sie klingt heiser, angestrengt. Ihre Worte sind schwer zu verstehen. Ich gebe zu, dass mir der Anruf lästig ist, dass ich mich gestört fühle. Aber ich setze mich ins Taxi und fahre ins Severinsklösterchen, einem Krankenhaus in der Südstadt. Als ich komme, sitzt Mama noch im Wartebereich. Sie trägt einen ihrer schwarzen Bleistiftröcke, einen pinkfarbenen Angorawollpulli, der auch gut eine Nummer größer getragen werden könnte, das Gesicht ist stark geschminkt. Ihr stehen die Tränen in den Augen. »Mama, was ist los?« Sie kann kaum antworten. Die Luft bleibt ihr im wahrsten Wortsinn weg. Sie flüstert nur: »Ich weiß et nit, ich bekomme keine Luft. Ich will nicht hierbleiben!« – »Mama, wenn Du keine Luft bekommst, musst Du hierbleiben! Das geht nicht anders.« Und es geht tatsächlich nicht anders, sie muss ein Bett belegen.

In den ersten Tagen wird es mit der Luft nicht besser. Ich werde ihr eine etwas größere Tasche packen müssen, Handtücher, Nachthemdchen, *Bebe*-Creme … alles, was sie braucht. Erst nach etlichen Tagen gibt es Bewegung im Krankenhaus. Ich habe einen Anruf auf der Arbeit bekommen, der mich sehr beunruhigt hat. Ich solle schnell kommen! Puh! Sofort packe ich meine Jacke und renne vor die Bürotür. Ich rufe Mario an. Er hört an meiner Stimme, dass etwas nicht in Ordnung ist. »Zuska, warte auf mich. Ich komme mit Dir ins Krankenhaus.« In weniger als fünf Minuten steht er mit seinem Auto vor mir. Auf der Station kommt uns eine Schwester entgegengelaufen. »Halt!«, sie hebt ihre Hand wie ein Stoppschild. »Ihre Mutter hat eine offene Tuberkulose. Das ist hochansteckend. Wir müssen sie isolieren. Sie können nicht so einfach zu ihr rein. Warten Sie bitte.« Die Schwester verschwindet kurz in einem Raum und kommt mit einem Stapel weißer Kleidung zurück. »Hier, Sie müssen diese Schutzkleidung überziehen«, ein Kittel, Häubchen, Mundschutz und sogar Überzieher für die Schuhe drückt sie mir in die Hand. Mario bekommt das gleiche Paket. »Mache ich.« – »Hier, die Handschuhe gehören auch dazu. Und bitte tragen Sie den medizinischen Mundschutz die ganze Zeit.« – »Hilf mir mal!«, Mario hat die Haube schon auf, seine Arme stecken im Kittel, der am Rücken zugebunden werden muss. Die Bänder baumeln offen herunter. »Das ist ja wie bei *Outbreak*«, quetscht er aus einem Mundwinkel leise hervor. Wir lächeln, obwohl uns beiden bewusst ist, dass das hier gerade kein Film ist. Innerlich habe ich mich aber eigentlich wieder etwas beruhigt. Eine offene Tuberkulose klingt in meiner Welt jetzt nicht so lebensbedrohlich. Völlig eingepackt in unserer Montur betreten wir eine Art Schleuse, durch die wir in das Einzelzimmer von Mama kommen. Sie sitzt an einem kargen Tisch, der am Ende des Raums zwischen zwei Fenstern steht. Ihr Gesicht ist im Gegenlicht, dennoch ist zu erkennen, wie verzerrt es ist. Die Stirn liegt in tiefen Falten, die Augen sind rot und dick. Die Lippen sind nur ein schmaler Strich, sie zittern. Mama öffnet immer wieder ihren Mund, um nach Luft zu schnappen. Ich bin wie gelähmt, verstehe überhaupt nicht, was los ist. Tuberkulose ist doch heilbar, oder? Mario steht ähnlich angewurzelt vor ihr wie ich. »Mädchen … Mädchen!« Ihre Stimme ist dünn, brüchig, aber sie ist trotzdem gut zu verstehen. Sie atmet noch einmal tief ein. »Kind … ich habe AIDS!«, in dem Moment versagt ihr die Stimme. Das Zittern ihrer Lippen strömt auf das ganze Gesicht aus. Ein regelrechter Tränenfluss zieht sich von den Augen bis runter zum Kinn. Die Tränen tropfen auf ihre Beine. Mario und ich wechseln einen erschrockenen Blick und fallen wortlos vor ihr auf die Knie. Wir schlingen beide unsere Arme um ihren weichen, runden Oberkörper. Mein Kopf links, Marios Kopf rechts. In der Mitte ragt Mamas Kopf hervor, sie ringt nach Luft und schluchzt und schluchzt. Wir drücken sie, so fest es geht. Eine ganze Weile verharren wir so, ohne etwas zu sagen, ja ohne uns zu bewegen. Isolation? Ach, leck uns.

»Die Helferzellen liegen fast bei null«, erklärt uns der Arzt die Lage unumwunden. »Es tut mir leid, aber ich habe keine Ahnung, was das konkret bedeutet«, hilfesuchend gucke ich von einem Arzt zum anderen. Zu zweit sitzen sie in einem kleinen Zimmerchen mit sehr vielen Akten, Dokumenten und Büchern vor uns. »Die Helferzellen sind für die Abwehr im Körper zuständig. Je weniger davon im Blut sind, desto schwerer ist die Immunabwehr geschädigt. Bei gesunden Menschen liegt der Wert bei über fünfhundert. Fällt er unter zweihundert, kann sich der Körper gegen gewisse Krankheiten nicht mehr wehren. Wir sprechen von aidsdefinierenden Krankheiten, die ein gesunder Mensch kaum bekommt. Das Kaposi-Sarkom – die ziemlich eindeutigen blauen Flecken, benannt nach ihrem Entdecker Moriz Kaposi. Oder eben auch eine offene Tuberkulose wie bei Ihrer Mutter.« Er macht eine Pause und guckt zu seinem Kollegen. »Dieser Wert liegt bei Ihrer Mutter – wie gesagt – fast bei null. Ich kann Ihnen wenig Hoffnung machen, dass eine Therapie da noch etwas bewegt.« – »Entschuldigung, ich verstehe es immer noch nicht genau. Das bedeutet konkret was?« Jetzt antwortet der Kollege: »Das bedeutet, dass Ihre Mutter maximal noch eine Lebenserwartung von einem, wenn sie Glück hat, zwei Jahren hat. Das muss aber auch nicht sein. Wenn sie die Kombinationstherapie richtig anwendet, das bedeutet vor allen Dingen, dass sie die Tabletten regelmäßig nimmt, dann können es auch viele Jahre mehr sein.« Die Kombinationstherapie könne das Virus sehr gut zurückdrängen. »Es gibt da nur ein paar heftige Nebenwirkungen: Depressionen, Angstschübe – es kommt vor, dass die Patienten die Therapie abbrechen«, die Worte lösen eine kleine Explosion in meinem Kopf aus. Mein linkes Ohr fiept laut, so laut wie noch nie. Es fällt mir schwer, mich zu konzentrieren. Mario legt seine Hand auf meinen Oberschenkel. »O.k., wow! Puh! Ja, ich denke, dass meine Mutter die

Therapie auf jeden Fall will. Sie zieht das durch.« Ich habe überhaupt keine Zweifel daran, dass Mama nicht aufgeben würde. Das ist schließlich Mama! Ich bin gerade im Begriff, mich von dem Stuhl zu erheben, als der Oberarzt noch einmal ansetzt, »Ach ja, das ist nicht ganz unwichtig: Sie sollten sich vorsichtshalber auch testen.« – »Ah, o.k.!« Mario tätschelt mir aufmunternd den Rücken. »Das wird wieder, Zuska.« Ich bin mir da nicht sicher. Insgeheim habe ich es ja seit Jahren geahnt. Hätte ich es doch verhindern können? Hätte ich weniger verlangen sollen? Dieser krasse Südfrankreichurlaub? Oh Mann! Die Worte aus ihrem Tagebuch, das ich vor Jahren in die Finger bekommen habe, als sie schrieb, für wen sie das alles macht – »FÜR EUCH« – leuchtet grell in meinen Gedanken. Mein Herz hängt etwas tiefer in meiner Brust als sonst. Und mein Hirn ist taub wie eine Arschbacke, auf der ich zu lange gesessen habe, oder wie mein kleiner Finger, wenn ich stundenlang *Super Mario* zocke. Die Liste der Dinge, die mir die Ärzte mitgegeben haben, arbeite ich einfach nur ab. Meine Lymphknoten kontrolliere ich ohnehin schon seit Jahren regelmäßig. Angst habe ich vor meinem eigenen Test trotzdem ein kleines bisschen. »Warum brauchen Sie den Test?«, fragt mich der Mann in der Beratungsstelle. »Meine Mutter ist positiv, und ich will sichergehen, dass ich es nicht habe.« Meine alte Theorie, dass unsere Katze mir das Virus in meine Blutbahn gekratzt haben könnte, behalte ich lieber für mich. Ich finde den Hinweis darauf, dass eine mir sehr nahestehende Person infiziert ist, völlig ausreichend. »Na ja, solange Sie nicht mit Ihrer Mutter geschlafen haben, brauchen Sie sich eigentlich keinen Kopf zu machen«, sagt der Typ trocken und notiert sich irgendwas auf seinem Blatt vor ihm. Ich muss lächeln. Ein paar Tage später bekommt er recht: Mein Test ist negativ.

Mamas Lunge ist stark angegriffen. Es braucht eine ganze Weile, bis sie wieder auf eine Normalstation verlegt werden kann. Die Kombinationstherapie wirkt dafür recht schnell. So auch die Nebenwirkungen, die Ärzte haben bei diesem Punkt nicht übertrieben. »Das war ein ganz schlimmer Traum, den ich gestern hatte. Horror! Wirklich furchtbar«, Mama sitzt auf ihrem Bett, ihre Augen sind weit aufgerissen. »Ich stand am Fenster in der Flandrischen Straße, und ich habe mir Fleischstücke aus dem Körper gerissen. Die habe ich auf die Passanten geworfen. Wenn die getroffen wurden, hat es deren Haut weggeätzt. Die Leute sind panisch weggelaufen, und ich habe geschrien.« Sie hält sich beide Hände vor das Gesicht, als könne sie den Traum so ungeträumt machen. Man braucht nicht tief in die Psychoanalyse einzusteigen, um zu erahnen, warum sie so etwas träumt. Trotzdem soll Mama nicht denken, dass ich Angst vor ihren Berührungen habe und sie meine Haut – im übertragenen Sinne – wegätzen könnte. Ich umarme sie (wenngleich ich doch irgendwo in mir den Impuls habe, den direkten Hautkontakt zu vermeiden). Ich klopfe ihr ein paarmal auf den Rücken. »Mama, das war nur ein echt beschissener Traum«, ich lache, um die Situation aufzuheitern. »Da lachste, ne?«, schmunzelt auch Mama. »Ja klar. Respekt vor dinger Fantasie.« Und trotz der schlimmen Albträume vergeht kein Tag, an dem sie nicht absolut oberpünktlich diese irre Masse an Pillen und Kapseln runterschluckt. Es sind blaue, gelbe, weiße … ich verliere völlig den Überblick. Als sie aus dem Krankenhaus entlassen wird, findet sie zum Glück schnell auch einen spezialisierten Hausarzt, der ihre Therapie regelmäßig anpasst. Zu den Albträumen gesellen sich nämlich noch weitere Nebenwirkungen. Schlimme Durchfälle sind nur eine von vielen. Es grenzt für mich an absolute Unmenschlichkeit, was diese Frau alles wegstecken kann. Auch mit dieser Hammer-Diagnose im Leib steht sie nach ein paar Wochen wieder auf. Sie kämpft sich ins Leben zurück!

Es ist klar, dass ich das vor meinen Freunden nicht verheimlichen kann – vor meinen Mitbewohnern sowieso nicht. Da gibt es kein Entkommen. Trotzdem versuche ich es. Nicole sitzt an diesem Abend wie angetackert in unserer Küche. Ich habe gewartet, dass sie mal den Raum verlässt, damit ich mir was zu essen machen kann. Aber seit einer Ewigkeit bewegt sie sich nicht. Sie wartet, nein: sie lauert darauf, mich ansprechen zu können. Ich kann jetzt nicht länger in meinem Zimmer rumlungern. Kaum biege ich in die Küche ein, richtet Nicole auch gleich ihren Blick auf mich. »Kückelchen«, so nennt sie mich ja schon seit der Schule, »was ist los mit Deiner Mutter, wie geht's ihr?« Sie schaut mich erwartungsvoll an. Ich will ihr nicht, ich kann ihr nicht in die Augen sehen. Schnell drehe ich mich zum Kühlschrank und inspiziere den Inhalt. Mein Kopf bleibt länger als nötig darin versunken, denn eigentlich habe ich längst erkannt, dass hier kein großes Essensangebot zu finden ist. »Ja, ja, besser. Viel besser«, sage ich. Nicole stößt nur ein »Ah« aus und schweigt. Sie scheint zu ahnen, dass ich nicht die Wahrheit sage, aber sie bohrt nicht nach. Ich spüre ihren Blick förmlich. Er bleibt auch an mir haften, als ich mir eine Chipstüte schnappe und wieder aus der Küche verschwinde. In diesen Tagen spreche ich so gut wie mit niemandem über meine Mutter. Es ist für mich eine bekannte Taktik: Mauer hochziehen und ablenken. Auch Mama möchte die Krankheit am liebsten vergessen. Sie will nicht darüber reden. Ihr scheint es mit den schlimmen Dingen, die wir nicht ändern können, ähnlich zu gehen wie mir. Je größer die Sorge ist, desto stärker der Drang, es zu ignorieren. Zu mauern. Es ist unsere Überlebenstaktik. Für meine Ablenkung kommt die Uni wie gerufen.

Florian

Das vierte Semester geht zu Ende, oder wie es sich für mich anfühlt: mein juristischer Gang nach Canossa, denn jetzt wird Kasse gemacht – die Abschlussklausuren legen gnadenlos jedes Lerndefizit offen. »Na, was hast Du in Schuldrecht?« – »Öhm, wer ich? Ach, ich gucke zu Hause nach.« Mir läuft schon wieder so ein heiß-kalter Schauer über den Rücken, weil ich mir denken kann, dass ich die magische Vier-Punkte-Grenze, die über bestehen und nicht bestehen entscheidet, knapp streife. »Oh, wow! Guck mal, ich habe vierzehn Punkte!«, Florian gehört zu den

Besten bei uns, alles unter zweistellig ist für ihn ein Beinahe-Weltuntergang. Akribisch geht er die Kommentare des Prüfers durch, ob der sich nicht vertan hat und Florian nicht eigentlich fünfzehn Punkte verdient hätte. Die Randbemerkungen sind allerdings überschaubar. Er guckt zu mir rüber und ihm fällt auf, dass ich meine Klausur schnell wegpacke. »Sag mal, wenn Du weiter so viel arbeitest, wird das nächste Semester wahrscheinlich nicht leicht. Willst Du nicht durchziehen und auch aufs Examen hin arbeiten?«, fragt er ganz offen. Seine großen blauen Augen starren mich erwartungsvoll an. »Auf jeden Fall durchziehen!« – »Lass uns doch heute Abend ein Kölsch trinken gehen, ja?« – »Klar, warum nicht«, sage ich. Plötzlich schäme ich mich nicht mehr. Ich habe nämlich doch mit einem Auge auf die Note geschielt: sechs Punkte! Das ist kurz vor befriedigend! Mega! »Wollen wir uns im *Spitz* auf der Ehrenstraße treffen? Um acht?«

Wir sind uns schnell sehr vertraut. Also, Florian mir gegenüber. Ich erzähle natürlich nix von mir. Aber es ist schön, so in seine Welt einzutauchen, von seinen Problemen zu hören. Sehr viele Kölsch später überredet Florian mich, noch nach Marienburg rauszufahren. »Echt jetzt? Warum?«, mein Kopf ist schon leicht matschig, ob ich die Tour überhaupt noch schaffe? Es ist wirklich sehr weit weg. »Ich muss was wissen!« – »Kann das nicht bis morgen warten?« – »Nein, das geht nicht. Los, wir fahren da jetzt hin!« – »Aber das ist es ja gerade, WOHIN willst Du denn?« Ehe ich michs versehe, sitzen wir schon in der Linie 6 Richtung Villenviertel. »Weißt Du, meine Eltern verstehen sich schon länger nicht mehr. Und vor ein paar Tagen habe ich diese Adresse im Filofax meines Vaters gefunden, hier – guck selbst.« Florian gibt mir einen schon mitgenommenen Papierfetzen, auf dem ich nur noch halb die Schrift erkennen kann. Sie ist aber sehr geschwungen, es könnte in der Tat eine Frauenhandschrift sein. »Und was willst Du nun machen, wenn wir da sind? Reinstürmen? Die vermeintliche Liebhaberin verprügeln? Oder Deinen Vater?« Florian antwortet nicht. Er starrt zum Fenster raus, sein Blick ist völlig leer. Die Straßenbahn biegt ab auf die Rheinpromenade. Auf der rechten Seite sieht man schon die ersten alten Herrenhäuser. Auf der anderen Rheinseite leuchten die Fenster in den Plattenbauten der weniger schönen Stadtteile. Als wir uns der Straße auf dem Zettel nähern, bleibt Florian plötzlich stehen. »Da, das Auto! Das gehört meinem Vater. Ich muss gar nicht mehr wissen. Komm, lass uns verschwinden«, er zerrt an meinem Pullover, als hätte er gerade ein Gespenst gesehen. Florian sieht blass aus. Viel redet er nicht mehr. An diesem Abend bin ich es, die diesen gestandenen Kerl aus – wie ich bislang fand – so soliden, beneidenswert geordneten und wohlhabenden Verhältnissen stützt. Es ist seine Welt, die gerade zusammengebrochen ist. Ich denke an meine Mutter und ob ich mit ihm über sie sprechen könnte. Florian kommt mir zuvor. »Wie geht es eigentlich Deiner Mutter? Die war doch total lange im Krankenhaus« – »Oh, Du weißt davon?« – »Klar, ich hab Deinen Kumpel gefragt, warum Du im Moment so wenig in den Vorlesungen bist. Der wollte aber nicht mehr sagen. Nur eben, dass sie krank ist.« Es rührt mich. Komischerweise fällt es mir ihm gegenüber leichter, etwas mehr zu erzählen als bei Nicole. Vielleicht, weil ich hier eben nur einen Teil preisgeben kann, mehr Kontrolle habe. Ich lasse Florian heute also auch ein kleines bisschen durch meine Mauer gucken. Wir quatschen und quatschen. Der Weg zurück in die Stadt ist ziemlich lang, wir haben trotzdem nicht das Bedürfnis, die Bahn zu nehmen. Wir lassen uns Zeit.

Ecki

Wer Mama in diesen Tagen sieht, würde nicht erahnen, was sie in den letzten Jahren gesundheitlich durchgemacht hat. O.k., sie ist sehr kurzatmig, aber für eine Frau Anfang sechzig (!) ist das nicht ganz ungewöhnlich. Für Mama ist das auch kein Grund, jetzt einfach zu Hause zu bleiben und die Füße hochzulegen. In ihren alten Job kann sie nicht zurück, da muss was Neues her. »Iris …«, ich spüre durch das Telefon ihren ungebrochenen Tatendrang. »Wat hältst Du davon, wenn ich wieder in der Diskothek arbeite?« – »In welcher Diskothek denn, Mama? Und als was willst Du denn da arbeiten?« Ohne Zögern antwortet sie: »Na, als Klofrau. Ich könnte ja wieder Süßigkeiten verkaufen. Weißte, wie damals!« Ich muss einen Moment nachdenken, ob ich das wirklich gut finde. »Hm, Mama … Ich weiß nicht.« – »Ach, wie, Du weißt nicht. Warum denn nit? Im *Palm Beach* kenne ich noch den Besitzer von früher, weißte?!« – »*Palm Beach*? Mama! Das ist doch eine Hardcore-Assi-Disko!« – »Na un? Is doch ejal.« Es ist dieser Elan, den ich bei wirklich nur wenigen Menschen erlebe, immer eine Idee zu haben und einfach zu machen. Nur nicht aufgeben! »Ja, dann probier es!« – »Ja, mach ich auch!« Nur ein paar Tage später hat sich Mama mit dem Besitzer geeinigt, dass sie zum Probearbeiten vorbeikommen kann. Unsere gute alte Bekannte Conny (sie hat auch die Neunzigerjahre überlebt!) will sie begleiten. Gemeinsam machen sich die beiden also auf zum *Palm Beach* am Ring, das vor allem dafür bekannt ist, nächtlicher Zufluchtsort von Nutten, Zuhältern und anderen übrig gebliebenen Mitgliedern des Milieus zu sein. Als sie in Sichtweite des Eingangs sind, bleibt Conny unvermittelt stehen. Sie hält sich den Bauch, holt tief Luft und stößt einen Lacher aus, der wohl noch kilometerweit zu hören ist (so hat Mama es mir jedenfalls geschildert. Und so wie ich Conny kenne, ist das kein bisschen übertrieben). Sie kann gar nicht aufhören zu lachen – dunkel, dreckig, rau! Mama weiß gar nicht, was Conny so unfassbar komisch findet. »Wat is denn los? Biste jetzt endgültig am Beklopptwerden?« Conny hebt ihren Arm und zeigt auf den Türsteher am *Palm Beach*. Ein blonder, großer, kräftiger Mann – so Anfang, Mitte fünfzig in Achselshirt und einer bunten Pluderhose. »Nä!«, schreit Mama und muss jetzt ebenfalls lachen. »Dat jibet doch janit. Dat is doch ... Is dat nit ...« – »Jo«, stimmt Conny ein. »Dä Ecki!« Connys Ex-Freund aus den Achtzigerjahren, der meine Weihnachtsschokolade mit seinem Sabber vollgemacht hatte, weil er so zugedröhnt war. Auch er hat überlebt! »Wie siehst Du denn aus? Wat is dat? Muskeln oder

Pudding«, Conny ballt die Faust und zeigt ihren nicht vorhandenen Bizeps. »Ihr doofen Weiber, ich trainiere regelmäßig. Ich zeig euch, wat Pudding is!« Ecki macht eine Bodybuilderpose und spannt seine Oberarmmuskeln fest an. »Wie jeht et Dir, Ecki«, fragt Mama. »Jut, jut jeht et. Ich bin jeden Tag im Fitnessstudio.« – »Ja, sieht man«, Mama nickt anerkennend. Ecki hat sich optisch verändert. Er ist nicht mehr so ein Hungerhaken. Vom Heroin sei er schon lange weg. »Wat wollt Ihr Hühner denn hier? Seid Ihr nit langsam zu alt für die Disko?« Prompt hört Conny auf zu lachen. »Du Heijopei, wie, zu alt? Luhr Dich doch ens selver an!« Ecki grinst nur süffisant. Er weiß, wie er seine Ex auf Puls bringen kann. »Ach, Disko!«, sagt Mama. »Wir sin ja nit zum Tanzen hier. Ich will hier arbigge jon. Wat häs Du denn jedacht?« Ecki zieht die Brauen hoch: »Ahsu, ja dann ... viel Spaß dabei.« – »Ja, werden wir haben«, Conny muss wieder ein bisschen lachen.

»Hallo, ich bin die Sonja«, stellt sich Mama dann im Laden der Belegschaft vor. »Sonja, wie schön. Komm, ich zeig Dir, wo Du heute arbeitest.« Der Laden hat noch keine Stunde auf, ist aber schon so verraucht, dass Mama schnell stärkere Probleme mit der Luft bekommt. Anmerken lässt sie es sich aber nicht. »Hier kannst Du Dich hinsetzen.« Der Mann zeigt auf einen kargen, ungepolsterten Stuhl, der einsam vor den beiden Klotüren steht. »Hier? Dat is ja noch mitten im Laden? Wie soll man denn da arbeiten? Die Musik ist viel zu laut, da höre ich doch gar nicht, wat die Leute wollen.« Der Besitzer guckt Mama etwas erstaunt an, er stemmt seine Hände in die Hüfte: »Ach, Du musst doch auch nix hören, Sonja. Es reicht, wenn Du sauber machst. Sonst ja eijentlich nix. Ahsu, un ... wenn jemand kotzt, bekommst Du fürs Wegwischen zehn Mark extra zum Lohn. Das besteht aus dem Trinkgeld der Leute.« – »Wie, ich bekomme kein Stundengeld?« Mama stemmt jetzt auch ihre Hände in die Hüfte. »Äh … ne, eigentlich ist dat nur das Trinkgeld der Gäste. Und am Abend kotzen bestimmt immer so zwei oder drei … da kommt jut wat zusammen.« – »Ach, ne. Ich habe es mir anders überlegt. Und tschüss …« Mama hakt Conny ein und verlässt den Laden. Einen Versuch war es wert.

»Dann kann ich Dir jetzt mehr helfen«, kündigt Mama an. »Für Dich einkaufen, Dich zum Reiten fahren …« Begeistert bin ich nicht. Mamas Sozialhilfe ist schließlich sehr überschaubar. Und auf keinen Fall will ich, dass sie noch irgendeinen Mist ausheckt. Es reicht schon das, was ich mitbekomme. Den Grad von Mamas Finanzen kann man wunderbar an ihrem Hals, Händen und den Armen bemessen. Verschwindet da der Schmuck, ist sie richtig pleite und die Ringe, Ketten oder Armbänder sind im Pfandhaus. Ich versuche es immer mal wieder, sie rauszuholen, aber es dauert nicht lange – da ist Mama wieder nackig am Hals, nur um mir die teuersten Einkäufe zu besorgen. Ein Teufelskreis. Mama hört natürlich nicht auf mich und kommt immer noch mehrmals pro Woche mit vollgepackten Tüten. Ich möchte es aber auch deswegen nicht, weil ich immer mehr in mein Leben abtauche – ein Leben ohne Mama.

Millennium

Caroline

An der Uni vergeht Semester um Semester, und schon sind wir mitten im Jahr 2000, ohne große Computerabstürze und sonstige Dramen haben wir das Millennium betreten. Inzwischen kümmere ich mich immer seltener um meine Mutter, auch nicht in den Semesterferien, die an der juristischen Fakultät nicht wirklich *frei* bedeuten. Nur gibt es keine Vorlesungen. Gelernt werden muss trotzdem. In den ersten drei Wochen der »vorlesungsfreien Zeit« schreiben wir zudem meist eine Hausarbeit. Der eigene Wirkungskreis schrumpft noch mal auf wenige Meter zusammen: juristisches Seminar, die Bibliothek, Klo und Erfrischungsraum – kurz E-Raum. Hier gibt es kleinere Speisen und einen ganz okayen Milchkaffee. Wir Raucher sitzen im hinteren Teil mit Blick auf die etwas vertrocknete Uniwiese. Statt, wie so häufig, einer großen Gruppe Jungs kicken da heute … hä? Ja, tatsächlich! Ein paar Mädels. Lustig. Eine von ihnen läuft auf Zehenspitzen in Richtung E-Raum, um ihre nigelnagelneuen Turnschuhe nicht schmutzig zu machen. Sie verliert fast die Balance und fängt an, vor sich hinzugrinsen. Sie guckt hoch, ob sie jemand beobachtet.

Unsere Blicke treffen sich, und wir müssen beide lachen. Sie kommt ins Gebäude, holt sich einen ACE-Saft und steuert direkt auf mich zu. »Hast Du noch 'ne Zigarette für mich?« – »Klar, hier. Wie cool, dass ihr Fußball spielt«, sage ich. »Spiel doch das nächste Mal mit! Immer dienstags um fünf.« – »Ja, echt? Das wäre total super! Danke!« Irgendwie habe ich das Gefühl, ihr einen Gegenvorschlag machen zu müssen. Sie sieht auch so aus, als könnte es zu ihr passen: »Falls Du reiten magst, kannst Du gern mal mit in meinen Stall kommen. Also, es ist nicht MEIN Stall, aber ich reite da ab und zu.« – »Echt? Das ist ja super! Wir sind dieses Semester erst nach Köln gekommen, und ich suche schon die ganze Zeit einen guten Stall. ICH LIEBE REITEN«, freut sie sich. »O.k., dann komm doch Samstag mit!« – »Abgemacht!«, wir geben uns ein high five. Es knallt laut im E-Raum. Mein Herz hüpft.

Caroline hat eine Tophaltung auf dem Pferd! Kerzengerade! Sie ist sogar schon Turniere geritten. Ich lege mich besonders ins Zeug und galoppiere ihr erst mal lässig davon. »He! Spinnst Du?«, lacht sie, als sie mich eingeholt hat. »Da erzähle ich Dir gerade meine spannendste Liebesgeschichte, und Du reitest einfach weg.« – »Huch, das habe ich gar nicht gehört! Ich bin ein bisschen taub auf dem linken Ohr, seitdem ich mir da ein Wattestäbchen reingesteckt habe.« – »Iiieeeh, das klingt fies!« Alles, was sie an diesem Tag erzählt, ist von einer unglaublich schönen Leichtigkeit. Sie erzählt von ihren Eltern, die sie zärtlich »Mami« und »Papi« nennt, die einander immer versichern, dass sie sich lieb haben, von ihrem alten Pony und ein wenig Liebeskummer. Ein Leben, das für mich wirkt wie mit Weichzeichner; ein feel-good-movie, in dem nur gute Dinge passieren. Rosamunde Pilcher meets Lars von Trier, der wohl in meinem Leben bislang Regie geführt hat. Nach dem Reiten gehen wir noch zu mir. »Wenn Du Hunger hast oder was trinken willst, dann bedien Dich einfach«, rufe ich ihr zu, während ich die stinkigen Reitsachen ausziehe. »Wow, Du hast ja einen mega gefüllten Kühlschrank: *Milchschnitten*! *Fol-Epi*-Käse extra fein – der ist doch total teuer! Das ist ja irre! Und frische Himbeeren! Um diese Jahreszeit! Und was zum Geier ist das denn: *Fluff*?« Caroline hält einen Brotaufstrich aus roséfarbenem Schaumkuss in die Höhe. »Kann man das essen oder spachtelt man damit Löcher zu?« – »Haha! Ich weiß, das ist ein bisschen eklig. Hat meine Mutter gekauft. Die denkt, ich würde verhungern, wenn sie das nicht macht.« Meine Stimme klingt distanziert. Es ist mir nämlich wirklich unangenehm, dass Mama das immer noch macht. Ich will sie eigentlich nicht in meiner Wohnung haben, ich komme gut allein klar. Aber alle zwei Tage steht sie trotzdem mit mindestens zwei vollen Einkaufstüten bei mir vor der Tür – heftig japsend, sie kann die Tüten kaum noch tragen, es strengt sie körperlich an. Sie schont sich nicht. Und einmal pro Woche ist sogar ein riesiges Rinderfilet dabei, obwohl ich Fleisch eigentlich noch immer nicht besonders mag. »Mädchen, Du musst Fleisch essen!«, versucht mich meine Mutter zu überreden. Ein Rinderfilet gönnt sie sich nicht einmal selbst. »Wow, das ist ja mega nett von Deiner

Mutter.« Caroline hat die Dose inzwischen geöffnet und schaufelt mit einem Teelöffel *Fluff* in sich hinein. »Ja, das ist schon nett. Aber sie muss es nicht machen«, sage ich und verdrehe dabei die Augen. Carolines Gesicht mit ihrem dicken, rosa Marshmallow-Bart ist ein einziges Fragezeichen. Sie sieht mein Problem nicht.

Als ich das erste Mal mit ihrer Clique unterwegs bin, gehen wir eine Kleinigkeit essen. Die Gruppe ist nicht so schick wie die klassischen Jura-Girls, eher cool, einen Ticken zu laut und ziemlich selbstbewusst. Das mag ich. Also passe ich heute besonders auf, keinen Fehler zu machen. Schon auf dem Weg zum Essen überlege ich genau, was ich mir leisten kann, wie viele Kölsch noch im Budget sind. Nichts ist peinlicher, als später im *Päff* (einer unserer Stammkneipen) zu stehen und die Centstücke zu zählen, während die anderen einen Kranz nach dem anderen anschleppen. Wir gehen vom Rudolfplatz Richtung Brüsseler Platz, also in die Gegend, in der ich aufgewachsen bin, genauer ins *Hallmackenreuther*. Ich bin froh, dass das Lokal auf seiner Speisekarte nicht nur Gerichte für Beträge im zweistelligen Bereich anbietet.

»Habt ihr den *Tatort* letzten Sonntag gesehen? Der kam dieses Mal aus München. Die zwei Typen mag ich eigentlich nicht, aber ich war echt überrascht«, sagt wer. »Ach ne, die Story war viel zu konstruiert. Alte Leute, die sich Drogen reinpfeifen, also … ich weiß nicht«, schallt es aus einer anderen Richtung. »Ne, das war doch wenigstens mal ein bisschen lustig und nicht immer so horror ernst. Ich will als Oma auch noch mal so richtig steil gehen mit Koks und Nutten«, lacht Caro neben mir. Bei dem Wort »Nutten« muss ich kurz zucken, schiebe es aber dann wieder in die eine Hälfte meines Hirns, das an solchen Abenden Pause macht. Zum *Tatort* fällt mir sonst nichts ein. Ich traue mich hier nicht zu sagen, dass ich tatsächlich noch nie im Leben einen geguckt habe. Mein Kopf spielt Tennis – links, rechts, links und wieder rechts. Zuschauer halt, nicht Spieler. *Tatort* steht ganz oben auf meiner Liste. Irgendwann gucke ich mir das sonntags mal an. »Ich habe es nicht gesehen«, gesteht die rothaarige Katinka. Ich rutsche nervös auf meinem Stuhl hin und her. Jetzt könnte ich endlich versuchen, in die Unterhaltung einzusteigen. Aber da redet Katinka schon weiter. »Ich habe den neuen Roman von Lily Brett gelesen. *New York*. Ein super Buch. Das müsst ihr lesen. Ich habe das fast in einem Rutsch durchgehabt.« Ach shit, doch eher ein guter Moment, um weiter zu schweigen. Seit der Schule habe ich kein einziges belletristisches Buch mehr angefasst. »Als ich Erasmus in Uppsala gemacht habe, habe ich die in einer kleinen Buchhandlung entdeckt«, erzählt Katinka weiter. Sie klingt dabei kein bisschen überheblich, obwohl sie für meine Verhältnisse gerade mehrere krasse Infos transportiert hat: Sie kann sich ein Auslandssemester leisten. Sie hat neben der Uni Zeit zu lesen, muss also offenbar nebenher nicht jobben. Niemand am Tisch findet das ungewöhnlich. Und niemand fragt, wo scheiß »Uppsala« sein soll? Ich komme mir vor wie ein Marathonläufer, der mit alten Holzklotschen versucht, an diesen leichtfüßigen Gazellen in ultramodernen Laufschuhen vorbeizukommen – nein, heranzukommen. Ich kann einfach nicht mithalten, halte das Maul, gucke hier und da besonders mitfühlend und nicke an vermeintlich entscheidenden Stellen. Und ich lache – lieber einmal zu viel als einmal zu wenig. Das klappt in neunundneunzig Prozent der Fälle. Das restliche Prozent kann ich immer gut auf meine einseitige Taubheit schieben. »Hahahaha, Iris! Du taube Nuss«, sagt Caroline mindestens einmal am Tag. »Sach mal, bist Du besoffen oder warum lachst Du die ganze Zeit so doof?«, so muss mich Mario regelmäßig wieder auf den Boden der Tatsachen zurückholen und oft genug auch an den Schreibtisch.

Nathalie

Der Druck an der Uni wächst, je näher das erste Staatsexamen rückt. In der Jura-Welt ist dieser Moment bereits ein Jahr vor dem eigentlichen Termin. Mein Examen peile ich für Anfang 2002 an. Mir bleiben ab jetzt diese so wichtigen zwölf Monate. Kaum einer arbeitet in dieser Phase noch. Gut, die meisten arbeiten ohnehin »nur« an einem Lehrstuhl, sitzen an der Pforte, haben dort viel Zeit zum Lernen und so gleichzeitig einen top Draht zum Lehrpersonal. Das sind für mich Elitejobs, weil sie nicht darauf ausgelegt sind, den kompletten Lebensunterhalt samt Kursmaterialien und Repetitorien zu finanzieren. Ich schaffe es immerhin, nur noch drei Mal pro Woche zu arbeiten.

Drei Monate vorher höre ich dann ganz auf zu arbeiten. Ein paar Kröten habe ich mir zur Seite gelegt (der Vorteil, wenn man nicht mehr von der Stütze lebt – man ist Herr seiner Finanzen und darf tatsächlich sparen!). Das muss reichen.

Das juristische Seminar öffnet um acht Uhr. Von meiner Wohnung aus brauche ich über dreißig Minuten, wenn ich den Bus oder die Bahn nehme, mit dem Auto sind es zwanzig Minuten. Ich bin kurz angebunden am Telefon, als ich Mama erkläre, dass ich jetzt drei Monate in einem Tunnel verschwinden werde, um zu lernen. »Ich fahre Dich, Mädchen!« – »Nein, das will ich nicht. Du müsstest ja dann um 7:30 Uhr bei mir sein.« – »Ja und? Ich mache das!« – »Nein, Mama – bitte! Ich lege jetzt auf, gut?« Es herrscht Ruhe am anderen Ende, bis Mama am Schluss doch sagt: »Ich komme, bis morjen!«, sie legt so schnell auf, dass ich nicht mehr widersprechen kann. In den nächsten Wochen steht meine Mutter jeden Morgen um 7:30 Uhr vor meiner Tür. Wenn das Seminar abends um 22 Uhr schließt, sehe ich aus dem Fenster bereits um 21:30 Uhr die Lichter von Mamas altem Opel. Jeden Tag. Ich will immer noch nicht, dass sie das tut. Und das lasse ich sie auch ungefiltert spüren, ebenfalls jeden Morgen. »Hallo Mädchen, sollen wir los?«, Mama hat ihre Hände schon am Lenker, der Motor läuft, als ich die Türe zu ihrem Wagen aufreiße. Mama erlaubt sich nicht die kleinste Verzögerung, fast so, als wolle sich mich nicht unnötig provozieren. »Ja, oder denkste, ich will hier im Auto noch ein Kaffeekränzchen mit Dir abhalten?« Meine Stimme ist fest und eine

Spur zu laut für die Uhrzeit. Mama zuckt erschrocken zusammen, als ich sie so anherrsche, ihre Löckchen wackeln kurz. Sofort setzt sie den Blinker und reiht sich ein in den Berufsverkehr. Es ist still im Auto. Ich habe auch nicht vor zu reden. Und Mama beißt sich eher auf die Lippe, als noch etwas zu sagen, was mich auf die Palme bringen würde. Meine Zündschnur ist so kurz wie nie. An der Uni steige ich wortlos aus. »Ich komme Dich heute Abend abholen, jut?« – »Mama, nur wenn Du willst. Du musst wirklich nicht!« – »Ich will aber!«, sagt sie und lächelt über das ganze Gesicht. »Jut, Mama! Wie Du willst!« Der Tag hat kaum angefangen, aber ich bin innerlich schon auf hundertachtzig. Es fühlt sich falsch an, so gemein zu Mama zu sein, zumal es mir sehr hilft, dass sie mich fährt. Aber das kann ich nicht eingestehen, nicht ihr gegenüber, aber hauptsächlich auch nicht mir selbst gegenüber. Ein »Danke« kommt mir keinmal über die Lippen.

Bis zur ersten Klopause ist der Ärger ein wenig verraucht. »Was ziehst Du zur mündlichen Prüfung an? Ich muss mir unbedingt noch ein neues Kostüm kaufen. Am Wochenende gehe ich mit meiner Mutter zu *Peek und Cloppenburg*«, meine Examens-Freundin Nathalie fährt sich vor dem kleinen Toiletten-Spiegel beherzt durch die blonden Haare und zupft ihren Seitenscheitel zurecht. Den tragen wir im Moment fast alle! Einen sehr tiefen Scheitel mit dezenten Stufen, den man sich bei *Tony & Guy* schneiden lässt. (Off the record: Er sieht an mir richtig scheiße aus, aber das stelle ich erst Jahre später fest!) Nathalie schaut auf ihr Handgelenk. »Ich bekomme eine *Cartier*, die ganz klassische Tank mit braunem Lederarmband – also nur, wenn ich das Examen schaffe. Die habe ich mir gewünscht.« Ich habe nicht die leiseste Ahnung, was die »Tank« ist. Irgendwas in Richtung *Rolex*, stelle ich mir vor. Vulgo: arschteuer. An meinem Handgelenk wird sich so was nie finden. »Wow, mega! Das freut mich für Dich. Ich weiß noch nicht, was ich anziehe. Vielleicht mein braunes Cordsakko?« Nathalie lässt entgeistert ihre Hände sinken. »Cordsakko! Sag mal! Spinnst Du? Das ist viel zu leger. Du musst schon ein Kostüm tragen. Den Rest kannst Du vergessen. Die Prüfer nehmen Dich sonst überhaupt nicht ernst, und Du bekommst ein paar Punkte weniger. Wirklich!« Etwas zerknirscht folge ich ihr zurück an unseren Platz im Seminar. Geld für neue Klamotten habe ich nicht. Ich muss unbedingt noch die Crashkurse vom Repetitorium bezahlen. Bei Alpmann Schmidt und Hemmer wird das gesamte Strafrecht an einem Wochenende durchgeprügelt, das lassen die sich gut bezahlen. Nathalie packt um achtzehn Uhr ihre dicken Wälzer, die drei berühmten roten Gesetzes-Klötze (einer für das Zivilrecht, der Schönfelder, einer für das öffentliche Recht, der Sartorius, und dann noch für das Landesrecht Nordrhein-Westfalen, der Hippel/Rehborn), die wir alle brauchen, zusammen. »Ich bekomme voll die Oberarmmuckis, wenn ich noch länger fürs Examen lerne«, witzelt sie und hebt die Dinger hoch wie Hanteln. »Was ist denn mit Dir? Willst Du nicht auch langsam mal Schluss machen?« – »Ach nö, ich mache noch ein bisschen. Ich hab gerade einen Lauf.« – »Du Streberin! Du bist doch schon seit acht Uhr hier, oder? Und gestern Abend warst Du auch bis zehn hier. Du weißt schon, dass man irgendwann nichts mehr aufnehmen kann, ne?« – »Ja, ja, ich weiß. Laber nicht so viel rum, Frau Doktor! Ciao Kakao!« Freiwillig tue ich mir diese Vierzehn-Stunden-Schichten ja auch nicht an. Aber den ganzen Stoff schaffe ich sonst unmöglich bis zu den Klausuren. Tatsächlich habe ich zwischen fünfzehn und neunzehn Uhr so krasse Hänger, dass ich nichts in mein Hirn bekomme. Erst gegen Abend, wenn die meisten Kommilitonen weg sind, geht es wieder. Ich liebe es außerdem, wenn sich die Reihen lichten und ich heimlich meinen grünen Tee mit in den Saal schmuggeln kann. Es ist dann richtig gemütlich. Ich schreibe weiter, fasse immer kürzer zusammen – bis der Stoff eines ganzen Kurses auf maximal fünf Karteikarten passt. Pünktlich um halb zehn sehe ich aus dem Seminarfenster ein Auto vorfahren. »Mama! Oh nein, schon wieder viel zu früh!«, flüstere ich leicht aggressiv vor mich hin. Jede Minute koste ich aus und fange eine neue Karteikarte an. Ich schreibe so lange, bis mich der Seminar-Sheriff von der Pforte aus den Gedanken holt: »Hallo! Zum Ende kommen, bitte! Wir schließen!« Mir ist richtig schwindelig, wenn ich plötzlich aufstehe. Ich glaube, ich verliere jeden Abend eine halbe Dioptrie. Meine Augen werden immer schlechter, meine Brillengläser dicker. Nathalie hat mir schon ihre geliehen, weil ich gerade kein Geld für eine eigene habe. »Mädchen, hast Du viel geschafft heute?« – »Boa, ja, Mama! Du brauchst mich aber echt nicht jeden Abend abholen!« – »Ach, klar. Das macht mir doch nichts. Ich will Dir doch helfen! Ich kann doch sonst nix für Dich machen, wat die anderen Eltern vielleicht können mit ihrem janzen Geld. Die ham ja janz andere Möglichkeiten. Dann lass mich Dich wenigstens fahren, Kind«, ihre Stimme klingt lieb trotzig. Ich verdrehe die Augen und ziehe die Tür fest zu. »Mama, ich brauche noch unbedingt ein schickes Kostüm für die Prüfung. Scheiße. Kann ich Dich anpumpen?« Mama lacht so laut, dass ihr fast das Gebiss aus dem Mund fällt. »Ja klar, wat soll et denn sein? *Chanel*?« – »Ha, ha!« Vor der Tür steige ich angesäuert aus. »Mädchen, morgen hole ich Dich wieder um 7:30 Uhr ab, jut?« – »Ne, Mama, echt! Musst Du nicht.« Am nächsten Morgen steht der *Opel* nicht um 7:30 Uhr vor meiner Tür. Sondern schon um 7:15 Uhr.

Leila

Meine Freizeit wird noch knapper (wenn das überhaupt möglich ist). Aber ich muss mich auch mal bewegen. Also habe ich meine alten Reitstiefel ausgepackt und versuche wieder, einmal pro Woche Stunden in Junkersdorf zu nehmen. Noch während ich mein Pferd abtrense, merke ich, dass das Handy in meiner Reittasche immer und immer wieder leise klingelt. »Oh, Mann! Bestimmt das Büro, bitte verzeih, meine liebe Leila«, ich küsse das Pferd am Hals und klopfe noch einmal fest drauf. Es staubt aus dem dunkelbraunen Fell. Ich denke nicht daran, ans Telefon zu gehen. Erst bringe ich noch in Ruhe den Sattel zurück in die Kammer. »So, Leila, dann wollen wir mal sehen, wer da so dringend mit mir reden will …« Auf dem Display sind zwölf (!) Anrufe in Abwesenheit. Es ist nicht das Büro. Die Nummer ist mir nicht bekannt. »Hallo, Sie hatten versucht, mich zu erreichen?« – »Die Uniklinik ist hier. Ihre Mutter ist mit dem Verdacht auf einen Schlaganfall eingeliefert worden. Sie hat uns gebeten, Sie zu informieren.« – »O.k., ich komme sofort!« Der Stall ist zum Glück nicht ganz so weit vom Krankenhaus weg. Ich klemme mir den Reithelm unter den Arm und laufe los. Das kann doch nicht wahr sein, denke ich. Es lief gesundheitlich bei ihr in der letzten Zeit eigentlich ganz o.k. Warum jetzt das? Im Zimmer liegt meine Mutter flach auf dem Rücken. »Mama, wat is los?« Sie kann nicht reden, wedelt nur mit einer Hand vor ihrem Mund herum und zeigt dann Richtung Toilette. »Musst Du aufs Klo?« Sie nickt heftig und hält sich die Hand vor den Mund. »Kotzen? Musst Du kotzen?« Sie nickt wieder. Oh je. Mist. Das Einzige, was ich zu greifen bekomme, ist ein Mülleimer, den ich gerade noch unter ihr Kinn schieben kann. Ich lasse extra meine Reithandschuhe an. In den Geruch von Erbrochenem mischt sich ein ebenso strenger Stallgeruch. Der Ekel ist zu groß. Ich schaffe es nicht, sie sauber zu machen – geschweige denn tröstend in den Arm zu nehmen. Ich schaffe es nicht einmal, meine Gesichtsmuskeln zu kontrollieren. Ich spüre, wie meine Mundwinkel nach unten spannen, meine Augenbrauen sich zusammenziehen. Wieder winkt Mama wild durch den Raum. »Was Mama? Taschentuch? Willst Du ein Taschentuch … Ja? Und … Wasser? Du willst Wasser!« Mit einer Hand reiche ich ihr ein paar Taschentücher in der Hoffnung, dass sie sich selbst abputzen kann. Mit der anderen greife ich eine Wasserflasche. »Geht's?« Wieder heftiges Nicken. Sie legt sich flach auf den Rücken und schläft ein. »Scheiße, was mache ich denn jetzt mit dem Mülleimer? Hm …« Ich klingele nach der Schwester. Die wird es hoffentlich entsorgen.

Mama muss über eine Woche im Krankenhaus bleiben. Der Schlaganfall war zum Glück nur leicht. Zwei Wochen später steht diese Frau wieder auf! Wenn ich es nicht mit eigenen Augen sehen würde – ich würde es nicht glauben.

An mir ist der Vorfall jedoch nicht spurlos vorbeigegangen. Meine Gefühle von Ekel und Abscheu kann ich nicht ungefühlt machen, so jämmerlich sie auch sind! Ich schäme mich, dass ich meiner Mutter in dieser Situation nicht richtig geholfen habe. Sie muss es gespürt haben, oder? Lange habe ich nachts nicht mehr so unruhig auf die Schatten und das Knarzen im Zimmer geachtet – in diesen Tagen ist es in meinem Kopf wieder besonders laut.

Herr Stein

Die Vorbereitungszeit auf das erste Staatsexamen verschwindet wie das Geld auf meinem Konto. Unter größtem Stress schreibe ich die Klausuren, es läuft ganz o.k., doch damit hört das Lernen nicht auf. Die mündliche Prüfung folgt wenige Monate später. Mama, der es deutlich besser geht, chauffiert mich weiter jeden Tag, versorgt mich mit Essen, und überall in meinen Sachen finde ich kleine Zettelchen, mal einen Briefbeschwerer oder einen Stein mit so Kalendersprüchen drauf: »Du schaffst alles!«, »Du bist die Beste«, »Engel beschützen Dich!« – unfassbar kitschig, aber es ist eben Mamas Art, mir Glück zu wünschen. Davon kann ich noch eine ordentliche Portion gebrauchen. Jetzt heißt es volle Konzentration auf die mündliche Prüfung, für die nun auch die Kostümfrage drängender wird. Mama hat da ihre ganz eigene Lösung parat. »Mädchen, heute ist Sonntag. Ich mache Möhrenjemüs, dat magst Du doch so gerne, kommste?« – »Ja, aber nur kurz zum Essen. Du weißt ja ...« – »Ja, Kind. Ich weiß. Komm aber auch. Ich hab eine Überraschung für Dich.« – »Oh je, Mama! Nicht noch ein Lesezeichen mit kleiner Glücksbotschaft.« – »Ach, wirste ja sehen.« Am frühen Nachmittag bin ich nicht mal richtig in der Tür drin, da kommt Mama schon mit einer Papiertüte, die sie wie ein Tablett hält, auf mich zu gerannt. Ein Blick auf ihren Hals verrät: mega pleite – keine Ketten, keine Armbänder. »Ich hab 'ne todschicke Jacke für Dich! Die kannst Du anziehen. Damit hauste jeden Prüfer um!« Mamas Augen leuchten, als sie das sagt. Mir schwant nichts Gutes. »Mama, Du solltest mir doch nichts kaufen! Ich wollte mir selber was kaufen!« – »Warte, bis Du die Jacke siehst!« Sie überreicht mir die Tüte. »Tada! Da ist sie.« Skeptisch öffne ich das gefaltete Papier. Mein Puls geht schon hoch auf hundertachtzig, bevor ich die Jacke richtig aus der Tüte gezogen habe: »Mama! Das ist eine hellbraune Lederjacke!« Ich halte sie vor meinen Oberkörper, um zu zeigen, wie unpassend sie ist. »Die kann ich anziehen, wenn ich am Wochenende zu einer Gartenparty gehe, aber doch nicht in meiner mündlichen Prüfung! – Wo ist die überhaupt her?« – »Vom Lastwagen gefallen«, antwortet Mama knapp. »Überhaupt nicht teuer – ein Schnäppchen! Fühl mal, wie weich das Leder ist!«, sie knetet den Ärmel vorsichtig. Ich könnte schreien vor Wut! »Mama, bau keine Scheiße!« – »Nein, Mädchen, baue ich nicht.« – »Guck, die ist doch total kurz! Das ist ein Lederjäckchen! Und was soll ich darunter anziehen? Ein Lederröckchen – am besten mini!« Mama zuckt mit ihren Augenbrauen. »Ja, dat wär doch nit schlecht. Dat kannst Du tragen, Mädchen!« – »Mama! Ernsthaft?« – »Ach, Kind! Hür up! Die sieht total jot us! Nit so spießig.« Mir schießen die Tränen in die Augen vor lauter Zorn. Leider wollte ich ja genau das: spießig aussehen.

Am Ende trage ich in der Prüfung doch mein dunkelbraunes Cordjackett und eine billige schwarze *H&M*-Hose. Nathalie sitzt hinten bei den wenigen Zuschauern. Mama wollte ich nicht dabeihaben. Keine Ablenkung heute! In meinem Outfit werde ich – zum Glück – nicht standesrechtlich erschossen. Es läuft sogar ganz gut. Ich habe es geschafft!

Nach dem ersten Staatsexamen habe ich endlich ein bisschen Zeit, um mich zu sortieren. Alle wichtigen Sachen habe ich vor mir hergeschoben – vor allem Problem Nummer eins: meine Wohnung. Der Mietvertrag von unserem Partyhäuschen läuft aus, und ich habe nicht nur weniger Zeit für Mama gehabt, sondern auch für meine alten

Schulfreunde. Sie alle ziehen jetzt in eigene Wohnungen. Es wird Zeit, dass ich das auch tue. »Mädchen, wo willst Du denn hinziehen?«, fragt Mama besorgt. Ihr Gesicht wirkt müde, die Wangen sind eingefallen. Eine weitere Nebenwirkung der Kombinationstherapie: das Körperfett verlagert sich. Es ist bei Mama quasi vom Gesicht zum Bauch gewandert – noch ein Röllchen mehr, das sich zu den bereits vorhandenen gesellt. Trotz allem hat sie erstaunlich wenige Falten im Gesicht. »Zieh die Stirn nit so kraus«, hat sie schon zu mir als Vierzehnjährige gesagt, wenn ich mal böse geguckt habe. Ich höre den Satz noch heute! Ihre Blutwerte haben sich dramatisch verbessert. Selbst ihre beiden Ärzte aus dem Severinsklösterchen sind überrascht. Nachdem die Kombinationstherapie mehrmals umgestellt wurde, hat sie nie wieder so schlimme Albträume gehabt.

Zumindest reden wir nicht mehr darüber, so als gebe es dieses Virus überhaupt nicht. Dabei ist es immer da und sucht sich in ihrem Körper heimlich Wege dorthin, wo es ungehindert weiter toben kann. Ein guter Ort für das Virus ist das Gehirn, weil die Medikamente es nicht dorthin schaffen. Die sogenannte Blut-Hirn-Schranke ist wie ein Filter oder ein Türsteher. »Du kommst hier nich rein«, sagt die Schranke zu den medizinischen Helfern. Das Virus allerdings schummelt sich durch die Hintertür. Aber davon merken wir zunächst nichts. Nur wird ihr Gehör von Woche zu Woche schlechter – das kann allerdings auch eine Folge des Schlaganfalls sein. Wir wissen es nicht genau. Es ist erstaunlich, wie schnell das Schreckliche verarbeitet werden kann und wieder Alltag einzieht – ein bisschen jedenfalls.

Es ist April 2002, und wir trinken Kaffee in ihrem kleinen Apartment. »Haben die anderen denn schon was?« Ich verdrehe die Augen, um davon abzulenken, dass mich das Thema wirklich anfasst. Nachher macht sie irgendeinen Quatsch, um mir zu helfen, wenn sie bemerkt, wie verzweifelt ich gerade bin. »Ja, Mama. Die haben schon was. Und nein! Ich weiß noch nicht, wo ich hinziehen kann. Ich kann mir ja gar keine Kaution leisten. Können wir bitte über etwas anderes reden? Was machen denn Deine Blutwerte? Was sagt der Arzt?« Ich hoffe, damit ist das Thema erst mal durch. Mama verzieht ihre Mundwinkel und tut so, als hätte sie den letzten Teil meiner Frage überhaupt nicht gehört.

»Kind, weißte was! Du kannst meine Wohnung haben! Ich rede mit dem Vermieter, dass Du meinen Mietvertrag übernimmst. Ich kann eine Wohnung in der Brabanter haben, da habe ich auch endlich wieder zwei Zimmer«, Mama haut mit der Faust auf den Tisch, »und damit basta!« Ihr kleines Apartment direkt an der Ecke zur Aachener Straße ist super gelegen. Es ist das Haus mit der »Er-trinkt-Sie-trinkt«-Reklame, die auch heute noch jeden Abend leuchtet. »Ach, Mama! Meinst Du echt, das geht?« – »Ja, klar! Warum soll das denn nicht gehen?« Und sie hat recht. Der Vermieter stimmt zu, ich bekomme einen eigenen Mietvertrag. Mamas Kaution kann ich übernehmen. Für ihre eigene hat sie noch einen Plan in der Hinterhand. Mamas letzte zwei Goldringe werden daher erst mal in einem Safe bei *Grüne's Leihhäuser* verwahrt. Mama hat mir mal wieder den Arsch gerettet.

Ich organisiere noch zwei letzte Medientreffen für Manfred, eines ist für *BMG* in München, was immer eines der schöneren Events ist. Thomas Stein ist der offizielle Gastgeber hinter dem eigentlichen Zampano Manfred, der aber immer gern die öffentliche Bühne freigibt. Bei aller Extravaganz braucht Manfred tatsächlich nicht ALLE Aufmerksamkeit. Interviewanfragen oder Talkshow-Einladungen lehnt er stets ab. Der Abend verläuft gut, wenn man davon absieht, dass unser Chauffeur-Service Frauke Ludowig und Werner Schulze-Erdel am Flughafen übersieht. Die beiden mussten doch tatsächlich mit dem Taxi fahren! Ein Beinahe-Drama! Manfred baut sich kurz vor mir auf, guckt böse und dreht sich kopfschüttelnd weg. Gegen zweiundzwanzig Uhr ist sein Ärger verraucht, die meisten Promis sind da und die wichtigen Politiker schon weg – die Zeichen stehen ab jetzt auf Entspannung, auch für den eigentlichen Gastgeber. Lässig lehnt sich Thomas Stein an unsere Kölsch-Bar und lächelt zu mir rüber. »Sind Sie zufrieden, Herr Stein?«, frage ich. Er nickt. Ich kaue nervös auf meiner Lippe rum, weil ich eigentlich noch etwas anderes fragen will. Seit Monaten bemühe ich mich um ein Praktikum im Ausland. Es sollte etwas mit meinem Thema zu tun haben. Die neuen internetbasierten Musik-Tauschplattformen breiten sich gerade aus wie eine Magen-Darm-Grippe. *Napster* oder *Limewire* erlauben es, Musik einfach von Festplatte zu Festplatte zu kopieren – ohne Qualitätsverlust, ohne Kosten, ohne Kontrollen. Es ist rechtlich ein unheimlich spannender Graubereich, weil das Kopieren zu privaten Zwecken eigentlich erlaubt ist, doch diese Art der innovativen Massenkopie droht das System völlig auf den Kopf zu stellen. Es ist ein super Promotionsthema, für das ein Praktikum bei einer Plattenfirma oder einer Musikorganisation hilfreich wäre. Aber ob von der IFPI in London, RIAA in den USA oder dem japanischen Pendant RIAJ – ich habe nur Absagen eingefahren. Thomas Stein ist meine letzte Chance. Was würde mir Mama jetzt raten? Mach den Mund auf, Kind! Fragen kostet nix. Was soll schon passieren. »Kann ich Sie noch was Persönliches fragen?«, nervös knete ich meine Finger, bis die Knochen laut knacksen. »Ja, klar! Immer raus damit«, Stein macht eine einladende Handbewegung. »Ich habe gerade mein erstes Jura-Staatsexamen gemacht und möchte meine Doktorarbeit über das amerikanische Urheberrecht schreiben …«, ich kratze mich nervös an der Nase »… Sie haben ja Ihr Headoffice in New York. Nehmen die eigentlich Praktikanten?« – »Joa, das kommt schon mal vor. Da sind hin und wieder welche in der Rechtsabteilung.« Er macht eine kurze Pause und guckt mich ernst an. »Ich kann Ihnen sagen, an wen Sie sich wenden können. Dass es auch klappt, kann ich nicht versprechen.« Ich hüpfe ein ganz kleines bisschen in die Luft: »Wow! Echt? Ja, mega. Danke!« Das ging leichter, als ich gedacht habe! Irre!

Die Zusage kommt schnell – ich habe Glück. In wenigen Monaten ist ein Zeitfenster für ein Praktikum frei. Jetzt muss ich mich nur um die Finanzierung kümmern. Mama hat so ein Sprichwort, wenn man mehrmals hintereinander Glück hat: »Der Teufel scheißt immer auf den gleichen Haufen.« Gerade scheine ich so ein Haufen zu sein. Kurz nach der Zusage für das Praktikum bewerbe ich mich beim WDR in der Honorar- und Lizenzabteilung. Tatsächlich bekomme ich den Job. Mein erster wirklicher Vollzeit-Arbeitsvertrag, wenn auch befristet auf sechs Monate. Länger will ich da eh nicht arbeiten. Das Gehalt ist so hoch, dass ich locker jeden Monat die Hälfte für meinen New-York-Trip zurücklegen werden kann. Big Apple! I am coming!

Bestens gelaunt verabrede ich mich am darauffolgenden Sonntag mit Nathalie zum *Tatort*-Gucken – meine Premiere! (Papa hat ihn ja so gehasst! Und er wurde immer konsequent weggeschaltet). Außerdem will ich mir bei ihr noch ein paar Büchertipps abholen. Jetzt, wo ich etwas Zeit habe, will ich auch diese Bildungslücke bei mir schließen. Halt nicht mehr wie ein Depp dasitzen, wenn sich meine Freunde über Literatur unterhalten. Das ist ebenso wichtig, wenn man dazugehören will. Nathalie hat nicht nur einen hervorragenden Klamottengeschmack, sondern ist auch eine hervorragende Literatur-Muse. »Hier das, das und das … absolute Klassiker!«, Nathalie steht vor ihrem beeindruckend gefüllten Bücherregal und zieht mehrere Bände raus. »Ne warte, das hier ist mega!«, sie nimmt ein kleines weißes Buch in die Hand. »Das! Bernhard Schlink, *Der Vorleser.*« Schlink selbst ist ebenfalls Jurist. »Das musst Du lesen!« – »Werde ich als Allererstes.« – »Klappt das eigentlich mit dem Praktikum?«, fragt Nathalie mitten im Film. »Jo, sieht gut aus! Ich habe letztens mit dem HR-Leiter gesprochen. Der meinte, ich kann im Februar kommen.« – »Echt? *BMG*? NEW YORK?«, sie springt vom Sofa hoch. »Das ist ja unglaublich.« Ich kann nicht einschätzen, wie viel Jubel jetzt angemessen ist, wobei ich am liebsten durch die Decke springen würde, da packt mich Nathalie aber schon und reißt mich hoch. Wir springen auf und ab und hüpfen durch das Zimmer. »Oder?«, frage ich unsicher. »Ich freue mich so! Ich kann es noch gar nicht glauben.« Wir drücken uns. »Komm, jetzt mache ich uns zur Feier des Abends noch ein Fläschchen auf, gut? Crementchen?« – »Gut! Und bei Dir? Wo gehst Du hin?« – »Ich mache meinen Master of Law in London. Aber nicht an der LSE! Die ist viel zu teuer. Ich gehe ans King's College. Da werden meine armen Eltern nicht ganz so arm. Die müssen ja noch ein paar Kröten für meine Tank übrig haben«, sie wedelt schon wieder mit ihrem Handgelenk rum, an der jetzt noch die low-budget Variante einer *Cartier* hin und her wackelt – eine *Fossil*-Uhr mit schon abgeplatzter Goldfassung. Dann wird sie ernster und guckt mich gespannt an. »Iris, Du weißt aber schon, dass es in New York ganz viele Kakerlaken gibt, ne? Die sind überall. ÜBERALL. Da kannst Du gar nichts machen.« – »Jetzt hör mal auf, Martha hat letztens schon so eine Gruselgeschichte erzählt, dass ihr Kumpel Silvain nachts aufgewacht ist, weil ihm eine Ratte in die Lippe gebissen hat!« Es mag banal klingen, aber da ich wirklich noch nie so eine Reise unternommen habe (große Reisen insgesamt waren nicht wirklich Thema in den letzten zwanzig Jahren), wirken solche Berichte sehr bedrohlich für mich. Ich kenne mich null aus, während alle anderen schon die halbe Welt gesehen haben. Ich verrate nicht, dass ich vorhabe, mir extra Kontaktlinsen zu besorgen, die man theoretisch einen ganzen Monat im Auge lassen könnte – also auch nachts. Nach dem ersten Staatsexamen bin ich bei stolzen minus 4,75 Dioptrien angelangt. Gefühlt: kurz vor blind. »Prost! Auf New York und London!« – »Auf New York und London!«

Alejandro

»Hast Du auch warme Sachen eingepackt? Mädchen! In New York is et doch arschkalt.« Köln hingegen ist in diesem Februar 2003 nicht nur ziemlich kalt und finster, sondern auch noch hässlicher als sonst. Viele aus meinem Semester verschwinden ebenfalls in alle möglichen Richtungen: London, Bristol, Kapstadt, Sydney oder eben New York! Nathalie, Caroline und Florian hatten eigentlich versprochen, mich zu besuchen, aber ihre Eltern erlauben es nicht. Die USA stehen kurz vor einem Einmarsch in den Irak. Die Angriffe auf das World Trade Center sind gerade einmal zwei Jahre her. Es war das erste Mal, dass ich wirklich Angst vor einem Krieg hatte. Zehntausende Menschen demonstrieren in den Großstädten dagegen, auch hier in Köln. Ich kann mit den undeutlichen Satelliten-Aufnahmen von angeblichen »Weapons of Mass Destruction« wenig anfangen. Ist das ein »solid evidence«? Ich weiß es nicht. Aber meine Reise möchte ich auf jeden Fall antreten – solid evidence hin oder her. Mama guckt zum Glück nicht so viele Nachrichten. RTL ist wie ein Familienmitglied, das man jeden Tag schon ganz früh zu sich reinlässt und erst am späten Abend wieder verabschiedet. Mamas wichtigste Informationsquellen sind Richter Alexander Hold und Richterin Barbara Salesch. (Funfact von meiner Mama: Bei den Gerichtssendungen spielt eine Staatsanwältin mit, die eigentlich eine echte Rechtsanwältin ist – ihre Anwältin.) Sie bekommt von den außenpolitischen Schwierigkeiten meiner Reise nichts mit.

Wow, der Tag ist tatsächlich gekommen, an dem es losgehen soll! »Hier, nimm noch die hier mit. Ich hab Dir vom Zimmermann ding Bärentatzen und Schwarzbrot jekauft, damit Du da noch wat zum frinsele hast!« Mama packt das Brot und drei Pakete Plätzchen in meinen ohnehin schon sehr vollen Koffer. »Mama, glaubst Du, dat ich da nix zu essen kriege, oder wat?« – »Ach, wenn man Dir nix zu essen hinstellt, dann verhungerst Du doch. Du Knochenjerüst! Du bist doch sowieso nur son Hemdchen!« – »Ja, ja! Komm, setz Dich mal mit auf den Koffer, damit ich den noch zubekomme.« – »Kind, pass doch op! Die Bärentatzen! Dat krümelt doch alles!« Wir schaffen es pünktlich zum Flughafen in Düsseldorf. Caroline ist auch dabei. »So, Du musst jetzt wohl da rein«, sagt sie lächelnd. Mamas Kinn zittert, und ihre Augen werden sehr glasig. »Mama, nit weinen! Ich komme doch wieder!« Da ist es wieder, das Zucken in Mamas Augenbrauen, wenn man was besonders Blödes gesagt hat oder etwas, das sie besonders anfasst. »Ach«, stammelt sie nur. Ihre Stimme wird brüchig. »Hoffentlich hast Du eine superjeile Zick! Dat wünsche ich Dir! Pass auf Dich auf, Mädchen! Ja? Und vergiss nit zu essen!!!« – »Jahaaaaa!« Caroline legt den Arm um Mama. Ich bin froh, dass ich sie jetzt nicht alleine zurücklasse.

Für den ersten Monat habe ich mich in einer »Mädchen«-Pension an der 34. Straße in Midtown Manhattan eingemietet. Das *Webster* ist ein völlig surrealer Laden. Ein riesiges Backsteingebäude, das aussieht wie aus dem neunzehnten Jahrhundert. Die einladende Treppe ist von zwei Säulen rechts und links umfasst. »Männerbesuche« sind nur in den dafür vorgesehenen Aufenthaltsräumen unter Aufsicht erlaubt. In einem der Aufenthaltsräume ist eine Ballettstange angebracht, für den daily stretch am Nachmittag. Außerdem gibt es einen Vorführraum. Wenn der amerikanische Präsident George W. Bush wieder neue Beweise für die »Weapons of Mass Destruction« präsentiert, ist hier jeder Platz belegt.

Mir fällt es nicht schwer, im *Webster* Anschluss zu finden. Corinnas Vater ist Vorstandsvorsitzender eines DAX-Konzerns, Rikes Vater Redaktionsleiter einer bundesweit erscheinenden Tageszeitung und Ellen ist aus Toronto. Mit den deutschen Mädels gehe ich samstags gegen den Einmarsch in den Irak demonstrieren und mit Ellen abends gern feiern. Ellen ist zwar politisch, aber eben auch sehr unterhaltsam. Komischerweise ist es überhaupt kein Thema, was unsere Eltern machen. Bei den meisten anderen heißt es oft: »Meine Eltern wollen, dass ich dieses oder jenes …«, »Die Kreditkarte meiner Eltern darf ich nur dann und wann …« oder »Das erlauben mir meine Eltern nie …« Auch bei Praktika, Jobwahl oder überhaupt Zukunftsplänen kommt das Gespräch irgendwann auf die eigenen Eltern und deren Einfluss auf die ganz großen Entscheidungen. Das alles kenne ich nicht. Es ist mir völlig fremd, mich in solchen Fragen von meinen Eltern abhängig zu machen. Ich kann tun und lassen, was ich will. Ich muss niemanden pleasen, niemanden um Erlaubnis bitten. Ich bin frei! Freiheit! Mamas Jam, plötzlich begreife ich es.

Ob Ellen sich ebenso frei fühlt, weiß ich nicht. Was ich fühle ist, dass sie wohl ein ähnlicher Pleitegeier ist wie ich. In der Rechtswissenschaft gibt es das Institut des »beredten Schweigens«. So heißt es, wenn dem Schweigen ausnahmsweise doch eine Art Erklärungswert zukommt, was der andere versteht. So ist es mit Ellen. Wir verstehen wortlos, wie die Lage beim anderen ist, ohne darüber zu reden. Unser Schweigen ist ein beredtes Schweigen. Ellen ist zudem ziemlich pfiffig und kennt sich in der Stadt schon etwas besser aus als ich. Sie weiß immer, wo welche Vernissage ist, bei der es ein paar freie Drinks gibt, oder wo man günstige Theaterkarten bekommt. Meine erste Broadway-Show ist *Salome*, in der Al Pacino neben Marisa Tomei spielt. AL PACINO! Er ist Papas und mein Kinoheld, den wir früher am Kölner Friesenwall in *Hundstage* so oft bewundert haben und der so weit weg und unerreichbar schien. Jetzt ist er nur ein paar Meter entfernt. Ich rieche sogar seinen Mundgeruch! Also, das könnte ich, wenn er welchen hätte. Ellen schleppt mich außerdem dorthin, wo auch Samantha, Carry, Miranda und Charlotte tanzen gehen. Sie kennt Leute, die wiederum Leute kennen, die uns in die angesagtesten Klubs schleusen, zu denen das *Bungalow 8* zählt. »Iris, this is THE club at the moment! Get dressed, girl! Maybe we can sneak a few drinks in. Here under our shirt – what do you think?« Ellen hat zwei Dosen Bier unter ihrem Oberteil in den Hosenbund geklemmt. Ich stecke mir eine hinten in die Hose. Es schmerzt etwas, aber »sure! That might work«. Der Laden erinnert von innen an einen Sundowner an der kalifornischen Küste – überall stehen Palmen. Auf dem Klo exen wir die reingeschleusten Dosen schnell runter. Danach verlieren wir uns für eine kurze Zeit in der Menge. »Come on, I want you to meet someone«, Ellen taucht plötzlich aus einem Pulk von Leuten wieder auf und zieht mich in Richtung Bar. Wen sie hier schon wieder alles kennt, wundere ich mich. »Here, this guy studied also law. He is from Mexico!« Sie tippt einem Typen in weiß gestärktem Hemd von hinten auf die Schulter. Seine Haare sind tiefschwarz, sie fallen ihm lässig ins braun gebrannte Gesicht. Sein Hemd ist bis zur Brust aufgeknöpft. »Hi Alejandro, this is Iris, I told you about her! She writes her doctoral thesis.« Und mit diesen Worten verschwindet Ellen wieder in der Menge, ihren Cocktail hält sie dabei so hoch wie die Freiheitsstatue ihre Fackel. Bloß nichts verschütten von dem guten Zeug. »Hi, Ellen told me you also studied law?« – »Yes, I did. I am doing now my Master of Law at NYU.« – »Oh, how nice! I am writing my doctoral thesis there in the library!« – »Oh, what a coincidence! Come, let me get you something to drink. What do you like? Champagne?« Wir trinken mehrere Gläser zusammen. Alejandro macht gar keine Anstalten, dass ich einmal bezahle. Dafür höre ich ihm aufmerksam zu. Er erzählt, wie schwer das Studium war, von seinen Zukunftsplänen und welche Bücher er gerade liest. »Do you know Bernhard Schlinks *The Reader*?« Ich muss lächeln. Ist es doch eines der Bücher, das ich gerade erst gelesen habe. Ich muss aber auch lächeln, weil es so unwirklich ist. Alles ist unwirklich: vom Friesenwall, wo es außer dem *Duden* und einem Buch über Akte nichts gab, nach New York. Und ich stehe hier, nippe Champagner und spreche mit einem total fremden Typen über Literatur! Ich muss kurz meinen Kopf schütteln. »Yes, in fact I just read it. An amazing book«, Alejandro hält sich eine Hand aufs Herz. »I read it twice!« 50 Cent und Sean Paul werden durch ungewohnte Klaviermusik unterbrochen: Beethoven. NAS singt mit einem Kinderchor: *»I know I can be what I wanna be, if I work hard at it, I'll be where I wanna be, I know I can!«* – mein Soundtrack, der mich zur Tanzfläche zieht. »See ya«, rufe ich Alejandro zu, dessen Blick seit geraumer Zeit ohnehin zu einer Blondine an der Theke gewandert ist. Ich weiß nicht, wie lange ich tanze, mir ist heiß, mein Shirt ist feucht von meinem Schweiß. Ellen zieht mich zur Seite. »Let's go, it's late.« Sie hat recht.

Es ist fünf Uhr morgens, als ich in meinem kleinen Zimmer im *Webster* liege. Meine Linsen kneifen im Auge, aber ich nehme sie nicht raus. Ich will alles im Raum sehen können. Vom Champagner merke ich eigentlich nichts mehr. Trotzdem dreht sich alles in meinem Kopf. Ich bin hellwach. Es ist etwas passiert in dieser Nacht. Ich habe gefunden, wonach ich seit Jahren gesucht habe. Quatsch, seit Jahrzehnten! Der Zugang zu meiner ganz persönlichen Warp-Zone, die mich endlich ans Ziel gebracht hat. Heute, bei Alejandro im *Bungalow 8* habe ich förmlich auch das letzte Level gemeistert. Nun endlich bin ich angekommen in dieser viel tolleren, schöneren, besseren heilen Welt; ich muss durch keine grünen Röhren mehr zwischen den Welten springen. Ich bin da!

Jetzt stehe ich hier in dieser so wunderschönen Welt und kann nicht erkennen, dass hier alles nur voller Regenbogen und Einhörnern hängt. Hatte ich nicht schon in »meiner Welt« alles, was es zum Glücklichsein braucht? Eltern, die mich lieben, eine Mutter, die alles für mich tut? Die die Formulierung »für euch« durch und durch lebt? »Jeder hät doch sing Päckchen zu tragen«, sagte Mama gern, ja? Stimmt. Ich sehe hier nämlich keine glücklicheren, besseren Menschen. Ich verstehe mich auf einmal selbst nicht mehr. Warum habe ich mich so glatt geschliffen? Wozu?

Platschka

Mein Schädel ist dick am nächsten Morgen, aber ich quäle mich hoch, um noch etwas Frühstück abzubekommen. Ich schaufele mir eine große Portion Porridge mit Zimt und Zucker in eine Schüssel. »Na, lange Nacht gehabt?« Corinna steht mit ihrem hellgrauen Tablett neben mir. »Boa, total. Sorry, ich bin nicht besonders gesprächig heute.« – »Kein Problem, wollen wir trotzdem zusammen …« Sie beendet den Satz nicht, sondern macht nur eine Bewegung mit ihrem Kopf in Richtung Tisch, wo noch zwei Plätze frei sind. »Klar, Hauptsache, ich sitze und muss nicht reden. Ihr müsst heute ohne mich zur Demo am Union Square.«

Es ist zum Glück Samstag. Ich gehe direkt wieder aufs Zimmer. Doch schlafen kann ich immer noch nicht. Mein Herz klopft. Ich kann mir nicht erklären, woher diese innere Unruhe kommt. Als ob ich etwas Dringendes vergessen hätte. Das obligatorische Bügeleisen oder irgendwas im oder auf dem Herd. Ich gehe alles noch mal gedanklich durch: Miete ist gezahlt, Telefon auch, mein Geld reicht locker noch für ein paar Monate, Referendariatsplatz ist auch beantragt – es ist eigentlich nichts, nichts Essenzielles, worum ich mich jetzt und sofort kümmern müsste. Ich glaube, das gab es noch nie in meinem Leben. Mein Gehirn hat tatsächlich nichts zu tun! Mein Kopf versteht nur nicht, dass es auf Entspannung schalten darf. Mit den über Nacht plötzlich frei gewordenen Kapazitäten kommt es nicht klar. Und so sucht sich mein Hirn seine eigene Beschäftigung mit Gedanken, die ich so gut jahrelang hinter meiner Mauer versteckt gehalten habe und die nun ungefiltert ihren Weg in mein Bewusstsein suchen – in der Nacht und jetzt auch am Tag! Als ich kurz wegnicke, träume ich von Papa, genauer gesagt von seiner Wohnung auf der Aachener Straße. Seit Wochen bin ich nicht bei ihm gewesen.

Ich weiß, dass er dort hilflos ist und sicherlich schon tot oder zumindest halb tot. Ein Gefühl, das ich aus meiner Kindheit kenne, als ich unsere Haustiere Babilo und Kessi so lange in Mamas Wohnung zurückgelassen habe. Schräg, wie mein Unterbewusstsein diese Erinnerungen jetzt mit dem Schuldgefühl gegenüber meinem Vater vermischt, weil ich damals nicht rechtzeitig zu ihm ins Krankenhaus kam. Ich spüre die Angst von damals, dass ich zu spät sein könnte. Dann traue ich mich doch zu ihm, betrete den Fahrstuhl mit der ruckeligen Schiebetür. Die Angst wird immer größer, je näher ich seiner Wohnung komme. Ich schließe auf und sehe in den abgeknickten Flur. Ich höre lautes Atmen, ein Stöhnen – Papa lebt noch. Ich gehe langsam ins Zimmer, sehe ihn dort auf der Matratze liegen, in seinem eigenen Dreck. Das Gesicht ist schmerzverzerrt, die Augen ganz schwarz – also komplett, vom Weiß ist nichts zu sehen. Er sieht mich enttäuscht an. »Wo warst Du, Kizim?«, fragt er weinerlich. »Warum bist Du nicht gekommen?« Schlagartig wache ich auf. Die Luft bleibt mir weg, ich muss mich aufsetzen, atme hektisch, möchte schreien. Doch es geht nicht. Ich bin stumm. Mir schießen die Tränen in die Augen. Was ist das? Was soll ich tun? Ich weiß tatsächlich nicht, wohin mit mir. Mein Blick flirrt durch das Zimmer und bleibt dann an meinem Laptop hängen. Abrupt springe ich auf und greife mir das Gerät, um zur NYU-Bibliothek zu fahren. Es sind nur wenige Studenten da, ich finde leicht einen Platz mit dem begehrten Internetanschluss. Ich schreibe meiner alten Schulfreundin eine E-Mail. Die Worte und Sätze muss ich nicht lange abwägen, sie fließen aus meinen Händen.

Liebe Platschka,
ich weiß, dass wir beide lange keinen Kontakt hatten. Aber Du bist eine der wenigen, der ich mich in der Schule anvertraut habe. Ich weiß noch, wie wir uns in der achten Klasse nachts rausgeschlichen haben und auf der Domplatte Rollerskates gefahren sind. Das war unglaublich schön! Es gab keine Geheimnisse. Wir waren total frei. Jetzt sitze ich hier in New York und eigentlich könnte alles gut sein, aber nichts ist gut. Ich fühle mich schlecht, wie eine Betrügerin, ich habe so vielen Menschen etwas vorgemacht. Die wissen ja eigentlich überhaupt nicht, wer ich bin. Niemand weiß, wer meine Eltern sind, weil ich mich so lange geschämt habe. Es ist so absurd, ich weiß. Aber ich kann gerade meine Gedanken überhaupt nicht sortieren. Ich bin völlig gelähmt. Ich weiß nicht, was mit mir los ist. Ach, Mann! Vielleicht fehlt mir auch einfach nur ein Fernseher?

Sie schreibt mir nach kurzer Zeit zurück:

Liebes Kückelchen,
eines kann ich Dir ganz sicher sagen: Kauf Dir bitte ganz schnell einen Fernseher. Denn alles ist gut. Deine Eltern verstehen sicher, warum Du das ein oder andere Mal so gehandelt hast. Und Du hast überhaupt nicht die Pflicht, jedem Deine Geschichte zu erzählen. Stell Dir Geheimnisse vor wie einen Raum, der von einem Vorhang verdeckt wird.

Hin und wieder kann ein Lüftchen wehen, das den Vorhang hebt und den Blick in den Raum freigibt. Du entscheidest allein, wann dieses Lüftchen weht und wie sehr sich der Vorhang zur Seite schiebt. Vergiss bitte nie, dass wir Dich mögen, weil Du bist, wie Du bist.
PS: Vielleicht tut es ja auch ein Radio, Deine Platschka.

Ich atme tief durch. Sie hat recht. Meine Gedanken kommen zur Ruhe. Es ist alles gut. Und irgendwann werde ich diesen Vorhang vollständig zur Seite schieben. Ich will mich nie wieder schämen, mich nie wieder verstellen. Es ist ein neuer Pakt, den ich mit mir selber schließe.

Ich wäre jetzt gern zu Hause in Köln, bei Dir, meine Mimi. In Deiner Wohnung, die immer so schön warm ist, wo es immer was Leckeres zum »Frinselen« gibt. Mit Deinem riesigen Fernseher im Hintergrund, der zuverlässig die bunten RTL-Bilder überträgt – eigentlich viel zu laut für eine Unterhaltung. Aber wen stört das schon? Hättest Du mich nicht immer unterstützt, hättest Du mir nicht vorgelebt, dass man immer wieder aufstehen kann, auch wenn es noch so schwerfällt, dass man kämpfen muss und alles erreichen kann, was man will. Dein Mut! Ohne Dich, ohne Papa wäre ich sicherlich jetzt nicht hier. Nicht in dieser Bibliothek mit den schönen Holzschreibtischen auf schweren dicken Teppichen und Goldlampen, nicht in New York. Du hast mir alles gegeben. Eben alles für mich!

Zugegeben: Ich brauche noch eine Weile, um meinen eigenen »Pakt« auch wirklich umzusetzen. Doch der Tag kommt, und ich werde auch Papas türkischen Namen mit Stolz tragen.

2019 und ein Epilog

Mama

Berlin, Dezember 2019: Nachdem ich mich von Dir im Krankenhaus in Köln verabschiedet habe, bin ich sofort zum Flughafen und wieder zurück nach Berlin geflogen. Es ist früher Abend, als ich wieder in meiner Wohnung bin. Alles ist perfekt aufgeräumt, der Putzdienst war gerade da. Die Kinder schlafen. »Wie geht es Deiner Mutter?«, fragt mich mein Freund. »Die steht wieder auf. Ich bin mir total sicher«, antworte ich. »Sie ist aus Titan!« Diesen Satz habe ich heute schon mehrfach ausgesprochen, als ob er allein dadurch wahr würde. Mein Freund hat für uns gekocht, ich muss nichts mehr machen – Wochenende. Durch das große Fenster neben der Dachterrasse leuchten Fernsehturm und das große Park-Inn-Hotel um die Wette. Die Nacht ist klar, vereinzelt versuchen auch ein paar Sterne, auf sich aufmerksam zu machen.

Bevor ich mich ganz auf den Samstagabend einlasse, klingelt noch einmal mein Telefon. »Mimi« steht im Display. Unterhaltungen mit Dir am Handy sind nicht immer leicht. Ich muss manchmal sehr laut schreien, damit Du mich verstehst. Das Virus hat Stellen in Deinem Gehirn so sehr zerfressen, dass Du nur noch wenig hörst – eine sogenannte HIV-Enzephalopathie. Ich weiß inzwischen mehr über diese Krankheiten, als mir lieb ist. Der Schlaganfall vor Jahren hat sein Übriges getan. Bei Umarmungen erinnert ein deutlich vernehmbares, feuermelderartiges Fiepen an die Existenz Deines Hörgeräts. Wie oft wir darüber schon gelacht haben: Mimi, der lebende Brandalarm. Es ist zwanzig Uhr, als ich abnehme. »Wo biste, Mädchen?« Ich erzähle Dir, dass ich wieder zu Hause bin, dass alles geklappt hat. Du sagst: »Echt? Biste schon wieder jelandet? Dat ging aber schnell.« – »Ja, ne? Gut, oder?«, sage ich. Stille. Ich überlege, ob wir noch was zu besprechen haben. Aber wir haben alles angesprochen. Es ist alles gesagt. Doch dann setzt Du plötzlich noch mal an: »Ich hab Dich lieb!«, sagst Du unvermittelt. Deine Stimme klingt jetzt heller und klarer als noch zuvor. »Ich hab Dich auch sehr lieb!«, antworte ich. Dein Lächeln höre ich förmlich durch das Telefon. »Machet jut, Mädchen. Pass auf Dich und die Kinder auf, versprichst Du mir dat?« – »Ja klar, Mimi. Mache ich, versprochen. Morgen rufe ich wieder an, jut?« – »Jut, Mädchen.«

Das nächste Foto, das ich von Dir mache, ist am nächsten Tag. Sonntag, 15:55 Uhr. Ich bin wieder in Köln. Deine Zöpfchen haben über Nacht tatsächlich gehalten. Nur den blauen Haarreifen, den Du mir gestern noch abgeluchst hast, hast Du ausgezogen und ganz behutsam in der obersten Schublade Deines Rollcontainers zwischen Deiner *Bebe*-Creme und einigen Taschentüchern gelagert. Du liegst ganz ruhig da, auf dem Rücken, die Augen geschlossen. Der Ausdruck in Deinem Gesicht ist völlig friedlich, als ob Du schläfst. Ich halte noch einmal Deine Hand, ganz lange, ganz fest. Ich möchte sie am liebsten nie mehr loslassen – auch, wenn sie jetzt ganz kalt ist.

Nachtrag

Für euch basiert auf der Grabrede, die ich für meine Mutter gehalten habe. Wir haben sie – wie es sich für sie gehört – mit einer kleinen »Party« unter einer Brücke am Rhein verabschiedet und ihre Asche dort ins Wasser gestreut. Ein letzter »krimineller« Akt (wilde Beerdigungen sind verboten). Viele Freunde, die auch im Buch vorkommen, waren da: Martha, Jule, Julia, Johanna, Dagi, Dani, Maha, Chrise, Christian, Kai und Mario. Wir haben *En unserem Veedel* gesungen, Kölsch getrunken und ein paar Feuerwerksraketen abgeschossen. Auch meine Schwester und meine Nichte Michelle waren dabei. Meine Schwester wollte nicht im Buch vorkommen (die Vorstellung, dass ich über uns schreibe, erschien ihr zu gruselig. Völlig o.k., es sind ja meine subjektiven Erinnerungen). Die Figuren im Buch sind teilweise etwas verfremdet, basieren aber auch auf echten Personen. Die Geschichten sind im Wesentlichen so passiert; geschildert aus meiner subjektiven Perspektive. Ich habe sie aus Tagebüchern, Gesprächen mit meiner Mutter und meinen Erinnerungen niedergeschrieben. Die zeitlichen Abläufe sind etwas verändert. Das Schöne ist, auch ein kleiner Teil von Mimis Familie war bei ihrer Beerdigung dabei. Sie hatte sich in den vergangenen Jahren mit ihren Schwestern ausgesöhnt. Diese Geschichte hat ein Happy End!

Playlist

Divine *I'm So Beautiful*
Thompson Twins *Hold Me Now*
Kate Bush *Running Up That Hill*
Musical Youth *Pass The Dutchie*
DAF *Der Räuber und der Prinz*
Fun Fun *Happy Station*
David Bowie *Let's Dance*
Red Hot Chili Peppers *Under the Bridge*
Tina Turner *What's Love Got to Do with It*
Biz Markie *Just a Friend*
Grandmaster Flash *White Lines*
Salt'n Pepper *Push It*
Felix *Don't You Want Me*
Neneh Cherry *Buffalo Stance*
Inner City *Big Fun*
S'Express *Theme From S'Express*
Sven Väth *L'Esperanza*
Prodigy *Smack My Bitch Up*
Ice Cube *It Was a Good Day*
Beastie Boys *Sabotage*
Nas *I can*
Bläck Fööss *En unserem Veedel*
Mavi Işıklar *Helvacı*